TANJA PENNINGER

GOLDEN HEART

DIE AUSERWÄHLTE DER KÖNIGIN

IMPRESS

© privat

Tanja Penninger wurde 1992 in Ried im Innkreis (Oberösterreich) geboren, hat Lehramt für Volksschule studiert und arbeitet nun als Lehrerin. In ihrer Freizeit spielt sie Querflöte in einem Musikverein und schreibt Geschichten. Derzeit wohnt sie im Bezirk Braunau (Oberösterreich).

»IHR MÜSST MIR NICHTS BEWEISEN …«

Im Inneren des Gefährts war es dunkel, nur spärliches Licht drang durch die winzigen Fenster an den Seitenwänden.

»Brr«, machte der Kutscher und brachte die Pferde zum Stehen. Ein letztes Mal ruckelte es, dann verharrte die Karosse an Ort und Stelle. Den Gerüchen nach zu urteilen befanden sie sich im Wald. Es duftete nach Kiefern und feuchter Erde.

»Was geht hier vor sich?« Ivan lugte durch die Öffnung und sah Bauern, die sich um das königliche Gefährt versammelt hatten. Sie waren in Lumpen gekleidet, ihre Gesichter zu wütenden Grimassen verzerrt. Zwei Männer hielten Mistgabeln in den Händen und fuchtelten damit vor der Königswache herum.

Der Monarch wollte die Tür öffnen, zu seinen Untertanen sprechen, als …

Patsch!

Erneut donnerte etwas gegen die Kutschenwand. Diesmal erkannte Ivan, worum es sich handelte: eine faule Tomate.

Was zum Unheiligen Urian …

»Mörder!«, schrie eine Frau und schleuderte erneut altes Gemüse an sein Gefährt.

Ivan keuchte. Je mehr er sich der gondrischen Grenze näherte, desto schlimmer wurden die Attacken gegen ihn. Die Leute versammelten sich, um ihn zu beschimpfen … ihn für den Tod von Königin Valerie Vanhaag verantwortlich zu machen. Begriffen diese Menschen nicht, dass er seinen Ehefrauen niemals ein Haar krümmen würde? Er war nicht wie sein Vater, der Agnes erdrosselt hatte. Im Gegenteil. Er sehnte sich nach Liebe!

Die Königswache bedrohte die Bauern, zwang sie das Weite zu suchen.

Ihre Klingen funkelten im Sonnenlicht. Tatsächlich ließ sich das Gesindel verscheuchen, doch der Frust in Ivan blieb. Breitete sich aus wie ein Schattenmonster, das ihn auffressen wollte.

Ein paar Meilen mussten sie noch zurücklegen und er war extra in der Nacht schon aufgebrochen. Valerie war zwar erst am Vortag von ihnen gegangen, doch Ivan musste schnellstmöglich bei Herzog Johannson um weiteres Gold bitten. Er brauchte dringend Kapital, um erfolgreich Krieg gegen Noredellä führen zu können. Außerdem wurden die Aufstände der Bürger langsam lästig und es konnte nicht schaden, in einigen Städten Silberne Brüder zu postieren.

Wie schnell sich der Tod der Königin herumgesprochen hatte!

Doch die Unruhen waren im Moment seine geringste Sorge. Würde ihm der Herzog keinen weiteren Kredit gewähren, wäre Kandlot dem Untergang geweiht.

König Ansgars Land im Norden war noch stärker, als er gedacht hatte – trotz des Ausschlusses aus der Kontinentalen Wirtschaft. Was die Zukunft seines eigenen Reiches betraf ... Im Moment zögerte er seinen Sohn Niklas zu legitimieren. Er hatte andere Pläne.

***

Ich wollte die Pergamentblüte zerstören, die den Namen von Constantins Auserwählter trug. Nicht meinen gelesen zu haben riss ein klaffendes Loch in meine Brust. Eine Leere, die sich mit brennendem Schmerz füllte. Natürlich war mir bewusst gewesen, dass der Prinz nicht mein Gemahl hätte werden können, doch nach unserer gemeinsamen Nacht hatte ich Hoffnung geschöpft, er würde sämtliche Regeln und Gesetze brechen. Für uns. Für die Liebe. Aber dem war nicht so gewesen. Doch weshalb nicht?

Ich wusste doch, dass er mich liebte! Oder war ich eine Närrin mir das einzubilden?

Meine Lippen bebten. Mit zitternden Fingern riss ich das Papier in Stücke. Jedes weitere Ratschen war wie ein Schnitt tief in mein Herz.

Die Überbleibsel des kleinen Zettels überließ ich dem Wind, der die einzelnen Fetzen davontrug wie Blütenblätter. Mit Tränen in den Augen blickte ich ihnen nach und sah auch meine Zukunft mit Constantin davonfliegen.

Sei stark, mahnte ich mich, an die Worte Schwester Odines denkend. Lass nicht zu, dass ein Mann deinen Stolz bricht.

Ich seufzte tief und wischte mir zarte Tropfen der Trauer von den Wangen.

Auch der Tod der Königin erschütterte meine Welt. Feinsäuberlich errichtete Konstrukte in mir waren ins Wanken geraten, bis sie schließlich gebrochen waren und ein Chaos hinterlassen hatten. Ich war eine Goldene Schwester, ausgebildet, um die Königin zu beschützen. Doch was war ich jetzt?

Mercedes hatte für heute am späten Nachmittag eine Besprechung unter uns Schwestern einberufen. Nachdem sie am Vorabend Ivan Isgehart noch beim Fest der reinen Blüte vor versammeltem Adel des Mordes bezichtigt hatte, war sie verschwunden. Laut Kestrall hatte sie sich in ihrem Zimmer eingeschlossen.

Ich hatte damit gerechnet, dass Ivan sie für diese Frechheit vom Hof jagen würde, doch ihn hatten wir kaum zu Gesicht bekommen. Gerüchten zufolge hatte er sich mit anderen Angelegenheiten auseinandersetzen müssen. Was war wohl dringlicher als der Tod der Königin, seiner Gemahlin?

Dass wir nicht zurück nach Gondra geschickt worden waren, machte meine Befürchtung, Ivan könnte uns zum Schutz der zukünftigen Gemahlin seines Sohnes Niklas einteilen, immer wahrscheinlicher.

Wir Schwestern trafen uns in den Räumlichkeiten der Königin, um unser weiteres Vorgehen zu besprechen. Kestrall schenkte uns zur Beruhigung Wein ein und Finja hatte bereits den Kamin angeheizt. Das prasselnde Feuer besänftigte die Panik in meinem Bauch und der Alkohol beruhigte mein zorniges, tief trauriges Gemüt.

Nachdem wir uns um die knisternden Flammen versammelt hatten, ergriff Mercedes das Wort. Sie war totenblass, doch ihre Stimme erschallte kräftig. »Wir müssen umgehend Sabita informieren, das übernehme ich!«

Selbstredend war es unsere Aufgabe, unverzüglich der Schwester unserer Königin in Gondra Bescheid zu geben. Falls sie nicht schon längst informiert worden war, da sämtliche Spatzen nur noch diese Geschichte von den Dächern pfiffen.

»... und eine Trauerzeremonie organisieren. Nachdem Schwester Tia zu ihrer Nichte eilen musste, erledige ich auch das.«

Finja räusperte sich, zwirbelte ihr dunkles Haar und ließ ihre »Rs« heute härter denn je erklingen. »Ist der Vertrag zwischen Königin Sabita und König Ivan denn nun noch gültig? Muss sie ihm ihre Krieger zur Seite stellen?«

Mercedes nickte. »Ja, der Pakt, Soldaten zu schicken, sollte Kandlot der Krieg erklärt werden, muss eingehalten werden. Andernfalls wäre Sabita als Vertragsbrecherin bekannt und niemand würde mehr mit ihr verhandeln ...«

Während die Schwestern besprachen, welche Maßnahmen getroffen werden mussten, stand ich wie eine Statue unter ihnen. Ich hatte das Gefühl, dass ich mit jedem zusätzlichen Schritt, mit jedem Gedanken weiter auseinanderfallen würde. Mein Versagen saß mir tief in den Knochen.

Ich hatte Mutters Tod nicht verhindern können, Vater – durch meine Anwesenheit? – ins Verderben gestoßen und nun auch die Königin im Stich gelassen.

Beim Fest der reinen Blüte war ich abgelenkt gewesen. *Zu abgelenkt.* Anstatt mir überhaupt Gedanken um die wichtigste Frau des Landes zu machen, hatte ich mich lediglich auf die Ermordung des Königs konzentriert. Kestrall und ich waren gescheitert. Anstatt Ivan würde Valerie in wenigen Tagen begraben werden.

Doch auch Mercedes und Finja fühlten sich miserabel. Jedenfalls ihren Gesichtszügen nach zu urteilen. Finja ballte permanent die Fäuste und knirschte mit den Zähnen, Mercedes wirkte wie gerädert. Zwar versuchte sie alle Fäden zu ziehen und einer geschickten Puppenspielerin gleich alles ins Lot zu rücken, doch ich sah ihr an, dass sie durcheinander war. Hektisch leerte sie ein Weinglas nach dem anderen. Kein Wunder. Ihre Liebste war vor ihren Augen tot umgefallen.

»Was ist denn nun unsere Aufgabe?«

Finja sprach aus, was auch in meinem Kopf herumspukte. Die Königin war gefallen. Ich stellte mir ein Schachbrett vor, auf dem eine weiße Damen herumkullerte. Sollten wir abwarten, bis uns der König eine Aufgabe zuwies?

»Schwestern«, setzte Kestrall ruhig an, »überlegt, was war das Wichtigste im Leben Königin Valeries?«

Mercedes nickte, als wäre ihre Mitschwester mit den graubraunen Haaren eine kluge Schülerin. Dabei war es Mercedes, die wesentlich jünger wirkte.

Die Eisstarre fiel von meinen Schultern. Ich riss wachsam die Augen auf. Mir war die Antwort bewusst. Sie schimmerte so kristallklar wie der Veronikasee im Morgenlicht.

Ich trat einen Schritt vor, hob die freie Hand, um mir Gehör zu verschaffen. »Der Prinz!«

Constantin war das einzige Kind der Königin. Ich erinnerte mich noch genau an ihre Worte, damals, als sie mir den Dienst, ihn zu beschützen, aufgetragen hatte: *»Als Königin und Mutter gibt es Wertvolleres als das eigene Leben, Schwester Inga. Die Zukunft meines Sohnes. Du könntest mir keinen bedeutenderen Dienst erweisen, als Prinz Constantin vor Unheil zu bewahren.«*

»Schwester Inga hat recht«, pflichtete mir Kestrall bei. Sie leerte ihr Glas, stellte es am Kaminsims ab. »Wir werden alle für seinen Schutz sorgen, Schwestern! Inga, du …«

Es klopfte.

Wir drehten gleichzeitig unsere Köpfe zur Tür. Der unangetastete Wein in meinem Glas schwappte, fast hätte ich etwas auf den Teppich vor dem Kamin geschüttet.

Ein Bote des Königs lugte herein.

»König Ivan lässt ausrichten, dass am Abend eine Ratssitzung abgehalten wird. Es gibt Neuigkeiten zu verkünden.«

Mein Herz wurde schwer. Was hatte sich nun wieder zugetragen?

Wie und wann würde die Brautschau enden? Nur Constantin und ich wussten, wessen Name die Pergamentblüte geziert hatte. Der Gedanke daran war Gift für mein Herz. Ich musste es verschließen, eine Mauer darum ziehen. Warten, bis sich die passende Gelegenheit ergab, Constantin deshalb zur Rede zu stellen. Er wusste ja nicht, dass ich die Blüte gelesen und damit meinen inneren Untergang heraufbeschworen hatte.

***

Katga drehte sich glückselig im Kreis. Sie hatte ein süßes Geheimnis, eines, das den Lauf der Dinge für immer verändern würde.

Vor seiner Reise zu Herzog Johannson hatte sich der König bei ihr angekündigt. Katga war sehr nervös, machte sich mithilfe ihrer Dienerin hübsch, flocht ihr goldenes Haar zu einem Zopf und strich sämtliche Falten im pfirsichfarbenen Rock glatt. Das Kleid entsprach der neuesten Mode, war eine Sonderanfertigung aus einer von Großherzog Pendelös Webereien. Ihre Freundschaft zu Lady Calla war durchaus von Vorteil! Dass Ivan am Tod Valerie Vanhaags schuld sein sollte, glaubte Katga nicht. Ein zärtlicher Liebhaber wie er könnte niemals zu solch grausamen Taten fähig sein.

»Liebste Katga«, hauchte der König und gab ihr einen Kuss auf den Handrücken. Vor Wonne ging ihr Herz fast in Flammen auf und am liebsten wäre sie ihm um den Hals gefallen. Dass sie, um an Ivans Seite zu bleiben, den zu legitimierenden Sir Niklas ehelichen sollte, störte sie nicht. Im Gegenteil. So würde sie Königin werden! *Das* war es, was sie sich sehnlichst gewünscht hatte – schon immer.

Doch das Schicksal hatte einen anderen Plan für sie. Denn kaum befand sich Ivan zehn schwere Herzschläge lang in ihrem Gemach, rückte er auch schon mit der Sprache heraus. »Katga«, sagte er, »der Tod meiner Gemahlin hat mich zum Witwer gemacht. Noch sind meine besten Jahre nicht gezählt. Ich bin nach wie vor dazu imstande, Erben zu zeugen …«

Katga senkte den Blick, kicherte. Dass in dem König noch genug Feuer loderte, um seinen Lenden eine ganze Schar an Nachkommen zu entlocken, glaubte sie ihm sofort.

»Daher«, fuhr er fort, »habe ich beschlossen erneut zu heiraten. Eine junge Dame, die mir besonders am Herzen liegt.«

Vor Schreck stockte ihr der Atem.

»Euch«, hatte Ivan gewispert und sie so strahlend angelächelt, dass Katga vor Rührung die Freudentränen gekommen waren.

Sie würde Königin werden. An der Seite des Mannes, den sie liebte und begehrte.

Das Glück war ihr hold.

***

Finja und Mercedes gingen ihrer Wege, doch ich wollte noch etwas mit Kestrall besprechen. Ihr konnte ich vertrauen, schließlich hatte sie mir nicht nur das Leben gerettet, sondern mir auch geholfen meinen guten Ruf als Goldene Schwester aufrechtzuerhalten, als ich zu schwach gewesen war den Dämonenträger zu töten. Prinzessin Britta zu töten.

Ich verriet ihr, was ich am Tag des Festes der reinen Blüte gesehen hatte.

»Du denkst, dass ein weiterer Dämonenträger am Hofe weilt, Inga?«, fragte Kestrall und nippte an ihrem Weinglas.

»Zwei leuchtende Augen starrten mich an«, bestätigte ich flüsternd.

Kestrall runzelte ihre Stirn und bedachte mich anschließend mit einem langen sinnierenden Blick.

»Lass uns wachsam sein, Inga«, meinte sie dann lediglich und senkte ihre Lider.

***

Eine Ratssitzung – und er *musste* teilnehmen? Constantin überlegte, was sein Vater plante.

Der Prinz verweilte in seinem Gemach, wollte allein sein und den Tod seiner Mutter verdauen – falls das überhaupt möglich war. Er begriff nicht, wie es dazu hatte kommen können.

Dass Valerie nun nicht mehr unter ihnen weilte, quälte ihn.

Plötzlich kam er sich vor wie ein elender Narr. Anstatt zu dem Krieger zu werden, den seine Mutter gern gesehen hätte, hatte er sich zu einem unfähigen Kümmerling entwickelt. Einem Hampelmann, der sich vor dem Kämpfen drückte und nicht mit Waffen umgehen konnte.

Doch noch war nicht aller Tage Abend. Er würde die Königin stolz machen – Dion hab sie selig!

Mit beiden Händen umschlang er seine dampfende Teetasse. Die duftenden Kräuter spendeten ihm Trost, beruhigten seine Nerven. Er fragte sich, was die Neuigkeit war, die sein Vater am Abend in der Ratssitzung kundtun wollte. Was führte er nun wieder im Schilde? Wollte er die Legitimation von Niklas präsentieren? Und ihn – Constantin – vom Hof jagen, um ihn bei Nacht und Nebel heimlich im Wald töten zu lassen?

Nein. Ivan war gewiss bewusst, dass es keinen Sinn hätte, dem Volk in diesen schweren Zeiten einen neuen Thronfolger zu verkaufen.

Auch Constantin selbst hatte einflussreiche Freunde um sich geschart, die in jedem Fall zu ihm und nicht zu Niklas – diesem elenden Bastard – stehen würden. Mit seinem Verhandlungsgeschick konnte er sich Gehör verschaffen und Bündnisse schmieden. Er kümmerte sich um die Cholera in Pendlet, hatte den Bauernaufstand in Rhös abgewiegelt. Zahlreiche Adelige vertrauten ihm, dem rechtmäßigen Sohn des Königs, und waren ihm Dank schuldig. Was also sollte sich heute Abend schon zutragen?

Geht es um die Brautschau?

Constantins Magen zog sich krampfartig zusammen. Er blickte aus dem Fenster hinauf zum Himmel. Wolken verdeckten gerade die Sonne. Hingen wie dunkle Schwaden über dem Kiefernwald. Ebenso dunkel und schwer wog sein Gemüt.

Er liebte Inga. Würde, wenn nötig, für sie sterben. Und doch – oder gerade deshalb – hatte er einen anderen Namen auf das Pergament geschrieben.

***

Missmutig kehrte Ivan von seiner Reise zurück. Gedankenverloren riss er sich den Pelzkragen von den Schultern und schleuderte ihn in eine Ecke seines Gemachs. Vor sich hin schimpfend entkorkte er eine Weinflasche und füllte sich ein Glas. Bis zum Rand. Dieses leerte er in nur einem einzigen Zug.

»Ah«, machte er und goss sich erneut die blutrote Flüssigkeit nach, ehe er sich in seinen Samtsessel neben dem Kamin fallen ließ. Seine beiden Hofhunde Ares und Cato lagen vor seinen Füßen und blickten fragend zu ihm empor. Seufzend bückte er sich und kraulte einen der Wolfshunde hinter dem Ohr. Mit der zweiten Hand führte er den Kristall an seine Lippen und nippte wieder am beruhigenden Alkohol.

Nicht nur, dass Herzog Johannson über die Vergabe eines weiteren Kredites *nachdenken* musste, nein, er hatte von Großherzog Carlson von Pendelö auch noch erfahren, dass dieser überlegte seine Tochter aus dem Wettbewerb zu nehmen. Als neuen Heiratskandidaten hatte der Webereibesitzer König Brion genannt. *Pah!* Ausgerechnet den Vater dieser Dämonenträgerin. Lady Calla war viel zu zart, um einen derart grobschlächtigen alten Fettsack zu ehelichen.

Vielleicht sollte er vorschlagen, Lady Calla Niklas zur Frau zu geben. Bestimmt wäre die kleine Pendelö dankbar – und das Geld ihres Vaters würde von nun an in seine Tasche wandern.

***

»Herzog Johannson muss überdenken, ob er Kandlot einen weiteren Kredit gewährt. Nun, ich bin sicher, er wird zur richtigen Schlussfolgerung kommen, er war guter Dinge!«

Mit diesen Worten eröffnete König Ivan die Ratssitzung.

In der Mitte des holzvertäfelten Saales prangte ein kreisrunder Tisch, um den sich der König, meine Goldenen Schwestern, Isidor Isgehart – des Königs Bruder – und Niklas bereits scharten.

Ich war gemeinsam mit Constantin erschienen. Während dieser schlichte Leinengewänder trug, wartete sein Halbbruder Niklas in prunkvollen Stoffen auf. Eingehüllt in feinste saphirblaue Seide thronte er neben seinem Vater und grinste frech in die Runde. Die Bandagen um sein Gesicht ließen ihn bedrohlich wirken. Eines seiner Augen würde nie mehr funktionieren. Meine Klinge hatte saubere Arbeit geleistet.

Ich hatte gehofft noch vor der Sitzung mit dem Prinzen allein sein und ungestört mit ihm sprechen zu können. Doch seit die Königin tot war, hatten weder er noch ich eine freie Minute gehabt. Sogar die Nacht hatten wir getrennt voneinander verbringen müssen.

Nervös nahmen wir auf den samtbezogenen Stühlen Platz.

Mein Blick fiel auf das Wappen Kandlots, das neben dem steinernen Kamin zur Schau gestellt wurde. Plötzlich wirkte das silberne Schwert auf dem blauen Hintergrund gefährlich, als wollte es auf mich herabstürzen und mich in zwei Teile schneiden.

»Nun, um mit offenen Karten zu spielen ...«

»Pah!« Kaum ergriff der König das Wort, wurde er auch schon von Schwester Mercedes unterbrochen. Die Goldene Schwester stieß abwertend die Luft aus und verschränkte die Arme. »Das wäre ja mal etwas ganz Neues!«

König Ivan biss die Zähne zusammen. Niklas hingegen sprang auf, donnerte mit der Faust auf den Tisch und brüllte: »Halt's Maul, du dummes Weib! Vor dir sitzt der König!«

Die Stimmung im Raum war bis zum Zerreißen gespannt. Ich fühlte mich unwohl, war müde, wäre am liebsten aufgesprungen und weggelaufen. Gleichzeitig aber brannte ich neugierig darauf, welche Botschaft der König an uns richten würde. Angeblich gab es ja Neuigkeiten!

Der König hob beschwichtigend beide Hände und schüttelte tadelnd den Kopf. »Zügle dein Temperament, Junge. Du vergreifst dich im Ton!«

Sofort ließ sich Niklas wieder in den Sessel fallen, knurrte jedoch weiterhin wie ein Bluthund, der Witterung aufgenommen hatte.

»Ich habe beschlossen«, fuhr der König fort und kratzte sich am Bart, »dich, Niklas, in den zu Krieg schicken, damit du deine Kampfgelüste in den Griff bekommst.«

Entsetzt riss der Bastard den Kopf herum. Damit hatte er offenbar nicht gerechnet.

Und ich auch nicht.

Wir Schwestern waren davon ausgegangen, dass Ivan heute die Legitimation seines Erstgeborenen mit allen Mitteln umsetzen würde, und hatten uns dementsprechend vorbereitet. Hatten Listen mit Adeligen angefertigt, die treu zu Constantin standen.

»Ein zukünftiger König«, knurrte Niklas nun und riss mich aus den Gedanken, »sollte in Sicherheit sein.«

Ein zukünftiger König! Diese Aussage war mir zu viel.

»Constantin wird irgendwann Kandlot regieren«, rief ich energisch und wäre fast aufgesprungen – wie Niklas vorhin. In letzter Sekunde konnte ich mich beherrschen und meine Fingernägel stattdessen in die samtigen Armlehnen krallen.

Der König hob eine Augenbraue, beäugte mich spöttisch. Ihm gefiel meine Weißglut offenbar.

»Ich will euch beide aus den Augen haben«, verkündete Ivan mit dumpfer Stimme und blickte erst Niklas, dann Constantin eindringlich an. »Geht nach Minsöd an die Grenze zu Noredellä. Keiner von euch soll mir den Thron rauben.«

Vor Schreck schnappte ich nach Luft. Hatte ich das gerade richtig verstanden? Schickte der König seine beiden Söhne an die Front? War er denn von Sinnen? War *das* seine Neuigkeit?

Nein, ich musste da etwas missverstanden haben ...

Doch Ivan grinste süffisant. »Noch kann ich Kinder zeugen und es verweilen hübsche Frauen am Hof. Die Brautschau wird wie geplant fortgesetzt – nur der Junggeselle ändert sich.«

Ich blinzelte. Mehrmals. Es war, als würde sich mein Kopf strikt weigern, den Sinn dieser Worte zu erfassen.

Schwester Mercedes beugte sich über den Tisch. In ihren Augen loderte Verachtung auf.

»Was habt Ihr vor?«, fragte sie mit einer stummen Warnung im Ton.

Der König lehnte sich entspannt zurück. »Meine Gemahlin ist tot. Ich habe nicht vor lange Witwer zu bleiben.«

Jetzt hatte ich verstanden. Und war wie vom Donner gerührt. Saß da wie erfroren, unfähig mich zu bewegen.

Was geschieht hier gerade?

Konnte es sein, dass Ivan erneut heiraten und Constantin in den Krieg schicken wollte? Wäre dies sein Befehl, würde er den Prinzen ins offene Messer laufen lassen, es wäre sein sicherer Tod!

Finja schüttelte verständnislos den Kopf. »Valerie Vanhaags Körper ist kaum erkaltet und Ihr zieht es in Erwägung, die Kandidatinnen Eures Sohnes zu stehlen? Das ist grausam!«

Ich zitterte. Bebte vor Wut und Panik.

»Er ist nicht *mein* Sohn!«, sagte der König. »Und ein erkalteter Mann braucht niemanden, der ihm das Bett wärmt – Constantin wird im Krieg fallen.«

Worte, so eisig, dass ich mir fest auf die Zunge beißen musste, um nicht vor Schmerz zu stöhnen. Dem König war bewusst, dass er den Prinzen ins Verderben schickte. Wie konnte er nur so …

»Ihr seid herzlos, König Ivan!« Kestrall sprach meine Gedanken aus.

Der Herrscher lachte zynisch, zupfte schier beiläufig einen losen Faden von seinem Umhang. »Das wärt Ihr ebenso, würdet Ihr jetzt eine Frau an ihn binden, die wenige Wochen später schon ihren Lebensabend als Witwe fristen müsste.«

Die Schockstarre fiel von mir ab. Mein Herz klopfte rasend, schnell und fest, sodass sich meine Atmung beschleunigte. Blut rauschte mir durch die Ohren und ich schrie, um mich selbst zu hören.

»Constantin wird *nicht* in den Krieg ziehen!«

»Ihr irrt Euch, Lady Inga!«

Constantin!

Ich fuhr herum, wandte mein Haupt in seine Richtung. War diese Aussage aus seinem Mund gekommen? In mir drehte sich alles.

»Aber Cons…, mein Prinz?«, fragte ich und blinzelte, als könnte ich dadurch aus einem Traum erwachen. Oder wenigstens die schwarzen tanzenden Punkte vor meinen Augen verscheuchen, die mein Schwindelgefühl verstärkten.

Constantin schaute mich unverwandt an. Ich erkannte ihn kaum wieder. Plötzlich fühlten sich meine Knochen kalt an, schwer wie Blei. Am liebsten hätte ich geschrien, ihn geschüttelt. Was war los mit ihm?

»Ihr … ähm … habt mich gehört«, sagte er und wandte den Blick ab, starrte auf die Tischplatte. »Wenn der König wünscht, dass ich an der Grenze für unser Land kämpfe, dann werde ich mich seinem Willen beugen. Auch … ähm … *Ihr* meintet doch, ich solle endlich zum Mann werden und nach den Waffen greifen. Ich bin kein … ähm … Feigling! Ihr solltet Euch freuen …«

War Constantin von allen guten Geistern verlassen? Welche Hirngespinste trieben ihn dazu, derart wahnwitzige Entscheidungen zu treffen? Meine Finger zuckten, ich wollte nach ihm greifen, ihn zwingen, mir in die Augen zu sehen. Am liebsten hätte ich das Holz zwischen uns zerschlagen und ihn in meine Arme gezerrt. So lange festgehalten, bis er mir endlich verriet, was auf einmal in ihm vorging.

Doch das konnte ich nicht. Nicht vor all den Leuten.

Meine Stimme klang belegt, leise. Genauso zerrissen, wie ich mich fühlte. »Ihr müsst mir nichts beweisen …«

Constantin schluckte, weigerte sich noch immer mir ins Gesicht zu sehen. »Das hat absolut nichts mit Euch zu tun. Nicht all meine Entscheidungen betreffen *Lady Inga*.«

Die Bitterkeit in seiner Stimme versetzte mir einen Stich. Ich schluckte. Wenn die »Ähms« in seinen Worten fehlten, stachelte ihn Kummer oder Zorn an.

»Das«, wisperte ich tonlos und dachte an die Pergamentblüte, »ist mir bewusst.«

Seine Aussage verletzte mich. In mir fiel etwas in sich zusammen wie ein Kartenhaus. Ein Kartenhaus, das ohnehin schon vom rauen Wind zerrüttet gewesen war. Königssohn oder nicht – Constantin hatte soeben wie ein wahrer Isgehart gesprochen.

Mit den bedeutungsschweren Worten des Prinzen war die Ratssitzung offenbar beendet, denn einer nach dem anderen erhob sich und verließ den Raum. Nur ich konnte noch nicht aufstehen. Hätte ich es getan, wäre ich gefallen und zerbrochen – wie einst Constantins Vase.

Hatte ich mir seine Liebe nur eingebildet? War ich vielleicht nie etwas anderes für ihn gewesen als einfach … ja, seine Wache?!

Außer mir blieb auch der König in seinem Stuhl sitzen. Ich schob meine verletzten Gefühle beiseite, konzentrierte mich auf den Mann mir gegenüber. Diesen grausamen, verachtenswerten Mann!

Ich wollte dem Herrscher Kandlots alle nur erdenklichen Flüche auf den Hals hetzen, ihn mit wüsten Beleidigungen kränken. Doch ehe ich dazu ansetzen konnte, stöhnte dieser auf.

Was, in Dions Namen ...

»Inzwischen«, brummte er und wandte seinen Blick gedankenverloren gen Fenster, »bin ich mir unsicher, ob dieser Krieg die beste Lösung war. Vielleicht hätte ich auf Euren Vater hören und einen Handel vorschlagen sollen. Aber Niklas redete derart begeistert auf mich ein, dass ich einlenkte. Dieser Bursche kann sehr ... überzeugend sein ...«

Ich wusste, wovon Ivan sprach. Und dennoch ... »Diese Schlacht war *seine* Idee?«

Ivan nickte, weiterhin jeglichen Augenkontakt vermeidend. »Bei den Ratssitzungen sprach er stets davon. Wedelte mit dem Vertrag herum, auf dem festgehalten wurde, dass – sollte Kandlot Krieg führen – Gondra verpflichtet wäre mitzuziehen. Er hat auch das nötige Gold für eine Schlacht beim Volk eingetrieben.«

Ich erinnerte mich an ein Gespräch mit Sir Niklas. Er hatte behauptet, die besten Ideen bei den Ratssitzungen zu haben.

Der König fuhr sich übers Gesicht, drehte den Kopf. Blitzartig trafen sich unsere Blicke.

Die tiefen dunklen Ringe unter seinen Augen, der Schweiß auf seiner Stirn ... Was ging in ihm vor? War auch er eine Marionette seines Bastards? Zog Sir Niklas die ganze Zeit an sämtlichen Fäden? Schickte er ihn deshalb jetzt in den Krieg, um sich von ihm zu befreien?

»Nun denn«, setzte er an und riss mich damit aus meinen Gedanken. Seine Stimme klang gewohnt barsch und unnachgiebig. Ich war beinahe erleichtert. »Wir haben eine Königin zu verabschieden!«

***

Bestattet werden würde Valeria Vanhaag bei ihrer Schwester in Gondra. Mercedes veranlasste, ihre Leiche unverzüglich ins Nachbarreich überstellen zu lassen. Hier in Kandlot richteten wir eine feierliche Verabschiedungszeremonie aus.

Nachdem der Prinz von seinen Dienern dazu passend gekleidet worden war, marschierte ich zielstrebig in sein Gemach. Ich hatte mir fest vorgenommen ihn von seiner irrsinnigen Entscheidung, an die Front zu ziehen, abzubringen.

Kaum hatte ich seine Räumlichkeiten betreten, verließ mich der Mut. Die Vase auf dem Esstisch war weg! Ich schnappte nach Luft, umschlang meinen Oberkörper. Vorhin hatte ich mich mit einer zersprungenen Vase verglichen, jetzt war das Gefäß gänzlich verschwunden. Was ging in dem Prinzen vor, dass er sogar seine geliebten Kräuter vergaß?

Hatte er auch … *uns* vergessen?

Der fehlende Geruch der Pflanzen saugte mir die Zuversicht aus den Knochen.

Stumm wie ein Fisch stand ich da, starrte den Königssohn entgeistert an. Seine aufgeputzte Erscheinung in den blau glänzenden Prinzengewändern passte plötzlich in diesen aufgrund der fehlenden Kräuter leblos wirkenden Raum.

Constantin blickte zu mir, ohne mich wirklich anzusehen. Ich hätte genauso gut eine beliebige Dienerin des Hofes sein können. »Ist es schon so weit?«

Ich keuchte. Weshalb schuf er eine Kluft zwischen uns? In meiner Kehle bildete sich ein Kloß. Mein Herz brannte.

»Nein, aber …«

»Dann seid Ihr zu früh hier.«

Dass mich der Prinz derart barsch unterbrach, ließ mich frösteln. Wo war die Wärme im Klang seiner Stimme geblieben? Was hatte ihn verändert?

Kaum hatte ich diesen Gedanken zu Ende gesponnen, dämmerte mir die Antwort. Ich hatte eine Vermutung, was Constantin zu Stein hatte werden lassen, und bereute so vieles.

***

Inga hatte sich immer einen starken Krieger gewünscht. Jemanden, auf den sie sich verlassen konnte und der bereit war, tapfer in eine Schlacht zu ziehen. Seine Abneigung gegenüber dem Kämpfen hatte sie als »lächerlich« bezeichnet.

Für sie wollte Constantin über seinen Schatten springen und Mut beweisen. Seine Leibwächterin sollte ihn nicht länger für einen Schwächling halten und auch allen anderen würde er beweisen, dass er kein Feigling war.

All die Trauer drängte er in den letzten Winkel seiner Seele. Versuchte sie mit Selbsttäuschung zu erschlagen. Dass der Tod seiner Mutter ein Loch in sein Herz gerissen hatte, durfte niemand sehen. Keiner sollte ahnen, wie schwer ihn dieser Schicksalsschlag getroffen hatte. Ihn wie ein Hammer zerquetscht hatte! Ausgerechnet als sie sich plötzlich für ihn interessiert, sich nach seinen Wünschen und Plänen erkundigt hatte, war sie aus dem Leben gerissen worden. Sie hatte ihm noch geraten seinem Herzen zu folgen. Nun, das hatte er tatsächlich tun wollen. Wäre sein Plan mit dem vorübergehenden Todesgift gelungen, befände er sich jetzt in einer gondrischen Gaststätte und würde nach einem Weg suchen, Lady Inga zu sich zu holen. Doch dieses Vorhaben war gescheitert. Alles hatte sich geändert.

Constantin atmete tief ein und aus, schüttelte den Kopf, um sich wieder zu fangen.

Die Enttäuschung in Ingas Blick konnte er sich nicht erklären. Endlich versuchte er der Mann zu werden, den sie verdient hatte. Ein starker, edler Krieger!

Dass sie dennoch aussah, als würde sie jeden Augenblick zu weinen anfangen, musste mit dem Tod der Königin zusammenhängen. Sie hätte ihr Leben geopfert, um das seiner Mutter zu schützen. Alle Goldenen Schwestern wären dazu bereit gewesen.

»Bitte«, wisperte Inga erstickt und ging auf ihn zu, »zieht nicht in den Krieg. Kandlot braucht Euch hier!«

Constantin schluckte, verdrängte den Wunsch, nach ihren Händen zu greifen. »Kandlot ... ähm ... braucht einen furchtlosen Thronfolger!« Er verschränkte die Arme.

Diese Geste brachte Inga wohl dazu, stehen zu bleiben. Die Goldene Schwester runzelte die Stirn, wirkte nachdenklich. »Gewiss«, flüsterte sie und fügte kräftiger hinzu: »Einen lebenden!«

»Ihr denkt, dass ich ... ähm ... sterben werde?«

»Ich weiß es. Ihr seid das Kämpfen nicht gewöhnt!«

Constantin nickte, schließlich hatte sie recht. Dennoch blieb er bei seinem Entschluss. »Nun, das wird sich … ähm … ändern.«

Inga schüttelte den Kopf, als läge er falsch. Ein Schatten huschte über ihr Gesicht und Tränen glitzerten in ihren Augen. »Ich erkenne Euch nicht wieder. Bitte lasst Eure wahren Gefühle zu!«

Constantin hielt die Luft an.

Was wollte sie von ihm? Dass er sie küsste? Nein, dann würde er zusammenbrechen. Alle Emotionen würden hochkommen und ihn von seinem Entschluss abbringen.

Inga stöhnte verzweifelt, streckte erneut eine Hand nach ihm aus, zog sie jedoch gleich wieder zurück.

»Constantin«, sagte sie beschwörend, »Eure Mutter ist tot. Ich weiß, dass Ihr am Boden zerstört seid. Lasst mich Euch helfen!«

Inga durchschaute ihn. Kannte ihn inzwischen durch und durch. Dass sie wieder ihre Grenzen überschritt, interessierte sie offensichtlich gerade nicht.

Obwohl er sich nichts sehnlicher wünschte als ihren Trost, wusste er, dass er standhaft bleiben musste. Kandlot brauchte jetzt keinen weinerlichen Weichling. Das Volk sollte sehen, dass er ein würdiger Thronfolger war. Stark genug, um in den Krieg zu ziehen.

Er würde nicht fallen, würde bis zum Aufbruch das Kämpfen üben. Seine Mutter wäre stolz auf ihn gewesen! Und Inga … sie *würde* stolz auf ihn sein!

»Ihr … ähm … wollt mir helfen?«, fragte er und wies auf die Klinge an ihrem Gürtel. »Dann trainiert nach der Trauerfeier mit mir. Ich werde mein Bestes geben.«

Inga verzog das Gesicht, als hätte er sie geschlagen. Dabei war *sie* es gewesen, die ihn vor kurzer Zeit zum Bogenschießen und Schwertkampf ermutigt hatte.

»Ich übe mit Euch«, versprach sie. »Aber erst solltet Ihr angemessen Abschied nehmen und trauern. Eure Mutter ist gestorben!«

Constantin zwang die in seiner Brust aufkommenden stechenden

Schmerzen in die Schranken und schloss die Augen. »Habt Ihr je den Tod *Eurer* Mutter beklagt?«

***

Katga ließ ihre Hände in ihr Kleid gleiten und hob den Rock vorsichtig an, um nicht über die Stufen zu stolpern. Das kostbare Gewand raschelte.

Die Trauerfeier fand im großen Speisesaal statt. Lilien zierten die Holzbalken an den Wänden und verliehen dem Raum die passende Atmosphäre. Auch das Tischgesteck bestand aus diesen Blumen. Unter den weißen Lilien steckten rote Pfingstrosen, die Lieblingsblumen der Königin. Katga hatte einmal in ihr Gemach gelugt und diese Pflanze überall entdeckt.

König Ivan hatte, wie es sich gehörte, den Stadtadel geladen und begann eine schwülstige Rede, kaum dass alle Platz genommen hatten. Die Berater – vermutlich hauptsächlich sein Bruder Isidor – mussten gute Arbeit geleistet haben, denn aufgrund der Worte hätte man tatsächlich glauben können, der Monarch bedauerte den Tod seiner Gemahlin.

Katga trug ihr schönstes schwarzes Kleid, das an den Ärmeln mit Spitzenverzierungen überzeugte. Die Perlenketten an ihrem Hals verliehen ihrem Aussehen den letzten Schliff. Der König selbst hatte ihr diese geschenkt.

Auch alle anderen Kandidatinnen waren dem Anlass entsprechend gekleidet und hielten ihre Häupter gesenkt.

Lady Ylvie prahlte mit ihren teuren Gewändern, die sie dank ihrer »Freundin Carla« – der Großherzogstochter *Calla* Pendelö – erhalten hatte, und schaffte es somit erneut, sich unpassend zu benehmen.

Lady Xenia verdrehte bei jedem ihrer Worte die Augen, was ebenfalls wenig damenhaft war. Nur Calla verhielt sich wieder einmal vorbildlich, sah dazu auch noch umwerfend aus. Das nachtschwarze Kleid mit den eingewobenen Perlen hob ihre silbergrün funkelnden Augen wie Sterne hervor. In ihr kastanienbraunes Haar war ein schwarzes Samtband geflochten worden, das wiederum zu dem schlichten Gürtel ihres Kleides passte. Sie fiel auf wie der Abendstern am Nachthimmel.

Dennoch würde sie, Katga, Königin werden! Ivan hatte *sie* gewählt. Dieses geheime Wissen zauberte ihr immerzu ein Lächeln auf die Lippen, welches nur schwer zu unterdrücken war. Es gehörte sich nicht, bei der Trauerzeremonie wie ein Honigkuchenpferd zu grinsen.

Nach der Ansprache wurde ein herzhaftes Mahl aufgetragen. Katga bediente sich an den Speisen und unterhielt sich unterdessen mit dem Bruder des Königs.

Die Goldenen Schwestern standen hinter Prinz Constantin, als wären sie allesamt nun für *seine* Sicherheit zuständig. Katga hatte schon überlegt, was die Frauen nach dem Ableben ihrer Herrin tun würden, und hätte auf ihre Abreise nach Gondra getippt. Dass sie dennoch in Kandlot blieben, überraschte sie.

Warum schickte Ivan sie nicht fort? Würden sie in Zukunft für *ihre* Sicherheit sorgen?

Nach dem Essen erhob sich der König wieder. Seine Miene blieb dem Anlass entsprechend getrübt, doch Katga wusste, welche Worte gleich folgen würden. Erwartungsfroh richtete sie sich kerzengerade auf und strahlte ihren Liebsten an.

Dieser hob die Hände, sprach laut und deutlich.

»Liebe Freunde, nach dem Tod meiner Gemahlin habe ich entschieden … erneut eine Ehe einzugehen.«

Ein Raunen ging durch den Saal. Gewiss waren einige überrascht. Selbst Sven van Ijek, Lady Ylvies Vater und Freund des Königshauses, zog die Augenbrauen hoch.

Die Goldenen Schwestern mussten schon davon gehört haben, denn überrumpelt wirkten sie nicht. Also hatte Ivan sie bereits informiert. Gut so. Dann wussten sie vielleicht auch, *wer* den Platz ihrer geliebten Herrin einnehmen würde.

Ivan ließ seinen Blick durch den Saal gleiten. »Es ist mir eine Freude, eine der Kandidatinnen der Brautschau zur Frau zu nehmen.«

Lady Ylvie riss den Kopf hoch. »Das is ungerecht«, stammelte sie und stupste Lady Calla an, »ich hab jez son einen Mann, der is zwar sön, aber wenn ich Königin werden könnte …«

Katga blinzelte genervt. Sie wollte nicht das sinnlose Geplapper dieses Mondkalbes anhören, wollte endlich ihren Namen vernehmen!

König Ivan hob sein Glas. »Erhebt Eure Becher für meine *neue* Königin!«

Katga griff nach ihrem Kristallkelch. Ihre Hände bebten. Ihr Puls rauschte durch ihren Körper, als würde sie Galopp durch die Wälder reiten.

Gleich würde sie als neue Herrscherin Kandlots genannt werden. Gleich würden all ihre Träume in Erfüllung gehen!

Doch ... warum schaute er sie kein einziges Mal mehr an?

Warum wich er ihren sehnsüchtigen Blicken aus?

Katga bekam eine Gänsehaut. Hier stimmte etwas nicht.

Des Königs Augenmerk wanderte zu einer anderen.

»Lady Calla von Pendelö!«

***

Ivans Herz blutete, als er Katga tränenüberströmt aus dem Raum rennen sah. Doch er hatte keine andere Wahl gehabt. Kurz vor der Trauerfeier hatte ihn ein Bote mit der Nachricht erreicht, dass Herzog Johannson *keine* weiteren finanziellen Mittel zur Verfügung stellen würde. Das Königreich stand vor dem Ruin!

Da er wusste, dass Carlson von Pendelö mit dem Gedanken spielte, seine Tochter an König Brion zu verheiraten, hatte er plötzlich einen interessanten Ausweg gesehen.

Eine Heirat mit der jungen Großherzogstochter löste all seine Geldsorgen mit einem einzigen Wimpernschlag. Pendelö gehörten nicht nur die Webereien, er war inzwischen auch Eigentümer sämtlicher Ländereien und dazu ein Mann, auf dessen Wort man zählen konnte.

Glücklicherweise war Carlson mit diesem Handel einverstanden gewesen. Lady Calla selbst hatte keine Wahl gehabt. König Brion war zwar ein paar Jahre jünger, dafür aber beleibt, selbstgefällig und gierig. Sie hätte mit ihm keine Freunde gehabt. Er hingegen würde versuchen der kleinen Pendelö ein guter Gemahl zu sein. Vielleicht war ihm nach Valerie endlich ein Weib vergönnt, das ihn lieben konnte.

Dass er Katga hatte fallen lassen müssen wie eine heiße Kartoffel, nagte an ihm. Er fühlte sich miserabel, schließlich liebte er sie. Die jüngste Ericson jetzt weinen zu sehen, bohrte ein klaffendes Loch in seine Brust. Alles an ihr erinnerte ihn an Silka. Ihr Geruch nach Maiglöckchen, ihr goldblondes Haar …

Und doch – das erfreute Gesicht Lady Callas linderte seinen Schmerz, auch wenn ihr Lächeln wahrscheinlich einstudiert war. Die hübsche Großherzogstochter erhob sich von ihrem Stuhl und schritt elegant wie eine Elfe auf ihn zu. Kaum trafen sich ihre Blicke, rührte sich etwas in Ivans Seele. Erweckte etwas. *Zärtlichkeit.*

***

Ich war entsetzt. Ivan liebte doch meine Schwester. Dass sie nun aus dem Saal gestürzt war, konnte ich verstehen. Gewiss hatte er ihr das Blaue vom Himmel vorgelogen.

Er war grausam! Warum nahm er Lady Calla zur Frau? Wegen des Geldes? Ihr Vater war ein reicher Edelmann, konnte sämtliche Schulden Kandlots begleichen und den Krieg gegen Noredellä finanzieren.

Als ich gesehen hatte, wie das Strahlen aus den Augen Katgas verschwunden war, war mir eiskalt geworden. Meine Knie fühlten sich weich an, mein Mund ganz trocken. Wie musste es da erst meiner Schwester ergehen? Plötzlich wusste ich, dass ich ihr beistehen musste. Constantin war in Sicherheit, von allen Goldenen Schwestern umgeben. So konnte ich mich um Katga kümmern.

Schnurstracks marschierte ich aus dem Raum und lief ihr die Gänge entlang bis zu ihrem Gemach hinterher. Meine Schritte hallten von den Wänden wider und ich hörte meinen goldenen Umhang flattern. In den fensterlosen Korridoren war es dunkel, doch ich schnappte mir eine Fackel aus einer Halterung, die gespenstische Schatten an die Wände warf.

Am Zielort angekommen fand ich Katga auf ihrem Bett sitzend vor. Tränen liefen ihr übers Gesicht und sie schluchzte so heftig, dass ihre Schultern bebten. Schnell steckte ich die Fackel fest und eilte zu ihr.

Kaum entdeckte sie mich, schnäuzte sie lautstark in ihr Stofftaschentuch. »Wo ist diese verdammte Burg? Dieses Gedeleen?«

Ich musste trotz der dramatischen Situation schmunzeln. Das wütende Funkeln im Blick Katgas imponierte mir. Endlich durchschaute sie, welch falsches Spiel der König mit ihr gespielt hatte.

Natürlich war ihre Frage nach meiner Ausbildungsstätte ein dummer Scherz gewesen, schließlich würde sie niemals eine Goldene Schwester werden wollen, doch ihre plötzliche Offenheit für meine Vergangenheit rührte mich.

Gerade als ich dazu etwas sagen wollte, trat der Bruder des Königs in Katgas Gemach. Mit großen Augen sahen wir uns an, keiner hatte mit dem anderen gerechnet.

Isidor Isgehart war ein hochgewachsener Mann mit gepflegtem Stoppelbart, strahlend blauen Augen und honigblondem Haar. Er sah seinem schwarzhaarigen Bruder ähnlich, doch die Güte in seinem Blick verriet, dass sein Inneres anders war.

Katga reagierte nicht, seufzte und schloss für einen Moment die Augen. Als sie sie wieder öffnete, presste sie zornig hervor: »Tatsache ist, mich hält nichts mehr in Kandlot. Vater ist tot, Tante Ida in Gondra. Und du, Inga, wirst bald mit Constantin in den Krieg ziehen. Mein Ziel war es, Königin zu werden. Doch jetzt ist dieser Traum vorbei ...«

Ich verstand, was meiner Schwester durch den Kopf ging, und war froh, endlich ehrlich mit ihr sprechen zu können.

Für ihre Situation hatte Isidor einen Vorschlag.

»Dann besucht doch Eure Tante in Gondra«, sagte er und ließ sich auf der anderen Seite neben Katga nieder. »Königin Sabita schrieb mir, Ida wäre inzwischen eine Heilige Schwester.«

Katga schnaubte kopfschüttelnd. »Das Kloster der heiligen Della ist der falsche Ort für mich. Ich werde gewiss keine *Nonne*!«

Isidor lachte auf. Der Laut klang glockenhell. »Niemand hat das verlangt.« Er berührte sie an der Schulter, woraufhin Katga zu zittern aufhörte. »Tatsächlich gibt es in Gondra ebenso eine geraume Anzahl heiratsfähiger Edelmänner ...«

Ich blickte Isidor an, als würde ich ihn zum ersten Mal wahrnehmen. Schon einmal hatte ich überlegt, *wie* nahe sich der Bruder des Königs und meine Schwester standen, eine Antwort darauf fand ich auch jetzt nicht.

»EUCH SCHICKT DER HIMMEL.«

Ivan lächelte. Schon lange nicht mehr war er so gelöst gewesen. Alles hatte sich zum Guten gewendet. Und würde das Volk erst erkennen, wie schön und gütig Lady Calla war, würde es schon wieder zur Vernunft kommen. Andernfalls musste er ein paar der Aufständischen töten lassen. Spätestens dann würde Ruhe einkehren.

Die Zeremonie war schlicht gewesen. In der Schlosskapelle hatten sie sich das Jawort gegeben und zu Mann und Frau erklären lassen. Lady Calla hatte zauberhaft ausgesehen, überirdisch. Ihr Haar war zwar nicht golden wie das von Katga oder Silka, dennoch hatte er das Gefühl genossen, durch ihre braunen Locken zu streichen.

Die Großherzogstochter kannte ihre Pflichten. In der Hochzeitsnacht hatte sie still gelegen und keinen Mucks von sich gegeben. Ihre Haut hatte zart und zerbrechlich wie die einer Porzellanpuppe gewirkt, weshalb Ivan vorsichtig mit ihr umgegangen war.

Die Ehe war in Valerie Vanhaags Bett vollzogen worden. Das hatte sich Ivan gewünscht. Damit triumphierte er über seine einstige Gattin und deren Schwestern und fühlte sich einflussreicher als je zuvor. Niemals wieder würden ihm diese goldenen Weiber einen Strich durch die Rechnung machen, ihn niemals wieder zum Narren halten.

Sie hatten versagt! Die Königin sterben lassen!

Valerie hatte offenbar mehr Feinde am Hof gehabt als gedacht. Feinde, die ihm einen Gefallen getan hatten – ohne dass er es hatte anordnen müssen. Jetzt brach *seine* Ära an. Ein neues Zeitalter des Glücks.

Kaum schlief die kleine Pendelö, zog sich der König an, schloss die Tür zu ihrem neuen Schlafgemach und ließ seinen Sohn Niklas zu sich rufen.

In dem Raum aus silbernen und blauen Tapeten fühlte sich Ivan wohler. Er setzte sich in den Samtsessel neben dem knisternden Kamin und wartete auf das Eintreffen des Bastards.

Seine beiden Wolfshunde streckten sich auf dem Bärenfell aus. Ivan beugte sich zu ihnen hinab und kraulte ihnen den Hals. Sie hatten ihn nie im Stich gelassen. Weilten in guten und schlechten Zeiten an seiner Seite, so, wie es Valerie hätte tun sollen.

Als es klopfte, setzte sich Ivan wieder auf, rückte das Papier in den Taschen seines königsblauen Mantels zurecht und rief: »Herein!«

Die Flügeltür öffnete sich und Niklas trat ins Zimmer. Die Bandagen in seinem Gesicht leuchteten weiß. Zuvor war er ein schneidiger Bursche gewesen, hatte die Damen mit seinen hohen Wangenknochen, dem gepflegten Bart und seinen funkelnden haselnussbraunen Augen überzeugt. Jetzt sah er aus wie ein Monster.

»Ihr habt mich rufen lassen, Vater!«

Selbst Niklas' Stimme hatte an Süße verloren, klang kratzig wie ein Reibeisen. Er verzog den Mund, was aufgrund seiner genähten Verletzungen und der Binden wie eine schauderhafte Grimasse wirkte.

Der König nickte gelassen, warf einen Blick ins Feuer. Die Flammen darin loderten hell, wärmten den Raum und tauchten ihn gleichzeitig in ein schummriges Licht.

Ivan wandte seine Aufmerksamkeit wieder Niklas zu. Er erhob sich und sprach: »Ich will dich an den Krieg erinnern. Ich möchte, dass du für unser Land kämpfst!«

Niklas schnaubte. Er verschränkte die Arme und trat einen Schritt zurück. »Ich bin verdammt noch mal ein Königssohn! Sollte regieren, anstatt mich wie ein wertloser Fußsoldat im Dreck zu wälzen. Ihr verspracht mir, König zu werden – jetzt wollt Ihr *neue* Söhne zeugen. Welch ein Verrat!«

Der König zog eine Augenbraue hoch. Wie konnte sich Niklas erdreisten solch freche Worte an ihn zu richten?

Nun, auch er selbst war ein Meister der Redekunst. Würde ihm zeigen, wer hier das Sagen hatte.

»Du«, sagte er und zeigte mit dem Finger auf Niklas, »bist nicht mein Sohn. Bloß ein Bastard von vielen! Glaubst du, ich hatte neben der Königin und deiner Mutter keine anderen Frauen?«

Die Stimmung war zum Zerreißen gespannt. Ivan nutzte den Schock im Blick seines Erstgeborenen und zog die Legitimation aus seinem Mantel.

»Hiermit«, rief er, »zeige ich dir deinen neuen Platz in der Welt!«

Mit diesen Worten warf er das Papier ins Feuer, wo die Flammen danach griffen wie ein Verhungernder nach einem Stück Brot. Die Ränder des Pergaments wurden schwarz, das Dokument zerfiel zu Asche.

»Nein«, kreischte Niklas und stürzte auf die Flammen zu. Er versuchte das Papier zu retten, doch es war zu spät.

***

Es hieß, Sir Niklas und seine Mutter, die Mätresse Frieda Larsson, hätten den Hof verlassen. Gut so. Ich wünschte, ich würde diesen Bastard niemals wiedersehen müssen. Dass Niklas ein Feigling war, hätte ich mir gleich denken können. Er war nicht einmal Manns genug, um in den Krieg zu ziehen. Stahl sich lieber bei Nacht und Nebel vom Hof.

Constantin blieb bei seinem Entschluss. Er wollte kämpfen. Für Kandlot. Für seine Mutter. Für mich.

Obwohl ich ihm in der Nacht ins Gewissen geredet und ihn gebeten hatte im Schloss zu bleiben, stand er zu seinem Wort. Der Krieg hatte noch am Tag des Festes der reinen Blüte mit einem Überraschungsangriff in Minsöd gestartet. Kandlots Krieger hatten kaum Zeit gehabt, sich dort zu formieren oder zu wappnen. Dass ich Constantin an die Front begleitete, war selbstverständlich. Auch Schwester Mercedes schloss sich uns an, erklärte, dass sie es Valerie schuldig wäre.

Ich konnte ihre Entscheidung verstehen, schließlich waren Mercedes und die Königin mehr gewesen als nur Freunde. Außerdem hatten wir Schwestern vereint beschlossen von nun an dem Prinzen zu dienen und für seine Sicherheit zu sorgen. Jedenfalls, bis uns der König zu anderen Aufgaben zwang. Kestrall und Finja blieben im Schloss und versprachen, uns Boten zu senden, sollte sich etwas Ereignisreiches zutragen.

Kestrall am Hof zu wissen beruhigte mich auch in Anbetracht dessen, dass sich dort möglicherweise ein weiterer Dämon herumtrieb. Sie hatte mich bereits vor Prinzessin Britta beschützt. Bestimmt war sie auch dazu in der Lage, einen weiteren Dämonenträger zu entlarven und wenn nötig niederzustrecken.

***

Begleitet von Silbernen Brüdern und der eigens zusammengestellten Prinzenwache ritten wir los. Der Stadtplatz war noch vom gestrigen Hochzeitstag geschmückt und die Leute jubelten uns zu.

Viele hielten Fähnchen in den Händen und schwenkten diese zum Zeichen, dass sie uns Glück wünschten. Das Volk liebte Constantin und rief ihm motivierende Worte zu. Der Prinz winkte, lächelte höflich und bedankte sich bei einzelnen Bewohnern.

Auch Djanas Familie war erschienen. Ich erkannte sie gleich und winkte ihnen zu. In meiner Brust schmerzte es. Djanas Schwester war lungenkrank und auf Constantins Medizin angewiesen. Was würde passieren, wenn er so lange Zeit weg von zu Hause war?

***

Unsere Reise dauerte Tage. Wir übernachteten in Wirtshäusern und Schenken. Die ganze Zeit über weilten Mercedes und ich an Constantins Seite. Auch in den Nächten bewachten wir seine Gemächer. Wir vertrauten weder den Silbernen Brüdern noch der Prinzenwache genug, um uns friedlich schlafen legen zu können. In mir schlummerte die Angst, der König hätte einem der Soldaten den Auftrag erteilt, den Prinzen zu töten.

Obwohl wir ununterbrochen zusammen waren, wechselten Constantin und ich kaum ein Wort. Meistens waren zu viele Silberbrüder in der Nähe und auch neben Schwester Mercedes wagte ich es nicht, meinen wahren Gefühlen Ausdruck zu verleihen.

Wir kamen in die Stadt Rhös, in der Herzog Rhöslad den Ton angab. Ich erinnerte mich an die Brautschau und an die kläglich weinende Lady Ragna, die unbedingt zu ihrem Liebsten, einem gewissen Kal, hatte zurückkehren wollen. Constantin hatte ihr für diese Verbindung seinen Segen gegeben, doch der Herzog hatte anders gehandelt. Lady Ragna war an einen betagten Edelmann verheiratet und Kal hingerichtet worden.

Ich bekam eine Gänsehaut. Es kam mir vor, als wäre all das eine Ewigkeit her. Zu viel war seither geschehen.

Egal ob es regnete oder ob die Sonne schien – wir setzten unseren Weg an die Front unbeirrt fort. Die Brücke über die Rhös, den zweitgrößten Fluss in Kandlot nach der Senrö, wurde passiert und wir erreichten endlich die Ausläufer der Berge.

Die Mienen im Gebirge Wallak waren der Grund für den Krieg gegen Noredellä. Ivan wollte unbedingt die Erzberge zurückerobern, die sein Vater im Kontinentalen Krieg verloren hatte. Dass König Imger Ansgar diese Gebiete damals als Gegenleistung für den Frieden überlassen hatte, wollte er nicht einsehen.

Ein Bote teilte Schwester Mercedes mit, dass inzwischen auch die Soldaten aus Gondra unterwegs waren. Der Vertrag wurde von Königin Sabita also eingehalten, obwohl König Ivan selbst Auslöser der Kriegserklärung gewesen war.

Valeries Schwester musste eine starke Frau sein. Ich hatte mir schon während der Ausbildung gewünscht, sie eines Tages kennenzulernen.

Seufzend drehte ich mich um, blickte über die schier endlose Kette aus Kriegern. Was, wenn wir sie geradewegs in den Tod führten?

***

Es war nicht mehr weit bis nach Minsöd, wo die Zelte der Soldaten aufgeschlagen worden waren. Ich konnte kaum schlafen und wenn, dann träumte ich wie in vielen, vielen Nächten zuvor von einem blonden Engel, der mein Leben retten wollte.

Wer steckt hinter diesen Fantasien? Wessen Gesicht bleibt mir verborgen?

Egal wer mich da des Nachts beschützen wollte, diese Träume brachten mich dazu, Dion um Hilfe anzurufen. Ich ballte meine Hände zu Fäusten, presste sie an mein Herz und beschwor die Seelen meiner toten Eltern, uns in diesen dunklen Zeiten beizustehen. Was auch immer auf uns zukommen mochte, ich durfte Constantin nicht sterben lassen. Ich war es Königin Valerie und dem Volk Kandlots schuldig. Und mir. Denn ich liebte ihn.

***

Am letzten Tag unserer Reise machten wir in einem schlichten Wirtshaus Rast. Die Bänke waren aus morschem Holz und ich fürchtete, die Tische könnten unter der Last der Bierkrüge zusammenbrechen. Constantin trank keinen Alkohol. Er bestellte sich einen Tee, was mich innerlich aufatmen ließ. In ihm steckte noch der Kräuterliebhaber, der er immer für mich gewesen war. Scheu lächelte ich ihm zu, empfing jedoch einen leeren Blick. Mir wurde übel. Ich wünschte mir so sehr, er würde mir all seine Gedanken mitteilen, seien sie noch so schrecklich. Und ich hätte nichts lieber getan, als ihn festzuhalten und vor allem Kommenden zu beschützen.

Der Wirt setzte dem Prinzen eine Platte mit Fleisch, Käse und Wurst vor. Wir anderen bekamen Brot und Butter. Es musste gespart werden. Das Gold für den Krieg wurde hauptsächlich in die Produktion weiterer Waffen gesteckt.

Neugierig sah ich mich im Raum um. Nur wenige Kerzen erhellten die einfache Stube und außer uns waren kaum Gäste anwesend. Es stank fürchterlich, da wir seit Tagen kein Bad mehr genommen hatten. An mir klebten die Stoffe wie eine zweite Haut und ich hoffte mir hier den Schweiß von der Haut waschen zu können. Vielleicht wurde ich dann auch die Fliegen los, die ständig um mich herumschwirrten.

Gewiss empfand Schwester Mercedes ähnlich, die jedoch nach wie vor wie aus dem Ei gepellt aussah. Ihr Haar glänzte, als wäre es frisch gewaschen, während mir meines zerzaust und unfrisiert über den Rücken fiel.

Constantin hatte tiefe Ränder unter den Augen. Ich vermutete, dass er wenig schlief, und wünschte, ich könnte mich zu ihm ins Bett legen. Aber ich wagte es nicht, ihm näherzukommen. Einerseits lag das an seiner abweisenden Haltung, andererseits an der Anwesenheit der Prinzenwache und Schwester Mercedes.

Nachdem ich mein Butterbrot aufgegessen hatte – die Kruste hatte am meisten gemundet –, trank ich meinen Becher mit Wasser leer und erhob mich. Der Wirt hatte uns ein Zimmer versprochen und versichert, dass wir darin eine Waschschüssel finden würden.

Gerade als ich mich von Mercedes und Constantin verabschieden wollte, sah ich einen kleinen Jungen traurig zwischen den Tischen hervorlugen.

Sämtliches Blut wich aus meinem Gesicht und ich wäre beinahe eingeknickt. Auf der Stirn des Jungen prangte eine offene Wunde. Und das Schlimmste daran war, dass sie sich entzündet hatte. Schwer. An den Rändern klebte schmutziges getrocknetes Blut und noch immer tropfte weiter frisches heraus. Zudem glaubte ich Eiter auszumachen.

»Sie heilt nicht«, erklärte mir der Wirt, der meinen schockierten Blick aufgefangen hatte.

Wie vom Donner gerührt war ich stehen geblieben und bückte mich zu dem armen Kind hinunter. Der Bursche starrte mich matt an. Seine Pupillen funkelten. Nicht vor Freude. Fieber glänzte darin.

Ich schnappte nach Luft, griff nach dem Arm des Kleinen. »Komm«, flüsterte ich liebevoll. »Ich kenne jemanden, der dir helfen wird.«

Kommentarlos folgte er mir zurück zu den Tischen in der Gaststube. Vor Constantin hielt ich an und räusperte mich, woraufhin mich der Thronfolger kurz musterte. Sofort aber wanderte sein Augenmerk weiter und blieb an dem Buben hängen.

»Wir müssen ihm helfen«, erklärte ich unnötigerweise, denn Constantin war schon dabei, sich zu erheben.

Anstatt auf meine Bitte zu reagierten, wandte er sich an den Wirt, der neben mir stand und zwischen dem Prinzen und mir hin- und herblickte. »Wo ... ähm ... habt ihr euren Kräutergarten?«

Constantins Stirn lag in Falten. Gewiss ging er in Gedanken die Pflanzen durch, die er für die Heilung einer solchen Wunde verwenden konnte. Seine

Hände vollbrachten Wunder, das war mir bewusst. Er hatte nicht nur das lahmende Pferd versorgt, das ich an meinem ersten Tag in Kandlot geritten hatte, sondern auch meine Verletzung am Oberschenkel geheilt.

Die Erinnerung an die Nacht, als er den Verband an meinem Bein gewechselt hatte, trieb mir die Röte in die Wangen.

Schnell schüttelte ich den Gedanken daran ab und konzentrierte mich auf das Hier und Jetzt.

Constantin, ich und der Junge folgten dem Wirt hinaus in die Nacht. Sogleich vernahm ich die Gesänge der Soldaten, die ihre Lager am Waldrand aufgeschlagen hatten. An Schlaf dachten die Männer offenbar nicht, obwohl morgen ein wichtiger Tag bevorstand.

Wir marschierten hinüber zu dem kleinen Beet, in dem nur wenige Pflanzen angebaut wurden. Die Luft roch frisch und der vertraute Duft der Kräuter entspannte mich. Gekonnt wählte Constantin einzelne aus und fragte den Jungen anschließend, wie er sich die Wunde zugezogen hatte.

Seine Antwort jagte mir einen kalten Schauder über den Rücken.

***

Constantin wusch die Kräuter und bereitete anschließend einen Verband vor. Inzwischen war er allein mit dem Jungen in dessen Zimmer und hatte die Wunde vorsichtig sauber getupft. Das Kind machte trotz der Verletzung und des Fiebers einen munteren Eindruck, beteuerte wiederholt, welch Ehre es sei, vom Königssohn verarztet zu werden.

Der Prinz musste lächeln. Und doch wurde ihm das Herz schwer.

Das arme Kind war vor wenigen Tagen von der Vorhut des Königs ins Gesicht getreten worden. Die Stiefel der Silbernen Brüder waren aus hartem Material und hatten die zarte Haut mühelos aufgerissen.

Auf die Frage, weshalb er von der Königswache so behandelt worden war, hatte er geantwortet: »Ich hab denen gesagt, dass der König die Königin vergiftet hat. Erzählen sich alle.«

Constantin war verwundert, dass selbst die Menschen hier im Norden Kandlots glaubten, der König hätte seine Ehefrau ermordet. Offenbar hatte sein Vater mehr Feinde als gedacht – oder seine Mutter mehr Freunde, je nachdem.

Der Duft der Kräuter erinnerte den Prinzen an Inga. Ihre Wunde hatte er einst mit ähnlichen Pflanzen versorgt. Sofort stieg in ihm der Wunsch auf, sich ihr anzuvertrauen. Ihr endlich zu sagen, wie viel Angst er vor dem Krieg und dem Kämpfen hatte. Er hatte ja kaum Erfahrung mit Waffen und wusste noch nicht einmal, ob er sein Schwert lange genug festhalten konnte, um sich zu verteidigen, geschweige denn anzugreifen.

Kaum war der Junge versorgt, verabschiedete sich Constantin von ihm, schob ihn durch die Tür hinaus und schritt, so schnell er aufgrund seines lahmen Beines konnte, hinüber zu Ingas Zimmer. Der Wirt hatte nur für ihn, Lady Mercedes und Inga Schlafstätten vorbereitet. Die übrigen Soldaten und die Prinzenwache schliefen draußen – wobei von Schlaf keine Rede sein konnte. Ihre Gesänge waren laut und deutlich zu hören.

Unmittelbar vor Ingas Zimmer hielt er inne, lauschte. Als er die Hand zum Klopfen erhob, vernahm er die Stimme von Lady Mercedes. Ihre Worte klangen beschwörend. Was sie sagte, ließ seine Hand wieder sinken.

***

Vielleicht hatte Schwester Mercedes recht. Vielleicht war es gut, dass der Prinz tapfer in den Krieg zog. Dennoch wünschte ich mir, Constantin würde wieder zu dem Mann werden, der er vor dem Tod der Königin gewesen war. Friedliebend, besonnen, mitfühlend.

Warum auch immer, alles in mir sträubte sich mir den Prinzen auf dem Schlachtfeld auszumalen. Die bloße Vorstellung, ihn zwischen feindlichen Soldaten zu sehen, schnürte mir erbarmungslos die Kehle zu.

Nachdem die Goldene Schwester zurück in ihr Zimmer gegangen war und ich mich notdürftig gewaschen hatte, spielte ich mit der Idee, zu Constantin zu gehen. Ich wollte unbedingt mit ihm sprechen, ihm für die Behandlung des Jungen danken und ihn fragen, ob ich über Nacht bei ihm bleiben durfte.

Doch ich hatte zu viel Angst. Angst vor einer Zurückweisung, vor Mercedes' Blicken und davor, dass jemand aus der Prinzenwache mich erwischen könnte.

Die Soldaten, die extra für den Königssohn bereitgestellt worden waren, hatten sich inzwischen auch zu den anderen Kriegern nach draußen gesellt, ich hörte ihre Lieder trotz der geschlossenen Fenster. Sie freuten sich auf den Krieg, waren siegessicher und guter Dinge. Ich hingegen zitterte bei den Gedanken an die feindliche Armee. Wir durften König Ansgar aus Noredellä nicht unterschätzen!

Was, wenn ich fiel und Constantin nicht mehr beschützen konnte?

Mit Hirngespinsten über gegnerische Truppen sank ich irgendwann in einen unruhigen Schlaf und erwachte erst wieder, als die ersten Sonnenstrahlen meine Nase kitzelten.

Heute war der Tag, an dem wir Minsöd erreichen würden. Die Front.

***

Schon eine Stunde später brachen wir auf. Das Land vor uns wurde immer hügeliger. Wie Panzer mehrerer Schildkröten ragten die Erhöhungen aus der Erde. Ich ritt neben Schwester Mercedes und betrachtete die Gegend skeptisch. Wir kamen nur langsam voran und zweimal machten wir Rast, um den Pferden Pausen zu gönnen. Nach mehreren Stunden war der Himmel wolkenverhangen, es hatte sich zugezogen. Die Sonne versteckte sich hinter diesem finsteren Vorhang, wollte offenbar nicht sehen, was wir vorhatten und wohin unsere Reise ging.

Minsöd lag hinter einem Berg und war nicht mehr als ein mickriges Dörfchen. Gleich daneben entdeckte ich das Lager unserer Soldaten, die die Grenze zu Kandlot verteidigten. Ich staunte über das Meer aus Zelten. Die aus dunkelblauem Stoff gefertigten Behausungen boten Platz für Tausende Krieger. Auch Pferde entdeckte ich zuhauf.

Ich schnalzte, spornte meines dazu an, die letzten Meter schneller zurückzulegen.

Kaum erreichte ich das Lager, brachte ich das Ross mit einem sanften »Brrr« zum Stehen.

Zwischen den Zelten erblickte ich uniformierte Männer, Soldaten des Königs. Einer von ihnen kam auf mich zu.

»Euch schickt Dion«, begrüßte er mich lächelnd.

Der Krieger war ein Berg von einem Mann. Auf seiner Glatze entdeckte ich schwarze Bemalungen, die wohl Kraft bringende Symbole darstellen sollten. Für mich wirkten sie lediglich wie ein Muster. Der Bart des Soldaten machte einen gepflegten Eindruck und seine hellblauen Augen funkelten freundlich.

Mich schickte zwar nicht Dion, sondern vielmehr der König, doch ich dankte und saß ab.

»Ihr müsst Lady Inga sein«, sagte er in klarem, tiefem Ton. »Ein Bote berichtete mir von Euch. Mein Name ist Sir Henrik Bledden.«

Schwester Mercedes hatte mir schon von dem Ritter erzählt, weshalb ich höflich erwiderte: »Auch ich hörte von Euch.«

Der Ritter begrüßte Mercedes, die soeben neben mir vom Pferd gestiegen war, und empfing anschließend Prinz Constantin.

»Eure Hoheit«, raunte er und verneigte sich tief. »Es ist mir eine Ehre!«

Inzwischen waren weitere Soldaten hinzugekommen, die den Königssohn neugierig musterten. Ich schluckte. Mir gefiel es nicht, den Prinzen zwischen gestandenen Kriegern zu sehen. *Hier gehört er nicht her!*

Mein Magen zog sich zusammen. Constantin sollte inmitten eines Kräuterbeetes stehen, Pflanzen pflegen und Heilseren herstellen. In Sicherheit!

»Männer«, jubelte Sir Henrik erfreut, »morgen kämpfen wir mit dem Thronfolger!«

Die Menge grölte. Und mir wurde schlecht.

Ich dachte eigentlich, es konnte nicht mehr schlimmer werden, da entdeckte ich einen kleinen Jungen. Auf den ersten Blick sah er dem Wirtssohn ähnlich, doch er war es nicht, schließlich fehlte ihm die Wunde auf der Stirn.

Unter den Soldaten kämpften also auch Kinder! Vor Schreck machte mein Herz einen festen Satz. Keuchend presste ich beide Hände an meine Brust.

Wusste der König davon? Wusste er, wen er für seine Sache an die Front schickte? Wen er zum Sterben verurteilte?

Ich fürchtete vor Unglauben mein Gleichgewicht zu verlieren, tatsächlich aber blieb ich wie zur Salzsäule erstarrt stehen, bemerkte erst nach einer Weile, dass sich Mercedes, Sir Henrik und der Prinz von mir entfernten.

»Wie heißt du?«, fragte ich den Jungen vor mir, der dieselbe Uniform trug wie alle anderen Soldaten. Das Gewand war deutlich zu groß, offensichtlich nicht für ihn gemacht.

»Thomas«, antwortete er grinsend, »und du?«

Ich lächelte. »Inga.«

Obwohl sich meine Mundwinkel nach oben richteten, fühlte ich mich miserabel. Ich hoffte, dass Thomas uns morgen *nicht* aufs Schlachtfeld begleiten würde!

»Warum bist du hier?«, fragte ich ihn.

Der Bub zuckte mit den Achseln. »Um zu kämpfen.«

»Schon«, erwiderte ich und merkte, dass ich trotz der kühlen Brise schwitzte, »aber weshalb?«

»Mein Vater ist tot. Daher ziehe ich für unsere Familie in den Krieg.«

Ich betrachtete den Knirps vor mir. Vermutlich hatte das Gewand an seinem Leib einst seinem Vater gehört.

Ich wollte danach fragen, da drehte sich Thomas um und lief zu einer Gruppe von Männern, die ein Lagerfeuer entzündeten.

Ich hastete Sir Henrik, Mercedes und Constantin hinterher.

Der Ritter zeigte dem Prinzen sein Zelt, selbstverständlich das prächtigste und größte von allen. Genau wie die anderen Behausungen war es aus dunkelblauen Stoffen gefertigt – der Farbe Kandlots.

»Ruht euch vor dem Essen aus«, riet uns Sir Henrik und wies auf zwei Zelte neben jenem des Prinzen. »Dies sind eure Schlafstätten.«

Damit meinte er Mercedes und mich. Tatsächlich machte ich mich artig auf den Weg in mein Zelt. Kaum aber verschwand Mercedes zwischen ihren Stoffen, änderte ich meine Richtung.

Schnurstracks lief ich Constantin hinterher. Geschwind wie ein goldener Blitz sauste ich in sein Zelt.

Der Prinz musste mich gehört haben, denn er drehte sich abrupt um und warf mir einen überraschten Blick zu.

»Inga!«, raunte er.

Ehe ich etwas erwidern konnte, betrachtete ich die feine Einrichtung im Zelt des Königssohnes. Hier lagen weiche Teppiche am Boden und sogar ein Himmelbett entdeckte ich. Für die Ankunft des Prinzen waren keinerlei Kosten und Mühen gescheut worden.

»Inga«, wiederholte er entschlossener und seine Miene wurde plötzlich unergründlich, »was ... ähm ... machst du hier?«

Ja, was tue ich da eigentlich? Was erhoffe ich mir von einem Gespräch?

Dass er mich mit »Du« angesprochen hatte, war vermutlich ein Versehen gewesen. Dennoch zeigte es mir, dass wir sehr wohl mehr als Prinz und Leibwache waren. Wir waren vertraut miteinander. Mehr traute ich mich nicht zu denken.

Ich seufzte und holte tief Luft.

»Constantin«, setzte ich an und hoffte, ihm mit dieser intimen Anrede ins Gewissen zu sprechen, »du hast den Jungen im Wirtshaus meisterhaft behandelt. Es ist deine Bestimmung, Menschen zu heilen.«

Der Prinz kniff die Augen zusammen, verschränkte seine Arme. »Was willst du damit ... ähm ... sagen?«

Ich spürte die Distanz zwischen uns, nahm sie als eisernes Schwert wahr, das sich immer weiter in meine Seele bohrte. Warum nur schuf er diesen Abgrund?

Langsam ging ich einen Schritt auf Constantin zu. Sprang mit klopfendem Herzen über diese Kluft. »Du musst nicht kämpfen! Beweise dein Talent als Mediziner und versorge die Wunden im Lazarett.«

Der Prinz schüttelte den Kopf. »Ich bin nicht zum Kräuterzupfen in den ... ähm ... Krieg gezogen. Mein ... ähm ... Vater soll später von meinen Heldentaten hören.«

Der Muskel in meiner Brust krampfte sich zusammen.

»Oder von deiner Todesnachricht ... Constantin, bitte!«

Es ist zum Verzweifeln!

Der Prinz blickte mich eisern an. »Hör auf, mein Entschluss steht fest.«

Diese Aussage erinnerte mich an etwas anderes. Etwas, das eigentlich nicht hierhergehörte und nichts mit unserem Gespräch zu tun hatte. Dennoch schoss mir der Gedanke wie ein Pfeil durch meinen Kopf. Schmerzend.

»So, wie du dich beim Fest der reinen Blüte entschieden hast?«

Constantin runzelte die Stirn. »Das ... ähm ... Pergament wurde nie aus dem Teich geholt. Und selbst wenn ... Am nächsten ... ähm ... Tag wäre die Tinte unleserlich gewesen.«

Ich beschloss mein Wissen erst einmal für mich zu behalten und fragte stattdessen: »Sag mir, welchen Namen du aufgeschrieben hast.«

Constantin schluckte hörbar. Er wurde blass, konnte meinem Blick nicht mehr standhalten. »Das ... ähm ... ist nicht mehr wichtig.«

Ich bekam eine Gänsehaut und fürchtete, dass meine Beine ihren Dienst versagen könnten. »Aber mir bedeutet es etwas.«

Resigniert fuhr sich Constantin durch seine blonden Locken. »Lady Calla ... doch wie gesagt: Die ... ähm ... Brautschau hat keine Bedeutung mehr für mich. Hatte sie nie!«

Und plötzlich bröckelte die Steinmaske. Endlich kam die Verletzlichkeit in ihm zum Vorschein. Sein Blick wurde weich, liebevoll. Alles um uns herum erschien mir mit einem Mal heller, wie von Licht durchflutet.

Der Prinz ging auf mich zu, griff nach meinen Fingern. »Hätte ich ... ähm ... deinen Namen geschrieben, hätte ich dir quasi eine Zielscheibe an den Rücken gehängt. All meine ... ähm ... Feinde hätten gewusst, wem sie Schmerz zufügen müssen, um mich zu erpressen. Niklas, die Freunde meines Vaters ... alle hätten meinen ... ähm ... wunden Punkt gekannt.«

Seine Haut fühlte sich warm an, wie ein Kuss der Sonne. Er sah mir in die Augen. »Ich wollte es dir noch vor der ... ähm ... Zeremonie sagen, doch es gab keine ... ähm ... Gelegenheit mehr.«

Hinter meinen Lidern brannte es. Ich merkte, wie Tränen meinen Blick langsam verschleierten.

»Inga, du ... ähm ... kannst auch im Zelt Wache halten. Ich gebe es nicht gern zu, doch ich habe ... Angst.«

Gern wäre ich bei ihm geblieben und hätte mich in sein Bett gelegt. Ihm in der Nacht vor dem Blutvergießen beigestanden.

Doch er hatte mich gerade belogen. Auf dem Pergament hatte ein anderer Name gestanden, nicht der der Großherzogstochter.

Daher erwiderte ich: »Das wäre nicht angemessen.«

***

Dass mir Constantin die Unwahrheit gesagt hatte, nagte an mir. Zerriss mich von innen heraus. Ich begriff nicht, weshalb er gelogen hatte. Hatte ihm unsere gemeinsame Nacht nichts bedeutet? War ich eine Närrin, mir eingebildet zu haben, er würde *mich* lieben? *Nur mich?*

Ich setzte mich ans Lagerfeuer und lauschte den Soldaten. Ich erfuhr Geschichten, die mir die Nackenhaare aufstellten. Viele Männer hatten in der vorhergegangenen Schlacht Finger oder andere Teile des Körpers verloren. Zahlreiche Stunden im Lazarett verbracht. Die geschickten Mediziner hatten die Männer wieder zusammengeflickt, nur damit sie erneut in den Tod ziehen konnten.

Ich stillte meinen Hunger mit Bratwürsten, die wir über dem Feuer grillten. Die Luft roch stickig, nach Rauch und Schweiß. Die Flammen prasselten und einzelne Glimmerfunken stoben gen Himmel, hinauf zu den Sternen. Die Schwärze der Nacht trübte meine Gedanken.

Ich wünschte, alles wäre anders verlaufen. Wäre Kestralls und mein Plan doch nur aufgegangen! Dann wäre Ivan jetzt begraben und Constantin König von Kandlot. Wer auch immer Königin Valerie vergiftet hatte, ich schwor mir, ihren Mörder zu finden und zur Strecke zu bringen!

»Iss, morgen steht ein harter Kampf bevor!«, raunte Mercedes mir von der Seite zu und reichte mir ein Stück Brot.

Dankend nahm ich es an, riss die Kruste ab und aß diese zuerst. Unsicher schielte ich hinüber zu Constantin, der Anekdoten über die erste große Schlacht lauschte. Sir Henrik schmückte die Ereignisse detailliert aus.

Ein kalter Schauder rauschte über meinen Rücken. Dass wir morgen Teil dieser Kämpfe sein sollten, fraß sich wie Gift durch meine Knochen. Meine Beine fühlten sich bleiern an, als könnte ich nie wieder aufstehen.

Durch die flirrende Luft nahm ich den Prinzen nur verzerrt wahr, beobachtete, wie er interessiert zuhörte. Ich schluckte schwer, versuchte den Kloß in meinem Hals loszuwerden, doch es ging nicht.

Obwohl der Königssohn in seinen Prinzgewändern stattlich aussah, erkannte ich weiterhin den ängstlichen Mann in ihm.

Hatte ich einen Fehler gemacht? Hätte ich ihm versprechen sollen diese Nacht bei ihm zu bleiben? Was, wenn es die letzte Chance dazu gewesen war?

Meine Entscheidung konnte ich nicht mehr ändern, wohl aber meinen körperlichen Zustand beeinflussen. Daher verabschiedete ich mich, kaum dass ich mein Brot und die Bratwurst verzehrt hatte, und legte mich in meinem Zelt zur Ruhe.

Ich schlief schlecht, träumte andauernd von diesem wunderschönen blonden Engel.

***

Am nächsten Morgen weckten mich die Laute der Soldaten. Die Männer rüsteten sich für eine erneute Konfrontation mit den Kriegern Noredelläs.

Auch ich griff nach meinem Schwert und prüfte, ob es am Gürtel fest verankert war. Geschwind klopfte ich Staub von meiner Uniform und marschierte nach draußen.

Gleißendes Sonnenlicht blendete mich und ich schirmte ihre Strahlen mit der Hand ab.

Mercedes kam mir entgegen. »Guten Morgen«, rief sie schon von Weitem und schwang ihr Schwert in der Luft. »Bereit für einen Kampf?«

Mein Magen zog sich krampfhaft zusammen und am liebsten hätte ich mich übergeben. *Ich* war perfekt ausgebildet.

Ich konnte mit meiner Waffe umgehen. Aber Constantin nicht. Egal was heute geschah, er musste diesen Tag überleben.

Für sein Königreich! *Und für mich.*

»GEH UND KOMM NICHT ZURÜCK!«

Der Himmel hatte sich verfinstert. Dunkle Wolken schwebten wie bedrohliche Monster über unseren Köpfen und hingen zwischen den Bergen im Osten. Es donnerte. Blitzte. Bald würde es zu regnen beginnen. Die Welt versank in Finsternis.

Es war, als würde Dion wissen, welch dunkler Tag heute angebrochen war.

Wir ritten zum Schlachtfeld. In Reih und Glied. Wie aufgefädelte dunkelblaue Perlen.

Die Erde unter den Hufen der Pferde war bereits niedergetreten. Wiesen oder Blumen gab es hier nicht mehr. Alles war tot, von Blut durchtränkt. Bei der ersten Schlacht hatte niemand das Gebiet des anderen eingenommen. Nichts gewonnen, nichts verloren. Außer dem Leben zahlreicher Krieger.

Vor uns warteten die Soldaten Noredelläs. Ein Teppich aus weißen und violetten Uniformen. Ich erinnerte mich an König Ansgar und seine elfengleiche Tochter, Prinzessin Elin. Das blinde Mädchen hatte bei der Brautschau ein Geschenk für Constantin dabeigehabt, einen Strauß Lavendel. Sie hatte den Prinzen wirklich gemocht. Plötzlich bildete ich mir ein, das Kraut zu riechen.

Jetzt standen wir ihren Truppen gegenüber, bereit uns gegenseitig die Köpfe einzuschlagen. Die Männer wirkten siegessicher, waren mit Schwertern und spitzen Pfeilen ausgestattet.

Kalter Wind kam auf, fuhr mir unter meine goldene Uniform. Mich fröstelte. Krampfhaft krallte ich meine Finger um den Griff meines Schwertes und lenkte mit der anderen Hand mein Pferd weiter vorwärts.

Vor mir ritten Prinz Constantin, Sir Henrik und Mercedes. Hinter mir befanden sich die Soldaten, die bereits an der Front gekämpft hatten, und das Heer, mit dem wir nach Minsöd gezogen waren. Auch die Prinzenwache war unter uns, doch ich vertraute ihnen Constantins Leben nicht an.

Mein Blick blieb beim Königssohn hängen. Mir wurde heiß und kalt. Ein einziger Pfeil würde genügen, um ihn zur Strecke zu bringen.

Ehe ich mich weiter mit Gedanken quälen konnte, ritten die Soldaten Noredelläs auch schon auf uns zu. Mit lautem Geschrei kamen sie näher und schossen Pfeile auf uns ab.

Ein Surren erklang. Für den Bruchteil einer Sekunde funkelten die Geschosse wie Sterne über dem wolkenverhangenen Himmel. Dann sausten sie auf uns herab wie Hagel.

Ich gab dem Pferd die Sporen, schloss zu Prinz Constantin auf. Der Wind peitschte mir das Haar aus dem Gesicht.

Einer der Soldaten Noredelläs war dem Königssohn nahe gekommen und richtete sein Schwert auf ihn. Constantins weit aufgerissene saphirblaue Augen spiegelten sich in dem polierten Stahl wider.

Gerade in dem Augenblick, als der Krieger zuschlagen wollte, wehrte ich den Angriff ab. Es klirrte. Das metallische Geräusch verursachte mir eine Gänsehaut.

Ich hörte das Schreien des Mannes und roch seinen Schweiß.

Erneut hob der Krieger sein Schwert und versuchte auf Constantin einzuschlagen. Mühelos konterte ich den Schlag und schaffte es sogar, den Mann zu entwaffnen. Ohne zu zögern trieb ich ihm mein Schwert bis zum Anschlag zwischen die Rippen.

Blut quoll hervor und tränkte seine Uniform. Mir wurde von dem Geruch nach Kupfer übel und am liebsten hätte ich mich übergeben. Stattdessen zog ich meine »Vollstreckerin« – so hatte ich mein Schwert einst getauft – aus dem Körper des Mannes.

Er röchelte, ächzte nach Luft. Sein Blick wurde leer, jeder Lebensfunke darin erlosch. Der Soldat fiel rückwärts vom Pferd und blieb vor uns am Boden liegen.

Mein zweiter Mord.

Zeit, diese Situation zu verkraften, bekam ich nicht.

In letzter Sekunde schmetterte ich mein Schwert gegen eine weitere herannahende Klinge. Der Aufprall schmerzte in meinem Arm, erschütterte mich bis ins Mark.

Das Blut pulsierte in meinen Ohren und die Laute des Kampfes drangen nur gedämpft zu mir durch. Schreie, das Aufeinanderprallen von Stahl.

Jede Faser meines Körpers war angespannt, während ich sämtliche Angriffe abwehrte.

Drei Tote. Vier, fünf, sechs – ich hörte auf sie zu zählen.

Constantin blieb die ganze Zeit über hinter mir. Ich schützte ihn – mit meinem Leben.

Stunde um Stunde verrann. Und doch schienen Zeit und Raum stillzustehen.

Schweiß explodierte aus all meinen Poren. Zudem hatte es zu regnen begonnen. Mein Haar klebte nass an meinem Kopf und die Uniform an meinem Körper. Feuchte Erde spritzte bei jedem Schritt der Pferde auf und beschmutzte unsere Gewänder.

Mercedes kämpfte nur wenige Meter von mir entfernt, tötete manchmal zwei Männer mit nur einem Schlag.

Die Worte des Königs hallten durch meinen Kopf: *»Mercedes tötet alle naselang.«*

Erst jetzt begriff ich, wie wahr diese Worte waren. Wie mühelos die Schwester mit ihrem Schwert umging – als wäre es eine Verlängerung ihres Armes.

Auf ihrem Ross wirkte sie wie eine gefährliche Kriegerin, die jeden nur erdenklichen Feind in die Flucht schlagen konnte. Ihre Augen funkelten grau wie der Himmel und ihr Blick schien tödlicher als die Klinge in ihrer Hand.

Auch Sir Henrik ging geschickt mit seinen Waffen um, lockte sein Pferd durch die Reihen der gegnerischen Soldaten und strauchelte kein einziges Mal. Bestimmt jagte er einigen Männern allein schon wegen seiner ungewöhnlichen Kopfbemalung Angst ein.

»Aah!« Constantin hatte aufgeschrien.

Mein Herz brannte, machte einen einzigen festen Satz.

Es regnete inzwischen so stark, dass das Prasseln sämtliche Geräusche überdeckte. Doch seine Stimme hätte ich überall vernommen.

Mein Inneres gefror zu Eis. In derselben Sekunde drehte ich mich um und erkannte, dass einer der Krieger Noredelläs Constantin am Arm verletzt hatte.

Das Blut, das aus seinem Ärmel quoll, wurde sogleich vom Regen fortgespült. Dennoch sah ich, dass der Prinz gequält sein Gesicht verzog.

Ohne zu zögern lenkte ich mein Pferd hinüber zu dem Angreifer und drosch wütend auf ihn ein. Der Mann parierte, entwaffnete mich fast, da ich aufgrund meiner Panik ungelenk zugeschlagen hatte.

Der Regen trübte meine Sicht. Dennoch schaffte ich es, auch ihn zu entwaffnen. Gerade aber als ich dem Soldaten meine Klinge ins Fleisch jagen wollte, wurde Constantin von der anderen Seite angegriffen.

»Constantin!«, schrie ich energisch und riss meinen Kopf zur Seite. Mein nasses Haar breitete sich wie ein Fächer in der Luft aus. »Pass auf!«

Tatsächlich reagierte der Prinz auf meinen Ruf, hob seine Klinge zögernd in die Höhe. Stahl prallte aufeinander. Constantin keuchte, doch er hatte den Angriff abgewehrt.

Ein weiteres Mal stieß ich zu, tötete den ersten Angreifer und half Constantin mit dem zweiten.

Es war wie ein Spiel. Ein tödliches Spiel.

Ich setzte alles auf eine Karte: Constantin. Es wäre mir egal, hier und heute zu sterben, solange er nur am Leben blieb.

***

Am Ende des Tages hatten wir etwa hundert Männer verloren. Zahlreiche lagen verwundet am Schlachtfeld und mussten ins Lazarett gebracht werden.

Es war keine Niederlage, doch gesiegt hatten wir auch nicht. Alles war beim Alten geblieben.

Noredelläs Krieger hatten sich nach einigen Stunden zurückgezogen. Ihnen musste klar gewesen sein, dass sie unser Lager nicht zerschlagen konnten. *Noch nicht.*

Ich hatte nicht damit gerechnet, auf derart harte Gegner zu treffen. Meine Ausbildung war vortrefflich gewesen und ich hatte geglaubt es mit jedem Feind aufnehmen zu können.

Tatsächlich war es äußerst mühsam gewesen, mich zu verteidigen und dabei auch noch Constantin nicht nur den Rücken frei zu halten, sondern ihn gänzlich zu schützen.

Doch er hatte überlebt. Stand zitternd auf der blutgetränkten Erde. Das Schwert in seiner Hand hatte er nur ein paarmal benutzt und doch klebte es voller Blut. Der rote Lebenssaft war überall: in meinen Haaren, an meiner Kleidung. All die anderen sahen ähnlich besudelt aus wie ich.

Nachdem Mercedes und ich uns mit einer Schüssel voll Wasser gewaschen, uns umgezogen und die Pferde versorgt hatten, statteten wir den Verwundeten im Lazarett einen Besuch ab.

Inzwischen hatte der Regen aufgehört, Blut und Wasser versickerten im Boden.

Ich hielt Ausschau nach dem kleinen Thomas. Das Schlachtfeld hatte ich schon nach ihm abgesucht und festgestellt, dass er überlebt haben musste. Da er auch hier nicht war, war er offenbar glimpflich davongekommen.

Mercedes und ich halfen die Verwundeten mit frischen Kräuterwickeln zu versorgen. Anschließend wollte ich mit Constantin sprechen, der natürlich als Erster von den Medizinern versorgt worden war. Er befand sich zusammen mit Sir Henrik bei den anderen Soldaten.

Genau wie gestern war ein Lagerfeuer entzündet worden. Thomas saß neben zwei Kriegern und erzählte stolz, wie er sich gegen die Soldaten der feindlichen Armee verteidigt hatte. Ich lächelte. Der Junge hatte ein Kämpferherz und war offenbar unverletzt.

»Brotkruste?« Mercedes setzte sich neben mich und reichte mir zwinkernd den harten Rand ihres Brotes. Inzwischen war auch ihr aufgefallen, dass ich diesen Teil am liebsten mochte.

Grinsend dankte ich und zerkaute die Rinde, während ich weiterhin Constantin beobachtete.

Die Männer um ihn herum rissen Witze, doch ich verstand nicht so genau, was sie sagten. Das Feuer knisterte zu laut und die Gespräche der anderen Soldaten um uns herum übertönten ihre Worte.

Nach einer Weile fiel mir auf, dass dem Prinzen das Lächeln wie aus dem Gesicht gefegt war. Seine blauen Augen fixierten die Flammen, starrten ins Leere.

Was geht dort drüben vor sich?

Irgendwann erhob sich der Prinz und schritt zu mir herüber.

»Ericson, wir müssen uns unterhalten!«, sagte er laut, sodass die Krieger um uns herum ihre Gespräche beendeten und neugierig lauschten.

Ericson? Warum konnte er mich nicht einfach *Lady Inga* nennen? Welche Laus war ihm denn über die Leber gelaufen?

»Sofort!«

Überrascht von seinem Befehlston erhob ich mich und warf Mercedes einen fragenden Blick zu. Diese zuckte mit den Achseln und runzelte die Stirn. Auch sie hatte keine Idee, weshalb der Königssohn so grob mit mir umging.

Mit klopfendem Herzen folgte ich ihm in sein Zelt. Es war dunkel, ich sah kaum die Hand vor Augen.

Kaum war der Stoff zugezogen, zeterte Constantin los: »Inga, hör auf mich zu beschützen!«

Immerhin nannte er mich wieder bei meinem Vornamen, doch die Härte im Klang seiner Stimme versetzte mir einen Stich. Die »Ähms« fehlten. Er war wütend.

»Ich bin Eure Leibwache!«, erinnerte ich ihn.

Constantin schnaubte. »Nicht im Krieg!«, knurrte er, fuhr sich durchs Haar und fügte sanfter hinzu: »Die Männer scherzen bereits über uns, halten uns für ein Ehepaar mit vertauschten Rollen.«

Darüber also hatten die Soldaten vorhin Witze gerissen. Über Constantin und mich!

Mein eigener Scherz kam mir wieder in den Sinn. *Prinz Conni* hatte ich ihn damals genannt. Nun schämte ich mich dafür.

»Sie irren sich. Wir sind nicht verheiratet«, entgegnete ich schlicht, doch innerlich bebte ich. Wieder war ich den Tränen nahe.

Constantin nickte, verschränkte seine Arme. »Weil du mich nicht wolltest ...«

Weil ich ihn nicht wollte?

Der Schmerz im Klang seiner Stimme war wie ein Schlag in die Magengrube. Natürlich erinnerte ich mich an den Abend vor dem Fest, als er mich gebeten hatte alle Bedenken über Bord zu werfen und seine Frau zu werden. Im ersten Schock hatte ich verneint, war aber dann zu ihm ins Bett gegangen, weil ich ihn ... liebte!

Er tat mir unrecht. Ich dachte an die Pergamentblüte. Mein Herz wurde schwer. So, als würden es zahlreiche Gewichte in den Abgrund ziehen und ersäufen. »Offenbar hängst du ja an einer anderen ...«

Constantin legte den Kopf schräg.

»Von wem sprichst du?«

Ich war nicht bereit für dieses Gespräch. Hatte Angst vor der Wahrheit. Verschwieg ihm, was ich gelesen hatte. Daher wich ich wieder einmal aus, sprach ihn in der Höflichkeitsform an.

»Verzeiht, Eure Hoheit. Ich wollte meine Gren...«

»Hör auf!«

Plötzlich packte Constantin meinen Arm. Erschrocken zuckte ich zusammen. Mir fiel auf, dass seine Wunde verbunden worden war. Constantin aber war Linkshänder, weshalb die Wunde nicht weiter störte.

»Wollt Ihr mich schlagen?«, giftete ich und funkelte ihn angriffslustig an. »Euer Vater wäre sicher stolz!«

Kaum hatte ich diesen Satz ausgesprochen, ließ er mich los. Enttäuscht taumelte er zu seinem Bett. Mein Blick wanderte zu seinem lahmen Bein, es musste ihn nach den Strapazen des Tages fürchterlich schmerzen.

»Wenn du denkst, dazu wäre ich fähig, Inga, dann verlass auf der Stelle mein Zelt. Geh und kommt nicht zurück!«

Sofort bereute ich meine im Zorn unbedachten Worte.

Gerade als ich etwas erwidern wollte, hörte ich einen Ruf von Mercedes.

»Feuer!!!«

»MORGEN KÖNNTEN WIR SCHON TOT SEIN.«

Constantin und ich rannten aus dem Zelt und trauten unseren Augen kaum: Das Lager stand in Flammen! Wie rote Feuerzungen loderten sie hinauf in den Nachthimmel und fraßen sich von Zelt zu Zelt.

Sofort stieg mir der Rauch in die Lunge und kratzte mich im Hals. Jeder Atemzug brannte. Meine Augen tränten.

»Wir müssen es löschen!«, schrie Sir Henrik und ordnete an Wasser aus dem nahe gelegenen Fluss – einem Seitenarm der Rhös – zu holen.

Ich schwitzte, reihte mich in die Menschenkette ein und reichte Eimer für Eimer weiter. Auch Thomas befand sich unter den Helfern und arbeitete tatkräftig mit.

***

Es dauerte Stunden, bis das Feuer unter Kontrolle gebracht und schließlich gelöscht werden konnte. Am Ende blieb eine Frage offen: Warum hatte es überhaupt gebrannt?

»Haltet die Eindringlinge!«, rief Thomas in diesem Augenblick und zeigte auf zwei fremde Männer, die versuchten sich heimlich in die Dunkelheit der Nacht davonzumachen.

Sir Henrik preschte los und fasste einen von ihnen, schleuderte ihn zu Boden.

Ich keuchte, als wäre ich diejenige, die auf die Erde geworfen worden war.

Der Mann fluchte in einer mir unbekannten Sprache – vermutlich ein Dialekt aus Noredellä – und schlug wild um sich. Er wehrte sich wie eine Fliege, die im Netz einer giftigen Spinne zappelte.

Inzwischen waren weitere Soldaten aus unseren Reihen Sir Henrik zu Hilfe geeilt und packten den Kerl grob an Armen und Beinen. Sie richteten ihn auf und brüllten ihn an die Brandlegung zuzugeben.

»... und was haben eure Leute als Nächstes vor?«, fragte einer unserer Krieger und boxte dem feindlichen Soldaten brutal in den Magen.

Mir wurde schon vom Zusehen übel. Dennoch trat ich neugierig näher heran. Auch ich wollte Informationen über die Pläne von König Ansgar – falls dieser einfache Mann hier überhaupt Kenntnis davon hatte. Vermutlich war er bloß geschickt worden, um Feuer in den Zelten zu legen, und wusste nicht mehr.

»Spuck es schon aus! Ich weiß, dass du unsere Sprache verstehst«, drohte ein anderer und versetzte ihm einen weiteren Tritt. Diesmal gegen das Schienbein.

Der Feind keuchte, presste anschließend wieder die Lippen zusammen. Er war seinen Anführern treu, plauderte keine Informationen aus.

Und gerade, als ich dachte, dass wir den Soldaten als Geisel behalten sollten, meinte Sir Henrik: »Ihn durchzufüttern hätte keinen Sinn. Er ist ein unwichtiger Narr und wird uns keine einzige Goldmünze einbringen ...«

Bauernopfer, hallte es durch meinen Kopf. Dieser Mann war ein toter Mann.

»Halt«, sagte einer. »Tötet ihn noch nicht. Vielleicht können wir die Pläne der Nordmänner aus ihm herausfoltern!«

Kaum war dieser Vorschlag ausgesprochen, nickten die Männer um uns herum. Am liebsten hätte ich laut »Nein« gerufen, doch es hätte ohnehin niemand auf mich gehört und ich wäre nur kindisch genannt worden.

Einer der Krieger holte einen glühend heißen Schürhaken und hielt ihn drohend über das Gesicht des Eindringlings. Das Metall funkelte rot und ich wollte mir gar nicht vorstellen, wie es wäre, dieses auf meiner Haut zu spüren. Sämtliche meiner Eingeweide zogen sich zusammen.

Und da hörte ich den Eindringling auch schon wie am Spieß schreien.

Entsetzt sah ich zu, wie dem Mann das heiße Ende des Hakens auf die Stirn gedrückt wurde. Das Gebrüll fraß sich mir durch Mark und Bein wie ein Parasit.

Es musste meilenweit zu hören sein! Doch helfen würde ihm niemand. Selbst sein Komplize hatte die Beine in die Hand genommen und war gerannt, als wäre der Unheilige Urian hinter ihm her.

»Sag schon, was habt ihr noch für geniale Einfälle?«, spottete der Soldat mit dem Schürhaken und drückte kräftiger zu.

Der Geruch von verbranntem Fleisch flutete meinen Verstand. Plötzlich war mir eines klar: Gewalt war nichts, wofür man einstehen sollte. Sie war schrecklich! Und ich Dummkopf war auch noch stolz auf meine Kampfkunst gewesen.

Der Eindringling gab keine Informationen preis, weshalb ihm einer unserer Soldaten schließlich die Kehle durchschnitt.

Als das Blut wie ein Wasserfall hervorschoss, griff ich reflexartig nach Constantins Hand.

»Komm«, wisperte ich, »ich muss dir etwas sagen.«

***

Ich hatte bewusst das Du gewählt, damit er erkannte, wie wichtig mir das Gespräch war. Nachdem ich seine Hand wieder losgelassen hatte, liefen wir schnurstracks hinüber zu Constantins Zelt.

Nun ... *ich* rannte. Der Prinz humpelte mir nach, so schnell ihn sein lahmes Bein trug, immer wieder sah ich mich zu ihm um.

Kaum waren wir ungestört, platzte ich auch schon mit den Worten heraus: »Du hattest recht!«

Im Zelt war es so dunkel, dass ich nur Constantins Silhouette wahrnahm. Von ihm ging eine angenehme Wärme aus und am liebsten hätte ich mich einfach in seine Arme geworfen. Plötzlich wusste ich ganz genau, was ich wollte.

Nachdem er eine Kerze entzündet hatte, wandte er sich mir zu und gluckste. »Ich weiß«, erwiderte er selbstbewusst, fügte jedoch hinzu. »Ähm ... womit genau?«

Tonlos erwiderte ich: »Menschen sollten nicht töten.«

Schweigen.

Die Kerze auf dem Tischchen links von uns zuckte.

Irgendwann sprach er in die Stille hinein: »Und doch … ähm … ist das Schwert dein liebster Begleiter.«

Vielleicht machte es auf den Prinzen den Eindruck, als wäre mir mein Schwert, meine »Vollstreckerin«, das Liebste auf der Welt. Doch das war nicht der Fall.

»Nein«, wisperte ich daher und trat einen Schritt näher an den Königssohn heran, »das bist *du*, Constantin. Deshalb … deshalb tat es auch so weh, als ich die Blüte aus dem Teich fischte und Djanas Namen las …« Niemals würde ich diesen Moment vergessen. An dem Abend, als die Königin gefallen und ohnehin meine Welt zerstört worden war, hatte ich auch noch die Blüte auseinandergefaltet und *Lady Djana* gelesen.

Djana, die Küchenhilfe. Seine erste große Liebe. »Du wirst mich nie so lieben wie sie.«

»O Inga …« Constantin kam auf mich zu, doch ich hob abwehrend meine Hände.

»Warte«, sagte ich. »Es hat eine Weile gedauert, das zu verarbeiten. Aber ich weiß jetzt, dass ich … dich trotzdem brauche.«

Der Prinz schüttelte den Kopf, als hätte ich etwas Irrsinniges von mir gegeben. »Hör mir bitte zu«, verlangte er. »Djana war lange Zeit die einzige … ähm … Person, der ich vertrauen konnte. Selbst bei meiner Mutter war ich mir manchmal unsicher, ob sie mich in ihrem … ähm … Leben wollte …«

Constantin machte eine Pause, wartete offenbar, ob ich ihn unterbrach, doch das tat ich nicht. Ich war viel zu neugierig, was er mir zu sagen hatte.

»Ich … ähm … wählte Djanas Namen, um Vater an ihre Ermordung zu erinnern – ihn vor allen Adeligen erblassen zu sehen. Deinen konnte ich nicht schreiben. Wäre mein … ähm … Plan gescheitert – was ja auch der Fall war –, hätte ich dich ans Messer geliefert.«

Ich schluckte. »Plan?«

»Vater … ähm … zwang mich, mich selbst zu töten, solltest du es nicht über dich bringen. Daher wollte ich nach der Brautverkündung ein … ähm … ›spezielles‹ Gift nehmen, heimlich untertauchen und dich irgendwann zu mir zu holen. Ich wollte dir vor dem Fest noch alles erklären, doch am Ende kam ohnehin ... ähm ... alles anders. Ich ahnte ja nicht, dass du die Blüte aus dem Teich geholt hast. Warum hast du mich nicht ... ähm ... gleich danach gefragt?«

Er hatte Gift nehmen wollen? Vom Hof verschwinden? All das hatte ich nicht gewusst. Er hätte mich in seinen Plan einweihen müssen! Die Vorstellung, zusammen irgendwo anders ein neues Leben beginnen zu können, war so schön, dass ich schluchzte. Nach dem Öffnen der Blüte hatte ich ihn nicht zur Rede stellen können. Angst hatte meine Lippen versiegelt. »Ich wollte nicht hören, dass du immer nur Djana geliebt hast«, wisperte ich unter Tränen.

Constantin keuchte. Er streckte eine Hand nach mir aus.

Ich ließ zu, dass er meine nasse Wange streichelte.

»Aber Inga, wahrhaftig geliebt habe ich nur dich.«

Er wollte seine Finger wegziehen, doch ich griff danach und legte sie zurück an meine Wange. Mein Herz verriet mir, dass er die Wahrheit sprach. Ich hatte es satt, dass andauernd etwas zwischen uns stand. Es war an der Zeit, diese Mauer ein für alle Mal einzureißen.

»Du warst nach dem Tod der Königin so kalt, so distanziert ...«

Constantin trat näher an mich heran, legte seine Stirn an meine. Er roch nach köstlichen Kräutern wie früher, hatte also irgendwann die Zeit gehabt, sich einen Tee zuzubereiten. Ich schloss die Augen, gab mich diesem vertrauten Geruch nach Geborgenheit hin.

»Ich wollte ... ähm ... stark sein. Für Mutter, das Volk und ... dich«, sagte er.

Sein Atem strich sachte über mein Gesicht wie eine wärmende Sommerbrise.

»Verzeih mir, Inga. Ich ... ähm ... war ein Narr, dich nicht sofort in mein Bett geholt zu haben.«

Unsicher öffnete ich die Lippen. Meine Worte waren kaum mehr als ein Flüstern. »Dann nimm mich heute mit zu dir.« Ich öffnete die Augen, suchte seinen Blick. »Morgen könnten wir schon tot sein.«

Stumm fielen wir uns in die Arme. Auf einmal bedurfte es keiner Worte mehr, um unseren Gefühlen Ausdruck zu verleihen.

Ich sog seinen Geruch in mich ein wie ein heilendes Elixier. Obwohl Constantin wie ich an manchen Stellen nach Blut, Kampf und Leid roch, bildete ich mir ein, den Duft von Kräutern stärker wahrzunehmen.

Der Prinz nahm mein Gesicht in beide Hände. Er war kaum größer als ich, weshalb es reichte, den Kopf in den Nacken zu legen. Das Strahlen in seinen Augen verzauberte mich.

Sanft berührten sich unsere Lippen. Seine schmeckten nach warmem Tee. Liebevoll strich ich über sein glattes Gesicht und vergrub anschließend meine Hände in den blonden Locken.

Wir küssten uns vorsichtig. Behutsam, als würden zwei Federn im Flug aufeinandertreffen. Doch das reichte mir nicht mehr. Verzweifelt ließ ich meine Zunge in seinen Mund wandern, umschlang seinen Körper und zog ihn an mich.

Alles in mir drehte sich. Mein Herz raste, sprang dem Mann entgegen, der es mir gestohlen hatte. Ich schenkte es ihm nur zu gern, verlor mein Herz und meinen Körper, der so sehr nach seinen Berührungen lechzte.

Meine Knochen drohten sich in Watte zu verwandeln, so benommen machte mich unser Kuss.

Wir ließen uns auf Constantins Himmelbett fallen. Die Matratzen waren weich, fingen uns auf.

»O Inga«, raunte Constantin neben meinem Ohr. Sein heißer Atem kitzelte mich am Hals, während seine Finger mit meinen Haaren spielten.

Ein wohliger Schauder rauschte über meinen Rücken, als er mich zärtlich aus der Uniform schälte. Auch ich strich ihm die Kluft von den Schultern und warf die Gewänder achtlos auf den Boden. Jedes Kleidungsstück war störend.

Wir hielten uns nackt im Arm. Anstatt mich endlich in Besitz zu nehmen, schaute mich Constantin einfach nur an. Strich über meine Wangen, meine Schultern, meine Brüste.

Sehnsucht flutete meine Adern. Wie Feuer ließ sie mich brennen.

Alles, was außerhalb dieses Zeltes vor sich ging, verlor plötzlich an Bedeutung. Es zählten nur noch wir beide.

Er streichelte meinen Rücken und ich spürte, wie sich sämtliche Härchen auf meinem Körper aufrichteten. Es war, als würde meine Haut vor Vorfreude glimmen. Seine Hand wanderte weiter nach unten. Und endlich packte er mich und zog mich unter sich.

Ich sah ihm tief in seine saphirblauen Augen. Entdeckte trotz der Dunkelheit im Zelt das lodernde Verlangen darin. Es war an der Zeit, diese Gier zu stillen. Mehrmals. Heute Nacht würde auch ich ihn nicht schlafen lassen.

***

Ich hätte diese Augenblicke gern festgehalten wie einen Talisman, der mich vor allem Übel dieser Welt beschützen konnte. Doch genau wie jedes Mal, wenn ich die Zeit hatte anhalten wollen, war sie nur umso schneller verronnen.

Der Morgen war gekommen. Und damit eine interessante Nachricht.

»Friedensverhandlungen?«

Skeptisch musterte ich Sir Henrik, der eine Botschaft vom feindlichen Lager erhalten hatte.

Sir Jon, ein Ritter Noredelläs, wollte mit Prinz Constantin unter vier Augen verhandeln. Nachdem wir den See, an dem die Pferde unserer Feinde stets getrunken hatten, mit Gift verseucht hatten, waren sie geschwächt worden und jetzt offenbar auf einen Waffenstillstand aus.

Schwester Mercedes nahm Sir Henrik das Schreiben aus der Hand.

»Ich weiß nicht so recht«, meinte sie argwöhnisch, »sie verlangen, dass Prinz Constantin *allein* zu den Gesprächen kommt ... Was, wenn es eine Falle ist?«

Und was, wenn nicht? Was, wenn hier und heute der Krieg enden könnte?!

»Ich werde es riskieren«, erklärte Constantin entschieden und blickte erst mich, dann Mercedes und schließlich Sir Henrik eindringlich an.

Wir standen vor Constantins Zelt und beratschlagten, wie wir mit solch einer Nachricht umgehen sollten. Mussten wir nach diesem vermeintlichen Grashalm des Friedens greifen? Oder würden wir uns die Finger daran schneiden?

Schlussendlich waren es die Entscheidung des Prinzen und seine Worte, die uns zu dem Schluss kommen ließen, dass wir es zumindest in Betracht ziehen mussten, auf dieses Angebot einzugehen.

Sir Henrik räusperte sich. »Reitet mit der Unterstützung der Prinzenwache. Sir Jon muss klar sein, dass Ihr nicht vollkommen schutzlos durch die Landschaft spazieren werdet!«

In mir breitete sich ein ungutes Gefühl aus. Am liebsten wäre ich mit dem Prinzen geritten, hätte ihn keine Sekunde aus den Augen gelassen. Seit wir uns letzte Nacht erneut gefunden hatten, klopfte mein Herz im Rhythmus seines Namens.

»Lady Mercedes, Lady Inga, wir bleiben hier, wie es Sir Jon verlangt«, entschied der Ritter. »Keine Goldenen Schwestern – das wird explizit erwähnt.« Worte, die keinen Widerspruch duldeten.

Und wir blieben.

Besorgt sah ich Constantin und der Prinzenwache nach, wie sie von dannen ritten, hinüber zum feindlichen Lager. Die dunkelblauen Umhänge flatterten im Wind.

Der rechte Arm des Königssohnes war verwundet und ich hoffte, dass es zu keiner Auseinandersetzung kommen würde.

Hoffte und betete.

Ich kniete mich in meinem Zelt nieder, drückte meine Fäuste ans Herz und beschwor alle Engel, Seelen und Dion selbst, Constantin auf dieser Reise zu behüten.

Draußen hörte ich die Männer miteinander reden. Sie sprachen bereits von der Heimreise und davon, wie sehr sie sich auf ihre Familien freuten. Ich aber konnte diesen Enthusiasmus nicht teilen.

Mein Herz raste, klopfte mir bis zum Hals.

Wo Constantin wohl gerade war?

Handelte er gerade den Frieden aus? Und wenn ja, würde König Ivan damit zufrieden sein? Wollte er überhaupt, dass diese Schlacht zu Ende ging?

Ich erinnerte mich an seine Worte, die er gedankenverloren nach der Ratssitzung gesprochen hatte: *»Inzwischen bin ich mir unsicher, ob dieser Krieg die* *beste Lösung war. Vielleicht hätte ich auf Euren Vater hören und einen Handel vorschlagen sollen.«*

Bereute er seine Taten? Oder war dies nur ein kurzer Anflug von Vernunft gewesen?

Stunde um Stunde verging. Meine Knie schmerzten. Meine Gebete wurden flehender.

Und plötzlich ...

»Sie kommen!«

Jede Faser meines Körpers bebte. Keuchend rappelte ich mich auf, stolperte aus dem Zelt. Die plötzlichen Sonnenstrahlen blendeten mich. In meinem Hals hatte sich ein Kloß gebildet, der sich nicht hinunterschlucken lassen wollte. Unsicher hielt ich nach Constantin Ausschau.

Weiße Schleierwolken trieben am blauen Himmel dahin, vor mir erstreckte sich das erdige Schlachtfeld. Wüsste man nicht, dass der Boden dort mit Blut getränkt war, hätte es auf den ersten Blick wie ein Feld mit gewöhnlichen roten Mohnblumen wirken können.

Doch tatsächlich. Dort, in der Ferne, entdeckte ich dunkelblaue Punkte, die immer größer wurden. Die Prinzenwache und Constantin. Sie näherten sich. Hoben sich deutlich am Horizont ab.

»Constantin!«, schrie ich und winkte wie eine Verrückte, obwohl er mich nie und nimmer sehen konnte.

Mercedes trat neben mich. Ihre schulterlangen Haare waren an den Spitzen feucht, also hatte sie sich die Wartezeit mit Waschen vertrieben. Jeder hatte so seine Taktiken, um sich zu beruhigen.

Ich wollte ihnen entgegenlaufen, als Mercedes wisperte: »Da stimmt etwas nicht!«

Ich war wie vom Donner gerührt. Was meinte sie? »Wa...?«, wollte ich fragen, kam jedoch nicht weiter.

»Constantin ist verwundet«, keuchte sie plötzlich.

Worte, die mir das Blut in den Adern gefrieren ließen. Ihre Aussage traf mich wie ein Schlag. Schweiß brach mir aus allen Poren. Ich fühlte, wie es mir eiskalt den Rücken hinablief.

Panisch starrte ich in die Ferne. Und wahrhaftig! Der Prinz wurde auf seinem Pferd von zwei Männern gestützt, konnte sich kaum aufrecht halten.

Mein Herz schmerzte, als läge Stacheldraht darum herum.

Auf einmal versagten meine Beine ihren Dienst. Genau jetzt, wo ich sie am meisten gebraucht hätte. Ich knickte ein, hielt mich am Pfosten meines Zeltes fest, um nicht zu Boden zu gehen.

»Nein«, raunte ich, die Wahrheit verdrängend. Und doch sah ich mit eigenen Augen das Blut, das an Constantins Gewändern klebte. Dunkelrot wie Weinflecken. Aber es war nicht die süße Flüssigkeit, die seine Uniform tränkte. So sehr ich es mir auch wünschte.

Ich atmete ein paarmal ruhig ein und aus, redete mir ein, dass alles gut war. Und es funktionierte.

Geschwind wie ein Blitz sauste ich den Männern entgegen. Einmal drehte ich mich um und gewahrte, dass mir Mercedes folgte. Mein goldener Umhang zischte hinter mir her wie eine Sternschnuppe.

Ungelenk stolperte ich weiter über das Schlachtfeld. Rannte über Blutlachen, sprang über verwesende Körperteile, verscheuchte Aasgeier und Fliegen. Meine Glieder wurden schwerer und schwerer.

Endlich vor den Soldaten angekommen hatte ich nur Augen für ihn. *Constantin.*

»Was ist geschehen?«, rief ich aufgebracht und bemerkte, dass der Prinz in Ohnmacht gefallen war und reglos in den Armen eines Kriegers lag.

Ein Blick genügte, um die vielen Verletzungen zu erkennen. Sein verwundeter rechter Arm war das geringste Problem! Ein Dolch steckte zwischen seinen Rippen! Und alles war voller Blut. Es roch nach Kupfer.

Mir drehte sich der Mangen um und fast hätte ich mich übergeben. Vor Angst schrie ich auf, hielt mir die Hände vor den Mund, um den Ruf zu ersticken. Meine Augen waren vor Schock weit aufgerissen.

Mercedes kam neben mir zum Stillstand. Sie bewahrte Ruhe. Hatte den Anmut einer Königin.

»Bringt ihn sofort in sein Zelt!«, befahl sie strikt.

»Aber … das Lazarett«, brummte der Krieger, der Constantin festhielt, und wies mit einer Hand zu den Medizinern, die stets die Wunden der Soldaten versorgten.

»Nein«, donnerte Mercedes los. Ihre Stimme klang dunkel. Unnachgiebig. Ich bekam eine Gänsehaut. »In sein Zelt. Auf der Stelle!«

Die Soldaten blickten sich ratlos an, entschieden dann stumm der Anordnung der Goldenen Schwester Folge zu leisten.

Auch ich wollte ihnen ins Zelt nachgehen, doch Mercedes hielt mich auf. »Halt«, rief sie und streckte mir eine Hand entgegen. »Du wartest hier!«

Worte wie ein Dolchstoß. Entsetzt schüttelte ich den Kopf. Ich würde ganz sicherlich nicht hier ausharren, während Constantin verblutete! Außerdem konnte ich helfen! Ich war vielleicht nicht die beste Heilerin, kannte mich mit Kräutern und Verbänden aber gut genug aus, um Mercedes assistieren zu können.

»Wir holen die Ärzte«, meinte der Krieger, der Constantin in sein Zelt getragen hatte, und wollte schon loslaufen.

»Nein! Lasst mich mit Constantin allein! Wenigstens für ein paar Minuten!« Mercedes blieb hart. Sie sperrte uns aus, wollte sich ohne Hilfe um den Prinzen kümmern. Selbst Sir Henrik, der inzwischen auch herbeigeeilt war, zuckte ratlos mit den Schultern.

Ich verstand die Welt nicht mehr. »Ich will zu ihm«, schrie ich und machte einen weiteren Versuch, an Mercedes vorbeizugehen. Diese gab daraufhin Sir Henrik ein Zeichen, der mich zusammen mit einem anderen Krieger an den Armen packte und vom Zelt wegzerrte.

»Nein!« Ich wand mich in ihrem Griff, bis mir die Kraft ausging und sie mich losließen.

Als hätte mir jemand mit einem Hammer auf den Hinterkopf geschlagen, taumelte ich verloren draußen vor Constantins Zelt herum. Warum ließ Mercedes niemanden herein?

***

Um mich nicht weiter verrückt zu machen, sammelte ich schließlich ein paar

Pflanzen im angrenzenden Wald. Ein paar der Gräser und Kräuter würde Mercedes früher oder später schon brauchen können.

Der kühle Duft des Forstes klärte meine Sinne. Endlich schöpfte ich wieder Hoffnung. Mercedes war eine erfahrene Goldene Schwester. Sie wusste schon, was sie tat. Wahrscheinlich wollte sie allein mit Constantin sein, um all ihre Konzentration auf ihn richten zu können.

Kaum kehrte ich mit dem Bündel zum Zelt zurück, streckte Mercedes auch schon ihren Kopf heraus. Ihr Gesicht hellte sich auf, kaum dass sie mich mit den Pflanzen erblickte.

»Sehr gut«, meinte sie dankend und nahm die Kräuter entgegen, »und jetzt bring mir bitte noch frische Verbände.«

»Geht es Constantin gut? Wird er es überstehen?«, fragte ich mit rasendem Herzen.

Die Vorstellung, von seinem bevorstehenden Tod zu hören, lähmte meine Glieder, pumpte hysterische Panik durch meinen Körper.

Zu meinem Glück nickte Mercedes. »Ja, er wird gesund«, versprach sie mir und lächelte sanft.

Ob sie wusste, wie viel mir Constantin bedeutete?

***

»Die Friedensverhandlungen waren ein Hinterhalt«, erklärte mir Sir Henrik, nachdem ich Mercedes die gewünschten Verbände gebracht hatte.

Wir schritten Seite an Seite zwischen den Zelten hindurch und kontrollierten die Stoffe. Dort, wo etwas verbrannt war, machte sich der Ritter auf einem Papier Notizen und würde später jemanden zum Flicken vorbeischicken. Weshalb das die Arbeit des Ranghöchsten war, begriff ich nicht. Vielleicht aber lenkte sich Sir Henrik auf diese Art von dem falschen Spiel der Feinde ab.

»Es ging nie um einen Waffenstillstand?«, fragte ich und zeigte auf ein Loch in einer Zeltwand.

Sir Henrik seufzte, prüfte den Rest des Zeltstoffes und erwiderte schließlich: »Laut meinen Männern wurde Constantin sofort angegriffen. Es ist ein Wunder, dass er noch lebt!«

Angst und Sorge machten grenzenloser Wut Platz. Plötzlich konnte ich die nächste Konfrontation mit diesen Barbaren kaum erwarten und hoffte, so viele wie nur möglich zur Strecke zu bringen. Ich wollte meinen Schmerz mit dem Blut der Feinde betäuben.

Niemals hätte ich solche Übeltaten von König Ansgars Männern erwartet. Wusste der nordische Monarch von diesem Hinterhalt? War er auf seine Anordnung hin geschehen?

Ich dachte an Prinzessin Elin, an ihre Reinheit und Güte.

Auch ihr Vater war mir besonnen vorgekommen.

Nein, entschied ich daher. Gewiss wusste Ansgar von dieser Tat nichts. Dies war allein Sir Jons Werk.

Beim Gedanken an diesen Schergen kniff ich vor Zorn die Augen zusammen. Ich würde ihn kriegen – *und töten!*

»Wann kämpfen wir wieder?«, fragte ich daher und hoffte, dass die Antwort »morgen« lauten würde. Doch zu meiner Enttäuschung sagte Sir Henrik: »Sobald die Verstärkung von Königin Sabita angekommen ist. Wir sind derzeit den Leuten von König Ansgar in der Zahl unterlegen und würden uns mit einem Angriff nur ins eigene Fleisch schneiden.«

Der Ritter blieb stehen, prüfte den dunkelblauen Zeltstoff eines Soldatentrupps und kritzelte anschließend etwas auf sein Papier. Erst jetzt fiel mir auf, dass er mit links schrieb – genau wie Prinz Constantin.

»Ihr seid Linkshänder?«, erkundigte ich mich daher und wies auf die Feder in seiner Hand.

Sir Henrik nickte. »Scharf beobachtet«, grinste er, »im Kampf ein Vorteil, denn ich bin auch rechts sehr geschickt.«

»Also im Grunde ein Beidhänder?«, sagte ich lachend und tat, als würde ich mit beiden Händen kämpfen.

Gewiss brachte es dem Ritter Vorteile, rechts und links ein Schwert schwingen zu können. Plötzlich wünschte ich mir ebenfalls ein solches Talent zu haben. Zwar hatte ich oft mit der linken Hand meinen Dolch gepackt, doch richtig gewandt war ich nicht damit gewesen.

Mein Dolch.

Ich musste an meine Schwester denken. Katga. Ihr hatte ich diese Waffe gegeben, um sich im Falle des Falles verteidigen zu können. Nach wie vor musste die Klinge in ihrem Besitz sein, es sei denn, sie hätte sich ihrer entledigt.

Nachdem wir sämtliche Zelte überprüft hatten, verabschiedete sich Sir Henrik und zog sich in seine Unterkunft zurück.

Ich entschied noch einmal bei Mercedes und Constantin nach dem Rechten zu sehen.

Schnurstracks machte ich mich auf und stand wenige Augenblicke später vor dem Zelt des Königssohnes.

»Prinz Constantin braucht Ruhe«, meinte Mercedes jedoch, kaum dass ich eintreten wollte.

Sie stand im Eingang und hielt mich erneut auf.

»Ich möchte zu ihm«, beharrte ich eisern und wollte mich an meiner Mitschwester vorbeidrängen.

Stur funkelte sie mich an. »Nein!«

Ich kniff die Augen zusammen. *Weshalb darf ich nicht zu Constantin?* »Nenn mir einen Grund!«

Mercedes schnaubte. »Er ist zu schwach.«

Jetzt war ich es, die genervt die Luft ausstieß. »Pah«, machte ich, »zu schwach, um mich zu sehen? Wohl kaum!«

Während ich mit Sir Henrik die Zelte überprüft hatte, waren Stunden vergangen und ich begriff nicht, weshalb mich Mercedes nicht zum Prinzen ließ.

»*Ich* bin seine Leibwächterin«, fügte ich eindringlich hinzu, als wäre dies die Zauberformel, um Zutritt zu bekommen. Mich machte die Tatsache, dass ich überhaupt Überredungskunst einsetzen musste, wütend. Mercedes war nicht seine Mutter! Sie hatte kein Recht, darüber zu bestimmen, wer ihn sehen durfte und wer nicht. Noch dazu hatte sie bisher niemanden eingelassen. Nicht einmal die Mediziner aus dem Lazarett.

»Es tut mir leid«, wiederholte Mercedes mit dem Klang der Endgültigkeit in ihrer Stimme. So, als wäre nun alles gesagt.

Doch für mich war hier nichts in Stein gemeißelt. In meinem Bauch brodelte Ungeduld.

»Lass. Mich. Zu. Ihm.« Ich betonte jedes einzelne Wort, knurrte wie ein Bluthund.

Wie von Geisterhand war meine Rechte hinunter zum Gürtel gewandert und umklammerte den Griff meines Schwertes.

»Mercedes«, beschwor ich sie und blickte sie so eindringlich an, dass ich selbst glaubte gleich Feuer aus meinen Pupillen schießen zu können. »Ich will zu Prinz Constantin!«

»Nei…«

Ich zog mein Schwert, schwang es in der Luft.

Auch Mercedes hatte ihre Waffe gezogen.

Metall prallte aufeinander. Funken stoben auf.

»Tu das nicht, Inga …«, zischte sie und beäugte mich, als wäre ich eine dumme Gans.

Damit heizte sie meine Wut noch mehr an.

Mercedes trat mir aus dem finsteren Zelt heraus entgegen. Sie wehrte jeden meiner Angriffe mühelos ab, bewegte lediglich ihr Handgelenk hin und her. Es sah aus, als kostete es sie überhaupt keine Anstrengung!

Ich aber keuchte. Die Sonne brannte erbarmungslos auf uns herunter und verwandelte den Weg zwischen den Zelten in eine Bühne. Ein paar Soldaten näherten sich uns, beobachteten amüsiert unser kleines Duell.

»Warum, Mercedes?«, keifte ich und hob mein Schwert. Es glänzte in der Sonne, spiegelte die Strahlen.

In der Klinge der anderen Goldenen Schwester gewahrte ich mein Abbild. Ich sah gefährlich aus.

Mercedes schnaubte. »Der Prinz hat nur um Haaresbreite überlebt. Er braucht jetzt keine liebestolle Gespielin, sondern eine Goldene Schwester, die einen kühlen Kopf bewahren kann!«

Worte, die mehr schmerzten als ein Hieb ihres Schwertes. Mein Herz blutete. Nicht nur, dass sie von unserer Liebe wusste, sie verurteilte sie auch noch.

Ich ließ mein Schwert sinken.

Liebestoll hatte sie mich genannt. Nein, so war die Lage nun wirklich nicht. Natürlich begehrte ich den Prinzen, war aber dennoch bei klarem Verstand.

»Dann«, setzte ich an und klang dabei wie eine Giftschlange, »dann sollte dir klar sein, dass er mich viel lieber an seiner Seite hätte als dich!«

Mit diesen Worten schöpfte ich neuen Mut, vollführte einige Schwünge mit meiner Waffe und ging wieder auf Mercedes los.

Diese fing meinen Schlag geschickt ab, das Klirren des Stahls erschütterte meinen Arm. Mercedes war schnell und wendig. Ich erinnerte mich, dass sie auch schon im Kontinentalen Krieg vor etwa dreißig Jahren gekämpft hatte. Vor mir stand eine Gegnerin, die mir an Erfahrung weit überlegen war.

Und so war es auch kein Wunder, dass sie mich schließlich entwaffnete. Ich keuchte, als mir mein Schwert aus der Hand geschlagen wurde und im Staub liegen blieb. Entsetzt blickte ich ihm nach. Sah, wie es erst auf der Klinge tanzte und schließlich scheppernd zu Boden fiel.

»Ich sage dir, wann du zu deinem Prinzen kannst«, erklärte Mercedes und sah aus, als hätte sie die letzte Stunde gemütlich auf einem Bett gelegen. Kein bisschen müde.

Ich hingegen schwitzte, schnaufte wie ein Pferd nach dem Galopp und zitterte. Dieser Kampf hatte mich immense Kraft gekostet. Und trotzdem hatte ich eindeutig verloren.

Zornestränen traten in meine Augen, heiß wie glühendes Eisen, und ich wischte sie mit der Hand schnell weg, damit niemand sie sehen konnte. Anschließend hob ich mein Schwert auf und zog mich missmutig in mein Zelt zurück.

Wie lange würde es dauern, bis mich Mercedes endlich zu Constantin ließ?

***

Mercedes' Antwort auf die Frage, wann ich Constantin wiedersehen durfte, lautete jedes Mal wieder: »Noch nicht. Ich gebe dir schon Bescheid.«

Vom Prinzen getrennt zu sein, nicht zu wissen, wie es um ihn stand, war unerträglich. Ich spielte mit dem Gedanken, erneut gegen Mercedes anzutreten. Es musste doch eine Möglichkeit geben, sie zu besiegen!

Mein Verstand war es, der mich vom Kämpfen abhielt, daran erinnerte, dass Mercedes – genau wie ich – eine Goldene Schwester war. Ihre Gründe, weshalb ich mich von Constantin fernhalten sollte, glaubte ich jedoch nicht. Auch ich war eine geschulte Heilerin, konnte mit Kräutern und Verbänden umgehen. Was ich nicht schon in Gedeleen gelernt hatte, hatte mir Constantin beigebracht. Bisher hatte ich jeden Tag einmal das Lazarett aufgesucht, um dort nach dem Rechten zu sehen. Weshalb also traute sie mir nicht zu, diese Fachkenntnisse auch beim Thronfolger anzuwenden? Hinter ihren oberflächlichen Ausreden musste ein anderer Grund stecken.

Angsterfüllt starrte ich sie an. Sie war nicht meine Feindin. Hatte mich seit jeher beschützt. Was, wenn diese Zeit vorbei war?

Wollte sie mich von Constantin fernhalten, weil dieser – ich wagte es kaum zu denken – *starb?* Hatte sie mich angelogen, als sie die Worte *»Ja, er wird gesund«* an mich gerichtet hatte?

Allein die Vorstellung riss ein klaffendes Loch in meine Brust, füllte es mit brennender Verzweiflung.

Entmutigt wandte ich mich von Mercedes ab, beschloss meine Wut über Sir Jon und meine Angst wegen Constantin anderswo zu ertränken: am Schlachtfeld.

Einen Tag später würde es endlich eintreffen: das Bataillon aus Gondra, die Verstärkung, auf die wir gewartet hatten.

Jetzt hielt uns nichts mehr vom Kämpfen ab. Sir Henrik bestätigte, dass wir schon morgen in die Schlacht ziehen würden.

Mit dem Gedanken nach blutiger Rache schlief ich ein. Der Traum von dem blonden Engel begleitete meine Nacht erneut.

Kaum aber kitzelte mich die Sonne wach, verflüchtigte er sich wie eine Welle, die sich vom Strand zurückzog. Hervor kam der spitze Schmerz in meiner Brust, der mich von innen nach außen verbrannte. Als hätte mir jemand das Herz mit bloßen Händen entrissen.

Und während ich stumm auf dem Pferd den feindlichen Truppen entgegenritt, hatte ich nur eines im Kopf: diese Qualen mit noredellschem Blut zu ersäufen. Heute brauchte ich mich nicht um Constantin zu kümmern. Er lag, von Schwester Mercedes bewacht, in seinem Zelt. Nichts und niemand konnte mich also zurückhalten.

Ich schwang mein Schwert empor. Hinauf gen Himmel, wo grelle Blitze über den schwarzen Horizont zuckten. Ein Unwetter zog heran. Nun, dieses Unwetter war ich!

Es donnerte über unseren Köpfen.

Der Laut erschreckte einige Pferde und auch mein Ross wollte sich aufbäumen.

»Ganz ruhig«, wisperte ich dem Tier ins Ohr, ohne dabei meinen Blick von den Reihen der feindlichen Soldaten abzuwenden.

Erst gestern hatten wir die letzte Leiche vom Feld getragen, heute würden neue folgen – eine Blütenwiese aus Weiß und Violett. Das schwor ich mir.

Wieder begann der Kampf mit einem Feuerwerk an spitzen Pfeilen. Das Surren erfüllte die Luft. Vibrationen, die die Erde erzittern ließen. Für ein paar Sekunden war es still, beinahe friedlich, ehe die todbringenden Klingen ihre Ziele fanden.

Ein Mann neben mir – einer der unsrigen – wurde getroffen. An der linken Schulter. Ich beobachtete, wie er den Schaft des Pfeiles abbrach und achtlos zu Boden schmetterte. Dabei war sein Gesicht schmerzverzerrt. Trotz dieser Wunde zog er sein Schwert und ritt den Männern Noredelläs entgegen.

Ich folgte ihm. *Schreiend.*

Mein Schwert weiterhin gen Himmel gerichtet gab ich dem Pferd die Sporen und preschte voran.

Erneut zuckten weiße Blitze über unseren Köpfen, erhellten für die Dauer eines Wimpernschlags die trostlose Welt. Mein Herz klopfte. Rasend. Ich hörte das Rauschen meines Blutes lauter als das folgende Donnergrollen.

Ich wandte mich um, vergewisserte mich unsere Männer im Rücken zu haben. Sah mein Haar, das im Wind wehte – wie ein verheißungsvolles Banner, das das Heer aufforderte mir zu folgen. Tatsächlich aber war ich es, die

Sir Henrik nachritt. Ich richtete meine Aufmerksamkeit wieder nach vorn. Er kreuzte bereits seine Klinge mit einem Soldaten und streckte diesen kurz darauf nieder.

Ein Schauder durchzuckte meinen Körper. Ich hatte das Töten stets gehasst, doch nun, da ich mich an den Männern rächen konnte, die Constantin hatten töten wollen, badete ich im Blutrausch.

Blind vor Zorn schwang ich meine Waffe, schmetterte sie gegen die Rüstung eines feindlichen Kriegers. Dieser keuchte, bedrohte mich mit seinem Schwert. Kreischend fing ich den Angriff ab. Stahl klirrte.

Das Rauschen in meinen Ohren hatte sich in ein zartes Klingeln verwandelt. Von den Geräuschen des Krieges bekam ich kaum etwas mit. Als hätte jemand eine Glashaube über mich gestülpt, die jeden Lärm abschottete.

Zähneknirschend arbeitete ich mich voran. Inzwischen klebte mein Schwert voller Blut. Es glänzte rot, kaum dass ein Blitz die dunkle Landschaft erhellte.

Sir Henrik kämpfte rechts von mir, Thomas erblickte ich auf der anderen Seite. Beide waren geschickt im Umgang mit ihren Waffen. Ich bemerkte, dass der Ritter in beiden Händen ein Schwert führte, und lächelte dunkel in mich hinein. Der Beidhänder würde viele Verräter für ihre Taten bestrafen. Würde ihnen zeigen, wer hier der Stärkere war!

Plötzlich machte mein Herz einen schmetternden Satz. Donnerte eiskalt gegen meine Brust.

Thomas schrie.

Die Zeit fror ein.

Ich sah gerade noch, wie sich die Klinge eines Schwertes zwischen seine Rippen bohrte. Tiefer und tiefer. Blut quoll hervor. Tränkte seine viel zu große dunkelblaue Uniform.

Ich keuchte, ließ von meinem derzeitigen Gegenüber ab und ritt ihm zu Hilfe.

Doch es war zu spät.

Der Soldat aus Noredellä zog sein Schwert aus dem zuckenden kleinen Körper. Ich sah, wie das Licht in den Augen des Jungen erlosch.

Stöhnend kippte er vom Pferd und blieb in der Blutlache eines anderen liegen.

Thomas war tot.

»Nein«, schrie ich und spürte, wie es hinter meinen Lidern brannte. Tränen des Zornes glitzerten vor meinen Pupillen, als ich mich dem Soldaten zuwandte, der für den Tod des Jungen verantwortlich war.

Blind vor Wut drosch ich auf ihn ein, wieder und wieder.

Bis auch er schließlich seine Waffe fallen ließ und seinen letzten Atemzug tat.

Als wir nach der Schlacht Thomas' Leiche bargen, weinte ich bitterlich. Seine Lider waren geschlossen und in seinem Gesicht klebte Blut.

»SO IST UNSER LEBEN NUN MAL.«

Tag um Tag schwand dahin. Die Zeit verging. Zeit, in der wir vorwärtspreschten, Gebiete Noredelläs einnahmen und von nun an unser Eigen nannten. Die Front verlagerte sich nach vorn. Kandlot wuchs. Dank uns.

Die Dörfer der Ländereien, die wir für uns beanspruchten, waren bereits verlassen. Wir eroberten lediglich leere Häuser und tote Erde. Dennoch waren wir auf dem Vormarsch.

Noredellä schwächelte. Besonders da kein anderes Reich mehr mit König Ansgar Handel betrieb. Dank der Verstärkung aus Gondra waren wir unzerstörbar.

Zerstört war jedoch mein Innerstes. Mercedes schottete mich von Constantin ab und ich hatte den kleinen Thomas nicht retten können.

Irgendwann hatte ich tatsächlich Sir Jon niedergestreckt und später zugesehen, wie Krähen ihm die Augen auspickten.

Wir alle waren inzwischen vom Krieg gezeichnet. Ich selbst hatte einige Verletzungen erlitten. Einschnitte und Stichwunden. Nichts Lebensbedrohliches. Allerdings würden Narben bleiben. Körperliche und seelische.

Es war inzwischen September geworden. Wieder einmal marschierte ich vor Constantins Zelt auf und ab. Über mir schien die Sonne. Strahlend hell, so, als wüsste sie nichts von der Finsternis in meinem Inneren.

»Inga?«

Ich zuckte zusammen, fuhr herum. Hinter mir stand Mercedes. Sie trat aus dem Zelt und strich sich eine widerspenstige braune Locke hinters Ohr.

»Es ist so weit«, verkündete sie und schaute mich aufmunternd an. Ihr Gesicht hellte sich auf und ich bildete mir ein, ein Leuchten in ihren Augen auszumachen.

Woher kam diese gute Laune? Und was meinte sie mit ihrer Aussage. *Was* war so weit?

Verständnislos hielt ich in meinem Hin- und Herlaufen inne, blieb stehen und blickte sie unsicher an. Meine Stirn legte sich in Falten.

Die Goldene Schwester lächelte. »Du kannst zu Prinz Constantin«, erklärte sie lachend und hielt mir den Zeltstoff auffordernd auf.

Ich aber war wie vom Donner gerührt. Konnte mich nicht bewegen. Wie angewurzelt stand ich da und starrte auf Mercedes, die mir den Durchgang zum Königssohn öffnete.

Endlich. Nach all den Wochen des Wartens.

Viele Nächte lang hatte ich gegrübelt, wann wohl endlich der Tag kommen würde. Hatte schon gebangt, irgendwann einfach von seinem Tod in Kenntnis gesetzt zu werden.

Doch nun war es so weit.

Auch diesen Moment hatte ich mir schon in Gedanken ausgemalt. In meiner Fantasie war ich aufgesprungen und jubelnd ins Zelt gestürmt.

Und jetzt? Ich stand da wie erfroren. Regungslos. Mein Herz klopfte. Fest. Hart. Es tat beinahe weh.

Was würde mich im Inneren des Zeltes erwarten? Constantin, ja. Doch wie würde er nach all der Zeit auf mich reagieren? Was hatte ihm Mercedes gesagt, weshalb ich ihn nicht besuchte?

Diese seufzte. Ihr Gesichtsausdruck wurde weich, fast zärtlich.

»Ich dachte, du kannst es kaum erwarten und würdest wie der Wind an mir vorbeisausen«, gestand sie glucksend. »Willst du denn nicht zu ihm?«

»Doch!« Meine Stimme klang belegt und ich räusperte mich, um den Frosch im Hals loszuwerden.

»Dann komm!«

Und diesmal ließ ich es mir nicht zweimal sagen. Als würden eiserne Ketten von mir abfallen, rannte ich los.

Im Zelt war es finster, ich sah zuerst kaum die Hand vor Augen. Meine Pupillen mussten sich erst an die Dunkelheit anpassen.

Mercedes schloss den Durchgang, ließ uns ungestört miteinander sprechen.

Unsicher ging ich näher auf das Himmelbett zu. Inzwischen gewahrte ich die wichtigsten Umrisse und konnte mich einigermaßen orientieren.

Der Duft von Kräutern lag in der Luft. So, wie es früher im Gemach des Prinzen geduftet hatte. Nach Kamille und allen möglichen Heilpflanzen. Nur Lavendel und Rosmarin waren nicht dabei.

Die Vorhänge um das Bett herum schob ich zur Seite, um bessere Sicht auf den Prinzen zu haben.

Dieser hielt die Augen geschlossen, atmete friedlich ein und aus, als würde er schlafen.

»Constantin?«, wisperte ich sanft, um ihn nicht aufzuschrecken.

Meine Finger kribbelten, als ich sie zögernd nach ihm ausstreckte. Kurz bevor ich seine ins Gesicht hängenden blonden Locken wegstreichen konnte, schlug er seine Lider auf, beäugte mich mit geweiteten Pupillen.

»Inga«, krächzte er überrascht und räusperte sich.

Ich lächelte. Am liebsten wäre ich ihm um den Hals gefallen, hätte seinen Körper an den meinen gepresst. Doch ich blieb stehen, zog meine Hand zurück und verschränkte die Arme hinter dem Rücken.

»Es ist lieb, dass du mich besuchst«, fügte er hinzu und betrachtete mich weiterhin ungläubig.

Seine Irritation störte mich. Es war doch selbstverständlich, dass ich ihn endlich aufsuchte, nicht … *lieb*. Im Grunde störte es mich sogar, dass er nicht sofort aufsprang und mich küsste.

Ist er noch zu schwach? Nein. Constantin wirkte genesen, setzte sich im Bett auf und musterte mich nachdenklich. Die Kälte in seinem Blick war wie ein Schnitt in mein Herz. *Was ist nur los mit ihm? Freut er sich nicht über meine Anwesenheit?*

»Hat es dir Mercedes bereits mitgeteilt?«, fragte der Prinz und verschränkte seine Arme vor der Brust. Er trug ein weißes Nachtgewand, was ihn trotz der Finsternis blass wirken ließ.

Ich schluckte. »Wovon sprichst du?«

Mir schwante Übles und ich fasste mir instinktiv ans Herz. Mit der anderen Hand stützte ich mich am Bettpfosten ab.

Von der Taille abwärts war sein Körper verborgen. War ihm ein Bein abgenommen worden? Oder ...

»Dass«, setzte er da an und bedachte mich ernst, fast gefühllos. »Dass von nun an Mercedes meine Leibwächterin ist. Sie ist erfahren und wird mich vor weiterem Leid beschützen!«

Worte wie ein Todesstoß. Doch ich war nicht dumm.

Constantin hätte mir niemals die Schuld an dem, was mit ihm passiert war, gegeben.

»Hat sie dir aufgetragen, das zu mir zu sagen?«

»Das spielt keine Rolle.« Er drehte sich weg. »Ich habe mein Vertrauen verloren.«

***

Die Kämpfe gingen weiter – der Lauf der Dinge, als wäre nichts geschehen. Mein Herz war gebrochen.

Constantin hatte mich verstoßen, wollte mich nicht mehr an seiner Seite haben. Hatte sein *Vertrauen verloren*? Noch nie zuvor hatte ich solche Qualen erlitten wie in dem Augenblick, als er mich gebeten hatte sein Zelt zu verlassen und Mercedes reinzuschicken.

Was hatte sie mit ihm gemacht? Ihm Lügen über mich erzählt?

Oder hatten ihn die Männer Ansgars bereits gebrochen? Was war dort während meiner Abwesenheit geschehen? Es war, als wäre er ein anderer Mensch geworden. Kalt und brutal. Am Schlachtfeld glänzte Constantin. Das hatte ich gleich am nächsten Tag erleben dürfen.

Plötzlich hatte er keine Angst mehr vor Auseinandersetzungen, schwang sein Schwert wie ein geborener Krieger.

Sir Henrik zog beide Augenbrauen hoch und schenkte dem Prinzen einen anerkennenden Gesichtsausdruck, als dieser mit nur einem Schlag einen Feind niederstreckte.

Ich beobachtete Constantin. Er wirkte kräftig, als hätten ihn die Monate gestärkt, anstatt an seinen Reserven zu zehren. Welche Kräuter hatte ihm Mercedes verabreicht? Und warum teilte sie dieses Wissen nicht mit mir?

Fassungslos sah ich zu, wie der Prinz einen nach den anderen zu Fall brachte. Seine saphirblauen Augen funkelten mit der Uniform um die Wette, ehe diese nach einer weiteren Stunde des Blutvergießens rot getränkt war.

Seine offenen blonden Locken flogen wie ein Banner des Lichts um ihn herum, obwohl er nur Schrecken und Tod verbreitete. Auf seinem schwarzen Ross machte er eine gute Figur, als hätte er sein Leben lang nichts anderes getan, als auf Pferden in den Krieg zu ziehen.

Obschon Constantin nicht mehr auf meine Hilfe angewiesen war, hielt ich mich in seiner Nähe auf, beobachtete jeden seiner Kämpfe. Noch vor ein paar Monaten war ihm die Waffe aus der Hand gefallen. Heute streckte er sie empor wie ein wahrer Feldherr. Kein Wunder also, dass ihn die Männer am Abend mit Lob überhäuften und mit Fragen bombardierten.

Wir saßen um das Lagerfeuer. Die Sonne war längst vom Horizont verschluckt worden und Sterne glitzerten am Nachthimmel. Einzelne Funken stoben aus den Flammen hervor, glommen in der kühlen Luft. Das Feuer prasselte, wärmte uns.

Wir hatten allen Grund zu feiern, denn heute hatte Noredellä einen weiteren Rückschlag erlitten. Einen, den es nicht so schnell verkraften würde.

Wir hatten die Stadt Göd eingenommen. Eine wichtige Handelsstadt für das Land im Norden. Doch nicht nur das: Auch die Erzminen im Gebirge Wallak gehörten nun zu Kandlot. Die Männer Noredelläs hatten laut »Rückzug« gerufen und waren in Richtung der Provinz Inger verschwunden. Wie ein fliegender Flickenteppich aus weißen und violetten Bändern waren sie über die Hügellandschaft davongeholpert und -gestolpert.

»Stoßet an«, sang Sir Henrik und hob seinen Becher Bier in die Höhe. Auch ich hielt ein Gefäß mit dem Gerstensaft in Händen und hob es zögernd empor. Neben mir saßen lachende Soldaten, die den heutigen Triumph gebührend feierten. Sie erzählten sich Witze und spannende Situationen vom Kampf am Nachmittag.

Mir aber war nicht nach diesen Geschichten zumute. Ununterbrochen wanderte meine Aufmerksamkeit hinüber zu Constantin.

Dieser saß an der Seite Sir Henriks, dutzende Krieger hingen an seinen

Lippen. Plötzlich war Constantin ihr Held, wurde gefeiert wie ein Gott. Mir wurde übel. Das war nicht derselbe Prinz, der sich vor Schrecken übergeben hatte, als ich ihm bei seinem Attentat das Leben gerettet hatte. Dies war ein *anderer* Mann, der sich für seine Tapferkeit am Schlachtfeld ehren ließ.

Es war, als würde jemand mein ohnehin kaputtes Herz mit stählerner Faust zerquetschen. Stöhnend stellte ich mein Bier weg, umschlang meinen Oberkörper und wiegte mich selbst wie ein Baby hin und her.

Niemand beachtete mich. Nicht einmal Mercedes, die sich nun zu Constantin und Sir Henrik gesellte. Sie genoss die Veränderung des Prinzen, hatte ihn vermutlich selbst während seiner Genesungsphase mit neuen Werten und Ansichten gefüttert. Ob sie mit ihm heimlich das Kämpfen geübt hatte? Niemals hätte ich gedacht, dass sich Constantin so leicht würde beeinflussen lassen.

Plötzlich trafen sich unsere Blicke. Was ich in seinem Gesichtsausdruck erkannte, durchbohrte mich wie ein Pfeil: Eiseskälte, als wäre sein Herz gefroren.

***

Ivan Isgehart erwachte mitten in der Nacht. Kaum schlug er seine Augen auf und entzündete die kleine Kerze, erschrak er.

Calla war verschwunden.

Sie hatten den Abend gemeinsam in seinem Bett verbracht und waren Arm in Arm eingeschlafen. Jetzt aber strahlte ihre Betthälfte gähnend leer. Ungläubig ließ Ivan seine freie Hand über das Leintuch wandern. Es war noch warm, also war sie bis vor Kurzem hier gewesen.

Er schlug die Decken beiseite und schwang die Beine von der Matratze. Schnell steckte er seine Füße in die wärmenden Pantoffeln und zog sich seinen dunkelblauen Morgenmantel über das weiße Nachtgewand. Sein Schwert schob er in den Gürtel des Mantels.

Verunsichert verließ er sein Gemach und schlich durch die finsteren Gänge, hinüber in die ehemaligen Räumlichkeiten von Valerie Vanhaag, die nun Calla bewohnte. Silberbrüder, die in diesem Gang patrouillierten, versicherten ihm, dass die Königin nie in ihre Zimmer gegangen war.

Wohin also war Calla verschwunden?

Der König bildete sich ein, an seinem Nachthemd noch ihren süßen Duft von Jasmin wahrzunehmen, erinnerte sich an die Zärtlichkeit ihrer zierlichen warmen Hände. Jeden Tag aufs Neue erfreute sie ihn mit ihrer Güte und Ruhe. Nicht auszudenken, wenn ihr etwas zugestoßen wäre!

Nervös schritt er durch einen Korridor mit großen Fensterbögen, blickte hinaus auf den Wald und erstarrte.

Was war das? Erschrocken blieb der König stehen, starrte durch das Glas.

Dort, im Forst, gewahrte er ein rotes Funkeln. Was erhellten die Sterne da?

Sein Herzschlag beschleunigte sich. Er dachte an Prinzessin Britta. Was, wenn es nicht nur einen Dämon im Schloss gegeben hatte? Was, wenn ein zweiter hier sein Unwesen trieb und jetzt gerade auf die Jagd ging?

Aufgeregt rannte er nach draußen, ohne zuvor seine Wachen zu informieren. Die Angst, ein Bluttrinker könnte sich auf Calla stürzen, lähmte jede Vernunft in ihm.

Draußen war es kühl, weshalb der König mit der freien Hand seinen Morgenmantel enger an sich zog.

Unsicher drang Ivan in den Wald vor. Um nicht ungewollt ein Feuer zu legen, löschte er seine Kerze und setzte seinen Weg nur mit dem Licht der Sterne über ihm fort.

Nach einer Weile wollte Ivan kehrtmachen. Bald würde der Morgen grauen. Da entdeckte er es wieder, dieses rote Schimmern. Westlich von ihm, im Gebüsch.

Er keuchte. Griff nach seinem Schwert und beschloss sich dem Dämonenträger zu stellen.

Etwas irritierte ihn. Ein Geruch. *Der Duft von Jasmin.*

***

Die Kälte in Constantins Blick jagte mir einen eisigen Schauder über den Rücken. Entsetzt sprang ich auf, stieß dabei aus Versehen meinen Becher um und rannte weg.

Wir hatten unser Lager am Fuße eines Berges vor einem Nadelwald aufgeschlagen. Im fahlen Schein des Mondes wirkte es, als würde das Gebirge mit den Bäumen verschmelzen. In ebendiesen Forst rannte ich nun hinein.

Tränen brannten in meinen Augen. Doch ich hielt sie krampfhaft zurück, wollte mir meine Pein nicht eingestehen. Es durfte doch nicht sein, dass mich der Verlust eines Mannes derart quälte. Mercedes wäre entsetzt von meinen Gefühlen, würde an meiner Ausbildung zweifeln.

Erst nachdem ich die Laute der Soldaten am Lagerfeuer kaum mehr vernahm, hielt ich inne. Lauschte den Geräuschen des Waldes. Ich hörte ein Käuzchen, das Heulen eines Wolfes. Die Luft war kühl, roch aber so verführerisch frisch, dass ich sie tief einsog.

Die Kälte kroch unter den Stoff meiner Uniform und ich bekam eine Gänsehaut. Die fehlende Wärme der Flammen war sofort zu spüren. Und doch genoss ich das eisige Prickeln, das meine Angst einfror.

Plötzlich raschelte es.

Instinktiv zog ich mein Schwert. Egal ob Wolf oder Bär – ich würde mit jedem Raubtier fertigwerden.

Da trat Constantin zwischen Sträuchern hervor, beide Hände hielt er nach oben gestreckt, als würde er sich einem scheuen Tier nähern.

»Warum bist du weggelaufen, Inga?«, fragte er.

Mein Herz machte einen Satz. Ich hatte schon befürchtet, ihm würde mein Fehlen gar nicht auffallen.

Anstatt mein Wegrennen zu erklären, fragte ich mutig: »Was ist mit dir passiert?«

Damit meinte ich seine Veränderung. Seine neu gewonnene Sicherheit am Schlachtfeld.

Er aber betrachtete mich mit großen Augen. »Passiert? Ich wurde verwundet. Mercedes hat mich geheilt. Mir geht es gut!«

Der Prinz kam näher, senkte seine Hände.

Ich zitterte, überlegte, ob ich mein Schwert wegstecken sollte. Vor mir stand doch Constantin! *Mein* Constantin, der die Wunde an meinem Oberschenkel geheilt hatte und sich nichts sehnlicher gewünscht hatte als den Weltfrieden.

Doch halt. Nein. Diese Kälte in seinen Augen – wie gefrorenes Eis. Das war nicht *mein* Constantin!

»Nein«, spie ich ihm deshalb entgegen, »ich glaube nicht, dass es dir gut geht. Seit du aus deinem Zelt gekrochen bist, erkenne ich dich nicht wieder. Wurdest du von Ansgars Männern gefoltert? Was haben sie dir angetan? Was ist mit dir in den Zelten der Feinde geschehen, Constantin?«

»Dort? Nichts.«

Das Herz in meiner Brust hämmerte so fest, dass ich glaubte, es würde jeden Augenblick herausspringen.

»Du warst halb tot!«, schrie ich außer mir vor Verzweiflung und erinnerte mich daran, wie er ohnmächtig an der Brust des Kriegers gelehnt hatte. Überall war Blut gewesen!

Obwohl ich wie eine Furie tobte, blieb Constantin völlig ruhig. »Das war nie das Problem.«

Langsam wurde ich ungeduldig. »Und was dann? Sprich mit mir!«

Constantin senkte den Kopf, seine Stimme klang bitter. »Du würdest mich hassen, *töten*.«

Seine Aussage nahm mir den Wind aus den Segeln. Auf einmal fühlte ich mich kraftlos, erschlagen. Hatte er nach all der Zeit wirklich so wenig Vertrauen in mich? Ich liebte ihn doch!

»Das könnte ich niemals.«

Am liebsten hätte ich meine Hände nach ihm ausgestreckt, doch ich unterdrückte diesen Impuls. Stattdessen steckte ich mein Schwert zurück in den Gürtel meiner Uniform.

»Schwörst du es?«, wisperte Constantin. Seine Stimme war kaum lauter als das Rauschen der Tannenwipfel im Wind.

Ich runzelte die Stirn. »Mach mir keine Angst, Constantin.«

»Wenn dir das schon zu viel ist …«

»Sprich, oder …«

Constantin hob seinen Kopf.

Und da geschah es.

Zwei blutrote Augen leuchteten mir entgegen. *Die des Prinzen.*

***

Leise schlich Ivan durchs Gebüsch. Das rote Leuchten zwischen den Kiefern wurde immer deutlicher. Neugierig betrat er eine Lichtung im Wald.

Und dort, inmitten eines Schafgarbenfeldes entdeckte er sie: Calla, gehüllt in einen roten Morgenmantel. Sie wirkte wie eine rote Rose unter den weißen Blumen und bückte sich immer wieder zu den Pflanzen hinab. In ihrem Arm lag schon ein richtiger Strauß.

Ivan schmunzelte. Er wollte sich leise an sie heranschleichen und sie überraschen. Allerdings trat er genau in diesem Moment auf einen morschen Ast. Dieser knackste.

Erschrocken drehte sich das Mädchen um. »Mein Gemahl«, raunte sie verblüfft und riss ihre silbergrün funkelnden Augen weit auf.

Ein paar der Schafgarben glitten ihr aus dem Arm, doch den Rest hielt sie fest. »Was macht Ihr hier?«

Ivan musterte seine Frau, die mit wachem Ausdruck im Gesicht auf ihn zukam. Sie lächelte, was sein Herz leuchten ließ.

»Ich habe dich gesucht, mein Sonnenschein«, antwortete der König wahrheitsgemäß und zeigte auf den Strauß in ihren Händen. »Warum gehst du mitten in der Nacht Blumen pflücken?«

Der Duft von Jasmin und Schafgarbe umhüllte Calla wie ein besonders Parfum. Ihre vollen Lippen zuckten amüsiert. »Ich wollte Euch am Morgen damit überraschen, mein Mondlicht!«

Ivans Herz hüpfte erfreut. Schon immer hatte er sich eine Frau gewünscht, die sich für seine Empfindungen interessierte. Dass ihn Calla überraschen wollte, war mehr, als er sich je zu träumen gewagt hätte.

»Wie reizend«, erwiderte er und schaute seiner Gemahlin tief in die weit auseinanderstehenden Augen. »Gibt es dafür einen Anlass?«

Calla kicherte. »In der Tat!«

Ivan rieb sich die Hände aneinander und blinzelte. »Verratet Ihr es mir schon jetzt?«

»Nun gut«, sagte Calla grinsend, »aber es muss zunächst unser Geheimnis bleiben.«

»Gewiss«, versprach Ivan scherzend und zwinkerte.

Calla holte tief Luft. »Ich denke, ich bin guter Hoffnung!«

***

Benommen taumelte ich rückwärts, krachte mit dem Rücken gegen einen Baum. Mir wurde übel.

Meine Stimme klang belegt, brüchig. Ich fasste mir an den Hals, denn das Sprechen tat plötzlich weh, als hätte ich ein Reibeisen verschluckt. »Das ist doch nicht möglich!«

»Hätte ich ihn sterben lassen sollen?«

Ich zuckte zusammen. Jemand hatte sich von links genähert.

Diese rauchige Stimme kannte ich seit dem Tag, an dem ich Gedeleen verlassen hatte. Mercedes war uns in den Wald gefolgt.

Abrupt riss ich meinen Kopf herum, zog wieder mein Schwert. Entgeistert starrte ich in ein weiteres Paar roter Dämonenlichter.

Sie funkelten in der Dunkelheit des Waldes wie lodernde Feuer.

Krampfhaft umschlang ich den Griff meiner Waffe, bereit, mich um jeden Preis zu verteidigen. Ich konnte nicht glauben, was sich mir da offenbarte.

Mercedes hatte uns alle die ganze Zeit hinters Licht geführt.

»Du bist eine Dämonenträgerin?«

Sie seufzte. »Seit etwa neunzehn Jahren, ja.«

Die Goldene Schwester hob ihre Hände zum Zeichen, dass sie mich nicht angreifen würde. Doch ich ließ meine »Vollstreckerin« nicht sinken. Noch traute ich dem bösen Spiel meiner Mitschwester nicht.

Ich versuchte den Kloß in meinem Hals hinunterzuschlucken, und schielte hinüber zum Prinzen. »Aber warum hast du Constantin … verflucht?«

Mercedes schnaubte, als läge die Antwort auf der Hand. »Ohne mein Geschenk wäre er jetzt tot, Inga. Nur dank mir hast du deinen Prinzen noch! Aber er braucht nach wie vor meine Hilfe, muss sich erst an den Dämon in ihm gewöhnen.«

Ich keuchte, versuchte diese Information zu verdauen. Und ich hatte es schlicht für ein Wunder gehalten, dass es Mercedes gelungen war ihn zu heilen. Tatsächlich aber hatte diese Sache rein gar nichts mit einem Wunder zu tun. In Wahrheit hatte sie ihn auf ewig verdammt, zum Dämonenträger gemacht.

Tausend Fragen brannten in meinem Kopf. Irgendwo musste ich beginnen.

Noch immer hielt ich mein Schwert empor. Ich brauchte mehr Informationen. Erst dann würde ich entscheiden, wie ich weiter verfahren konnte.

»Wie hast du uns alle getäuscht, Mercedes? Wie hast du vor der Schwesternschaft verheimlicht, dass du eine Trägerin bist?«

In der Ferne heulte ein Wolf, doch ich sah mich nicht um. Die gefährlicheren Monster standen vor mir. Wie gebannt stand ich da, starrte abwechselnd den Prinzen und Mercedes an und wartete darauf, dass sich die Situation entspannte.

Die Goldene Schwester lächelte freudlos.

»Nun«, setzte sie gedehnt an, »eigentlich habe ich nicht alle getäuscht. Valerie wusste Bescheid! Und Kestrall.«

»Niemals«, stieß ich heraus und umklammerte den Griff noch fester. Im Mondschein bemerkte ich, dass meine Knöchel weiß hervortraten.

Mercedes seufzte wieder schwer. »Ich bin seit Jahren Valerie treu ergeben. Das hat sich auch nach meiner Verwandlung nicht geändert.«

»Wie ... wurdest du zur ... Trägerin?«

Das Glühen ihrer roten Augen brachte mich fast um den Verstand, doch ich brauchte Antworten.

Mercedes nickte, als hätte sie nur auf diese Frage gewartet. »Wie gesagt, ich wurde vor etwa neunzehn Jahren verflucht. Kannst du dir nicht zusammenreimen, was geschehen ist?«

Dass sie jetzt auch noch die Dreistigkeit besaß, in Rätseln zu sprechen, ärgerte mich. Doch mir dämmerte die Antwort, ehe ich überhaupt meinen Unmut darüber hätte äußern können.

Gedeleen hatte zwei Dämonenangriffe überstanden. Beim ersten war ich noch zu jung gewesen, um das Ausmaß einer solchen Katastrophe zu begreifen. Damals hatte unsere Ausbildnerin Odine Hilfe holen lassen. Goldene Schwestern. Eine davon musste Mercedes gewesen sein.

Endlich verstand ich, warum sie jünger als die anderen aussah.

»Schwester Tia hat einst das Gerücht geäußert, dass Odine verfluchte Schwestern verschont hat«, sagte ich und erinnerte mich genau an diesen Moment. »Du warst eine dieser Frauen.« Es war keine Frage.

Mercedes schmunzelte und nickte, was den Rest Unsicherheit in mir auslöschte.

»Du trinkst also Menschenblut. Aber musst du töten?«, fragte ich und dachte an Constantins unzählige Aufzeichnungen im Schlosskeller. Dass diese Menschen Mercedes' Opfer gewesen waren, hätte ich nie geahnt – und Constantin gewiss auch nicht.

Die Goldene Schwester legte ihren Kopf schief. Auf meine Frage, ob sie töten musste, antwortete sie: »Nicht unbedingt. Aber die Opfer wundern sich sonst, weshalb ich in ihren Hals beiße. Und würden dann ebenfalls den Dämon in sich tragen. Wie Constantin.«

»Das heißt, du verwandelst jeden, der nicht stirbt?«

»So ist es.«

Ich erschauderte. Schielte kurz zu Constantin. »Wie oft müsst ihr … trinken?«

»Etwa einmal pro Monat.«

Ich schaute wieder zu Mercedes.

»Das reicht bei mir schon. Hier im Krieg ist es leicht, an Blut zu kommen. Im Schloss war es schon schwieriger. Constantins Durst hingegen ist noch wesentlich stärker …«

Ich stellte mir vor, wie Mercedes einzelne Soldaten von den Truppen unter ständigem Kämpfen weglockte und ihnen anschließend in den Hals biss. Mir wurde schwindlig. Der Gedanke daran, dass die Frau vor mir Blut trank, ekelte mich an. Gleichzeitig aber realisierte ich, dass von nun an auch Constantin dazu verdammt war.

Die Lösung dafür lag für mich auf der Hand. »Könnt ihr nicht Tierblut trinken?«

Gern würde ich für Constantin im Wald nach einem nahrhaften Vieh suchen und es zur Strecke bringen. Vielleicht könnten wir so tatsächlich weiterleben, als wäre nichts geschehen.

»Nein. Das stillt den Durst nicht.«

Ich schluckte.

»Inga«, sagte Mercedes, »ich töte keine Unschuldigen, wenn du das meinst. Es handelt sich immer um Halunken und Scharlatane. Britta hingegen war nicht so wählerisch …«

Prinzessin Britta und Schwester Mercedes – zwei Dämonenträgerinnen, die beide ihre Beute in der Nähe des Hofes gesucht hatten. Oft hatte ich lediglich rote Augen aus dem Wald leuchten gesehen. *Wann hat es sich um wen gehandelt?*

Ich starrte auf mein Schwert. Das Mondlicht spiegelte sich in der Klinge. »Hast du uns damals, an meinem ersten Tag als Leibwächterin, im Kräutergarten beobachtet?«

»So ist es«, antwortete Mercedes. »Ich wollte sehen, ob du deine Aufgabe ernst nimmst.«

Ich nickte, schaute wieder hoch. »Und als der Prinz und ich am Veronikasee waren? Warst du es, die uns in der Nacht nachspionierte?« Mein Herz raste, als ich an die Angst zurückdachte, die ich bei seinem Verschwinden empfunden hatte.

»Nein, da muss es sich um Prinzessin Britta gehandelt haben.«

»Hm«, machte ich und erwiderte ihren eindringlichen Blick. »Was hat es mit dem Leuchten eurer Augen auf sich?«

Mercedes blinzelte, ließ ihre Pupillen anschließend noch greller aufblitzen.

»Sie glühen, wenn wir es wollen oder wenn wir solchen … Durst haben, dass wir die Farbe nicht mehr kontrollieren können.«

Unendlich viel blieb unausgesprochen, doch ich hatte vorerst genug. Inzwischen war ich mir sicher, dass mich weder Constantin noch Mercedes heute als Festmahl verschlingen würden, und steckte mein Schwert zurück in den Gürtel.

Erschöpfung überrollte mich wie ein Pflug. Plötzlich wollte ich nur noch schlafen.

Mercedes reckte das Kinn. »Ist das Verhör beendet?«

»Vertagt«, raunte ich gedankenverloren und ließ die beiden Dämonenträger stehen. Ich wusste nicht mehr, was ich tun, lassen oder fühlen sollte. Bewusst Constantins Blick ausweichend trottete ich zurück zum Lager.

***

Constantin starrte Mercedes an. Er war auf diese Frau angewiesen, brauchte ihre Hilfe. Seit er schwer verletzt von den Verhandlungen zurückgekehrt war, hatte sich etwas in seinem Körper verändert. Die Goldene Schwester hatte ihm in den Hals gebissen, sein Blut getrunken und versichert, dass er gesünder denn je werden würde.

Und das war er geworden.

Von Tag zu Tag hatte er seine Kräfte zurückkehren sehen, ja, sie hatten sich sogar ins Unermessliche gesteigert. Auf einmal hatte er sich stark gefühlt wie ein Bär.

Die Wunden an seinem Körper heilten jetzt schnell und die Narben verschwanden nach jedem Kampf, als wären sie nie da gewesen. Gerüche und Geräusche nahm er wesentlich flotter und intensiver wahr als zuvor. Und sein Bein war geheilt. Er humpelte nicht mehr.

Ein Wunder war geschehen.

Ein Wunder, das irgendwann seinen Tribut gezollt hatte.

Denn nach wenigen Tagen schon hatte seine Kehle geglüht. Als hätte ein Feuer in ihm gelodert und sämtliche Organe und Muskeln in Asche verwandelt.

Am schlimmsten war diese Qual im Hals gewesen, weshalb er versucht hatte dieses Brennen mit Wasser zu löschen. Doch seine Versuche waren erfolglos geblieben, wie es Mercedes angekündigt hatte.

»Ihr braucht etwas anderes«, hatte sie gesagt. »Blut.«

Constantin hatte damals noch geglaubt, sie würde einen bösen Scherz mit ihm treiben. Kaum aber hatte sie ihm einen Kelch mit dem dickflüssigen roten Saft gebracht, hatte nur ein einziger Schluck schon den Schmerz gelindert.

Und damit hatte die Gier begonnen, die Gier nach Blut, immer mehr Blut.

Jetzt, Monate nach der Verwandlung, hatte er sich so weit im Griff, dass er sein Verlangen unter Kontrolle bringen konnte und nicht gedankenlos auf Menschen losging.

Mercedes brachte ihm regelmäßig die rote Flüssigkeit und erinnerte ihn daran, dass der Durst bald nicht mehr so schlimm sein würde.

Dämonenträger starben nur, wenn ihnen der Kopf abgetrennt wurde. Somit hatte Constantin plötzlich keine Angst mehr vor dem Tod. Das und dass Mercedes mit ihm im Zelt das Kämpfen trainiert hatte, verliehen ihm genügend Mut am Schlachtfeld.

War er jetzt der Held, den seine Mutter gern in ihm gesehen hätte? Oder der Krieger, den sich Inga einst gewünscht hatte?

Nein. Er war ein Monster geworden. Etwas, das Inga wohl niemals würde lieben können.

***

Siegesschreie weckten mich auf. Verwirrt trat ich aus dem Zelt und erblickte Sir Henrik, der ein Stück Papier in den Händen hielt und lautstark verkündete, dass der Krieg nun zu Ende sei.

»Was ist passiert?«, fragte ich und strich widerspenstige Haarsträhnen zurück hinter mein Ohr.

Der Ritter lächelte. »König Ansgar kapituliert. Er überlässt uns weitere Ländereien und verlangt dafür den Waffenstillstand.«

»Sollten wir nicht den König benachrichtigen und …«

Der Ritter schüttelte den Kopf und schnitt mir das Wort im Satz ab. »Diese Nachricht *ist* von König Ivan! Es ist an der Zeit heimzukehren.«

Heimkehren. Ich keuchte. Was uns wohl am Hofe Kandlots erwartete? Waren die Aufstände inzwischen niedergeschlagen? Hatte Ivan neue Gesetze erlassen? Und – was besonders interessant war – wie ging es ihm mit seiner neuen Braut?

Mercedes trat neben mich. Ungewollt rückte ich ein Stück von ihr ab. Das neue Wissen über sie änderte meine Sicht auf die Goldene Schwester komplett. Es war keine Angst, die ich verspürte, aber ein ungutes Gefühl machte sich in mir breit.

Eine Stimme in mir – *Odine!* – erinnerte mich zudem daran, dass Dämonenträgern der Garaus gemacht werden musste.

Soll ich sie also vernichten?

Allerdings war Schwester Odine selbst inkonsequent gewesen – ansonsten würde ich jetzt gar nicht in dieser Zwickmühle stecken!

Mercedes brauchte Blut, um zu überleben. Sie tötete dafür. Auch wenn ihre Opfer üble Kerle waren – konnte ich das weiter zulassen?

Mein Gewissen sagte mir, dass ich dem ein Ende bereiten musste. Aber Mercedes war eine Goldene Schwester, eine Vertraute. Ich konnte sie doch nicht einfach niederstrecken – davon abgesehen, dass sie weitaus besser kämpfen konnte als ich.

Ich seufzte schwer. In meinem Inneren herrschte Chaos.

»Ich gebe Constantin Bescheid, dass wir zurück an den Hof reisen«, murmelte ich und wollte mich – ohne Mercedes in die Augen zu sehen – an ihr vorbeidrücken.

»Moment«, sagte sie und hielt mich auf. Ich zuckte unter ihrer Berührung zusammen. »Wir sind uns doch einig, dass von nun an ich für die Sicherheit des Prinzen verantwortlich bin. Ich kann besser auf seine ... *neuen Bedürfnisse* eingehen.«

Sir Henrik war inzwischen weitergegangen, verkündete der nächsten Gruppe die frohe Nachricht. Ich hingegen blieb plötzlich wie angewurzelt stehen und starrte in Mercedes' graue Augen.

»*Ich* bin seine Leibwächterin«, presste ich hervor und unterdrückte den Zorn, der sich in mir breitmachte wie glühende Lava.

Die Goldene Schwester schüttelte den Kopf. »Nein. Die Dinge haben sich geändert.«

Damit ließ sie mich stehen.

Ich starrte ihr bestürzt nach, als sie mit großen Schritten und wallendem Umhang auf Constantins Zelt zumarschierte.

Hatte ich ihn verloren? Nicht an den Tod, aber an den Dämon? Und brauchte er wirklich Mercedes an seiner Seite?

Selbst wenn es so war, mich würde sie nicht einfach so abschütteln können wie lästigen Staub. Vielmehr würde ich mich an ihre Fersen heften und jeden Schritt verfolgen.

Constantin liebte mich, dessen war ich mir sicher. Und ich würde weiter für diese Liebe kämpfen. Selbst wenn das Monster in ihm mein Blut wollte – dem Mann gehörte mein Herz.

***

Zurück am Hof wurde ein ausgelassenes Fest veranstaltet. Nachdem ich mich mit Kestrall ausgetauscht und ausgiebig gebadet hatte, beschloss ich an den Feierlichkeiten teilzunehmen.

Mein Haar flocht ich zu einem festen Zopf und legte ihn mir über die Schulter. So machte ich mich in meiner Uniform auf den Weg zu den Feierlichkeiten.

Unsicher gesellte ich mich zu Kestrall und beobachtete, wie immer mehr Gäste in den Ballsaal strömten. Auch Sir Henrik war unter ihnen. Er nickte mir freundlich zu und ich erwiderte seinen Gruß. Gerade als ich überlegte zu ihm hinüberzugehen, erklangen Fanfaren.

Ich drehte mich um und betrachtete die Musiker mit ihren goldenen Instrumenten, die oben am Treppenabsatz links und rechts von den Säulen standen und das Eintreffen des Königs verkündeten. Neugierig stellte ich mich auf die Zehen, um über die Köpfe der anderen Anwesenden hinwegsehen zu können.

Und da trat er auch schon in Erscheinung – König Ivan Isgehart. Stolz wie ein Löwe hob er sein bärtiges Kinn und lächelte. Ein Strahlen, das auch seine Augen erreichte und funkeln ließ. Wie üblich trug er seine dunkelblauen Königsgewänder mit den silbernen Mustern.

An seiner Hand führte er seine Gemahlin – Königin Calla. Sie trug ihr kastanienfarbenes Haar offen. An den Spitzen kringelte es sich zu verspielten Löckchen.

Es waren aber weder ihre Locken noch ihre grünen Augen, die mich in den Bann zogen. Es war das, was sich unter ihrem fliederfarbenen Kleid wölbte. Ein Bäuchlein.

Der König und die Königin erwarteten ein Kind. Warum hatte mich Kestrall nicht vorgewarnt? Plötzlich wurden meine Knie weich.

Sicherlich würde Ivan dieses Kind lieber als Thronfolger haben wollen als Constantin. Und dass dieser den Krieg überlebt hatte, war für ihn vermutlich enttäuschend.

Instinktiv drehte ich mich um, suchte Constantin in der Menge. Doch dann wurde mir klar, dass er als Nächstes den Raum betreten würde. Er war nicht nur der Thronfolger, sondern auch ein gefeierter Kriegsheld.

Tatsächlich vernahm ich das Jubeln der Leute, noch bevor ich ihn überhaupt sah. Mit einem flauen Gefühl im Magen drehte ich mich um, wieder zurück zur Treppe. Dort stand er auch schon, ebenfalls in dunkelblaue Traditionsgewänder gehüllt. Ähnlich wie Ivan verharrte er einen Augenblick am Treppenabsatz, ehe er die Stufen nach unten nahm.

Ich versuchte seinen Blick einzufangen. Vergeblich. *Ob er mir absichtlich ausweicht?*

Diese Möglichkeit versetzte mir einen Stich und mir wurde kalt. Fröstelnd schlang ich meine Arme um meinen Körper. Kestrall warf mir einen fragenden Blick zu, doch ich winkte nur ab und rieb anschließend weiter meine Oberarme. Inzwischen wurde die Tanzfläche geräumt, Platz für das Königspaar gemacht.

Ivan Isgehart und Calla Pendelö traten vor und warteten auf die Musik, die sogleich einsetzte. Es waren ruhige, liebliche Klänge, die mir gefallen hätten, hätte sich in meinem Inneren nicht solch eine Unruhe breitgemacht. Mir fiel auf, wie behutsam der Monarch seine neue Braut umschlang und wie gefühlvoll er ihr zulächelte. Valerie hatte er niemals mit solch einem zärtlichen Ausdruck bedacht.

Erst nach einigen Takten bemerkte ich, dass Isidor, der Bruder des Königs, neben mir stand. Er grüßte mich höflich, als sich unsere Blicke begegneten.

»Der König scheint glücklich zu sein«, flüsterte ich leise, um ein Gespräch zu beginnen.

Isidor nickte. Mir fiel wieder auf, wie ähnlich sich die beiden Männer sahen. Nur sein honigblondes Haar und seine stechend blauen Augen unterschieden ihn von seinem regierenden älteren Bruder.

Auch er trug Dunkelblau – die Landesfarben Kandlots. Heute war diese Farbe besonders wichtig, da das Fest zu Ehren des erfolgreichen Krieges gefeiert wurde. Violett oder weiß kleidete sich niemand.

»Noch nie habe ich ihn so lebensfroh gesehen«, bestätigte er und schaute wieder auf die beiden Tanzenden. »Und doch«, fuhr er flüsternd fort, »hält Ivan kaum noch Ratssitzungen ab. Das Land versinkt im Chaos, die Aufstände werden immer schlimmer.«

Überrascht schnappte ich nach Luft. Nicht, weil mich diese Neuigkeiten schockierten, sondern weil Isidor diese so unvermittelt zum Ausdruck brachte.

Ich hatte erwartet heute nur Hymnen und Lobhudeleien über Kandlot zu hören. Stattdessen wurde ich mit der Wahrheit konfrontiert. Es musste äußerst schlecht bestellt sein um das schöne Land – meine Heimat.

»Das Volk glaubt, Ivan hätte seine Gemahlin ermordet. Es wäre gut, wenn die Leute irgendwie vom Gegenteil überzeugt werden könnten ...«

Ich verschränkte die Arme. Die Bürger glauben machen, Ivan hätte keine Schuld am Tod von Valerie Vanhaag? *Niemals!*

Unauffällig rückte ich näher an Isidor heran. Und während wir weiter so taten, als würden wir über Belanglosigkeiten plaudern, wisperte ich: »Aber wenn der König sie ermordet hat ...?«

Die Musik überschallte unsere Unterhaltung, sodass niemand mithören konnte. Die Leute zu meiner Linken waren zudem in ein eigenes Gespräch vertieft.

Isidor schüttelte kaum merklich den Kopf. Anderen wäre es gar nicht aufgefallen, mir aber entging diese Geste nicht. »Ivan streitet es ab. Er behauptet, darauf gewartet zu haben, dass Ihr *Constantin* vergiftet. Oder dieser sich selbst. Die neue Wendung traf ihn völlig unvorbereitet.«

Mein Rücken versteifte sich. »Wer sollte es sonst gewesen sein, Sir Isidor? Die Königin hatte keine Feinde am Hof.«

»Täuscht Euch nicht«, erwiderte der Bruder des Königs und warf mir einen vielsagenden Blick zu. »Selbst Schwester Tia verriet sie in der Not, erinnert Ihr Euch?«

In meinem Hals hatte sich ein Kloß gebildet. Unsicher schaute ich mich um, ließ meinen Blick über das Meer aus eleganten Gewändern gleiten. Überall tanzten oder lachten Leute – und doch musste ich an das Fest der reinen Blüte denken, den Tag, an dem die Königin gestorben war.

Ist ihr Mörder hier? Hier unter uns?

***

Nach den Feierlichkeiten zog sich Constantin rasch auf sein Zimmer zurück. Seine Kehle brannte wie Feuer. Vor Qual verzog er das Gesicht und presste seine verkrampften Hände um seinen Hals. Am liebsten würde er sich das Fleisch von den Knochen reißen.

Die Gewissheit, dass ein Schluck Wasser das Inferno in seinem Inneren nicht löschen würde, trieb ihn in den Wahnsinn. Constantin fühlte, dass seine Augen tränten. Ob vor Schmerz oder Kummer vermochte er nicht zu sagen.

Ruhelos marschierte er in seinem Gemach auf und ab. Am liebsten würde er irgendetwas zertrümmern, seiner Wut freien Lauf lassen. Es zermürbte ihn, zu einem Dasein als Monster verdammt zu sein. Der Geruch seiner Lavendel- und Rosmarincreme schmerzte plötzlich. Die Kräuter, die ihm lieb und teuer gewesen waren, ließen ihn nun leiden.

Constantin blickte zum Fenster. Die Nacht breitete sich vor ihm aus. Dunkel und schwer wie ein Mantel. Kein Stern funkelte am Firmament. Die Finsternis streckte ihre kalten Finger nach ihm aus, umschlang ihn.

Constantin keuchte, fühlte Dunkelheit in sich – schwärzer als das Himmelszelt. In dem Moment, als er den Drang verspürte, das Fensterglas mit bloßer Hand in tausend Teile zu zerschlagen, klopfte es an der Tür.

Schwester Mercedes. Constantin nahm ihren Geruch deutlich wahr. »Herein!«

Sofort wurde die Tür aufgestoßen und die Goldene Schwester stand im Zimmer.

Ihre selbstbewusste Haltung schüchterte den Prinzen ein. Erst auf den zweiten Blick entdeckte er das Gefäß, das Mercedes bei sich trug. Eine Art Kelch aus polierter Bronze.

»Hier«, sagte die Goldene Schwester, streckte ihm den Gegenstand entgegen und reckte das Kinn, »trinkt!«

Constantin griff reflexartig nach dem Kelch – und erschrak.

In dessen Innerem schwappte eine glänzend rote Flüssigkeit hin und her. Bisher hatte ihm Mercedes die Nahrung meistens in einem schwarzen Trinkbeutel gebracht. Selten hatte er das Blut so deutlich gesehen.

Der Prinz schnappte nach Luft. *Ein Fehler!*

Sofort drang der Duft in sein Gehirn. Seine Nasenflügel blähten sich genüsslich auf, das Wasser lief ihm im Mund zusammen. Gleichzeitig spürte er wieder das Brennen seiner Kehle. Stärker diesmal. Rau und kratzig.

Als könnte Mercedes seine Gedanken lesen, schnaubte diese wissend. »Ja«, raunte sie düster, »so ist unser Leben nun mal.«

Constantin hasste sich für sein Verlangen nach menschlichem Blut. Und obwohl sich seine Lippen bereits dem Gefäß näherten, fragte er angewidert von seiner Gier: »Von wem stammt es?«

Mercedes erwiderte, ohne mit der Wimper zu zucken: »Einem Landstreicher. Bedeutungslos.«

Der Prinz wusste nicht, ob die Goldene Schwester die Wahrheit sagte. Dennoch brachten ihn diese Worte dazu, den Kelch zu kippen.

Langsam rann das Blut in seinen Mund. Der süßlich-metallische Geschmack breitete sich auf seiner Zunge aus. *Köstlich.*

Natürlich war kein Leben ohne Bedeutung, doch die Vorstellung, einem gefährlichen Räuber den Lebenssaft zu stehlen, war … erträglich. Jedenfalls besser, als einem unschuldigen Kind den Tod zu bringen.

Constantin nahm einen zweiten Schluck. Und einen dritten.

Die rote Flüssigkeit glitt wie heilender Balsam über seine wunde Kehle. Das Glühen erlosch. Die Qual zog sich zurück.

Übrig blieb Ekel. Das Grauen vor sich selbst.

Als der Kelch bis auf den letzten Tropfen geleert war, gab Constantin ihn an Mercedes zurück und leckte sich die Überreste von den Lippen. Es widerstrebte ihm, der Goldenen Schwester in die Augen zu sehen. Er schämte sich.

»Ihr werdet Euch daran gewöhnen«, sagte Mercedes. Sie klang, als könnte sie seine Stimmung erahnen. Bestimmt hatte sie einst mit ähnlichen Problemen gekämpft – oder tat es noch.

»Und nun«, fügte sie hinzu, »kommt. Es gibt einiges zu besprechen!«

»Was meint Ihr?« Constantin sah auf, schaute ihr in die Augen. Ein verheißungsvolles Funkeln lag darin.

Mercedes lächelte gefährlich.

»Zum Beispiel, wie wir Euren Vater vom Thron stürzen.«

»TUT, WAS GOLDENE SCHWESTERN EBEN TUN.«

»Sir Henrik hat mir seine Männer zugesichert. Er wird uns im Kampf gegen König Ivan beistehen. Jetzt gilt es, Sir Johannson zu überzeugen.«

Mercedes blickte in die Runde, schaute jeden eindringlich an. In ihren Augen glitzerte Tatendrang. Zwischen ihren Fingern hielt sie ein Kristallglas. Da sie während ihrer Ansprache wild gestikulierte, schwappte der Rotwein darin umher. Es glich einem Wunder, dass sie nicht die Hälfte davon verschüttete.

Mir lief ein Schauder über den Rücken.

Kestrall, Constantin, Mercedes und ich hatten uns zu späterer Stunde noch in Kestralls Gemach versammelt und berieten unser Vorgehen.

Mercedes war sich ihrer Sache sicher. Sie wollte den Monarchen stürzen und Constantin zum König erklären.

»Wir sind es Valerie schuldig!«

Mercedes verströmte einen intensiven Geruch nach Kiefernnadeln. War sie nach dem Fest noch im Wald gewesen? Mein Blick blieb an ihren Fingern haften. Unter einem ihrer Nägel entdeckte ich Schmutzreste. *Erde?*

Was hatte sie zu dieser späten Stunde im Forst gesucht? Ihr nächstes Opfer vermutlich?

War es klug, das Kommando einer Trägerin zu überlassen? Sollten wir auf die Worte einer Verdammten hören?

Allerdings hatte ich vor wenigen Wochen noch keine Ahnung gehabt, dass Mercedes den Dämon in sich trug. Und ich vertraute ja auch Constantin. Ich vermisste seinen Duft nach Minze, Rosmarin und Lavendel, wünschte, er würde mir wieder seine Handcreme anbieten.

Das Feuer im Kamin knackste. Ich starrte in die orangen Flammen und trat nervös von einem Bein auf das andere. Kestrall neben mir räusperte sich. »Was also schlägst du vor, Mercedes?«

Die Goldene Schwester lachte freudlos. »Keine Zeit zu verlieren. Am Morgen brechen wir auf!«

Ich riss meinen Kopf herum. Ehe ich mich zu Wort melden konnte, fügte Mercedes hinzu: »Du wirst am Hof verweilen.« Sie schaute mich an. »Nur der Prinz und ich machen uns auf den Weg zu Sir Johannson. Ansonsten wittert Ivan den Hinterhalt.«

»Nein«, protestierte ich vehement, »ich bleibe an Prinz Constantins Seite. Ich bin seine …«

»Leib-wa-che?« Sie kaute auf dem Wort herum wie ein Hund auf einem Knochen. »Das haben wir doch schon geklärt. Oder wolltest du etwas … *anderes* ergänzen?«

Ich spürte, dass mir Hitze in die Wangen schoss – und sie rührte nicht vom Wein her.

Ich war mehr als seine Leibwache. Ich war seine … Ja, was eigentlich?

Mein Herz klopfte wie verrückt, donnerte hart gegen meine Brust. Ich spürte den Schlag bis hinauf in meinen Hals. Constantins Blick wich ich aus – *aus Angst.* Angst, darin Kälte zu finden.

Ich schwieg.

Mercedes' graue Augen funkelten herausfordernd. »Ich glaube, dass ich die Wünsche Valeries umzusetzen vermag – und das ist es doch, was wir tun sollten.«

Darauf wusste ich nichts zu erwidern.

Verstimmt verzog ich mein Gesicht, presste die Lippen fest aufeinander, schluckte die Bitterkeit hinunter. Es wäre riskant, mich mit Mercedes anzulegen.

Auch Constantin sagte nichts. Wir alle gehorchten der Goldenen Schwester. Selbst Kestrall, die ebenso stumm blieb und die Arme verschränkte.

Ob hinter Mercedes' Härte ein zutiefst verletztes Herz steckte? Ihre Liebste war aus dem Leben geschieden. Solch ein Verlust hinterließ Spuren – Kratzer und Schrammen, die niemals ganz verheilten.

Ihre konsequente Miene ließ jedoch keinen Blick hinter die Fassade zu. Mercedes wollte wohl kein Mitleid. Sie konzentrierte sich verbissen auf ihr Ziel.

Obwohl ich mit ihrem Vorhaben einverstanden war, wallte in mir eine Frage auf. »Was geschieht mit Königin Calla?«

Mercedes seufzte. »Wir werden sie in ein Kloster bringen.«

»Und das ... Kind?«

Mit flauem Gefühl im Magen dachte ich an die zarte Wölbung unter Callas Kleid. Die junge Königin war guter Hoffnung. Diese *Hoffnung* war eine Gefahr für Constantin. Eines Tages könnte das noch Ungeborene zu einem starken Mann heranwachsen und den Thron für sich beanspruchen.

Ich hätte Mercedes' Antwort kennen müssen, die in diesem Moment jedes Geräusch im Raum zum Verstummen brachte. »Es muss sterben.«

Constantin wurde blass, schluckte hörbar und starrte die Goldene Schwester an. Auch mich versteinerte dieses Vorhaben innerlich. Planten wir gerade den Mord an einem ... Baby? Konnte das der richtige Weg sein? Der Pfad des Todes?

Ich las in Constantins Gesicht, dass er mit ähnlichen Gedanken haderte. Seine Miene war angsterfüllt. Ob ihm Mercedes' Pläne zu schnell gingen? Er war schließlich noch dabei, sich an sein neues Leben als Träger zu gewöhnen. War es da ratsam, zeitgleich den Sturz des Königs zu veranlassen?

»Die Zeit ist reif. Rächen wir Königin Valerie«, erklärte Mercedes siegessicher und schaute erst Kestrall, dann den Prinzen und schließlich mich an. »Ihre Bemühungen mögen nicht umsonst gewesen sein.«

Ich horchte auf. »Bemühungen?«

Schwester Mercedes nickte. »Erinnerst du dich an den Silberbruder, der uns auf dem Weg von Burg Gedeleen nach Kandlot im Wirtshaus angegriffen hat?«

Ich nickte. Also ob ich jene Schreckensmomente vergessen konnte ...

Blut, Angst, klirrende Schwerter – all das drang durch meinen Kopf. Mercedes hatte den Eindringling damals zur Strecke gebracht.

Die Goldene Schwester trat einen Schritt näher an mich heran.

»Nun sollst du wissen, dass dieser Überfall im Auftrag Königin Valeries geschah. Sie wollte die Aufstände gegen Ivan weiter anheizen.«

Ich traute meinen Ohren nicht. Hatte ich das gerade richtig verstanden? Unsere Herrin hatte veranlasst, dass ein Mann in Silberbruder-Uniform die Wirtsfamilie niedermetzelte? Um das Volk gegen Ivan aufzubringen?

Meine Beine zitterten. Am liebsten hätte ich mich hingesetzt, doch ich wollte keine Schwäche zeigen. Mit aller Kraft riss ich mich zusammen und streckte meinen eingeknickten Rücken durch.

»Valerie hat mir diese Information erst am Hof mitgeteilt«, ergänzte Mercedes. »Zum Zeitpunkt des Angriffs hatte auch ich keine Kenntnis davon.«

Ich nickte, obwohl ich gar nichts begriff.

Königin Valerie erschien mir mit einem Mal in einem neuen Licht. Bisher hatte ich sie für zerbrechlich gehalten, gleich einer Flamme, die beim geringsten Windstoß erlosch.

Offenbar hatte ich mich in ihr getäuscht. Sie war wesentlich stärker gewesen als vermutet. *Strategischer, planvoller, kälter.* Hatte ein ganzes Dorf an der Grenze zu Kandlot glauben gemacht, König Ivan hätte einen Mörder auf uns Goldene Schwestern angesetzt, und damit den Hass auf ihn geschürt. Hass, der sich wie ein Lauffeuer ausgebreitet hatte. Bis nach Kandlot, wo die Bürger ohnehin wegen der erhöhten Steuern missgelaunt gewesen waren.

Ich hatte das Gefühl, als würde mir jemand den Boden unter den Füßen wegziehen.

»Was ist unsere Aufgabe, bis ihr zurück seid?«

Mercedes legte ihren Kopf schräg. »Tut, was Goldene Schwestern eben tun. Schützt die Königin!«

***

Der Tag, an dem Constantin und Mercedes zu Sir Johannson aufbrachen, war ein warmer Herbsttag. Bunte Blätter segelten von den Bäumen im Schlossgarten und säumten die Wege mit frischem Laub.

Inmitten dieses Farbenspiels stand Königin Calla an ihrer Staffelei. Während meine Aufgabe in ihrer Bewachung bestand, beobachtete ich die junge Frau neugierig. Sie wirkte rundum zufrieden, mit sich selbst und der Natur im Einklang. Elegant balancierte sie den Pinsel zwischen ihren Fingern, was mich irgendwie an eine lustige Zauberin denken ließ.

König Ivan gesellte sich zu ihr und sie brachte ihn mit wenigen Worten, die ich leider nicht verstehen konnte, zum Lachen. Ihr Kichern klang glockenhell, er mutete eher wie ein amüsierter Brummbär an. Diese Idylle versetzte mir einen Stich. Plötzlich wirkten die beiden wie ein unbeschwertes, einfaches Paar. Nur die protzigen Pelzmäntel zeugten vom Gegenteil.

Der Monarch wechselte noch einige Sätze mit seiner Gattin und marschierte schließlich auf mich zu. Sofort verkrampfte sich meine Haltung.

Der König kratzte sich am Bart und vergewisserte sich, dass er meine Aufmerksamkeit hatte. Kalt erwiderte ich seinen Blick.

»So hätte es schon vor zwanzig Jahren sein sollen«, sinnierte er betrübt. »Valerie hasste es, wenn ich ihr nahe sein wollte.«

Ich schnappte nach Luft, hatte mit so einigem gerechnet, doch nicht damit.

Bemüht meine Entrüstung zum Ausdruck zu bringen entgegnete ich eisern: »Ihr solltet mir das nicht sagen.«

Ivan fuhr sich resigniert durchs schwarze Haar. »Ich möchte, dass ihr Schwestern endlich hört, wie ich empfunden habe, und nicht nur Eure Königin bedauert.«

Meine Stimme klang bitter. »Unsere *ermordete* Königin.«

Der König trat näher an mich heran. »Hätte ich tatsächlich an einem Abend zwei Familienmitglieder töten lassen? Meine Gemahlin und meinen Sohn? Denkt darüber nach, *Lady*! Das wäre doch Irrsinn gewesen!«

Ich knirschte mit den Zähnen, presste dann hervor: »Ihr wusstet doch, dass ich Constantin nichts anhaben würde, habe es Euch immer wieder ins Gesicht gesagt. Und Constantin …«

»Und warum lasst Ihr dann jetzt zu, dass ihn Mercedes gegen mich aufhetzt und mit ihren hasserfüllten Ansichten vergiftet?«, fiel er mir ins Wort. »Das Volk ist schon in Aufruhr – wenn wir nicht besonnen vorgehen, gibt es eine Revolution.«

Ivan wollte mich manipulieren, verwirren. Obwohl ich mir das immer wieder einredete, gerieten ein paar lose Steine in mir ins Wanken.

»Mercedes ist verbittert«, fuhr er beschwörend fort. »Davon überzeugt, ich hätte ihre Liebste aus dem Weg geräumt, um neu heiraten zu können. Constantin bedeutet ihr nichts. Er ist nur ein Instrument – eine Waffe – für sie, die sie benutzt und wegwirft. Sie braucht ihn, um Adelige gegen mich aufzubringen. Wo ist dieses Biest überhaupt?«

Biest ... er traf den Nagel auf den Kopf. »Ihr versucht mich an der Nase herumzuführen. Ihr seid der Bösewicht!«

»Wenn Ihr alles schwarz und weiß malen wollt – bitte!«

Ich sah, dass er zu Calla schielte, die ein buntes Farbenspektrum auf ihrer Palette hatte.

»Allerdings weiß ich, dass Ihr im Herzen ein gerechter Mensch seid – wie Eure Schwester und Eure Mutter – daher frage ich Euch noch einmal: Wo ist Mercedes? Ich habe sie seit Tagen nicht gesehen. Welche Pläne schmiedet sie?«

Die Erwähnung meiner Familie brachte mich ins Straucheln. Ich spürte, wie meine Handinnenflächen schwitzen. Gleichzeitig klebte mir die Zunge am Gaumen.

»Ich weiß es nicht«, stammelte ich.

Der König legte die Fäuste an die Brust, als würde er mich anflehen. Sein Tonfall aber klang bedrohlich. »Um Dions willen! Ist Euch einmal in den Sinn gekommen, was Mercedes in ihrem Blutrausch mit meiner neuen Frau anstellt, wenn sie sie erst einmal in die Finger bekommt?«

Ich schluckte. *Und Ivan weiß nicht einmal von dem Dämon.*

***

Am Nachmittag zog sich König Ivan in sein Gemach zurück. Die saphirblauen Tapeten begrüßten ihn einladend, seine Wolfshunde schauten müde vom Boden auf. Sie lagen schlaftrunken vor dem prasselnden Kaminfeuer.

Ivan nahm in keinem der Samtsessel Platz, sondern marschierte schnurstracks zum Schreibtisch. Hastig zog er Papier und Feder aus der obersten

Schublade und überlegte, wie er den Brief an König Brion beginnen sollte. Für gewöhnlich ließ er sich bei derartigen Geschäftstätigkeiten beraten, doch diesmal wollte er das Schreiben allein aufsetzen.

Die Tinte an seiner Feder berührte kaum das Papier, als es klopfte. Ivan wusste, wer vor der Tür wartete. Er selbst hatte nach ihr schicken lassen.

»Tretet ein.«

Der König erhob sich von seinem Stuhl und musterte die Goldene Schwester aufmerksam. Lady Inga hielt die Arme verschränkt, war offensichtlich nicht begeistert darüber, schon wieder mit ihm sprechen zu müssen.

Ihre dunkelgrünen Augen stachen ihm entgegen und ihr geflochtenes Haar leuchtete im schwachen Schein der Kerzen rotgolden. Wären ihre tanzenden Sommersprossen nicht gewesen, hätte ihm ihr Blick Angst einjagen können. Diese Goldschwester war eine bemerkenswerte Frau – genau wie ihre Mutter und ihre Schwester es gewesen waren. Stur jedoch wie ihr Vater.

Lady Inga kniff forschend die Augen zusammen. »Ihr habt mich rufen lassen?«

Der König nickte. »Allerdings. Es gibt etwas, worüber ich Euch in Kenntnis setzen möchte.«

Ivan verstummte, wartete eine Reaktion von Seiten Ingas ab, doch diese ließ sich nicht in die Karten schauen. Ihre Miene blieb ebenso kalt und undurchdringlich wie zuvor. Ob er diese Maske mit seiner Information zu Fall bringen konnte? Wie würde sie auf die Wahrheit anspringen?

»Euer Vater«, setzte er an. »Er fand den Tod nicht durch meine Hand, wie Ihr gewiss annehmt …«

»Ha!« Inga schnaubte entrüstet, verzog genervt das Gesicht. »Wollt Ihr mir etwa tatsächlich weismachen, Landstreicher hätten ihn überfallen? Solchen Unfug mag Euch meine Schwester Katga geglaubt haben, aber ich sicher nicht.«

Ivan bemühte sich ruhig zu bleiben. Am liebsten hätte er die Tatsachen in die Goldene Schwester hineingeprügelt.

»Es ist wahr. Ich zwang diese Djana, die Botschaften zu verfassen. Ursprünglich wollte ich Euch nur ein Gemälde von Eurem Vater schicken.

Doch zuvor fand ich ihn tot in seinem eigenen Erbrochenen liegend. Neben ihm türmten sich leere Weinflaschen.«

Ivan erkannte in Ingas zuckendem Blick, dass sie sich an die handgeschriebene Drohung erinnerte. Und natürlich auch an die Leiche ihres Vaters, die an einem Strick von der Decke ihres Badezimmers gebaumelt hatte.

»Warum sollte ich Euch trauen?«

Der König lachte auf, beugte sich zu einem seiner Hunde hinab und streichelte ihm über das graue Fell.

»Tut, was Ihr für richtig haltet«, erwiderte er achselzuckend. »Aber vergesst nicht, dass Euer Vater seit jeher dem Alkohol verfallen war und gern mehrere Gläser über den Durst trank.«

Inga ballte die Fäuste. »Was wollt Ihr damit andeuten?«

Herausfordernd reckte sie das Kinn.

Ivan wandte sich von Cato ab, positionierte sich erneut gegenüber der Goldenen Schwester. »Dass Euer Vater ein Säufer war. Dass er Eurer Mutter nicht würdig war. Ich hingegen habe sie geliebt! Ich kannte Silka. Sie hätte an Eurer Stelle niemals zugelassen, dass sich eine verrückte Furie in das Spiel um den Thron einmischt und unschuldige Frauen und Kinder dafür opfert.«

»Ihr sprecht von Mercedes?«

Ivan verdrehte die Augen. »Nein von der Heiligen Della!« Er donnerte mit der flachen Hand auf den Esstisch neben sich. »Natürlich spreche ich von Mercedes! Sie will mich mit Constantins Hilfe stürzen, ist es nicht so?«

Unbeeindruckt von seiner zornigen Demonstration knurrte Inga: »Wozu braucht Ihr mich, wenn Ihr die Antwort kennt?«

Und plötzlich fühlte der König, wie ihn Schwäche heimsuchte. Erschöpft wischte er sich den Schweiß von der Stirn und setzte sich. »Wozu ich Euch brauche? Schützt Calla und mein ungeborenes Kind.«

***

Constantin fühlte sich wie eine Marionette – und Mercedes zog an seinen Fäden, wie es ihr beliebte. Natürlich war es auch *sein* Bestreben, den König zu Fall zu bringen, doch ganz behagte ihm dieses Vorhaben nicht. Unschuldige

Männer würden in diesem Kampf ihr Leben lassen. Und war er überhaupt bereit, die Rolle des Monarchen einzunehmen? In seinem derzeitigen Zustand als Dämonenträger konnte er sich kaum selbst beherrschen. Wie also sollte er ein ganzes Land regieren? Er würde Berater brauchen. Leute wie Inga und seinen Onkel Isidor. Dennoch würde zunächst Mercedes die Führung übernehmen. Aber wäre das eine gute Idee? Die Goldene Schwester hielt nicht viel von Frieden und Verhandlungsgeschick. Sie war eine Frau der Tat. Eine, die den Krieg nicht scheute. Würde er mit dem Sturz Ivans also nur einen Tyrannen gegen den anderen austauschen?

Er war von Mercedes abhängig. Sie lieferte ihm Blut, das er nicht wagte, selbst zu ...

Er konnte sie nicht wegschicken. Noch nicht.

Constantin seufzte, trieb sein Pferd weiter an. Am nächsten Morgen würden sie Sir Johannsons Gut erreichen. Dann zeigte sich, ob es überhaupt möglich war, den König zu stürzen. Ohne Johannsons Männer war die Chance gering.

***

Tage später hatte ich die Worte König Ivans noch immer nicht verdaut. Obwohl ich mich bezüglich der Geschichte um den Tod meines Vaters mit Schwester Kestrall beraten hatte, war ich auf keinen grünen Zweig gekommen.

Konnte es sein, dass der Monarch die Wahrheit gesagt hatte? War er gar nicht der Mörder meines Vaters? Hatte sich Olav Ericson schlicht und einfach in den Tod gesoffen und war erst danach – als bereits toter Mann – von Ivans Männern am Strick aufgeknüpft worden?

Noch etwas hatte sich zugetragen: König Brion war wieder an den kandischen Hof gekommen. Stundenlang hatte er sich mit Ivan im Ratszimmer unterhalten. Gewiss war unser Monarch auf der Suche nach Verbündeten, sollte es zu einem Angriff von Seiten Mercedes' auf das Schloss kommen.

Auch wenn Ivan laut Isidor die Regierungspolitik nach der Heirat vernachlässigt hatte – einfältig war er offensichtlich nicht. Ihm war die Gefahr durchaus bewusst. Mercedes war eine ernst zu nehmende Gegnerin. Zielstrebig und geschickt.

Ivans Bitte, ich möge seine Gemahlin und deren Ungeborenes schützen, spielte mir in die Karten, denn Mercedes hatte mir vor ihrem Abschied dasselbe aufgetragen. *Allerdings aus anderen Gründen.* Einzig und allein die Panik in der Stimme des Königs hatte mich erschüttert. Anstatt weitere Informationen aus mir herauszufoltern, hatte er mich geradezu angefleht über seine Liebsten zu wachen. Passte solch eine Handlung zu einem Mann, der seine Frau ermordet sowie Constantin und mir Djanas Kopf auf einem Silbertablett präsentiert hatte?

Lag ihm so viel an seiner neuen Familie? Oder war die

Bitte um Schutz wieder nur Teil irgendeines perfiden Spiels?

Während ich über all diese Dinge nachdachte, drehte ich ein paar Runden in Constantins Kräutergarten. Die Diener hatten die meisten Sträucher zusammengeschnitten und die Beete winterfest gemacht. An einigen Stellen war die Erde umgegraben worden. Ihr vom Regen feuchter Duft kitzelte mich in der Nase.

Wieder einmal wurde mir bewusst, wie sehr mir der alte, der weiche, der friedliebende Constantin fehlte.

Ich hörte das Rauschen der Kiefernwipfel vom angrenzenden Wald, überlegte, ob ich wieder zurück ins Schloss gehen sollte. Da entdeckte ich eine Person, der ich gern ein paar Fragen stellen wollte.

König Brion.

Er schlenderte gemütlich den Kiesweg neben dem Springbrunnen entlang. Der bärtige Monarch hielt die Hände am Rücken verschränkt und pfiff ein Liedchen vor sich hin, das der Wind bis zu mir herübertrug. Seine weit zusammenstehenden Augen funkelten mit dem Gold seiner Krone um die Wette.

Kaum vorstellbar, dass Königin Valerie diesen Mann gehasst hatte. Er wirkte auf mich völlig harmlos ...

Als ich ihm entgegenging, begrüßte er mich freundlich. Es schien geradezu so, als würde er sich wirklich über meine Anwesenheit freuen, aber auch ein bisschen wundern. Ich fragte geradeheraus: »König Brion, sagt mir, kanntet Ihr Königin Valerie Vanhaag schon länger?«

Sichtlich überrascht darüber, dass ich, anstatt belanglose Höflichkeiten auszutauschen, direkt die Sprache auf dieses Thema brachte, zog Brion seine buschigen Augenbrauen hoch und runzelte die Stirn.

»Was hat Euch die Königin über mich erzählt?«

»Kaum ein Wort.« Ich beschloss mich bedeckt zu halten, nicht preiszugeben, dass ich einst mit Valerie über ihn gesprochen hatte.

König Brion seufzte schwer. »Für mich war Valerie eine Freundin«, brummte er, »wir spielten als Kinder zusammen, wenn sich unsere Eltern trafen. Sabita, Valerie, meine Verlobte Isbella und ich. Valerie liebte Mutproben, forderte uns heraus an Grenzen zu gehen. Dabei wollen wir es belassen.«

Während er sprach, war es, als würde er in die Vergangenheit eintauchen und mich nicht mehr wahrnehmen. Allerdings wirkte er dabei nicht ruhig, sondern vielmehr sehr angespannt.

Diese Anspannung wollte ich nutzen, zog eine Braue hoch und meinte herausfordernd: »Wenn ihr Freunde wart, weshalb unterstützt Ihr dann König Ivan?«

Brion erwachte aus seiner Starre, riss die Augen auf.

»Was meint Ihr?«

»Nun«, sagte ich. »Ihr seid hier, helft König Ivan. Dem Mann, den Eure Freundin Valerie hasste. Und Ihr erschwert es Prinz Constantin, den Thron zu besteigen.«

Gewiss war ich zu weit gegangen, hatte wieder etliche Grenzen überschritten. Es gehörte sich nicht, so mit einem Monarchen zu sprechen. Doch die Angst vor der ungewissen Zukunft nahm mir sämtliche Hemmungen.

Anstatt mich in meine Schranken zu weisen, konterte der Herrscher Enghors mit hochgezogenen Augenbrauen: »Und Ihr? Ihr seid auch hier. Denkt Ihr, meine Tochter erzählte mir nicht, was sie am Veronikasee beobachtet hatte, als sie auf der Suche nach …« Er sog scharf die Luft ein, blinzelte und fuhr dann fort: »Constantin liebt Euch, Lady Inga. Ich denke, wir beide wollen ihn als Kandlots König sehen. Es ist Mercedes, die ich fürchte.«

Zu Recht, dachte ich sofort. Einen Herzschlag später dämmerte mir etwas anderes: Der Monarch wirkte ertappt. Hatte er mir ungewollt verraten, dass er vom Dämon in seiner Tochter gewusst hatte?

Meine Stimme klang vorsichtig. »Ihr wusstet, dass sie verdammt war?«

»Allerdings«, gestand Brion, nachdem er sich mit der Hand übers Gesicht gefahren war. »Er schlüpfte beim letzten Angriff in Gedeleen in ihren Körper. Ich hätte sie niemals auf das Dorffest gehen lassen dürfen. Schwester Odine und ich haben wochenlang versucht den Dämon auszutreiben. Irgendwann sagte ich ihr, es sei gelungen.«

Neugierig spitzte ich die Ohren. »Ihn *auszutreiben*?«

»Ja. Mit speziellen Kräutern, die mir Schwester Odine brachte. Lavendel, Rosmarin und andere Düfte.«

Ich dachte an Constantins frühere Handcreme und musste lächeln. Sofort aber erstarb dieser Anflug von Freude, denn ich hatte jemanden im Haupthof entdeckt, den ich am liebsten nie wiedergesehen hätte.

***

Die Nacht brach herein. Constantin betrachtete nachdenklich Sir Johannsons Anwesen. Im Licht der untergehenden Sonne wirkte das Schloss am Waldrand geradezu bedrohlich.

In Gedanken ließ er das Gespräch mit dem Hausherren und Mercedes passieren. Die Worte der Goldenen Schwester hatten den Gutsherren überzeugt seine Männer mit in den Kampf gegen König Ivan zu schicken. Geschickt wie eine Zauberin war Mercedes vorgegangen. Hatte gekonnt mit Bitten, Forderungen und Vorschlägen das Gespräch vorangetrieben.

Constantin atmete tief ein und aus. Sein Atem bildete kleine Rauchwölkchen in der Herbstluft. Kälte fühlte er keine. Der Dämon in ihm unterdrückte dieses Gefühl. *Was* er jedoch spürte, war sein Durst.

Sollte er Mercedes Bescheid geben? Gewiss würde sie sich um ihn kümmern und ihm im Handumdrehen die süße rote Flüssigkeit beschaffen.

Doch Constantin entschied heute selbst auf die Jagd zu gehen.

Er warf einen letzten Blick auf das steinerne Anwesen und wandte ihm anschließend den Rücken zu. Vor seinen Augen erstreckte sich der Wald und er schritt hinein.

Er stellte den Kragen seines dunkelblauen Mantels auf. Er fror nicht, der Stoff um sein Genick beruhigte ihn. Und diese Ruhe konnte er gebrauchen, denn soeben schlich sich ein angenehm metallischer Geruch in seine Nase.

Wie der Blitz sauste sein Blick zum Ausgangspunkt des Duftes. Sehen konnte er nichts, aber sein Instinkt verriet ihm, dass sich dort Menschen befanden. Menschen, die sich näherten.

Da fiel Constantin ein, was Sir Johannson bei ihrem Gespräch am Nachmittag nebenbei erwähnt hatte: Seine Tochter würde zu späterer Stunde noch mit einer Kutsche eintreffen.

Wolken schoben sich vor den Mond, ließen die Welt in Finsternis versinken. Constantins Gemüt färbte sich ebenso düster. Sein Durst überschattete jeden anderen Gedanken. Die Zunge klebte ihm am Gaumen. Sein Hals brannte wie Feuer.

Ein Windstoß brachte ihm den Duft der Menschen näher. Es mussten mindestens vier sein. Ein Geruch süßer als der andere. Gierig blähte Constantin die Nasenflügel, sog die Luft tief in sich ein.

Daraufhin gab es kein Zurück mehr. Sein Verstand schaltete sich aus.

Reflexartig näherte sich der Prinz der Duftquelle. Hastig rannte er zwischen den Bäumen hindurch und erreichte eine gepflasterte Zufahrtsstraße.

Sein Herz raste vor freudiger Erwartung. Das Wasser lief ihm im Mund zusammen. Gleich würde die Kutsche zu sehen sein, er konnte die Menschen darin deutlich riechen. Auch sein Gehör sagte ihm, dass die Räder nur wenige Meter entfernt über das Pflaster ratterten.

Doch was war das?

Constantin hielt inne. Auf der anderen Seite der Straße raschelte es im Unterholz. Ein weiterer Geruch mischte sich hinzu. Weitaus herber als die anderen.

Ein Tier?

Der Prinz holte tief Luft. *Nein. Ein Mensch!*

Irritiert kniff er die Augen zusammen. Tatsächlich lauerte dort im Gebüsch jemand.

Mit einem Satz stürzte er sich auf die Person, riss sie zu Boden. Ohne zu zögern, schlug er seine Zähne in den Hals des Mannes. Fleisch riss auf. Blut sprudelte hervor. Weniger süß als erwartet, aber schmackhaft.

Gierig trank der Prinz die rote Flüssigkeit und stillte damit seinen Durst. Kaum wandte sich Constantin von dem Mann ab, polterte die Kutsche hinter ihm vorbei.

Da traf es ihn wie ein Schlag. Er dachte mit einem Mal wieder so klar, als wäre er aus einem Albtraum erwacht:

Die Tochter von Sir Johannson hatte nur um Haaresbreite überlebt! Wäre dieser Wegelagerer nicht gewesen, hätte er, der Dämonen-Prinz, die Kutsche abgepasst!

Entsetzt starrte Constantin erst auf die Leiche des Mannes, dann auf seine Hände, die vor Blut klebten.

Ich bin ein Monster!

***

Ivans unehelicher Sohn Niklas war zurück an den Hof gekommen. Mit ihm etwa zwei Dutzend Männer.

Niklas hatte Gerüchte gehört, dass der König vom Thron gestoßen werden sollte, und war sofort seinem Vater zur Hilfe geeilt – ob das stimmte, wusste keiner. Dieser Bastard war mit allen Wassern gewaschen. Im Gegensatz zu König Ivan traute ich ihm nicht über den Weg.

Der Monarch hingegen veranstaltete aus gegebenem Anlass sogar ein Fest. Es war, als hätte er völlig vergessen, dass er Niklas einst zum Sterben in den Krieg geschickt hatte. Jetzt feierte er ihn wie einen heimgekehrten Helden. Mit welchen faulen Tricks hatte ihn Niklas nun wieder um den Finger gewickelt?

Nach den Feierlichkeiten zog ich mich rasch auf mein Zimmer zurück. Da Constantin nicht im Schloss war, bewohnte ich wieder meine ursprünglichen Räumlichkeiten, die mir bei meiner Ankunft zugewiesen worden waren.

Obwohl ich diese Wände mit unangenehmen Erinnerungen verband – in meinem Bett hatten sich Constantin und Djana vergnügt und im Badezimmer hatte mein toter Vater von der Decke gebaumelt –, schaffte ich es, mich einigermaßen wohlzufühlen.

Ehe es Zeit für die Nachtwache war, legte ich mich noch einige Minuten hin und schloss die Augen. Eigentlich wollte ich gar nicht einschlafen, aber die Müdigkeit siegte über meinen Verstand und als mich Schwester Kestrall einen gefühlten Herzschlag später weckte, war bereits eine Stunde verstrichen.

Schlaftrunken und mit einer Fackel in der Hand wandelte ich durch die Schlossgänge. Die Temperatur war eisig, sodass mein Atem dampfend in der Luft zu sehen war. Ein unangenehmes Stechen nahm von meinem Körper besitz und ich glaubte, die Füße in meinen Stiefeln gar nicht mehr zu spüren.

Fröstelnd zog ich den goldenen Mantel enger um meine Schultern und schlenderte weiter. Gerade als ich herzhaft gähnte, vernahm ich einen erstickten Laut. So abrupt und leise, dass ich ihn mir vielleicht nur eingebildet hatte.

Um sicher zu sein, marschierte ich flotten Schrittes in die Richtung, aus der das Geräusch gekommen war. Vor den Räumlichkeiten König Ivans hielt ich inne. Zögerte.

Sollte ich klopfen, nach dem Rechten sehen? Oder würde er mir wegen einer unnötigen Störung die Hunde an den Hals hetzen?

***

Ivan fuhr vom Schreibtisch herum. Ein Laut hatte ihn während des Briefschreibens aus seiner Konzentration gerissen. Noch in der Bewegung erschrak er und ließ die Feder in seiner Hand fallen. Sie landete auf dem Teppichboden und verspritzte ein paar Tintenkleckse. Der König hob den Kopf und erblasste auf einen Schlag. Was er sah, erschütterte ihn bis ins Mark.

Niklas!

Sein vernarbtes Gesicht war zu einer Fratze verzogen. Er war ins Zimmer eingedrungen und hielt die wimmernde Calla umschlungen, die eben noch im königlichen Bett geschlafen hatte. Dabei presste er ihr mit der freien Hand eine Klinge an die Kehle. Im Schein der Kerzen leuchtete ihr weißes Nachtkleid orange und die Waffe funkelte bedrohlich.

Es war, als würden Zeit und Raum stillstehen.

»Niklas ...«, hauchte Ivan tonlos und erhob sich von seinem Stuhl. Seine Beine fühlten sich zittrig an, als könnten sie jeden Augenblick nachgeben.

Niklas drückte die Schneide fester gegen Callas Fleisch. Diese zuckte zusammen, riss panisch die Augen auf. Eine Träne rollte über ihre Wange, der viele weitere folgten.

»Bitte, o bitte ... gebt mich frei«, wisperte sie tränenerstickt.

»Bitte, o bitte ...«, äffte Niklas die junge Königin amüsiert nach und zog eine theatralische Grimasse.

»Ich ... ich verstehe das nicht ...«, stammelte der König und hob beschwichtigend die Hände. Ungläubig starrte er auf die bewusstlose Wache neben der Tür. Niklas musste den Silberbruder übermannt und ins Zimmer geschleift haben.

Niklas lachte höhnisch. »Was begreift Ihr nicht, Vater? Dass ich nicht zurückgekommen bin, um Euch zu unterstützen, sondern um *meinetwillen*?«

Worte, die sich für Ivan wie ein Peitschenhieb anfühlten.

Er hatte den Aussagen von Niklas, dass dieser jeglichen Zwist beiseitelegen und als unehelicher Sohn Teil der Familie sein wollte, Glauben geschenkt. Die zwei Dutzend Krieger, die Niklas gefolgt waren, waren für ihn Beweis genug gewesen.

Doch er hatte sich geirrt. War auf das falsche Spiel von Niklas hereingefallen.

Und jetzt hatte dieser Scharlatan auch noch seine Gattin in der Gewalt. Ein unbedachter Schritt und Calla und das Kind wären verloren!

Ivan räusperte sich, doch seine Stimme klang trotzdem gebrochen. »Willst du Gold?«

Niklas grinste hämisch. »Nein, Vater.«

Der König schluckte. »Die Legitimation ist zu Asche verbrannt. Du wirst mir nicht auf den Thron folgen.«

»Nun«, setzte Niklas schadenfroh an. »Das sah Pater Valentin anders, als ich ihn im stillen Kämmerlein mit einem Mitbruder erwischte.«

Ivan musterte den jungen Mann vor sich, konnte nicht glauben, dass er ihn einst als Erben erwählt hatte.

Ehe Ivan etwas erwidern konnte, fuhr der Bastard fort: »Ich trage eine neu aufgesetzte Legitimation bei mir. Es fehlt nur noch Eure Unterschrift, *Vater.*«

Und obgleich die Antwort auf der Hand lag, fragte Ivan: »Was, wenn ich mich weigere?«

»Dann werdet Ihr Zeuge, wie Eure Gemahlin und Euer Kind elendig in den Tod gehen.«

Der König keuchte. Was hatte er schon für eine Wahl? Er musste dieses Dokument unterzeichnen. Möglicherweise konnte er dadurch Zeit gewinnen, im Anschluss daran nach seinem Schwert greifen. Doch das lag auf der anderen Seite des Raumes auf einer Kommode.

»Wehe, du rührst dich oder machst einen Mucks, Hure«, zischte Niklas der Königin ins Ohr und nahm den Arm um ihren Körper weg. Die Hand mit der Klinge blieb an Ort und Stelle. Calla presste unter Tränen die Lippen aufeinander und riss ihren Kopf noch höher empor, um der scharfen Schneide zu entkommen.

»Untersteh dich deine Königin zu beleidigen«, protestierte Ivan erbost.

Niklas schnaubte. »Ich kann das Drecksstück nennen, wie mir beliebt. Ihr Leben liegt in meiner Hand!«

Calla machte keine Anstalten, sich zu wehren. Niklas griff in seine Mantelinnentasche und zog ein zusammengerolltes Stück Pergament hervor.

»Setzt Euren Servus darunter.« Niklas warf Ivan das Schreiben hin.

Obwohl die Hände des Königs zitterten, fing er es auf und rollte es auseinander. Verstört las er den Inhalt, der Niklas mittels seiner Unterschrift zum Thronerben machen würde. Was einst sein Wunsch gewesen war, entpuppte sich jetzt als Albtraum.

»Niklas ...«

»Überlegt Euch gut, welche Worte Ihr wählt«, drohte dieser und umfasste erneut Callas Körper. Fester diesmal, wie ein Schraubstock, sodass die Königin aufschrie.

Ihr spitzer Hilferuf lähmte Ivan bis in die Knochen.

Wie in Trance nahm er wahr, dass jemand just in dem Moment, als seine Gattin klagte, hinter Niklas die Tür leise öffnete.

Der Bastard fluchte, bemerkte nicht, dass sich irgendwer ins Zimmer schleichen wollte. Ivan hielt den Atem an, doch Niklas konzentrierte sich lediglich auf Calla. »Halt den Mund, sonst ...«

»Sonst ... *was?*«

Inga. Aufrecht und erhobenen Schwertes stand sie hinter Niklas. Die Klinge drückte in seinen Rücken.

Der Bastard erstarrte. Jegliche Farbe wich mit einem Schlag aus seinem Gesicht. Das höhnende Lächeln erstarb, verwandelte sich in einen Ausdruck des Entsetzens.

»Ihr werdet die Königin auf der Stelle freigeben. Weigert Ihr Euch, zögere ich nicht und durchbohre Euch mit meinem Schwert!«

Ivan schluckte. Noch nie zuvor hatte er die Goldene Schwester so brutal erlebt. Er beobachtete, wie die Furcht langsam aus Niklas' Gesicht wich. Das Grinsen stahl sich zurück.

»Das wagst du nicht, meine Teuerste.«

Inga presste die Lippen zusammen. Für einen kurzen Augenblick entglitten ihr die selbstsicheren Züge, doch dann ...

»Wollt Ihr wetten?« Sie reckte das Kinn.

Niklas lachte freudlos. »*Wetten?* Nun, ich weiß schon, dass du gern Spielchen spielst, du kleines Biest. Am Ende aber wirst du wieder davonlaufen wie ein Häschen vor dem Jäger.«

»Nun«, setzte die Goldene Schwester an, »diesmal werde ich Euch nicht mit einer Narbe davonkommen lassen.«

Der König musterte die verheilten Wunden im Gesicht des Bastards. Niklas hatte ihm gesagt, dass ihn Inga attackiert hatte. Aus Eifersucht, da er sich nach Katga umgesehen hätte.

Dass an dieser Geschichte irgendetwas faul war, hatte er sich von Anfang an gedacht.

Niklas gluckste. »Und ich dich nicht mit einem Kuss. Diesmal werde ich dich ordentlich ran… *Ah!*«

Ivan erschrak.

Die Goldene Schwester hatte zugestochen.

Niklas' Blick wurde glasig, leer. Er ließ das Messer in der Hand fallen, gab Calla frei. Diese wimmerte und stolperte zur Seite.

Nun trieb Inga das Schwert tiefer in den Körper des Bastards. So weit, dass dessen Spitze beim Brustkorb hervorragte. Der Stoff drumherum saugte sich mit Blut voll. Wie Wasser quoll es hervor.

»Du … Hu…«, röchelte Niklas. Sein Mund füllte sich ebenfalls mit Blut, das langsam herausrann.

Sekunden später fiel er auf die Knie.

Inga fluchte, zog ihr Schwert mit einem kräftigen Ruck aus dem Leib des Sterbenden. Die Klinge glänzte dunkelrot.

Ivan stand einfach nur da. Wie angewurzelt.

Er hätte erwartet Wut oder Trauer zu verspüren, schließlich schied gerade sein Erstgeborener aus dem Leben. Tatsächlich aber legte sich bleierne Erleichterung um sein Herz.

Schlussendlich fiel Niklas kopfüber vor Ivans Pantoffeln. Dort blieb er reglos liegen. Das Röcheln erstarb. Zurück blieb eisige Stille.

Der König hob den Blick und musterte die beiden Frauen im Raum.

Lady Calla weinte, die Königin. Seine Gemahlin. Die Mutter seines Kindes. Nur dank Inga – er wandte den Kopf in die Richtung der Goldenen Schwester – hatte sie überlebt.

Inga weinte nicht, doch die Hand, mit der sie ihr Schwert hielt, zitterte. Ihre Miene verriet den Zorn in ihrem Inneren.

Sie musste Niklas gehasst haben. Das war ihm klar geworden, jetzt, wo er ahnte, was sich zwischen den beiden im Wald wirklich zugetragen hatte.

Kaum hatte sich sein hämmernder Herzschlag beruhigt, räusperte sich Ivan. »Lady Inga«, raunte er und leckte sich kurz über seine trockenen Lippen.

»Ich kann Euch gar nicht genug danken und würde Euch gern mit Gold belohnen ...« Er hielt inne, wartete, ob die Goldene Schwester etwas zu sagen hatte. Diese aber schwieg, lauschte aufmerksam seinen Worten. »... gleichzeitig möchte ich Euch ein Arrangement vorschlagen. Werdet meine Beraterin. Kluge, tapfere Leute kann ich an meiner Seite gebrauchen.«

»DU KENNST DIE ANTWORT.«

Ruhelos wälzte sich Constantin in seinem Bett hin und her. Als Dämonenträger brauchte er keinen Schlaf, doch er hätte alles dafür gegeben, diese Nacht ein Auge zutun zu können, seine Gedanken im Keim zu ersticken.

Erste Sonnenstrahlen lugten zwischen den Vorhängen herein und der Prinz erhob sich von seiner Matratze. Seufzend schlurfte er zum Fenster und zog die Gardinen weiter auseinander.

Es war ein nebeliger Morgen. Graue Dunstschwaden waberten um die Stämme der Bäume am Waldrand. Die wenigen Sonnenstrahlen erreichten lediglich die Wipfel des Forstes. Silberne Spinnennetze glitzerten auf dem taufeuchten Gras vor dem Hof.

Constantin erschauderte. Dieses blasse, unheimliche Morgenlicht ließ ihn einmal mehr an den gestrigen Abend denken. An das Blut, den Geruch nach süßem Metall.

Ein beklemmendes Gefühl machte sich in ihm breit. Ehe er sich diesem vollends verschreiben konnte, geriet jemand in sein Blickfeld, den er hier nicht erwartet hatte.

Sie sah genauso aus wie vor wenigen Monaten. Um ihren braunen Umhang breitete sich ihr nachtschwarzes Haar aus, das zu mehreren Zöpfen geflochten war.

Gerade hob sie den Kopf, blickte auf das Anwesen von Sir Johannson empor. Neben ihrem stechenden Blick war Constantin auch von dem Silberring in ihrer Nase fasziniert.

Lady Xenia, die Tochter des Grafen Llögg.

Am liebsten hätte er ihr zugewunken, doch sie wandte sich ab. Ohne groß nachzudenken, warf sich Constantin seinen dunkelblauen Mantel um, schlüpfte in die Stiefel und verließ sein Zimmer. Hastig rannte er die Stufen zum Hauptausgang hinunter.

Dies war einer der wenigen Augenblicke, in dem er dem Dämon in sich dankte. Ehe das Monster von ihm Besitz ergriffen hatte, war er noch wie ein ungelenker Tölpel mit zwei unterschiedlich langen Beinen dahingestolpert. Diesen Geburtsfehler hatte der Fluch bereinigt, sodass er jetzt zügig und ohne Einschränkungen vorankam.

Kaum betrat Constantin den Hof, schlug ihm frostige Luft entgegen. Er atmete tief ein, füllte seine Lungen mit frischem Sauerstoff. Seine blonden Locken band er sich geschwind zu einem Zopf zusammen, damit sie ihm nicht länger ins Gesicht hingen.

Anschließend blickte er sich nach allen Seiten um, hielt nach Lady Xenia Ausschau. Tatsächlich erblickte er sie nur wenige Meter entfernt, wie sie kunstvolle Übungen mit dem Schwert vollführte. Offenbar nutzte sie die Morgenstunden für ein ungestörtes Training.

Der Prinz schmunzelte. Wie sie wohl auf ihr Wiedersehen reagierte?

Schnurstracks marschierte er über den gepflasterten Hof auf seine einstige Heiratskandidatin zu.

Inzwischen hatten sich die Sonnenstrahlen weiter vorgekämpft und spiegelten sich in Xenias Silberklinge wider. Gerade als sie eine Drehung vollführte, ergriff Constantin das Wort und brachte sie damit abrupt zum Stillstand.

»Seid gegrüßt, Lady Xenia!«

Xenia schien nicht überrascht ihn hier zu sehen. Sie steckte ihr Schwert in den Gürtel und senkte für den Bruchteil einer Sekunde das Haupt. »Eure Hoheit!«

Als sie ihn wieder ansah, musste Constantin schlucken. Ihr Blick wirkte einschüchternd, überlegen. Als könnte nichts und niemand ihr etwas anhaben. »Was führt Euch hierher?«, fragte er sie.

Xenia schnaubte genervt. »Pah, Heiratsverhandlungen. Mein Vater und Sir Johannson stehen seit Längerem in Briefkontakt und treffen sich heute persönlich. Ich soll Johannsons Sohn zum Mann nehmen ...« Sie machte eine Pause und fügte dann scherzhaft hinzu: »*Ihr* hattet Eure Chance!«

Constantin schmunzelte.

Lady Xenia blickte sich um, senkte die Stimme. »Gestattet Ihr mir eine Frage?«

Constantin runzelte die Stirn, nickte jedoch.

»Sind die Gerüchte wahr, bereitet Ihr den Sturz des Königs vor?«

Der Prinz erstarrte. Aus ihrem Mund klangen diese Worte brutal – und doch war es die Wahrheit. Er nickte wieder.

Lady Xenia hob die Augenbrauen. Sie sah beeindruckt aus.

»Hervorragend. In Llöggen häufen sich die Aufstände. Der Krieg gegen Noredellä ist vorüber und doch weigert sich Euer Vater, die Steuern zu senken. Außerdem werden immer mehr Stimmen laut, dass Königin Valerie von ihm vergiftet wurde. Besonders da er sich so zeitnah eine neue Braut genommen hat ...«

Constantin schwieg, beobachtete, wie Lady Xenias Pupillen vor Euphorie glitzerten.

»Ich würde Euch gern mit den Männern meines Vaters unterstützen!«, bot sie an und stemmte eine Hand selbstbewusst in die Hüfte. Die andere hielt sie zur Faust geballt.

Der Prinz fühlte sich von ihrem vorschnellen Angebot überrumpelt. Ihr Kampfgeist imponierte ihm und bereitete ihm zugleich Unbehagen.

»Wolltet Ihr nicht zunächst Eure Vermählung in die Wege leiten?«, erinnerte Constantin.

Xenia winkte ab, ballte gleich darauf wieder eine Faust. »Pah, dieser Firlefanz kann warten. Es gibt Wichtigeres zu tun. Seit Jahren träume ich von der Gelegenheit, König Ivan zu stürzen. Ihn und seine korrupten Machenschaften mit dem Klerus!«

»Was wird Euer Vater zu diesem Vorhaben sagen?«

Constantin dachte an den schmächtigen, in sich gekehrten Mann.

»Pah, Vater wagt es nicht, mir diesen Wunsch abzuschlagen. Ansonsten kann er gleich vergessen, dass ich ihm irgendwann Enkelsöhne schenke.« Lady Xenia reckte das Kinn. Sie stand da wie eine felsenfeste Mauer, die nichts und niemand einreißen konnte. Constantin glaubte ihr aufs Wort, dass Graf Llögg einwilligen würde. Plötzlich tat sich eine andere Frage auf. »Lady Xenia, sagt, wann seid Ihr eingetroffen?«

»Gestern Abend. In einer Kutsche.«

Constantin zuckte zusammen. Also war gar nicht Sir Johannsons Tochter in dem Gefährt gewesen.

Was wohl passiert wäre, wenn er sie angegriffen hätte?

Möglicherweise läge Lady Xenia nun blutleer am Wegesrand im Wald. Andererseits – er betrachtete die Kriegerin mit ihrem Silberschwert – hätte auch *er selbst* kopflos aufgefunden worden sein können.

***

König Ivans Angebot, seine Beraterin zu werden, traf mich völlig unerwartet. Ich beschloss Kestrall und Finja in meine Entscheidung miteinzubeziehen, schließlich war ich vor allem der Schwesternschaft verpflichtet, nicht dem Monarchen.

Wir trafen uns am Vormittag in Kestralls Gemächern. Wie üblich bildeten wir einen Halbkreis um den Kamin, worin ein warmes Feuer prasselte. Durch das Fenster schien die Sonne, die sich im Laufe des Morgens gegen die Nebelschwaden behauptet hatte.

In kurzen Sätzen unterbreitete ich meinen Mitschwestern, was sich in der Nacht zugetragen hatte. Stumm lauschten sie meinen Worten und stellten hie und da eine Verständnisfrage – ohne zu werten oder zu urteilen. Schlussendlich erzählte ich von dem Angebot König Ivans, ihm mit meiner Beratertätigkeit zu dienen.

Es war Finja, die sofort zurückwich. Nun stand sie im Schein der Sonne. Die in den letzten Wochen aufgetauchten silbernen Strähnen in ihrem Haar schimmerten. Die Goldene Schwester kniff ihre Lippen zusammen und schüttelte den Kopf.

»Niemals«, presste sie hervor.

Kestrall äußerte sich noch nicht, sie wirkte nachdenklich. Ihre Stirn lag in tiefen Falten und ihre grauen Augen fixierten einen Punkt am Teppich vor dem Kamin.

»*Nie-mals*«, wiederholte Finja, fuchtelte beschwörend mit ihren Händen in der Luft herum und fuhr fort: »Wie könntest du diesem Tyrannen unter die Arme greifen? Denk daran, welches Leid er bereits jetzt zu verantworten hat …«

Sie redete sich in Rage, die »Rs« rollten nur so dahin.

»Ivan ließ schon am Tag nach ihrer Vermählung ein Attentat auf Königin Valerie verüben.«

Wie könnte ich jene Schrecksekunden, die mich als Kind geprägt hatten, vergessen? Es war der Moment gewesen, in dem ich mich für ein Leben als Goldene Schwester entschieden hatte.

Finja kam nun so richtig in Schwung. »Ivan verlangte von seinem Sohn, Prinzessin Elin zu beleidigen, um einen Krieg anzuzetteln, und hetzte während des Festbanketts einen Attentäter in den Gewändern Noredelläs auf ihn!«

Ich schluckte. All diese Aussagen entsprachen der Wahrheit. Sie trieben mir die Kälte in die Knochen. Das Echo der Vergangenheit hallte durch meinen Körper, brachte ihn zum Beben.

Doch damit nicht genug.

»Selbst dich missbrauchte König Ivan als Todesboten, verlangte, dass du Constantin zur Strecke bringst. Als Drohung ließ er deinen Vater erhängen und Djana enthaupten!«

Die Worte sprudelten wie ein Wasserfall aus ihrem Mund. Eiskalte Sturzbäche, die mich mitrissen und ins Straucheln brachten. Ich versuchte Halt zu finden. Unmöglich. Die Goldene Schwester zog mich weiter in die Tiefe, erinnerte mich daran, wie abscheulich Ivans Taten gewesen waren.

Ob mein Vater wirklich ein Mordopfer oder dem Alkohol erlegen war, konnte ich nicht sagen. Nur dass ihn Ivan hatte aufhängen lassen – ob tot oder lebendig.

»Und als wäre dies nicht schon Beweis genug, vergiftete er unsere Herrin, Königin Valerie, beim Fest der reinen Blüte!«, beendete Finja ihre Ansprache.

Die letzte Tat hatte der Monarch vehement abgestritten. Wer aber hätte sonst nach dem Leben der mächtigsten Frau des Landes trachten sollen?

Finja sprach aus, was mir gerade in den Sinn kam: »Ivan führt dich an der Nase herum.«

Tat er das? Ich wusste es nicht.

»Er spielt mit deiner kindlichen Naivität!«

Gekränkt verschränkte ich die Arme. Ihre Beleidigung traf mich tief, schließlich wollte ich alles andere sein als das.

»Wie meinst du das?«, fragte ich nach.

»Liegt das nicht auf der Hand?«, fragte Finja und starrte mich an, als müsste mir langsam einmal ein Licht aufgehen. »Indem Ivan dir einen Posten als Beraterin anbietet, hetzt er uns gegeneinander auf!«

Ihre Stimme klang beißend, als wäre sie ein zähnefletschender Hund. Mit den grauen Strähnen im Haar hatte sie tatsächlich leichte Ähnlichkeit mit den Hunden des Königs.

»In der Tat«, mischte sich Kestrall ein, »er *hätte* uns gegeneinander aufgehetzt. Zum Glück warst du, Inga, klug genug dieses Angebot mit uns zu besprechen, anstatt sofort einzuwilligen. Denn das wäre leichtsinnig gewesen.«

Finja schüttelte den Kopf. »Aber …«

»Finja, es ist genug«, forderte Kestrall streng und schaute ihre Mitschwester eindringlich an. »Es war weise von dir, Inga, uns zurate zu ziehen.« Ihr Blick wanderte zu mir. »Und vielleicht solltest du den Vorschlag des Königs annehmen. So erfahren wir, was er plant und wer auf seiner Seite steht.«

Unsicher fuhr ich mir durchs Haar. »Er vertraut mir und ich soll ihn verraten?«

Meine Frage hatte zur Folge, dass Finja entrüstet schnaubte und die Augen verdrehte, Kestrall hingegen mitleidig lächelte. Ich fühlte einen dicken Kloß im Hals.

»Hierbei geht es um etwas anderes«, erklärte Kestrall mit ihrer ruhigen, besonnenen Stimme. »Du sollst Treue zu *Königin Valerie* beweisen. Vor ein paar Monaten planten wir noch die Ermordung des Monarchen. Was hat sich für dich geändert?«

Unsicher zuckte ich mit den Achseln. Dachte an die Panik in Ivans Augen, als Niklas Calla bedroht hatte. »Was, wenn sich der Monarch gewandelt hat, seine schrecklichen Taten bereut?«

»Inga, nur weil er freundlich zu Königin Calla ist? *Nein.* Erst heute früh überbrachte mir ein Bote die Kunde, dass Silberbrüder in seinem Auftrag zwei Höfe in Llöggen niederbrannten, weil sich die Gutsherren weigerten die Steuern zu zahlen. Weitere Bauern wurden ausgepeitscht und an den Pranger gestellt.«

Kestrall gab mir Zeit darüber nachzudenken. Ihr Bericht war entsetzlich. Ich schämte mich dafür, den König verteidigt zu haben, und musste Finja nun insgeheim recht geben. Vielleicht war ich wirklich naiv. Vielleicht glaubte ich zu schnell an das Gute in den Menschen.

Wir beendeten unser Treffen und jeder ging seiner Wege. Mein Ziel waren die Gemächer Königin Callas, da ich mich für ihre Sicherheit zuständig fühlte.

Die junge Königin empfing mich mit einem überschwänglichen »Nur hereinspaziert!«, woraufhin ich lächeln musste.

Ich betrat den Raum, der mich sofort an meine verstorbene Herrin denken ließ, obwohl Calla einige Veränderungen veranlasst hatte. Die Goldstatuen waren entfernt worden und anstatt der Landschaftsgemälde hingen die selbst gemalten Bilder der Königin an den Wänden. Diese wiederum waren neu tapeziert worden – in Dunkelblau, der Farbe Kandlots.

Da mich das Gemach dermaßen in seinen Bann gezogen hatte, registrierte ich erst jetzt, dass Besuch anwesend war. Überrascht grüßte ich die Person, die sich auf dem roten Samtsofa breitmachte. Lady Ylvie.

Die Tochter des Barons Sven van Ijek winkte mir zu, wobei ich mir nicht ganz sicher war, ob ihre Pupillen auch in meine Richtung sahen.

Ihr aschblondes Haar trug sie zu einem strengen Dutt nach hinten frisiert, sodass die schweren Goldklunker an ihren Ohren besonders auffielen. Diese passten zu ihrem üppigen Kleid, dessen Röcke nicht bauschiger hätten sein können.

»Ich wollte auch Lady Xenia und Eure Schwester, Lady Katga, einladen, doch die beiden waren leider verhindert …«, verriet die Königin.

Sie plauderte, als wäre ich eine Freundin, die sie besonders schätzte, und nicht eine wenn auch goldene Wache. Seit der gestrigen Nacht sah sie mich wohl mit anderen Augen.

Dass Katga nicht zu Besuch an den Hof kam, konnte ich mir denken. Sie hatte Kandlot mit dem Beschluss verlassen, Ivan nie mehr unter die Augen zu treten. Ihr Leben spielte sich inzwischen in Gondra ab. Plötzlich bekam ich Lust, ihr einen Brief zu schreiben.

Noch aber bot sich keine Gelegenheit, denn ich beschloss, vor der Tür der Königin Posten zu beziehen. Möglicherweise hatte Niklas Vertraute, die nach seinem Tod sein Werk fortführen und Calla töten wollten.

Obwohl die Tür geschlossen war, konnte ich die Unterhaltung der beiden Frauen mithören. Lady Ylvie sprach ungewöhnlich laut und hörte schlecht, weshalb auch Calla ihre ansonsten zarte Stimme kräftig erklingen ließ.

»Du bist son swanger, Carla? Wie geht das so snell?«, fragte Ylvie gerade und brachte mich damit zum Schmunzeln.

Ich hörte Calla nach Worten ringen. »Nun ... na ja ... bei dir dauert es eben länger. Kein Grund zur Sorge!«

»Sorge?«, kreischte Ylvie. »Von wegen! Ich will nicht fett werden! Dann pazzen mir die sönen Kleider nicht mehr.«

Calla wechselte das Thema. »Wie geht es deinem Gatten und deinem Vater?«

»Vati gez gut. Meinem Mann auch. Ist hald ein Klappergestell, hat keine Muskeln ...«

Wieder entglitt mir ein Grinsen.

Eine Weile verdrängte ich das Gespräch, dachte über Kestralls und Finjas Worte nach.

»Ich stehe in Briefkontakt mit Prinzessin Elin«, verriet Königin Calla. »Ihr Vater ist auf der Suche nach einem neuen Heiratskandidaten. Wir haben vereinbart unsere Kinder miteinander zu vermählen. Na, wie findest du das, Ylvie?«

Neugierig spitzte ich die Ohren.

»Aber: Prinsessin Elin is blind wie ’n Maulwurf. Oder noch slimmer. Was, wenn auch de Kinder net sehen?«

Calla lachte glockenhell. »Unsinn. Und selbst wenn – na und? Hauptsache, unsere Länder schließen einen Bund für die Ewigkeit!«

Unsere Länder. Offenbar fühlte sich Calla Pendelö schon pudelwohl in ihrer Rolle als Königin. Schmiedete bereits Pläne. Und ihre Idee gefiel mir! Die Vorstellung, ihr Nachkomme und der Spross von Prinzessin Elin würden Kandlot und Noredellä vereinen, klang herrlich.

Allerdings würde ihr Kind niemals herrschen, wenn unser Plan, den König zu stürzen, aufging. Es würde in einem Kloster zur Welt kommen und getötet werden.

***

Die Zeit verflog. Die wenigen Laubbäume im Garten wurden kahl und erinnerten mich ohne ihre Blätter an lebloses Gerippe. Der Kiefernwald hingegen erstrahlte weiterhin in seiner kräftig grünen Nadelpracht.

Kestrall behielt die Königin im Auge, sodass ich einen Spaziergang im Schlossgarten unternehmen konnte. Es nieselte. Das feuchte Laub und die nasse Wiese beschmutzten meine Stiefel. Schnell eilte ich zurück auf die gepflasterten Wege. Ich wollte den Dienerinnen nicht unnötig Putzarbeit aufbürden.

Dunkle Regenwolken zogen am Himmel dahin. Eine grauer als die andere. Die kalte Luft verwandelte meinen Atem in Rauchwölkchen. Mit zitternden Fingern setzte ich die Kapuze auf und steckte meine Hände anschließend in die Manteltaschen.

Unbewusst hatte ich mich der Kapelle genähert. Es war lange her, dass ich Dions Segen erbeten hatte, und ich fühlte mich deshalb schuldig. Um mich von meinem Kummer zu lösen, öffnete ich die Pforte des steinernen Gebäudes. Sie quietschte.

Im Inneren brannten einige Kerzen. Sie tauchten das Gotteshaus in warmes Licht.

Bedächtig nahm ich in der letzten Bankreihe Platz und drückte die Fäuste an mein Herz. Am liebsten hätte ich sie wieder in meine Manteltasche gesteckt, doch das gehörte sich hier nicht.

Nachdem ich einige Gebete gesprochen und zum Beil der Erlösung hinaufgeblickt hatte, erhob ich mich wieder. Ich trat aus der Reihe, ging auf die Pforte zu und ... traf auf Isidor, der soeben in die Kapelle eintrat.

Der Bruder des Königs begrüßte mich höflich. Ich hielt inne, beschloss, mit ihm über die vergangene Ratssitzung zu sprechen, schließlich war auch er anwesend gewesen.

Wir nahmen nebeneinander in der ersten Bankreihe Platz.

»Was haltet Ihr von König Ivans Vorhaben, die Schlossmauern verstärken zu lassen?«, flüsterte ich zaghaft, da mich die gottesfürchtige Umgebung einschüchterte. Gleichzeitig aber fühlte ich mich sicher, da uns hier niemand belauschen konnte.

Isidor formte Fäuste und richtete seine Aufmerksamkeit zum Beil. Erst glaubte ich, er würde mir gar nicht antworten, da er verkniffen nach vorn starrte. Doch dann seufzte er plötzlich und wandte sich mir zu.

»Nun ja«, zischte er mit einem Hauch von Vorwurf. »Sagt Ihr es mir. Ist dieses Unterfangen vonnöten? Schließlich ist es doch Eure Goldschwester, die meinen Bruder bedroht.«

Ich hatte mich getäuscht. Es war kein Hauch. Es war ein Sturm des Vorwurfs.

Doch Isidor tat mir unrecht. »Und Euer Neffe!«, erinnerte ich sofort.

Aber der Bruder des Königs schnaubte bloß. »Glaubt Ihr wirklich Constantin würde diesen Schritt ohne Mercedes wagen? Sie ist es, die Ivan stürzen und im Endeffekt über Kandlot herrschen will. Mein Neffe ist bloß ihr Werkzeug.«

Isidor fuhr sich aufgebracht durchs Haar, dann knetete er seine Finger. Offenbar war er nervös.

»Den König zu stürzen und Constantin zu krönen haltet Ihr für eine schlechte Idee?«, fragte ich zaghaft.

Er seufzte schwer, wandte mir endlich sein Gesicht zu und flüsterte: »Ivan ist mein Bruder, Lady Inga. Wir sind zusammen aufgewachsen. Natürlich traf er falsche Entscheidungen, doch Mercedes ist wahrlich keine Heilige!«

Ich wusste nicht, was ich darauf erwidern sollte. Es war verständlich, dass Isidor ein gutes Wort für den Monarchen einlegte. Die beiden hatten ihre Kindheit geteilt, Freud und Leid.

Dennoch erinnerte ich Isidor nun an Ivans Gräueltaten. Dabei fühlte ich mich wie Schwester Finja, hörte sogar ihre anklagende Stimme in meinem Kopf. Es war, als würde sie durch mich hindurch sprechen.

Kaum war ich fertig, erhob sich Isidor. »Folgt mir«, verlangte er.

Ohne seinen Wunsch infrage zu stellen, ging ich ihm nach. Zurück ins Schloss. Bis in sein Gemach.

Erst als Isidor die Tür hinter uns schloss, wurde mir etwas mulmig zumute. Ein Griff nach meinem Schwert am Gürtel aber genügte und ich fühlte mich sicher.

Die Gemächer Isidors waren überraschend klein. Die wenigen Möbel waren aus dunklem Holz und passten gut zu den dunkelblauen Wänden. In der Mitte dominierte ein Schachtisch den Raum.

Der Bruder des Königs schritt auf seinen Schreibtisch zu und zog eine Schublade auf. Ich wollte ins Innere gucken, doch da schloss er das Fach abrupt wieder. Neugierig blickte ich ihn an. Ich wollte eine Erklärung. Warum hatte er mich hierhergeführt. Was war in der Lade?

»Ich hatte einst einen treuen Diener«, erzählte Isidor da, ohne den Blick von seiner Hand am Knauf zu nehmen. »Wir waren ... Freunde. Ich lehrte ihn die Form der Buchstaben. Zwei Tage nach der Hochzeit von Ivan und Valerie brachte er der frisch gebackenen Königin neue Tinte. Sie war gerade dabei, einen Brief an ihre Schwester zu schreiben ...«

An der Art, wie er sprach, konnte ich erkennen, dass Isidor in Gedanken weit weg war. In der Vergangenheit.

»Valerie ahnte nicht, dass der Diener des Lesens mächtig war, und ließ ihr Schreiben unbedacht liegen. So las er den Beginn des Textes und erstattete mir Bericht ...«

Ich beobachtete Isidor. Seine Finger zitterten plötzlich und seine Stimme war immer leiser geworden. Ehe ich nach dem Inhalt fragen konnte, fuhr Isidor fort.

»Ich schrieb jedes einzelne Wort nieder, um die Information für mich festzuhalten. Wenn Ihr wollt, lasse ich Euch die Zeilen lesen …«

Endlich hob er den Kopf, schaute mich an. Sein Blick verriet Unsicherheit. Offenbar fiel es ihm schwer, dieses Geheimnis mit jemandem zu teilen. Daraufhin wurde ich noch neugieriger.

»Bitte!«, sagte ich und deutete auf die Schublade.

Isidor zog sie auf und nahm ein Papier heraus, das zusammengefaltet war. Er reichte es mir, ließ es vor Aufregung beinahe fallen.

Schnell griff ich danach, öffnete es und las mit bebender Stimme: »Liebste Schwester. Der Anschlag am Balkon auf König Ivan scheiterte. Die Kugel traf Reselie, die mich schützen wollte. Einen weiteren Versuch wage ich beim besten Willen nicht. Ich ändere meine Strategie, sorge dafür, dass das Volk seinen König verachtet und …«

Der Text war zu Ende. Mehr stand da nicht.

Entsetzt las ich das Schreiben erneut, leise diesmal. War das, was hier zu lesen war, die Wahrheit? Hatte Königin Valerie einen Todesschützen auf den Monarchen gehetzt? War der Grund, weshalb ich eine Goldene Schwester geworden war, eine Lüge?

Oder führte mich Isidor an der Nase herum?

»Warum habt Ihr all die Jahre geschwiegen?« Meine Stimme bebte, klang leise und brüchig.

»Noch bevor dies geschah, entdeckte Königin Valerie meine … Liebe zu besagtem Diener und später mein Verhältnis zu Finn, dem Stallmeister. Sie hatte ihre Augen und Ohren überall.«

»Oh«, machte ich, mehr wusste ich nicht zu sagen.

Das war auch gar nicht nötig. Isidor fuhr fort: »Valerie erpresste mich mit diesem Wissen. Ivan wäre außer sich gewesen … Auch Eure Schwester Katga bemerkte die Treffen zwischen Finn und mir, doch sie war eine Stütze, verurteilte mich nicht.«

Das erklärte seine enge Beziehung zu meiner Schwester. Schon oft hatte ich mich gefragt, was die beiden verband.

Dass mich Isidor belog, glaubte ich im selben Moment nicht mehr. Welchen Grund hätte er gehabt mir sein tiefstes Geheimnis anzuvertrauen? Nach Finns Tod war mir aufgefallen, dass der Bruder des Königs ungewöhnlich niedergeschlagen gewesen war. Trotzdem hatte ich damals nicht die richtige Verbindung herstellen können. Jetzt schien alles sonnenklar.

Eines blieb dennoch offen: »Warum verschweigt Ihr weiterhin die Wahrheit über das Attentat? Gewiss wäre das Volk daraufhin dem König milder gestimmt.«

Isidor nahm mir das Papier aus der Hand und legte es zurück an seinen Platz. Bedächtig schloss er die Schublade und lehnte sich mit dem Rücken dagegen. Er verschränkte die Arme und seufzte.

»Ich habe keinen Beweis. Nach dem Tod der Königin durchsuchte ich deren Gemächer nach der Antwort ihrer Schwester Sabita. Nichts. Kein einziger Brief.«

»Und warum teilt Ihr Euch ausgerechnet mir mit?«

Isidor betrachtete seine Schuhspitzen. Nach einer gefühlten Ewigkeit des Schweigens hob er den Kopf, sah mich an und sagte: »Ihr seid die einzige Goldene Schwester, der mein Bruder Vertrauen schenkt. Er erzählte mir, dass Ihr seine Frau und sein Kind gerettet habt ...« Er machte eine Pause, rückte näher an mich heran. »Ihr solltet die ganze Wahrheit wissen, ehe Ihr Ivan in den Rücken fallt.«

War das denn die *ganze Wahrheit*? Oder gab es noch etwas, das sich ohne mein Wissen innerhalb dieser Mauern zutrug? Der Hofstaat glaubte ja auch, Sir Niklas' Tod wäre ein bedauernswerter Unfall gewesen. Man wollte offensichtlich einem Skandal bei der Bestattung des Bastards vorbeugen. So mancher Feind Ivans hätte ihn ansonsten auch noch als Märtyrer gefeiert.

Ich hatte das Gefühl, in einem Netz aus Lügen, Intrigen und Geheimnissen zu hängen. Je drängender ich versuchte mich daraus zu befreien, desto mehr verhedderte ich mich in den Fäden.

Wem soll ich vertrauen?

Tatsache war, wenn Isidor die Wahrheit sagte – und davon ging ich aus –, dann hatte jemand diese belastende Korrespondenz zwischen Valerie und Sabita inzwischen vernichtet. Und wenn irgendwer von solchen Briefen gewusst hatte, dann eine.

Mercedes.

Die Frau, die mich von Anfang an vor Verschwörungen gewarnt hatte. Und nun war sie selbst Teil davon ...

***

Die Zeit verging. Der erste Schnee fiel. Kälte durchdrang die Schlossmauern und ließ uns frösteln. In jedem Gemach prasselte ein Kaminfeuer und doch wärmte sich die Luft nicht so richtig auf.

König Brion hatte die Heimreise nach Enghor angetreten, Ivan allerdings zur Verstärkung einige Krieger überlassen.

Kestrall, Finja und ich verbrachten viele Stunden zusammen. Momente, in denen wir über die Vergangenheit, die Gegenwart und die Zukunft sprachen. Wir erzählten uns von unseren Träumen und Wünschen. Und obwohl die beiden Frauen um einiges älter waren als ich, waren sie wie Freundinnen für mich. Zum ersten Mal hatte ich wirklich das Gefühl, Teil der Schwesternschaft zu sein.

Dennoch beriet ich auch den König. Sämtliche Wachposten wurden verstärkt, teilweise dreifach besetzt. Hinter jeder Zinne und Schießscharte wartete mindestens ein Bogenschütze. Leider besaß das Schloss keine Zugbrücke und auch keinen Wassergraben. Die Tore jedoch blieben verschlossen und wurden nur auf Befehl hin geöffnet. So konnte niemand mehr ungesehen den Hof betreten oder verlassen.

Königin Calla blühte auf. Schier täglich schwoll ihr Leib weiter an und ich freute mich darauf, irgendwann ihr Kind zu sehen – bis mir wieder einfiel, dass wir es töten mussten.

Die Großherzogstochter war sich sicher einen Jungen auszutragen und überlegte sich bereits passende Namen für ihn. Ich wohnte einem Gespräch zwischen dem König und ihr bei, in dem Calla vorschlug, das Kind »Imger« – nach Ivans Vater – zu benennen. Der Monarch aber hatte diesen Vorschlag abgelehnt. Er hatte behauptet um nichts auf dieser Welt an diesen Mann erinnert werden zu wollen.

Es waren friedliche Wochen ohne besondere Ereignisse.

Eines Tages klopfte es an der Tür zu meinem Gemach. »Lady Inga? Inga Ericson?«

Geschwind schloss ich den Kleiderschrank, da ich soeben ein Bad genommen und mich umgezogen hatte, und öffnete.

Ein Bote lächelte mich schüchtern an und überreichte mir einen Brief.

»Von wem ist er?«, fragte ich hoffnungsvoll. Vielleicht war er ja von Katga, schließlich hatte auch ich wieder Kontakt zu ihr aufnehmen wollen, hatte aber bisher nicht die Zeit zum Schreiben gefunden.

Doch meine Hoffnung starb.

»Ein Weib am Dorfplatz überreichte ihn mir.«

Dankend nahm ich das Papier entgegen, verabschiedete mich von dem Überbringer der Nachricht und schloss die Tür. Ich betrachtete den Umschlag. Kein Absender.

Neugierig riss ich das Schreiben auf. Ich überlegte, wen ich im Dorf kannte. Bis auf Djanas Familie, die ich bei ihrem Begräbnis kennengelernt hatte, fiel mir niemand ein. Aber warum sollten sie mir etwas mitteilen wollen?

Hastig zog ich das Briefpapier aus dem Umschlag – es war lediglich ein zusammengefalteter Zettel – und las den Inhalt. Mir wurde eiskalt.

»Wir treffen uns um Mitternacht am Veronikasee. M.«

Ich erstarrte. Erschrocken ließ ich das Papier fallen.

Langsam segelte es zu Boden – wie eine Schneeflocke.

Meine Finger zitterten.

Es war also so weit. Wir würden König Ivan Isgehart stürzen, das Schloss übernehmen.

Obwohl ich darauf vorbereitet sein sollte, bekam ich plötzlich schreckliche Angst. Ich teilte Kestrall und Finja mit, dass ich mich in der Nacht mit Mercedes treffen würde. Zuerst wollten mich die Schwestern begleiten, doch da die Ausgänge des Schlosses bewacht wurden, entschieden wir uns dagegen.

Für mich war es kein Problem, an den Silberbrüdern vorbeizukommen. Inzwischen wussten die Männer der Königswache, dass ich eine Beraterin des Monarchen war, und ließen mich, ohne groß nachzufragen, passieren.

Draußen war es bitterkalt. Und finster. Ich schob meine steifen Finger tiefer in die Taschen meines goldenen Mantels und blickte gen Himmel. Sterne funkelten. Der Mond erhellte mit seinem Silberschein die schneebedeckte Landschaft und ließ die Wipfel der Kiefern glitzern.

Die frostige Luft fühlte sich frisch an und brachte mein Gesicht zum Kribbeln.

Ich stapfte hinüber zum Stall und ließ mir ein Pferd satteln. Zum Glück schneite es noch immer, sodass die Hufabdrücke wieder verschwinden würden.

Leise flüsterte ich dem Tier beruhigende Worte zu, ehe ich aufsaß und im Galopp hinüber zum Wald ritt. Es war jene Stute, die mich schon auf dem Weg von Gedeleen nach Kandlot begleitet hatte. Ihre Wunde war längst verheilt. Schnee wirbelte auf und in dieser Geschwindigkeit peitschte mir die Kälte noch härter ins Gesicht.

Ich drosselte das Tempo. Ehe ich aber in den dunkeln Forst eindrang, tat sich ein neuer Gedanke in mir auf. Was, wenn die Botschaft gar nicht von Mercedes gewesen war? Was, wenn König Ivan meine Loyalität testete und er mit einer Schar Silberbrüder am See auf mich wartete?

Mein Herz klopfte. Wild. Fest.

Was soll ich tun?

Je länger ich im langsamen Schritt verharrte, desto mehr fror ich. Die Schneeflocken blieben auf meinem Mantel liegen, schmolzen und drangen langsam in den Stoff ein. Eine Gänsehaut kroch über meine Arme. Ich musste mich entscheiden. *Jetzt.*

Seufzend warf ich alle Bedenken über Bord, gab dem Pferd die Sporen und ließ das Tier in den Kiefernwald hineintraben.

Bereits wenige Minuten später lichtete sich der Wald. Wieder verlangsamte ich den Schritt des Tieres.

Gespannt hielt ich die Luft an, lugte zwischen den Stämmen der Kiefern hindurch. Ich erblickte den See. Er war spiegelglatt und schimmerte silbern, als würde der Mond darin baden.

Ich saß geräuschlos ab, band das Pferd an einen Ast – was wegen meiner steif gefrorenen Finger ein kompliziertes Unterfangen war – und pirschte weiter vorwärts.

Meine Schuhsolen verursachten ein knirschendes Geräusch. Ich keuchte.

Wo war Mercedes?

Darauf bedacht, auf keinen morschen Ast zu treten, wagte ich mich weiter vor, gelangte ans Ufer und erblickte Constantin.

All die anderen Gestalten um ihn herum verblassten.

Mir fiel ein Stein vom Herzen. Ein Brocken, der eine Flut an Gefühlen offenbarte, die bisher verdrängt worden waren. Jede Faser meines Körpers vibrierte, als hätte mich ein Blitz aus Licht und Liebe getroffen.

Jegliche Fesseln in mir wurden gesprengt. Ungehalten rannte ich auf den Prinzen zu. Stolperte beinahe über meine eigenen Füße.

Kaum aber gewahrte ich seine Gesichtszüge, wurde ich langsamer.

In seiner Miene las ich Angst, Unsicherheit. Ich blieb stehen. Schneeflocken verfingen sich in meinen Wimpern. Schnell blinzelte ich sie fort. Ich wollte, dass nichts meine Sicht trübte.

»Constantin«, flüsterte ich.

***

Constantin roch ihre Anwesenheit, noch bevor er sie sah. Inga war hier! Diesen Geruch nach Rosenöl würde er immer und überall wiedererkennen.

Kaum trat sie ans Ufer des Sees, machte sein Herz einen gewaltigen Donnerschlag.

Im Mondschein leuchtete ihr Umhang. Sie lief. Raste wie eine goldene Sternschnuppe herbei. Schnee wirbelte auf. Frisch fallende Flocken verfingen sich in ihren offenen Haaren.

Am liebsten hätte Constantin seine Arme ausgebreitet und sie aufgefangen. Aber er hatte Angst. Angst, dass Inga ihn verabscheute, wenn sie wüsste, was er getan hatte.

Wie ein Blitz tauchte die Erinnerung an den Wegelagerer in seinem Verstand auf und er musste erneut mitansehen, wie er dem Mann seine Zähne in die Kehle trieb.

Angewidert von sich selbst schüttelte er diesen Gedanken ab. Im selben Wimpernschlag kam Inga vor ihm zu stehen. Sie musterte ihn. Fragend.

Aber Constantin würde ihr keine Antworten geben. Er schämte sich, traute sich kaum ihr in die Augen zu sehen. Sein Herz brannte vor Verlangen. Sein Herz – und seine Kehle.

Er wollte ihre Liebe. Der Dämon in ihm ihr Blut.

Der Moment zog vorbei. Die Sternschnuppe erlosch.

Zurück blieb die kalte Realität.

Mercedes, Lady Xenia Llögg und Sir Henrik Bledden traten vor und begrüßten Inga, die nun *ihnen* ihre Aufmerksamkeit schenkte.

Nachdem Inga erfahren hatte, weshalb die ehemalige Kandidatin der Brautschau anwesend war, fragte Mercedes grob: »Weshalb die verstärkten Verteidigungsmaßnahmen? Ahnt Ivan, dass wir seinen Sturz organisieren?«

Constantin sah Inga erblassen. Ihre Stimme aber klang unerschrocken: »Selbstredend. Es gibt Gerüchte!«

Mercedes nickte, gab sich mit der Erklärung zufrieden. Der Prinz aber musterte Inga weiterhin. Ihre Finger zitterten. Nicht nur vor Kälte. Er roch den Schweiß auf ihrer Haut.

»Sir Johannsons Männer und meine Truppen stehen bereit«, erklärte Sir Henrik mit tiefer Stimme.

Constantin betrachtete den Krieger, der während der Kämpfe an der Front in Minsöd sein Vertrauter geworden war. Sein Bart war inzwischen einige Zentimeter länger, wirkte aber weiterhin gepflegt, während seine Rüstung dringend poliert werden müsste. Noch immer schüchterten Constantin die schwarzen Bemalungen auf seiner Glatze ein, obwohl er inzwischen erfragt hatte, dass diese Symbole »Mut«, »Stärke«, »Freiheit« und »Brüderlichkeit« bedeuteten.

»Mir folgen die Männer meines Vaters«, fügte Lady Xenia an und nickte Inga selbstbewusst zu. Die Riesin war lediglich eine Handbreit kleiner als Sir Henrik.

Mercedes lächelte siegessicher. »Und an meiner Seite kämpfen Soldaten aus Gondra, die uns schon im Krieg gegen Noredellä unterstützt haben.«

»Wir sind bereit«, sagte Constantin, mehr, um sich selbst zu überzeugen, als zu Inga.

Mercedes bestätigte seine Worte, zog ein zusammengerolltes Stück Pergament aus ihrer goldenen Manteltasche und öffnete es. Constantin wusste bereits, worum es sich dabei handelte. Nachdem Mercedes die unüberwindbaren Verteidigungsmaßnahmen entdeckt hatte, hatten sie ihre Strategie geändert.

»Dies hier ist ein Plan, der sämtliche Ein- und Ausgänge des Schlosses kennzeichnet«, erklärte sie Inga und hielt ihr die Karte unter die Nase. »Valerie hat ihn einst eingeklemmt hinter ihrer Schublade entdeckt. Er gehörte wohl Königin Agnes, Ivans Mutter.«

Stirnrunzelnd betrachtete Inga die Zeichnung.

»Es gibt einen Geheimgang vom Kloster Mjötar ins Schloss«, verriet Mercedes. »Der Durchgang befindet sich im Westflügel hinter dem Gemälde, das Königin Agnes darstellt. So ist es hier vermerkt.«

Constantin erschauderte, obwohl er schon oft mit Mercedes über den Geheimgang gesprochen hatte. Er dachte erneut an das Bild seiner Großmutter. Leider hatte er sie nie kennenlernen können, da sie viel zu früh aus ihrem jungen Leben geschieden war. Sein Vater Ivan sah ihr auffallend ähnlich. Im Herzen soll Königin Agnes jedoch gütig und gerecht gewesen sein – also das Gegenstück zu ihrem ältesten Sohn.

»Allerdings«, fuhr Mercedes fort, »ist diese Verbindung als Fluchtweg aus dem Schloss gedacht. Die Tür hinter dem Gemälde lässt sich nur von innen öffnen.«

Constantin sah, dass Inga schwer schluckte.

»Und ich soll den Durchgang freimachen?«, riet die Goldene Schwester.

Mercedes schmunzelte. »Richtig. So gelangen wir ins Schloss und übernehmen die Kontrolle – ohne unnötiges Gemetzel vor den Toren.«

Der Prinz bildete sich ein, in Mercedes' Augen ein Feuer auflodern zu sehen.

Inga blinzelte in seine Richtung und trat einen Schritt zurück. Sie sah aus, als müsste sie sich jeden Moment übergeben. Ekelte sie sich vor ihm? Vor dem Dämon?

»Was geschieht mit Königin Calla?«, krächzte sie und räusperte sich anschließend zweimal. Ihre Aufmerksamkeit galt wieder Mercedes.

Doch warum wirkte sie plötzlich unsicher? Wollte sie König Ivan nicht mehr stürzen? Hatte sie etwa die Seiten gewechselt?

Constantin hielt den Atem an. Er hörte das Blut in seinen Ohren rauschen.

»Du kennst die Antwort. Calla kommt in ein Kloster«, erklärte Mercedes sachlich.

Inga nickte. »Und König Ivan?«

»Verrottet lebenslang im Kerker.«

***

Mercedes gab mir ein Datum und eine Uhrzeit, zu der ich mich in der Nähe des Gemäldes aufzuhalten hatte. Sie würde dreimal klopfen, woraufhin ich den Durchgang öffnen sollte.

Zitternd ritt ich zurück zum Schloss. Der Schneefall hatte zugenommen. Das feuchte Haar klatschte mir ins Gesicht. Mit bebenden Fingern langte ich nach hinten zu meiner Kapuze, doch sie rutschte mir unentwegt aus der Hand. Ich konnte von Glück sagen, dass ich überhaupt die Zügel halten konnte.

Dass sich Lady Xenia Mercedes angeschlossen hatte, wunderte mich nach längerem Bedenken nicht mehr. Sie hatte nie in wohlwollenden Tönen von Ivan gesprochen. Bei einer Unterhaltung während der Brautschau hatte sie mir verraten Königin werden zu wollen, um sich für Frauen einzusetzen. Gewiss gefiel Mercedes diese Idee und sie würde sie in Lady Xenias Namen umsetzen.

Constantin hatte während des Treffens kaum ein Wort gesagt, beharrlich geschwiegen. Ob ihm aufgefallen war, dass ich unentwegt seinen Blick gesucht hatte? Gern hätte ich meine Hände ausgestreckt und seine Finger mit den meinen verflochten. Doch wollte er dieses Band zwischen uns überhaupt noch? Dass in seinem Körper ein Dämon hauste, tat meiner Liebe keinen Abbruch. Wir würden einen Weg finden. Hatte nicht König Brion auch versucht mit Schwester Odines Hilfe den Fluch von seiner Tochter zu nehmen?!

Allerdings war er gescheitert. Vielleicht aber hatte er zu früh aufgegeben.

Zurück in meinem Gemach entledigte ich mich meiner nassen Kleider. Ich zog mein Nachtgewand an, löschte die Kerzen und legte mich ins Bett. Doch an Schlaf war nicht zu denken.

Ich fror. Bis auf die Knochen.

Und ich hatte Angst. Angst, mit dem Öffnen des Geheimgangs einen Fehler zu begehen. Keine Seite – weder die des Königs noch die von Mercedes – war durch und durch richtig. Doch nun war es an der Zeit, mich für eine zu entscheiden.

»WER KÖNNTE EUCH JE LIEBEN?«

Mercedes warf einen Blick zurück. Die Fackel in ihrer Hand loderte. Sie befand sich im Geheimgang, irgendwo zwischen dem Kloster Mjötar und Schloss Kandlot. Hinter ihr marschierten Prinz Constantin, Sir Henrik und Lady Xenia. Anschließend folgte eine endlose Kolonne furchtloser Kämpfer. Tapfere Männer in verschiedenen Uniformen, die zum Ziel hatten, König Ivan Isgehart zu stürzen.

Seit ihrem Treffen mit Schwester Inga waren zwei Wochen vergangen. Tage, in denen sie ihr Vorhaben perfektioniert hatte. Jetzt war endlich der Zeitpunkt gekommen. Die Stunde der Abrechnung. Nun würde König Ivan für seine unzähligen Sünden und Gräueltaten büßen.

Mercedes folgte ihrem Herzen, das sie Schlag für Schlag mehr an Valerie denken ließ. Sie hörte es laut und deutlich. Es war ein stetes, wachsames Pochen.

Zufrieden richtete sie ihren Blick wieder nach vorn. Bisher war alles wie geplant verlaufen. Zwar hatten sich ihnen die Priester in Mjötar in den Weg gestellt, doch eine Handvoll schwerfälliger Dickbäuche hatte ihre Armee nicht aufhalten können.

Der Eingang zum unterirdischen Tunnel lag in den Kellerräumen des Gotteshauses. Hinter unzähligen Reihen aus Weinfässern. Verstaubt. *Vergessen.*

Mit Waffen und Fackeln ausgestattet hatten sie diesen Stollen betreten.

Inzwischen waren sie etwa eine Stunde unterwegs. Mercedes vermutete, dass sie die Hälfte des Weges hinter sich gebracht hatten. Es gab nur eines, das ihr jetzt noch Sorgen bereitete: Dass der Schacht im Laufe der Jahre irgendwo eingestürzt war. Denn sollte dies der Fall sein, wäre ihr Vorhaben zum Scheitern verurteilt.

Noch aber lief alles glatt. Und mit jedem weiteren Schritt wuchs ihre Zuversicht.

Die Luft war stickig. Mercedes spürte, wie Schweißperlen ihren Rücken hinunterrannen. Der Boden des Geheimgangs war mit simplen Holzbrettern ausgelegt. Teilweise waren sie morsch und gaben unter ihren Schritten nach. Mercedes hörte, wie einige Männer hinter ihr ebenfalls durchbrachen und teilweise stolperten. Das Vorankommen wurde stetig mühsamer.

Doch plötzlich – Mercedes hielt gespannt die Luft an – plötzlich gewahrte sie eine Veränderung. Vor ihr erstreckte sich kein unendlicher Tunnel mehr. Sie befand sich unmittelbar vor einer steinernen Wendeltreppe.

Keuchend atmete sie wieder aus. Lachte erleichtert.

»Männer«, rief sie euphorisch, »wir befinden uns innerhalb der Tore, wenige Meter vor unserem Ziel!«

Direkt über ihnen musste das Schloss sein. Mercedes presste für einen Moment die Lider zusammen, sammelte ihre Kräfte. Tief ein- und ausatmend rief sie sich einmal mehr in Erinnerung, wofür sie all das auf sich nahm. *Für Valerie, die Liebe ihres Lebens.* Für ihren Triumph über Ivan Isgehart.

Sie öffnete ihre Augen und betrat die Stufen. Schritt für Schritt näherte sie sich dem Ausgang und damit der Tür hinter dem Gemälde, wo Schwester Inga auf der anderen Seite bereits warten musste.

Mercedes' Herzschlag beschleunigte sich. Pochte kräftiger gegen ihre Brust.

Am liebsten wäre sie gerannt, doch sie zwang sich ihr Tempo beizubehalten. Weder Lady Xenia noch Sir Henrik oder Constantin sollten ihre Aufregung bemerken.

Unbewusst zählte Mercedes die Stufen. Einhundertzwei. Einhundertdrei. Und dann hatte sie das Ende erreicht.

Vor ihr baute sich eine Holztür auf, die weder Griff noch Riegel hatte – eben nur von der anderen Seite zu öffnen war.

Ehrfürchtig hielt die Goldene Schwester inne.

Dann klopfte sie ... dreimal!

Stille.

Sie hörte das Lodern der Fackel und das Raunen der Männer.

Mercedes klopfte noch einmal.

Fester diesmal.

Es rührte sich nichts und der entsetzliche Geruch nach ihrem eigenen Schweiß überdeckte jeden Hinweis auf Inga.

»Komm schon«, zischte Mercedes genervt.

Sir Henrik trat an sie heran. »Und Ihr habt Inga die richtige Zeit genannt?«

Die Goldene Schwester knirschte mit den Zähnen. Als würde *sie* einen Fehler machen! »Natürlich«, presste sie hervor. Zorn wallte in ihr auf. Zorn und … Angst.

Hatte Inga tatsächlich die Schwesternschaft verraten? Königin Valerie verraten?

Mercedes merkte, dass ihre Finger zitterten. Die Fackel rutschte ihr aus der Hand. Sie fiel zu Boden und erlosch auf dem kalten Stein.

Sie zwang sich zur Ruhe, obwohl sie am liebsten gewaltig geschrien hätte. Noch einmal klopfte sie an die Tür.

Und diesmal vernahm sie ein Quietschen.

Jemand rüttelte an einem Riegel.

Das Knarzen von Holz erklang, ehe die Tür aufschwang. Geblendet von gleißendem Licht kniff Mercedes die Augen zusammen. Sofort blinzelte sie gegen diesen Drang an, erkannte eine schwarze Silhouette.

Schnell gewöhnten sich ihre Pupillen an die Helligkeit.

»Tut mir leid«, wisperte Schwester Inga, »ich bin so schnell gekommen, wie ich konnte, ein Silberbruder patrouillierte eben noch in diesem Gang …«

Mercedes stöhnte erleichtert. Für einen kurzen Moment hatte sie gerade wirklich geglaubt, Inga hätte sie an König Ivan verraten.

Tatsächlich war der Gang des Schlosses gar nicht sonderlich lichtdurchflutet, ihre Augen hatten sich bloß an die Finsternis im Tunnel gewöhnt gehabt. Alle paar Meter steckte eine Fackel in den Wänden. Auch Inga hielt eine in der Hand.

»Wo ist Ivan?«, fragte Mercedes sofort, obwohl die Antwort im Grunde klar war.

»Er wird schlafen«, bestätigte Inga.

Am liebsten hätte Mercedes die Zähne gefletscht. Sie fühlte sich wie ein Bluthund, der Witterung aufgenommen hatte. So lange schon träumte sie davon, den König zu stürzen – und endlich war es so weit! Endlich sollte sich Valeries Wunsch erfüllen und Constantin würde die Herrschaft übernehmen.

Mercedes hörte ihr Herz pochen. Fest. Wild. Diese Schläge spornten sie zum Laufen an. Ihr war das Schloss vertraut, sie kannte sämtliche Gänge, Ecken und Winkel und hätte sich blind orientieren könnten. Dennoch schnappte sie sich im Vorbeirennen eine Fackel von der Wand und hastete weiter. Das Ziel war klar: das Gemach des Königs.

Dass ihr das nicht ungesehen gelingen würde, wusste sie – sie roch die unmittelbare Nähe eines Mannes. Und tatsächlich stellte sich ihr wenige Augenblicke später, kaum dass sie um eine Ecke gebogen war, ein Silberbruder in den Weg.

Fluchend nahm sie die Fackel in die linke Hand und zog mit der rechten ihr Schwert. Das Feuer spiegelte sich darin, ließ die Klinge orange schimmern.

Der Soldat stürzte ihr entgegen. Plötzlich riss er entgeistert die Augen auf. »Lady Mercedes?«

Auch die Goldene Schwester wusste, wen sie vor sich hatte. Aber sie durfte sich nicht beirren lassen. Jeder Freund Ivans war ihr Feind.

»Aus dem Weg«, zischte sie und streckte ihm drohend ihr Schwert entgegen. Insgeheim hoffte sie, dass sie der Silberbruder aus Respekt oder Angst einfach passieren lassen würde.

Doch das Gegenteil war der Fall. Er griff sie an. Genau wie die anderen vier Silberbrüder, die gleich darauf um die Ecke gerannt kamen.

Einen nach den anderen entwaffnete oder verwundete sie.

Schlussendlich sackten die Männer in sich zusammen, bis sie auf dem Steinboden liegen blieben.

Schwer atmend betrachtete Mercedes ihr Werk: fünf bezwungene Silberbrüder. Ein zufriedenes Lächeln huschte über ihre Lippen. Sie fühlte sich, als könnte sie Berge versetzen. Das Blut rauschte in ihren Ohren und ihr Körper kribbelte vor Aufregung.

Langsam drehte sie sich um. Vor ihr befand sich die Eingangstür zum Gemach König Ivans.

Hass wallte in ihr auf. Bitter wie Galle.

Dieser Mann hatte das Leben ihrer Liebsten zerstört. Hatte Valerie erst monatelang zu sich ins Bett gezwungen und sie anschließend wie Dreck behandelt. Nun war es Zeit abzurechnen.

Mit der freien Hand langte sie nach der Klinke.

***

König Ivan war von Kampfgeräuschen vor seinem Gemach wach geworden. Sofort war er aufgestanden, hatte Kerzen angezündet, sich seinen dunkelblauen Mantel umgeworfen und nach dem Schwert gegriffen.

Kaum aber hatte er neben dem Ächzen seiner Silberbrüder Mercedes' Stimme vernommen, war ihm eiskalt geworden und er hatte sofort die Tür verriegelt. Wie war das Biest ins Schloss gekommen? Und würde Inga für Callas Sicherheit sorgen?

Wenige Herzschläge später waren die Laute der Soldaten verklungen. Stille!

Entsetzt hielt Ivan den Atem an. Seine Handinnenflächen schwitzten. Er zitterte.

Mit weit aufgerissenen Augen starrte der König auf die Tür. Die Flammen der Kerzen zauberten orange Muster auf das Holz.

Gerade als er glaubte, die Gefahr wäre vorüber, rüttelte jemand von außen an der Klinke.

Ivan keuchte, atmete wild und unrhythmisch.

Das Rütteln wurde drängender.

»Öffnet die Tür, Feigling!«

Mercedes!

Ivan wurde übel. Panik flutete seinen Körper.

Ein gewaltiges »Rumps« riss Ivan aus seinen Gedanken. Erschrocken stellte er fest, dass Mercedes versuchte die Tür einzutreten. Noch gab das Holz nicht nach.

Nervös blickte sich der König in seinem Gemach um. Außer den Hofhunden, die ungehalten knurrten, war niemand da, der ihm beistehen konnte.

Wieder trat Mercedes gegen die Tür. Er hörte sie fauchen wie ein wütender Drache. Gewiss wollte sie ihn töten.

Ob er aus dem Fenster fliehen sollte? Würde er einen Sprung überleben? Seine Finger bebten, als er mit der freien Hand die Vorhänge zur Seite zog und die Läden aufstieß.

Anstatt einen weiteren Gedanken an die Höhe zu verschwenden, betrachtete Ivan entsetzt das Gemetzel, das im Hof stattfand. Im silbrigen Mondlicht erkannte er, dass seine Silberbrüder den Angreifern klar unterlegen waren. Mann für Mann ging zu Boden oder kapitulierte.

Mit diesem Überraschungsangriff mitten in der Nacht hatte niemand gerechnet.

Plötzlich vernahm König Ivan ein Knacken. Gleich darauf drang der Geruch nach verkohltem Holz in seine Nase.

Schockiert drehte er sich um. Vor Schreck wäre ihm beinahe das Schwert aus der Hand gefallen. Mercedes hatte die Tür angezündet!

Erneut erklang ein gewaltiges Donnern. Und diesmal gab das Holz nach. Es knackste und brach.

Die Goldene Schwester trat die Tür auf. Mit gestrafften Schultern und kalt funkelnden Augen kam sie herein.

Ivan keuchte, umfasste das Schwert in seiner Hand fester.

Der Wind, der vom Fenster hinter ihm hereinwehte, blähte Mercedes' goldenen Umhang auf und ließ ihr schulterlanges Haar flattern. Das brennende Holz um sie herum wirkte wie ein Bilderrahmen.

Cato und Ares fletschten die Zähne und knurrten Mercedes an.

Die Goldene Schwester wandte sich von Ivan ab und richtete ihre Aufmerksamkeit auf die Tiere.

Und plötzlich – der König traute seinen Augen nicht – leuchteten Mercedes' Pupillen rot auf. So kurz nur, dass er hoffte sich das nur eingebildet zu haben.

Seine Hunde zogen den Schwanz ein, als wären sie verprügelt worden. Ängstlich wimmernd kauerten sie sich zusammen.

Nun beäugte die Goldene Schwester wieder Ivan, der am liebsten ihrem stahlgrauen Blick ausgewichen wäre. Doch er konnte nicht.

»Ich rieche Eure Angst, König Ivan«, spottete Mercedes selbstgefällig und hob ihre blutgetränkte Klinge.

Er wollte etwas erwidern, doch sein Mund war so trocken, dass ihm die Zunge am Gaumen festklebte.

Mercedes zischte wie eine Giftschlange. »Es ist Zeit, Königin Valerie zu rächen.«

Ivan wich einen Schritt zurück. Er prallte mit den Beinen gegen die Wand. In seinem Rücken war das offene Fenster.

Er schluckte.

»Ich«, krächzte er, »habe meine Gemahlin nicht ermordet!«

Mercedes schnaubte. »Ihr habt sie gequält. Jahrelang!«

Die Goldene Schwester schritt auf ihn zu. Instinktiv hob Ivan sein Schwert.

Ihm war klar, dass er Mercedes unterlegen war. Sie war eine Meisterin ihres Fachs. Früher hatte er sie oft mit den anderen Goldenen Schwestern auf dem Trainingsgelände üben sehen. Keine hatte ihr auch nur annähernd das Wasser reichen können.

»Ich wollte, dass sie mich liebt!«, sagte der König.

Mercedes rümpfte die Nase. »Wer könnte Euch je lieben?«

Worte, die Ivan wie ein Pfeil trafen und zutiefst verletzten. Wut wallte in ihm auf, füllte die Wunde in seinem Herzen mit Glut.

Blind vor Zorn schwang er sein Schwert, wollte Mercedes mit nur einem Schlag niederstrecken. Doch wie befürchtet fing sie seinen Hieb ab.

Mercedes übte enormen Druck aus. Ivan keuchte, wollte noch weiter zurückweichen, aber sein Rücken bog sich bereits nach hinten, zum Fenster hinaus.

Kampflärm drang durch das blutrote Rauschen in seinen Ohren. Schreie von Kriegern. Klagen von Verwundeten. Klirren von Stahl.

Sein Blick aber war wie gefesselt von Mercedes' Augen, die mordlüstern funkelten.

Wie gern er ihr in diesem Moment einen Dolch in den Hals gerammt hätte! Ihre Blutspritzer hätten sich gewiss wie ein warmer Sommerregen angefühlt.

Stattdessen presste die Goldene Schwester beide Schwerter in Ivans Richtung. Ihres schimmerte rot vom Lebenssaft seiner Silberbrüder. Sein Handgelenk zitterte.

Lange würde er dem Druck nicht mehr standhalten können.

Kaum fasste der König diesen Gedanken, fiel ihm sein Schwert auch schon aus der Hand. Scheppernd landete es auf seinen Stiefeln.

Mercedes grinste siegessicher, hielt ihm ihre Klinge unter die Nase.

Ivan schloss die Augen. Er wollte nicht sehen, wie sie zustach.

»Mercedes!«

Überrascht riss der König die Augen auf. Er kannte die Stimme.

***

Die Kämpfe wurden weniger. Viele Silberbrüder hatten kapituliert und ließen Mercedes' und Constantins Truppen das Schloss übernehmen.

Ich hielt meine »Vollstreckerin« fest umklammert und rannte über den Haupthof, wo ich den Prinzen zuletzt gesehen hatte. Außer den Leichen und Verwundeten, die im niedergetrampelten Schnee lagen, entdeckte ich aber niemanden mehr.

Langsam färbte sich der Himmel violett. Wolke für Wolke. Der Morgen graute. Ein neuer Tag brach an. Ein Tag, an dem sich alles verändern würde.

Es begann zu schneien. Ganz leicht nur. Sanfte weiße Glitzerflocken, die sich auf dem blutigen Schneematsch niederließen. So, als würden sie die Schandtat der letzten Nacht unter sich begraben wollen.

Ich erreichte die Stallungen. Das Tor stand sperrangelweit offen. Neugierig lugte ich hinein. Hatten sich auch hier Kämpfe zugetragen?

Außer den Pferden und den Kutschen erblickte ich jedoch nichts.

Plötzlich zuckte ich zusammen.

Eins, zwei, drei, vier, fünf, sechs, sieben! Die Gefährte waren vollzählig.

Aber wie konnte das sein?

Kestrall hatte mir versichert, sie würde Königin Calla rechtzeitig in einer Kutsche vom Hof bringen lassen! War sie aufgehalten worden?

Auf einmal vernahm ich ein Keuchen. Abrupt hielt ich die Luft an und lauschte, sah mich nach allen Seiten um. Doch ich entdeckte nichts Verdächtiges.

Langsam näherte ich mich den Wagen. Das Wiehern der Pferde nahm ich nur gedämpft wahr. Unsicher öffnete ich die Einstiegstür und lugte in das erste Gefährt hinein.

Nichts. Nur Dunkelheit.

Ich schluckte, steckte mein Schwert zurück in den Gürtel und wandte mich dem nächsten Wagen zu.

Erneut vernahm ich ein Stöhnen.

Ich bekam eine Gänsehaut. Mir schwante Übles.

Vorsichtig öffnete ich die Tür. Ein sanftes Klicken erklang. Ich blinzelte gegen die Finsternis in der Kutsche an. Und auf einmal schälte sich ein Umriss aus der Schwärze.

Jemand lag schlaff auf den gepolterten Sitzen.

Königin Calla!

Sie wimmerte.

Entsetzt stieg ich ins Innere des Gefährts, ließ mich vor ihr auf den Knien nieder.

Erst begriff ich nicht, was mit ihr war, und langte verstört nach ihren Händen, die auf ihrem gewölbten Bauch ruhten. Ich fühlte etwas Klebriges.

Panisch blinzelte ich gegen die Dunkelheit an. *Und tatsächlich!* Es handelte sich um Blut. Ihr helles Rüschenkleid war damit vollgesaugt.

Der metallische Geruch flutete meinen Verstand und ich bildete mir ein den kalten Geschmack danach in meinem Mund wahrzunehmen.

Mein Herz raste.

»Lady Inga«, flüsterte die Königin.

Es war, als würde die Zeit stillstehen und gleichzeitig zwischen meinen Fingern hindurchrieseln.

Ich riss meinen Blick von Callas blutbesudeltem Bauch und sah sie an. Ihr braunes Haar war zerzaust, einige Strähnen klebten in ihrem schweißnassen Gesicht. Langsam hob und senkte sich ihre Brust, doch ich merkte, wie schwer ihr das Atmen fiel. Jedes Mal, wenn sie nach Luft schnappte, hörte ich ein rasselndes Geräusch.

Dennoch neigte die Königin den Kopf und schaute mich an. Ihr Blick war glasig.

»Ist mein ...«

Die Königin ächzte. Ihre Lippen bebten. Blut quoll aus ihrem Mundwinkel.

»Ist mein Kind ...?«

Ich hielt die Luft an, wünschte, sie würde diesen Satz nicht beenden.

»Ist es noch zu retten?«

Meine Hände ruhten nach wie vor auf den ihren – und diese wiederum auf ihrem Bauch. Es fühlte sich an, als würde ich meine Finger in Blut ertränken wollen.

Der Kloß in meinem Hals war gewaltig. Ich wusste nicht, was ich erwidern sollte. Was ich sah und spürte, verriet mir, dass weder Calla noch das Kind überleben würden.

Und daher schwieg ich.

Obwohl es kühl war, glühten meine Wangen. Hinter meinen Augen brannte es. Ich unterdrückte die Tränen, die sich darin sammelten.

Da ich nicht antwortete, wandte die Königin den Blick ab. Sie hatte schon die ganze Zeit in Blut geschwommen, doch es war, als hätte ich ihr erst jetzt den Todesstoß versetzt.

Selbst in diesem schwachen Licht registrierte ich, dass Callas Pupillen starr wurden. Der Lebensfunke darin erlosch. Sie atmete nicht mehr.

***

Keuchend musterte Ivan Constantin, der soeben in sein Gemach gestürmt war. Er trug eine mit Blut besudelte silberne Rüstung. Das Schwert in seinen Händen funkelte dunkelrot und auch in Gesicht und Haaren waren einige Spritzer zu sehen.

Der Prinz fuhr sich durch seine blonden Locken. Ivan bemerkte, dass

Constantin schwitzte, aber nicht außer Atem war. Überhaupt hatte er sich verändert, wirkte selbstbewusster. Wohin war der Kräuter zupfende, Hände reibende Kümmerling verschwunden? Was war aus dem Hampelmann geworden, der lautstark gegen jede Form von Gewalt protestiert hatte? Ivan hatte ihn in den Krieg gegen Noredellä geschickt, damit er starb, und nicht, damit er endlich ein richtiger Mann wurde.

»Mercedes«, wiederholte Constantin und marschierte auf die Goldene Schwester zu. »Wir brauchen ihn lebend!«

Er überzeugte Mercedes. Schnaubend senkte diese ihr Schwert.

Erleichtert atmete Ivan aus. Erst jetzt merkte er, dass die Kampfgeräusche verstummt waren. Neugierig warf er einen Blick über die Schulter und sah, dass der Haupthof bis auf einige verletzte oder tote Soldaten menschenleer war.

Sofort zerplatzte die Erleichterung wie eine Seifenblase. Er hatte das Gefühl, als würde sich ein eiserner Griff um seinen Hals legen. Und zudrücken. Fester und fester.

Ehe er selbst den Gedanken spinnen konnte, lachte Mercedes schon: »Ja genau, es ist so gut wie vorbei!«

Ivan drehte sich wieder um. Vor ihm standen die Goldene Schwester und Prinz Constantin. Beide hielten ihr Schwert gezückt, bereit, ihn jederzeit niederzustechen, wenn er nicht spurte. Es hatte keinen Sinn, mit bloßen Fäusten auf sie loszugehen und seine Waffe lag nach wie vor zu seinen Füßen.

Ivan verschränkte die Arme und reckte das Kinn. Er wollte Würde bewahren. »Was habt ihr mit Königin Calla vor?«

In seinem Inneren kochte die Angst. Äußerlich blieb er standhaft wie eine Säule.

Mercedes lächelte schadenfroh. »Sie kommt in ein Kloster. Weit weg von Eurem Grab.«

Der König erschauderte. Mercedes würde ihn also hinrichten lassen. Vermutlich ein gewaltiges Spektakel veranstalten. Das passte zu ihr.

Seine Hoffnung auf ein Fristen im Kerker erlosch. Gleichzeitig war er dankbar, dass Calla leben würde.

Eine letzte Frage flammte in ihm auf. »Wie seid ihr ins Schloss gelangt?«

Mercedes grinste. Constantin senkte den Blick.

»Ahnt Ihr es nicht?«, spottete die Goldene Schwester.

Sämtliche Luft entwich seiner Lunge. Es war, als hätte ihm Mercedes in den Magen geboxt.

»Inga war so freundlich!«

***

Ich ließ Königin Callas Hände los. Sie rutschten schlaff von ihrem blutüberströmten Leib. Leblos hingen sie von der Kutschbank.

Meine Glieder fühlten sich taub an und es fiel mir schwer, mich aufzurappeln. Gewaltsam riss ich den Blick von der Toten und stieg aus der Kutsche.

Langsam kehrte das Gefühl in meinen Körper zurück. Erst kribbelten meine Finger, dann klopften meine Schläfen – bis schließlich mein Bauch brodelte. Gift und Galle stiegen in mir hoch.

Wer ist für diese Schandtat verantwortlich?

Entschlossen rannte ich aus den Stallungen, zurück zum Schloss. In der Eingangshalle entdeckte ich eine heulende Dienerin, die sich hinter einer Säule versteckte.

»Wo ist Kestrall?«, herrschte ich sie barsch an.

Anstatt mir zu antworten, sank die Frau in sich zusammen und umklammerte ihre Knie.

Ich folgte ihrem Blick. Wenige Meter von ihr entfernt lag ein aufgeschlitzter Krieger. Eingeweide quollen aus seiner zerrissenen Uniform am Bauch hervor.

Ich fühlte mich, als hätte mich die Dienerin angeschossen. Handelte es sich bei dem Silberbruder um ein Familienmitglied? Oder um ihren Ehemann?

Bei diesen Gedanken wurde mir schwindlig.

Was habe ich nur getan?

Ehe mich meine Schuldgefühle übermannten, wandte ich den Blick ab und hastete weiter.

»Kestrall!«, schrie ich laut, da meine Geduld am Ende war.

Ich rannte die Treppe empor, wobei ich zwei oder drei Stufen auf einmal nahm. Im Nu erreichte ich die Galerie. Auch hier entdeckte ich einen gefallenen Silberbruder. Er lag, alle viere von sich gestreckt, mitten im Gang. Ich keuchte, als ich über ihn hinwegstieg.

All diese Menschen sind nur meinetwegen gestorben.

Weil ich eine Tür geöffnet hatte. Eine Schleuse, die dazu errichtet worden war, Frieden zu bringen.

Ich lief weiter, hetzte um eine Ecke. Und da stand sie plötzlich. Mit dem Rücken zu mir.

Kestrall.

Gerade zog sie ihr Schwert aus dem Körper eines Silberbruders. Abrupt blieb ich stehen, hielt den Atem an. Auf einmal fühlte ich mich wie versteinert.

Da drehte sich die Goldene Schwester um. Kurz wirkte sie nervös, hatte die Augen weit aufgerissen, doch als sie mich erkannte, glätteten sich ihre aufgebrachten Züge.

»Oh, du bist es, Inga«, sagte sie und steckte ihr Schwert weg. »Es scheint, als wäre unsere Mission erfolgreich gewesen. Die Silberbrüder haben kapituliert, na ja ...«, sie deutete mit dem Kopf nach hinten, wo der tote Soldat lag, »... die meisten jedenfalls.«

Ich schnaubte.

»Erfolgreich?« Meine Stimme klang schrill. Die Schockstarre verließ meinen Körper. »*Das* nennst du erfolgreich?«

Kestrall runzelte die Stirn. »Ich verstehe nicht, was du meinst, Inga. Wir waren uns alle einig, dass ...«

Ich lachte hysterisch auf, brachte die andere damit zum Schweigen.

»Ja«, stimmte ich zu, »wir waren uns einig, dass König Ivan gestürzt werden sollte. Aber ...«, ich funkelte Kestrall wütend an, »wir hatten *auch* vereinbart Calla in Sicherheit zu bringen.«

Ungewollt flackerte das Bild der sterbenden Königin in meinem Verstand auf: ihr zerschnittener, blutüberströmter Körper, ihre letzten Worte – »Ist es noch zu retten?« – und ihr toter Blick.

Mein Herz brannte, als würde es in tausend Teile zerrissen werden.

Kestrall legte den Kopf schräg. »Ich weiß nicht, was du meinst. Sie ist längst auf dem Weg nach Noredellä ... zu ihrer Freundin Elin.«

»Nein«, brüllte ich, »das ist sie nicht! Sie ist tot! *Tot!* Und ich habe dich gebeten sie aus dem Schloss zu bringen.«

Ich bebte, atmete schnell und unrhythmisch. Meine Nasenflügel blähten sich auf. Ich hatte Kestrall vertraut – und sie hatte mich verraten!

Die Goldene Schwester hob beschwichtigend die Hände. Ihre Ruhe brachte mich zur Weißglut. Mit zusammengepressten Zähnen zog ich mein Schwert.

»Inga«, sagte Kestrall und riss die Augen auf, »beruhige dich. Finja hat alles Nötige in die Wege geleitet.«

Ich kniff die Augen zusammen. *»Finja?«*

»In der Tat«, bestätigte Kestrall, »sie hat mir angeboten sich persönlich um Callas Sicherheit zu kümmern.«

Finja also. Am liebsten hätte ich laut geschrien.

»Wo ist sie?«, fragte ich stattdessen. Meine Stimme klang wie das Knurren eines Wolfes. Ich fühlte mich verraten, hatte den Goldenen Schwestern Königin Callas Leben anvertraut und was war geschehen? Jetzt lag sie tot in einer Kutsche! »Finja«, wiederholte ich fauchend, »wo ist sie?«

Kestrall atmete schwer. Auf ihrer Stirn glitzerte Schweiß. Noch immer hielt sie ihre Hände beschwichtigend in die Höhe. Vorsichtig näherte sie sich mir. Schritt für Schritt.

»Inga«, wisperte sie, »mach keine Dummheiten. Ich weiß nicht, was genau geschehen ist, aber Finja wollte gewiss das Beste für ...«

»Für wen?«, unterbrach ich sie schreiend.

Mein Herz raste, meine Hände zitterten. Das blutverschmierte Schwert schwankte und ich bildete mir ein, alles durch einen roten Schleier wahrzunehmen.

Kestrall seufzte und sah mich an, als hätte ich den Verstand verloren. Ihre Stirn lag in Falten und ihr Mund stand offen.

Nach einer Weile ergänzte sie: »Für Königin Valerie natürlich, auch wenn sie von uns gegangen ist.«

Ihre Worte trafen mich wie ein Schlag.

»Nein«, konterte ich, »Königin Valerie hätte nicht gewollt, dass wir in ihrem Namen unschuldige Frauen ermorden. Niemals!«

Ich straffte die Schultern. Meine Hände wurden ruhig, mein Blick klar. Plötzlich erschien vor meinem inneren Auge der blonde Engel, von dem ich so oft geträumt hatte. Obwohl ich ihn in meinen Träumen immer nur von hinten sah, hatte ich plötzlich das Gefühl, als müsste es sich dabei um Königin Valerie handeln. *Hat sie mir stets beigestanden?*

Kestrall senkte den Blick, erwiderte nichts. Ob ich sie überzeugt hatte, wusste ich nicht, jedenfalls flüsterte sie: »Finja wird im Ballsaal sein. Dorthin haben sich die letzten Kämpfe verlagert.«

Jetzt konnte mich nichts mehr aufhalten. Wie von selbst bewegten sich meine Beine, flogen geradezu über den steinernen Boden. Ich hörte, dass der goldene Umhang meiner Uniform hinter mir herflatterte. In Riesenschritten raste ich durch die mit Fackeln erhellten Gänge hin zum Ballsaal.

Ich passierte die Marmorsäulen und erreichte die Treppe, an deren Absatz ich abrupt stehen blieb.

Tatsächlich fanden hier Kämpfe statt. Ich hielt den Atem an, musste mir erst einmal einen Überblick verschaffen.

Gebannt schaute ich auf ein Meer aus blauen Stoffen, zwischen denen Rüstungen und anderweitige Gewänder aufblitzten. Silberbrüder fochten mit Männern aus Mercedes' und Constantins Truppen. Schwerter klirrten aneinander. Es wurde geächzt und geschrien.

Und mittendrin in diesem Gemetzel entdeckte ich sie: *Finja*. Ihr schwarzes Haar trug sie zu einem strengen Dutt gebunden, sodass ihre hohen Wangenknochen deutlich zum Vorschein kamen. Nichts und niemand schien sie zu beirren. Schlägen wich sie aus oder sie wehrte sie mit ihrer Klinge ab. Sie war flink und geschickt wie eine Raubkatze.

Als sich unsere Blicke trafen, zuckte ich zusammen. Finja hingegen grinste. So kurz nur, dass ich hoffte, es mir nur eingebildet zu haben. Trotzdem bekam ich eine Gänsehaut.

Der Goldenen Schwester blieb keine Zeit, mich länger zu mustern. Ein Silberbruder erhob seine Waffe gegen sie. Finjas darauffolgende Schritte wirkten leichtfüßig, als würde sie einen Tanz zum Besten geben. Der Hieb, den sie vollführte, hatte jedoch nichts Elfenhaftes an sich.

Behände schlug sie sich an weiteren zwei Männern der Königswache vorbei und bahnte sich so ihren Weg zu mir durch. Gemächlich stieg sie die steinerne Treppe empor. Stufe für Stufe raste mein Herz schneller.

Kaum stand sie mir gegenüber, hätte ich ihr am liebsten eine Flut an Beschimpfungen an den Kopf geworfen, doch meine Kehle war wie zugeschnürt.

Finja reckte das Kinn, funkelte mich herausfordernd an. »Nichts zu danken!«

Ich traute meinen Ohren nicht! Hatte sie das soeben wirklich gesagt?

»Zu danken?«, krächzte ich, tapfer gegen den Kloß in meinem Hals ankämpfend. »Du hast Königin Calla ermordet!«

Finja seufzte und verdrehte die Augen. »Ich habe erledigt, wofür du zu schwach und zu feige warst.« Sie kam näher auf mich zu – unangenehm nahe – und zischte: »Königin Valerie wäre fürchterlich enttäuscht von dir!«

Ich spürte ihren heißen Atem an meinem Hals und bekam eine Gänsehaut. Instinktiv wich ich ein paar Schritte zurück und drehte meinen Kopf von ihr weg. Unsanft prallte ich mit dem Rücken gegen eine Säule und blickte erneut auf das Gemetzel im Ballsaal.

Inzwischen minimierte sich die Anzahl der Silberbrüder. Einer nach dem anderen glitt tot oder verletzt zu Boden.

»Ich denke nicht«, setzte ich an, wandte den Blick von den Kämpfen ab und schaute Finja direkt ins Gesicht, »dass unsere Herrin gewollt hätte, dass wir in ihrem Namen Frauen töten, die guter Hoffnung sind.«

Die Goldene Schwester schnaubte.

»Doch!«, herrschte sie mich an. »Genau das wäre ihr Begehr gewesen. Dass wir ihr bis in alle Ewigkeit treu bleiben und keine neue Königin an ihrer statt akzeptieren.«

Finjas Augen waren aufgerissen, als wollte sie mich damit verschlingen. Was sie sagte, konnte und wollte ich nicht glauben.

»Niemals«, entgegnete ich eisern.

Die Goldene Schwester lachte freudlos. »Du hast gerade einmal deine Ausbildung in Gedeleen beendet und willst schon Expertin sein? Ein Grünschnabel bist du!«

Mein Magen rumorte. Gift und Galle stiegen in mir auf. Mit einem Schrei riss ich mein Schwert in die Höhe.

Finja gluckste bloß. »Was soll das denn jetzt«, fragte sie amüsiert, »willst du etwa mit mir kämpfen?« Unbeeindruckt ließ sie ihre Klinge weiterhin nach unten baumeln. Gedehnt drang Finjas spöttische Stimme an mein Ohr. »Wir wissen beide, dass dir der Mumm fehlt, um auf mich loszugehen.«

Ich schwitzte. Die Uniform klebte mir klitschnass am Körper. Meine Hände zitterten. Das Schwert in meiner rechten wackelte.

Die Goldene Schwester schaute mich abwartend an. Gelangweilt hob sie eine Augenbraue. »Was ist nun?«

Gegen Mercedes hatte ich damals an der Front kläglich versagt. Ob mich auch Finja so schnell bezwingen würde? Und wenn ja – würde sie mich töten?

Tapfer straffte ich meinen Rücken. Schluckte die Angst hinunter. Schreiend holte ich aus – zerschnitt mit der Klinge die Luft – und schlug zu.

Überrascht riss Finja ihr Schwert empor, wehrte meinen Angriff gerade noch ab.

Mir entglitt ein Schmunzeln. Offenbar hatte die Goldene Schwester angenommen, ich würde mich scheu aus dem Staub machen.

Mein triumphales Lächeln verschwand jedoch, als Finja zum Gegenschlag ansetzte. Mit gewaltiger Kraft donnerte sie ihre Klinge gegen die meine. Stahl klirrte. Funken sprühten. Mein Körper vibrierte. Vor Schmerz hätte ich fast mein Schwert fallen gelassen.

Ich biss die Zähne zusammen. Flink glitt ich zur Seite, um im Rücken mehr Platz zu haben. Finja trat einen Schritt nach hinten, zog ihre Klinge zurück und ließ sie vor sich in der Luft tanzen.

»Na?«, fragte sie herausfordernd. »Bist du schon am Ende deiner Kräfte?«

Das war ich wirklich. Schon bevor ich Königin Calla tot in der Kutsche gefunden hatte. Mich jetzt gegen Finja zu stellen, war waghalsig – aber gleichzeitig auch befreiend. Ich hatte es so satt, als naiv und feige bezeichnet zu werden.

Erneut stieß Finja zu. Diesmal wich ich aus, sprang ein paar Zentimeter zur Seite. Die Goldene Schwester lachte, machte einen Schritt zurück und wiederholte ihren Schlag.

Ich wehrte ihren Angriff ab. Konzentrierte mich dabei jedoch weder auf das Ziehen in meinem Arm noch auf das Rauschen in meinen Ohren. Ich beobachtete Finja, studierte ihre Herangehensweise.

Nach zwei weiteren Schlägen hatte ich sie durchschaut. Als sie abermals ihre Klinge in meine Richtung sausen ließ, wählte ich mein Ausweichmanöver gezielt. Ich duckte mich und drängelte seitlich vorwärts, zwang Finja damit zurückzuweichen.

Jetzt stand sie dort, wo ich sie haben wollte. Ich kannte ihr Vorgehen. Und tatsächlich stieg sie wieder einen Schritt zurück.

Diesmal knallte Finjas Stiefel nicht am Boden auf.

Ihr Schritt ging erst ins Leere, dann erreichte er die Kante der zweiten Treppenstufe. Sie verlor das Gleichgewicht. Entsetzt riss sie die Augen auf. Mit einem Schrei stürzte sie rückwärts hinunter.

Ich hielt die Luft an. Es kam mir vor, als würde ihr Fall Stunden dauern. Hilflos ruderte sie mit den Armen. Das Schwert glitt ihr aus der Hand. Ihr goldener Umhang flatterte und der Schrei hallte von den Wänden wider.

Dann plötzlich schlug sie auf der Treppe auf. Ein dumpfer Laut erklang. Die Waffe landete neben ihr und schlitterte weiter die Stufen hinab. Finja aber blieb reglos liegen. Arme und Beine verdreht von sich gestreckt.

Noch immer wagte ich nicht zu atmen. Doch langsam wurde die Luft knapp und mir schwindlig.

Mit wackeligen Beinen stieg ich die Stufen hinab und ließ mich neben ihr nieder. Sie atmete nicht. Ihr Blick war starr und leer.

Finja war tot.

Ich schnappte nach Luft.

Ihr Kopf war genau an einer Kante aufgeschlagen. Blut tropfte die Stufen hinunter.

Die Sonne schien durch die Fenster direkt auf Finjas Umhang. Dieser funkelte golden.

Finja war eine *Goldene Schwester* gewesen. Und ich hatte sie getötet! Noch vor einem Jahr hätte ich nie gedacht, dass es jemals so weit kommen würde …

»SO WAR DAS NICHT ABGEMACHT!«

Constantin sah, dass sich die Pupillen des Königs weiteten.

»Inga hat mich verraten?«, flüsterte er entgeistert.

Der Prinz schluckte. Die Verzweiflung in Ivans Miene erschütterte ihn. Hatte der König Inga vertraut? Aber weshalb? Was hatte sich während seiner Abwesenheit hier im Schloss zugetragen?

Mercedes hingegen lachte höhnend. »Ganz genau! Sie ist nämlich eine Goldene Schwester – ewig ihrer Herrin treu!«

Plötzlich vernahm Constantin Schritte. Er drehte sich um und erblickte wenige Sekunden später Lady Xenia. Die Kriegerin hielt ihre blutgetränkte Waffe gezückt und verkündete: »Das Schloss ist so gut wie übernommen. Aber von Sir Isidor fehlt jede Spur! Er ist nicht in seinem Gemach und auch nicht im Ballsaal, wo die letzten Kämpfe stattfinden.«

Constantin runzelte die Stirn. Hatte sich sein Onkel versteckt? Nein, so etwas hätte er gewiss nicht getan.

»Constantin!«, sagte Mercedes da. Der Prinz drehte sich überrascht zu der Goldenen Schwester um. »Haltet Ausschau nach Isidor. Xenia und ich werden uns derweil um Ivan kümmern!«

Der Prinz nickte. Er ahnte, was die Goldene Schwester mit »sich kümmern« meinte. Die Frauen würden den König noch eine Weile verspotten, ehe es ihnen langweilig wurde und sie ihn in den Kerker sperrten.

Erleichtert dabei nicht zusehen zu müssen, stürzte er aus dem Gemach und eilte zu den Räumlichkeiten seines Onkels. Kaum aber erreichte er den nächsten Gang, entdeckte er einen Silberbruder, der ihm mit gezückter Klinge entgegenrannte.

Plötzlich blieb der Mann abrupt stehen. Als wäre er versteinert worden.

»Eure … Eure Hoheit?«, stammelte der Soldat.

Constantin nickte. »Höchstpersönlich!«

Der Mund des Silberbruders klappte auf. Wortlos starrte er ihn an.

Der Prinz wusste nicht, was in dem Mann vorging und weshalb er so verstört schaute. Jedenfalls wirkte seine Reaktion nicht so, als würde er ihn angreifen wollen.

»*Ihr* seid es, der Kandlot einnimmt?«, fragte der Soldat.

In diesem Moment wurde Constantin klar, dass wahrscheinlich die Hälfte der Silberbrüder nicht einmal wusste, gegen wen sie da eigentlich gerade kämpften.

Sie waren mitten in der Nacht eingefallen. Wie grausige Barbaren. Es war nur logisch, dass sich Ivans Männer gegen seine Truppen zur Wehr setzten.

Obwohl Constantin auf die Frage des Soldaten nicht antwortete, ließ dieser sein Schwert sinken und verkündete: »In diesem Fall will ich nicht länger im Weg stehen. Meine Frau und ich wünschen uns schon lange, dass Ihr anstelle Eures Vaters Kandlot regiert!«

Der Prinz traute seinen Ohren nicht. Natürlich, Mercedes hatte ihm eingeredet, dass er ein würdiger Herrscher war, doch diese Aussage aus dem Mund eines einfachen Mannes zu hören, bedeutete ihm mehr.

Constantin dankte dem Silberbruder und rannte weiter. Von neuem Selbstbewusstsein beflügelt erreichte er die Räumlichkeiten seines Onkels wesentlich schneller. Unglücklicherweise hatte Lady Xenia recht gehabt: Isidor war nicht hier.

Frustriert fuhr sich Constantin durch sein offenes Haar.

Wohin war der Bruder des Königs verschwunden, wenn er sich auch am Gemetzel nicht beteiligte?

Und auf einmal war ihm völlig klar, was sein Onkel im Schilde führte.

Um schneller laufen zu können, nahm er Teile seiner Rüstung ab. Dabei verlor er vor Ungeduld die Beherrschung und riss das Material mit Gewalt von seinem Körper. Er hasste dieses einengende Gefühl. Ursprünglich hatte er das fürchterliche Gestell gar nicht tragen wollen, aber Sir Henrik hatte ihn dazu überredet. Der Ritter wusste schließlich nicht, dass ein unsterblicher Dämon in ihm hauste …

Constantin rannte den Gang zurück und hastete eine Steintreppe hinab. Nur wenige Fackeln beleuchteten den Weg und seine Stiefel klimperten bei jedem Schritt. Eine schlichte Holztür baute sich vor ihm auf. Er öffnete sie und lief weiter bis zu den Dienstbotenzimmern.

Und tatsächlich!

Sämtliche Durchgänge standen offen und die Räume waren menschenleer.

Isidor musste die Leute zum zweiten Geheimgang geführt haben. Jenem Fluchtweg, der von den Kellerräumen des Dienstbotentraktes bis zum nahe gelegenen Veronikasee führte und den Mercedes für den Überraschungsangriff nicht in Erwägung gezogen hatte.

Um seine Theorie zu bestätigen, wollte Constantin den unterirdischen Tunnel aufsuchen. Entschlossen marschierte er weiter. Da vernahm er ein Wimmern. Ganz leise nur. Als einfacher Mensch hätte er dieses Geräusch gar nicht gehört.

Wohl aber das grunzende Lachen, das daraufhin zu hören war. *Männerstimmen.*

Der Prinz hielt inne, versuchte auszumachen, woher diese Laute kamen. Wenige Herzschläge später war es ihm klar: aus einem der Dienstbotenzimmer. Die Tür zu diesem Raum stand im Gegensatz zu allen anderen nicht sperrangelweit offen, sondern war verschlossen.

Constantin stieß den Durchgang auf.

Drei Krieger drängten eine verängstigte Dienerin in die linke Ecke ihres Zimmers. Die Männer trugen braune Gewänder, was bedeutete, dass sie aus Lady Xenias Truppe stammten.

»Lasst mich in Ruhe!«, flehte die junge Frau, die panisch mit einem Besen vor sich herumfuchtelte. Sie trug noch ihr Nachtkleid und stand barfuß vor den Eindringlingen.

Einer der Soldaten schlug sich vor Belustigung auf den Oberschenkel. »Glenn, sieht sie nicht aus wie die kümmerliche Version von Lady Xenia?«

»Ja, besonders mit den vielen zerzausten Zöpfchen!«, bestätigte der Angesprochene und grapschte grinsend nach den geflochtenen Haaren der Dienerin. Diese schrie auf und ließ vor Schreck ihren Besen fallen.

Constantin konnte nicht glauben, was sich da vor seinen Augen abspielte. Diese Männer hatten versprochen tapfer gegen die Silberbrüder anzutreten, um für Recht und Ordnung in Kandlot zu sorgen. Und jetzt erwischte er sie dabei, wie sie eine Frau verängstigten! Das konnte doch wohl nicht wahr sein!

Im Moment hatten weder die Soldaten noch die Dienerin seine Anwesenheit registriert, doch das sollte sich nun ändern.

»Schluss damit!«, brüllte Constantin.

Erschrocken drehten sich die Männer um. Zwei von ihnen wirkten ertappt, senkten ihre Blicke. Glenn, der noch immer an einem Zopf der Frau zog, verdrehte die Augen. »Kommt schon, Eure Hoheit«, brummte er, »gönnt uns doch den kleinen Spaß!«

Diese Worte brachten für den Prinzen das Fass zum Überlaufen. Er ballte seine Fäuste, ließ seine Pupillen dunkelrot aufleuchten.

Die Krieger und die Dienerin erschraken. Sofort ließ der dritte Soldat das Haar der Frau los.

»Lauf!«, zischte Constantin der Frau zu. Der Prinz fühlte, wie das Monster in ihm erwachte. Seine Kehle brannte und die Zähne schoben sich weiter hervor, wurden spitz und messerscharf.

Die Dienerin rührte sich nicht.

»Lauf weg!«, wiederholte Constantin mit unmenschlich tiefer Stimme.

Daraufhin zuckte die Frau zusammen, zog ihren Kopf ein und hastete aus dem Raum. Die Männer beachteten sie überhaupt nicht, glotzten Constantin mit offenen Mündern an.

Kaum verklangen die patschenden Schritte der Dienerin, fauchte der Prinz die Krieger vor sich zornig an. Dabei entblößte er seine Reißzähne und ließ seine Augen noch greller leuchten.

»Ihr ... Ihr seid ein *Dämon*?«, stammelte Glenn erschüttert.

»Diese Viecher gibt es wirklich?«, keuchte einer der anderen Soldaten verstört.

Constantin erwiderte nichts. Stumm labte er sich an der Furcht der Männer. Mit dem Dämon in sich konnte er furchtlos auf diese gestandenen Krieger losgehen und sie für ihr Handeln bezahlen lassen. Und der Preis war ihr Leben!

»Lasst uns abhauen, Männer!«, rief einer der Krieger panisch.

»Nicht so schnell«, knurrte Constantin erbost, packte mit der freien Hand das Hemd des Flüchtenden und riss ihn mit einem gewaltigen Ruck zurück. Ungebremst prallte der Soldat an die Wand. Ächzend glitt er zu Boden.

Daraufhin zogen Glenn und der andere Krieger ihre Schwerter. Kopflos liefen sie auf Constantin zu. Ihre Stahlklingen leuchteten im Licht der Fackel orange.

Mühelos wehrte der Prinz einen Angriff ab. Glenns Schwert jedoch bohrte sich durch seine Brust. Alle drei Männer – jener an der Wand hatte sich inzwischen aufgerappelt – lachten vor Erleichterung.

Constantin musterte ihre gelösten, triumphierenden Mienen. Der Stahl zwischen seinen Rippen ziepte, fügte ihm aber weder starken Schmerz noch Schaden zu.

Genussvoll beobachtete er, wie das Hochgefühl von den Gesichtern der Soldaten abblätterte und schlussendlich fassungslose Züge offenlegte.

Er ahnte, welche Fragen sich in den Köpfen der Männer im Kreis drehten:

Weshalb geht er nicht zu Boden?

Warum sieht er uns noch immer wachsam an?

Wieso stirbt er nicht?

Bestimmt wussten die Krieger nicht allzu viel über Dämonenträger. Constantin lächelte in sich hinein. Nun, gleich würden sie etwas dazulernen.

Der Prinz, beherrscht vom Dämon, warf sein Schwert zu Boden. Klimpernd blieb es vor seinen Stiefeln liegen. Gemächlich langte er nach dem Griff der Klinge, die in seiner Brust steckte. Vorsichtig zog er daran. Stück für Stück glitt der Stahl weiter aus seinem Körper heraus. Blut sickerte aus der Wunde und tränkte den wollenen Stoff seines Hemdes.

»Ah«, machte Constantin, als er das blutgetränkte Schwert vollständig entfernt hatte.

Die Soldaten wichen entsetzt zurück. Ihre Gesichter waren zu verstörten Fratzen verzogen.

Der Prinz spürte, wie der Dämon in ihm zu arbeiten begann. Das Blut rauschte glühend heiß durch seine Adern. Jede Faser seines Körpers pulsierte. Sämtliche Sehnen kribbelten. Die Wunde in seiner Brust zog sich wieder zusammen. Er heilte sich selbst. Schritt für Schritt.

Nur wenige Herzschläge später fühlte sich Constantin vollständig erholt. Dankbar atmete er tief ein und aus, genoss das prickelnde Gefühl, das sich jetzt über seiner geheilten Haut ausbreitete. Lediglich das zerrissene Hemd und die Blutflecken bewiesen, dass er überhaupt verletzt worden war.

»Und jetzt zu euch«, raunte der Prinz eindringlich, blickte Glenn und den anderen beiden Soldaten tief in die Augen und hob das Schwert bedrohlich in die Höhe.

Ehe die Männer reagieren konnten, stieß Constantin einem Mann das Schwert in die Schulter. Der verwundete Soldat glitt ächzend zu Boden und blieb liegen.

Anschließend packte Constantin die beiden anderen an ihrer Uniform. Der Prinz öffnete seinen Mund, zeigte seine gewachsenen Zähne und rammte diese daraufhin in den Hals von Glenn, der panisch aufschrie und sich zappelnd zur Wehr setzte. Erfolglos.

Glenns Haut zerriss. Blut sprudelte aus der Schlagader hervor. Blut, das der Dämon in Constantin gierig willkommen hieß und aufsaugte. Wie ein süßer, klebriger Fluss rann es seine Kehle hinab. Der Prinz fühlte, wie sein Verlangen nach der roten Flüssigkeit stieg. Schluck für Schluck.

Irgendwann hörte Glenn auf sich zu wehren. Sein Kumpane jedoch, den Constantin nach wie vor an der Uniform gepackt hielt, trat und schlug wie irre auf ihn ein. Hiebe, die Constantin vor Blutgier kaum wahrnahm.

Erst als er Glenns leer gesaugten Körper fallen ließ, registrierte er die vergeblichen Befreiungsversuche des anderen Kriegers. Auch diesem trieb Constantin seine Zähne ins Fleisch. Wieder sprudelte Blut hervor wie aus einer jungen Quelle. Von Minute zu Minute wurde Constantin zügelloser. Er achtete nicht mehr darauf, sauber aus der Wunde am Hals seines Opfers zu trinken. Wie Farbe rann das Blut über sein Gesicht, klebte in seinem blonden Haar und saugte sich tief in den Stoff seines Hemds.

Schon bald war auch dieser Körper leer getrunken. Der Prinz ließ den Toten zu Boden gleiten und wandte sich dem dritten Opfer zu.

»Nein, bitte«, winselte dieser und schleppte sich Zentimeter für Zentimeter weiter in eine andere Ecke des Raumes. »Habt Erbarmen!« In seiner Schulter steckte das Schwert, das ihn gewiss fürchterlich schwächte.

Constantin roch den Angstschweiß des Mannes, sah, wie sich seine Pupillen weiteten und Tränen aus seinen Augenwinkeln tropften.

»Erbarmen?«, knurrte der Prinz. »Hattet ihr etwa mit dem Mädchen Erbarmen?«

Constantin konnte sich gut vorstellen, was die Soldaten noch alles mit der Dienerin angestellt hätten, wenn er nicht dazwischengegangen wäre.

Noch einen Körper konnte er nicht leeren. Schon jetzt war ihm beinahe übel. Er stach den dritten Mann nieder und wischte sich anschließend mit dem Hemdsärmel über den blutverschmierten Mund. Dann wandte er sich zur Tür.

Doch dort stand jemand und beobachtete ihn mit großen Augen.

Sein Onkel. Isidor.

***

Beklommen kauerte ich auf den Steinstufen, starrte Finjas toten Körper an. Meine Finger zitterten, mein Herz raste. Das Klirren der Stahlklingen dröhnte in meinem Schädel. Ich hatte das Gefühl, als würde mein Kopf gleich explodieren.

Vor Schmerz presste ich mir die Handflächen an die Schläfen und schloss die Augen. Dadurch nahm ich jedoch das Rauschen des Blutes in meinen Ohren deutlich wahr und die Szene, wie Finja die Treppe hinabstürzte, spulte sich wieder und wieder in meinem Verstand ab.

Hinter meinen geschlossenen Lidern brannten Tränen. Grelle Blitze tanzten durch meinen Kopf und mir wurde schwindlig.

Keuchend blinzelte ich. Es hatte keinen Sinn, mich vor meinen eigenen

Taten zu verstecken. Fakt war, dass ich eine Goldene Schwester ins Verderben geschubst hatte. Wissentlich. Diesen Schritt konnte ich nicht mehr korrigieren, ich war ihn bereits gegangen. Mich jetzt winselnd zu verkriechen war auch keine Lösung.

Langsam richtete ich mich auf, was sich als schwierig erwies, da meine Knie noch immer butterweich und meine Beine im Kauern eingeschlafen waren. Mit einer Hand griff ich nach meinem Schwert, mit der anderen fuhr ich mir übers Gesicht, als würde ich damit die letzten Schatten der Verzweiflung vertreiben können.

Von Sekunde zu Sekunde nahm ich die Umgebung um mich herum genauer wahr. Die Sonne schien in den Ballsaal, ließ die Engelsstatuen funkeln. Immer mehr Silberbrüder kapitulierten. *Die Schlacht ist so gut wie vorbei.*

Ich lächelte. Aber bloß für die Dauer eines Wimpernschlags. Denn gleich darauf durchzuckte mich ein anderer Gedanke: Wo waren Mercedes und Constantin?

Sir Henrik entdeckte ich am anderen Ende des Ballsaals. Seine Rüstung glänzte im Sonnenlicht und die beiden Schwerter, die er umklammerte, waren rot vom Blut der Silberbrüder.

Als er mich entdeckte, nickte er mir siegessicher zu. Ich winkte zurück und dachte darüber nach, ob Sir Henrik überhaupt mitgezählt hatte, wie vielen Männern er in dieser Nacht das Leben genommen hatte.

Von Constantin und Mercedes fehlte hier jede Spur. Auch Lady Xenia sah ich nirgends. Mercedes hatte angekündigt, sich um König Ivan kümmern zu wollen. War dabei etwas schiefgegangen?

Ich schwitzte, eilte die Treppenstufen empor, an den Marmorsäulen entlang und zurück ins Herz des Gemäuers. Um die fensterlosen Gänge zu erhellen, schnappte ich mir eine Fackel von der Wand. Mein Ziel war Ivans Gemach. Allerdings fiel mir schon zuvor ins Auge, wonach ich eigentlich suchte.

Mercedes.

Zusammen mit Lady Xenia schritt sie auf mich zu. Neugierig schaute ich an ihnen vorbei, aber Constantin war nicht zugegen.

»Inga«, rief Mercedes schon von Weitem, »du siehst ja völlig verstört aus, was ist geschehen?«

Ich hatte mir keine Gedanken über mein Aussehen gemacht. Auch jetzt interessierte es mich nicht. Anstatt ihr zu antworten, fragte ich: »Wo ist Constantin?«

Unmittelbar vor den beiden Frauen blieb ich stehen. Ich bemühte mich ruhig ein- und auszuatmen, doch mein Herz klopfte so wild, dass ich schnaubte wie ein altes Pferd. Mit zitternden Fingern wischte ich mir eine Strähne aus meinem schweißnassen Gesicht.

Mercedes musterte mich eingehend. Ihr Blick wanderte von meinem zerzausten Haar bis zu meinen Stiefeln, an denen noch letzte Reste des blutigen Schneematsches klebten.

»Constantin, wo ist er?«, wiederholte ich.

»*Prinz* Constantin hält Ausschau nach Sir Isidor«, erwiderte Xenia schmunzelnd. Sie sah mich an, als hätte ich ihr soeben ein Geheimnis erzählt.

Irritiert runzelte ich die Stirn und wandte mich anschließend Mercedes zu. Die Goldene Schwester kam näher an mich heran, legte mir eine Hand auf die Schulter und grinste.

»Keine Sorge, meine Liebe«, summte sie neckend. »Du weißt doch, dass der Königssohn inzwischen auf sich selbst aufpassen kann.«

Ich schluckte, konnte ihrem eindringlichen Blick nicht standhalten und schaute zu Boden. Trotzdem ließ ich mich nicht beirren. Dämon hin oder her – ich liebte Constantin und wollte wissen, ob es ihm gut ging.

Mercedes nahm ihre Hand zurück. Ich dankte ihr, trat einen Schritt zur Seite und hastete weiter. Ob mir die beiden nachschauten oder nicht, war mir einerlei. Jetzt zählte nur noch Constantin.

Vor Isidors Gemach blieb ich stehen. Die Tür stand offen. Vorsichtig trat ich ein, mein Schwert schützend vor mir. Doch der Raum war leer, die Vorhänge noch nicht geöffnet. Ich schlich vorwärts, stieß mit dem Stiefel gegen etwas Hartes. Irritiert leuchtete ich mit der Fackel nach unten und entdeckte einzelne Stücke einer Rüstung. Die Teile sahen aber nicht sorgsam abgenommen, sondern wüst abgerissen aus.

Außer Mercedes fiel mir nur eine Person ein, die stark genug war, dieses Metall in Fetzen zu brechen. *Constantin.* Er war also hier gewesen. Aber weshalb hatte er sich seiner Rüstung entledigt?

»Lady Inga?«

Erschrocken fuhr ich herum. Die Flamme zuckte. Vor mir stand Sir Isidor, der seine blauen Augen misstrauisch zusammenkniff. »Was sucht Ihr in meinen Räumlichkeiten?«

Mein Blick fiel auf das Schwert in seiner Hand. Blut klebte daran.

Plötzlich wurde mir übel. Lady Xenia hatte gemeint, Constantin wäre bei Isidor …

»Aus welchem Material ist Eure Klinge?«, flüsterte ich, anstatt auf seine Frage einzugehen. Auf einmal schwante mir Schreckliches. Die meisten Waffen waren aus unbedenklichem Stahl. Doch echtes Silber konnte einem Dämonenträger Schmerzen zufügen. Entsetzliche Schmerzen.

Der Bruder des Königs legte seinen Kopf schief. Wieder fiel mir auf, wie ähnlich er Ivan sah – bis auf die Farbe seiner Augen und Haare.

Isidor starrte mich an. »Weshalb ist das relevant?«

Schlagartig drehte sich alles um mich herum. Es war, als würde mir jemand den Boden unter den Füßen wegziehen.

Das Herz in meiner Brust hämmerte wie besessen gegen meine Rippen.

»Aus. Welchem. Material?«, wiederholte ich mit zusammengebissenen Zähnen.

Isidor kam näher auf mich zu. Langsam. Schritt für Schritt.

Ich spürte, dass ich am ganzen Körper schwitzte – aus Angst vor seiner Antwort.

Irgendwann stand Isidor so dicht vor mir, dass ich mir einbildete seinen Atem auf meinem glühenden Gesicht zu fühlen. Ich bekam eine Gänsehaut.

»Silber«, wisperte der Bruder des Königs. »Sie ist aus purem Silber.«

Es war, als würde die Zeit stillstehen, um meinen Schmerz ewig währen zu lassen. Ich hatte das Gefühl, als würde jemand jede einzelne Rippe aus meinem Körper reißen.

Panisch schnappte ich nach Luft, doch meine Kehle war wie zugeschnürt.

Ich ließ mein Schwert fallen und umschlang mit einer Hand meinen Oberkörper.

Keuchend ging ich in die Knie, da mich meine wackeligen Beine nicht mehr tragen konnten. Ich spürte, dass mir Isidor die Fackel abnahm, hörte, dass er sie in eine Halterung an der Wand steckte und die Vorhänge aufzog.

»Lady Inga!«

Isidor ging vor mir in die Hocke. Ich aber wollte ihn nicht sehen, starrte verstört auf das blutige Schwert in seiner Rechten.

Warum nur hatte er mir das angetan? War das die Rache dafür, dass ich seinen Bruder verraten hatte?

»Lady Inga, kommt zu Euch!«

Hitze wallte in mir auf, brauste stechend durch meine Adern.

»Wie konntet Ihr nur?«, fauchte ich. »Er ist Euer Neffe!«

Oder hatte er Constantin nicht bloß gefoltert – sondern gar getötet? Ihm den Kopf abgeschlagen?

Isidor legte sein Schwert weg, packte meine Schultern und schüttelte mich. »Seht mich an!«, verlangte er.

Mit Tränen in den Augen und zusammengepressten Lippen blickte ich auf. Ich wollte ihn hasserfüllt ansehen, doch meine Wut verblasste, als ich sein erschrockenes Gesicht wahrnahm.

»Constantin ist wohlauf«, erklärte Isidor beschwörend.

Ich stieß seine Hände weg. Noch war ich nicht überzeugt. »Und was soll das Silberschwert?«

Der Bruder des Königs zuckte mit den Schultern. »Dies ist nun mal meine Klinge. Und ich wusste bis vor ein paar Minuten nichts vom Dämon in Constantin. Ihr offenbar schon ...«

Vor Erleichterung, dass der Prinz am Leben war, kullerte mir eine Träne über die Wange. Glühend heiß rollte sie über meine erhitzte Haut. Mir entglitt ein verstörtes Lachen und ich fuhr mir mit geschlossenen Augen durch mein schweißnasses Haar.

Kaum öffnete ich meine Lider, sah ich die Welt wieder klar.

Isidor und ich erhoben uns. Gelöst, als hätte mich jemand aus Fesseln befreit, atmete ich tief ein und aus.

»Wo ist er jetzt?«, wollte ich wissen und machte Anstalten, mich an Isidor vorbeizudrücken.

Der Bruder des Königs hob die Hand, als wollte er mich zurückhalten. Ich blieb stehen.

»Wartet«, wisperte mir Isidor zu. »Er war in einer ... *schwierigen Verfassung*, als ich ihn fand.«

Ich blinzelte.

Isidor senkte den Blick, als hätte er nicht den Mut, mir ins Gesicht zu sehen. »Er ... war nicht ganz er selbst.«

***

Constantin schlug die Tür zu seinem Gemach hinter sich zu und schob den Riegel vor. Das Holz wackelte in den Angeln. Schnaubend zog er die Vorhänge auf und betrachtete sich anschließend im golden umrahmten Wandspiegel. War das wirklich er?

Er war von Kopf bis Fuß mit Blut besudelt. Es haftete an seinen blonden Haaren und hatte sich tief in sein wollenes Hemd gesaugt. Auch Hände und Gesicht glitzerten dunkelrot.

Verstört beäugte er seine bebenden Finger. Panik kroch in ihm hoch, schlängelte sich wie ein Parasit durch seine Venen.

In letzter Sekunde hatte Constantin sich davon abhalten können, auf seinen Onkel loszugehen. Isidor hatte ihn beruhigt und auf sein Gemach begleitet.

Der Prinz konnte nicht glauben, was er getan hatte. Die Erinnerung an die Ermordung der drei Soldaten war verschwommen, so, als wäre es lediglich ein Albtraum gewesen. Doch es war wirklich geschehen. Constantin sah und roch das Blut der Männer an seinen Händen, schmeckte es noch auf seiner Zunge. Metallisch. Süß.

Er hasste sich. Verabscheute den Dämon, den er in sich trug. Vielleicht wäre es besser gewesen, tot zu sein. Warum nur hatte Mercedes ihn gerettet?

Constantin ließ seine Augen rot aufleuchten und betrachtete sich dabei im Spiegel. Er hatte ein starker Krieger werden wollen. Für seine Mutter. Und für Inga. Stattdessen war er ein Monster geworden. Ein bestialisches Scheusal.

Der Prinz schnaubte. Inzwischen hatten sich die Reißzähne zurückgezogen. Trotzdem sah er furchterregend aus.

»Verschwinde!«, raunte Constantin und ging näher auf sein Spiegelbild zu. »Verschwinde aus meinem Körper!«

Er holte aus und schlug gegen sein Abbild. Das Glas knackste und zersplitterte in Hunderte Einzelteile. Jetzt blickten ihm etliche blutrote Augenpaare entgegen. Constantin fühlte sich vom Dämon verspottet.

Erneut donnerte er seine Faust gegen den Spiegel. Daraufhin fielen die Stücke klirrend zu Boden. Wie funkelnder Regen. Sein Bildnis verschwand.

Bebend glitt Constantin zu Boden, kniete sich auf die schillernden Puzzleteile des Spiegels. Er schluchzte, seine Schultern hoben und senkten sich unrhythmisch. Langsam ließ er seine zitternden Finger über die Bruchstücke gleiten und griff schließlich nach einer etwa handtellergroßen Scherbe.

Der Prinz schluckte, platzierte eine scharfe Kante des Fragments an der Innenseite seines Handgelenks und holte tief Luft. Schreiend bohrte er sich das Glas ins Fleisch. Blut sprudelte hervor. Er verspürte ein unangenehmes Ziehen. Keinen Schmerz. Die Wunde schloss sich, kaum dass Constantin den Splitter entfernt hatte. Seine Haut zog sich zusammen, zurück blieb nicht einmal eine Narbe … nur das Blut, das er bloß wegzuwischen brauchte, um diese Tat vergessen zu machen.

Der Prinz wollte aber nicht vergessen. Er wollte Schmerz fühlen, sich und den Dämon für die Morde bestrafen. Daher schnitt er seine Haut erneut auf. Wieder und wieder.

Bis es klopfte.

»Constantin?«

Der Prinz hielt in seinem Tun inne, legte das Spiegelstück vorsichtig beiseite. Sachte, um kein Geräusch zu verursachen, erhob er sich.

Er wusste sofort, wer auf der anderen Seite der Tür wartete.

Inga.

Ihren Geruch hätte er immer und überall erkannt.

Sofort brannte sein Herz. Am liebsten wäre er zu ihr geeilt und hätte sie stürmisch in seine Arme gezogen.

Aber was dann? Was, wenn der Dämon in ihm Lust auf ihr lieblich duftendes Blut bekam? In seinem derzeitigen Zustand durfte er nichts riskieren! Außerdem sah er erschreckend aus. Inga würde entsetzt davonlaufen.

»Constantin«, wiederholte sie, »ich weiß, dass du da bist. Isidor hat es mir verraten. Öffne die Tür!«

Der Prinz hielt den Atem an. Er wusste nicht, was er tun sollte. Geräuschlos schlich er zum Ausgang seines Gemachs. Jede Faser seines Körpers wollte Inga nahe sein und doch zwang er sich, diesem Drang nicht nachzugeben.

»Bitte!«, flehte Inga nun. »Ich weiß doch, was du bist. Und es ist mir egal. Ich vertraue dir.«

»Tu das nicht!«, wisperte Constantin, so leise, dass es die Goldene Schwester nicht hören konnte.

Er schloss die Augen, lehnte seinen Kopf an das kühle Holz. Hinter seinen Schläfen pochte es. Ingas köstlicher Duft raubte ihm beinahe den Verstand. Sie musste sich irgendwo verletzt haben, denn neben all dem fremdem Blut roch er auch das ihre ganz deutlich.

Constantin unterdrückte ein Schluchzen. Er legte seine linke Hand an die Tür. Dort, wo er Ingas Herz vermutete. Das Blut an seinen Fingern färbte das Holz dunkel.

Tränen brannten hinter seinen geschlossenen Lidern. Mit einem wehmütigen Lächeln dachte er an den Tag zurück, an dem er Inga zum ersten Mal gesehen hatte. Sie hatte ihn bedroht und dabei aus Versehen ihr Badetuch fallen lassen.

Seither war so vieles geschehen. Ereignisse, die sein Leben von Grund auf gewandelt hatten. Nur eines würde sich nie verändern: seine Liebe zu ihr.

***

Missmutig ließ ich meine Hand sinken. Constantin wollte mich nicht sehen. Ich hatte das Gefühl, die Orientierung zu verlieren und in ein finsteres, tiefes Loch zu fallen.

Ich überlegte, welche Worte ich wählen sollte, um den Prinzen umzustimmen. Doch die richtigen Sätze wollten mir einfach nicht in den Sinn kommen.

Nachdem weitere Zeit vergangen war, erhob ich mich seufzend. Kurz überlegte ich, noch einmal anzuklopfen. Doch dann verließ mich der Mut.

Ich hatte keine Kraft mehr, fühlte mich wie gerädert. Jeder Knochen tat mir weh und ich wollte nur noch eines: schlafen.

Schritt für Schritt schleppte ich mich den Gang entlang. Mein Ziel war mein Gemach. Kaum aber trat ich um die nächste Ecke, kam mir erneut Mercedes entgegen. Obwohl auch sie gekämpft hatte, sah sie umwerfend aus. Ihr welliges Haar umspielte elegant ihr kantiges Gesicht, woraus mir zwei funkelnde graue Augen entgegenleuchteten.

Sie ging aufrecht wie eine Siegerin. Lediglich das blutige Schwert an ihrem Gürtel verriet, dass sie schwere Stunden hinter sich hatte.

»Inga«, grüßte sie mich höflich, »hast du Prinz Constantin gefunden?«

Ich nickte. »Er ist in seinem Gemach«, antwortete ich tonlos, »wünscht aber derzeit keine Gesellschaft.«

Mercedes blieb vor mir stehen und legte die Stirn in Falten. »Hmm«, machte sie gedankenverloren, »dann werde ich unverzüglich nach ihm sehen.«

Sprachlos klappte mein Mund auf. Ich blinzelte ungläubig.

Und als die Goldene Schwester an mir vorbeirauschen wollte, polterte ich energisch: »Hast du mir etwa nicht zugehört? Constantin will allein sein!«

Mercedes hielt inne, beäugte mich, als wäre ich ein kleines Kind.

»Schon gut, Liebes«, erwiderte sie und strich mir übers Haar. »Geh und ruh dich aus! Alles Weitere besprechen wir am Nachmittag.«

In meinem Bauch rumorte es. Und obwohl ich hundemüde war und mich am liebsten auf Ohr gelegt hätte, stieß ich die Hand der Goldenen Schwester weg. »Nenn mich nicht *Liebes*! Und hör auf mich wie ein Kind zu behandeln. Nur dank mir ist der Sturz des Königs gelungen.«

Für einen kurzen Augenblick riss Mercedes überrascht die Augen auf und rieb sich die Hand, die ich weggeschlagen hatte. Natürlich hatte es nicht wehgetan, schließlich schlummerte auch in ihr ein Dämon, doch vermutlich wunderte sie sich über mein Aufbrausen.

Einen Wimpernschlag später lächelte sie wieder besonnen. »Natürlich«, säuselte sie, »und dafür bin ich dir auch sehr dankbar.«

Ich verschränkte meine Arme. »Spar dir den Dank. Ich tat es nicht für dich, sondern für Constantin.«

Kaum hatte ich diese Worte ausgesprochen, kniff Mercedes die Augen zusammen. Sie musterte mich, ohne zu kontern. Ich hatte keine Ahnung, was in ihrem Kopf vorging.

Das machte mich nervös. Ich schluckte und senkte den Blick.

»*Und* im Namen Königin Valeries! Aber wie auch immer ...«, fügte Mercedes schließlich an. »Hauptsache König Ivan ist geschlagen!«

Ich unterdrückte ein Stöhnen, indem ich mir auf die Lippen biss. Das Herz schlug mir bis zum Hals, als ich fragte: »Wo ist der Monarch jetzt?«

Nach wie vor wich ich Mercedes' Augen aus. Ich fürchtete, dass sie in meinen Pupillen den Zwiespalt lesen konnte, den ich tief in meinem Inneren fühlte. Selbst jetzt war ich mir unsicher, ob ich mit dem Öffnen des Geheimgangs das Richtige getan hatte.

Die Goldene Schwester schnaubte. »Bis zu seiner Hinrichtung verweilt er im Kerker.«

Erschrocken riss ich den Kopf hoch. »Hinrichtung?«, fragte ich entsetzt. »So war das nicht abgemacht!«

Mercedes' stahlgraue Augen blickten mich nüchtern an. »Gewiss«, erwiderte sie kühl, »ebenso wenig hatten wir vereinbart Finja zu töten.«

Überrascht schnappte ich nach Luft. Hatte ihr Sir Henrik verraten, dass ich die Goldene Schwester auf dem Gewissen hatte?

»Finja hat Königin Calla ermordet«, verteidigte ich mich.

Mercedes blinzelte, als würde ich wirres Zeug faseln.

»Ach«, machte sie, »ist *das* deine Entschuldigung dafür, eine Mitschwester die Treppe hinabzustoßen? Finja handelte aus Überzeugung. Du hingegen wolltest nur blind Rache üben.«

Ich fühlte mich wie ein Lausejunge, der von seiner strengen Tante zurechtgewiesen wurde. Verärgert knirschte ich mit den Zähnen. Das würde ich mir nicht bieten lassen. *Nicht mehr.*

Herausfordernd reckte ich das Kinn. »So, wie du dich an König Ivan dafür rächst, dass er deine *Liebste* vergiftet hat?«

Gespannt wartete ich Mercedes' Reaktion ab. Ich selbst glaubte nicht mehr, dass Ivan seine Gattin ermordet hatte. Aber die Goldene Schwester tat es wohl.

Mercedes' Lippen bebten. Bestimmt hatte sie nicht damit gerechnet, dass ich von ihrer Liebesbeziehung wusste. »Du hast überhaupt keine Ahnung. Nichts, was ich tue, geschieht aus bloßer Rachsucht. Ich kämpfe für etwas. Für Valerie. So wie Kestrall und Finja. So, wie du es auch tun solltest. Hüte deine Zunge!«

Ich schnaubte zufrieden, denn ich hatte etwas Entscheidendes erreicht: die Goldene Schwester aus der Fassung zu bringen. Ich war es leid, dass sie gönnerhaft auf mich herabsah oder mich wie ein einfältiges Kind behandelte. Dass sie jetzt derart verstört reagierte, wertete ich als Triumph.

»Gut«, entgegnete ich herausfordernd, »ich hüte meine Zunge. Aber dafür lässt du von nun an deine dämonischen Hände von Constantin. Er ist nicht länger dein Werkzeug. *Ich* bin ab jetzt wieder seine Leibwächterin – Dämon hin oder her. Der Prinz ist mein.«

Mercedes starrte mich an. Erst dachte ich, sie würde mir jeden Moment an den Hals springen, stattdessen schmunzelte sie plötzlich.

»Vielleicht hatte meine Liebste ja von Anfang an recht«, meinte sie amüsiert, drehte sich um und ging davon.

***

Ich schaute Mercedes nach. Was hatte sie mit dem letzten Satz gemeint? Womit hatte Königin Valerie recht behalten?

»Was bedeutet das?«, rief ich noch, erhielt aber keine Antwort.

Frustriert lehnte ich meine Stirn gegen die kühle Steinmauer und schloss die Augen. Mich ergriff eine Welle der Mündigkeit, die allerdings sogleich von einer Sturmflut aus Schuldgefühlen fortgespült wurde. Anstatt schlafen zu gehen, entschied ich König Ivan im Kerker aufzusuchen.

Kaum hatte ich diesen Entschluss gefasst, lief mir ein Schauder über den Rücken. Ich war für seinen Sturz verantwortlich! Wie würde er auf mich reagieren?

Ich holte tief Luft, warf sämtliche Bedenken über Bord und marschierte los.

Ungehindert erreichte ich Minuten später die Zellen. Mit wild klopfendem Herzen schlich ich die Verliese entlang. Meine Fackel spendete lediglich spärliches Licht.

»Wer zum Unheiligen Urian ist da?«

Ich hielt inne, wandte mich in die Richtung, aus der Ivans Stimme gekommen war.

»Mercedes?«

Er klang wütend.

Wachsam näherte ich mich den Gitterstäben seiner Zelle. Schritt für Schritt. Auch der König humpelte – offenbar war er am Fuß verletzt worden – auf die Eisenstreben zu. Meine Hand bebte, als ich die Fackel in seine Richtung hielt.

»Inga?«, fragte Ivan überrascht und blieb unmittelbar vor dem Gitter stehen. Mit beiden Händen umschloss er zwei Stangen und blickte entgeistert dazwischen hervor.

»Ist es wahr, was Mercedes sagt? Hast *du* uns alle verraten?«

Seine Stimme zitterte.

Nervös trat ich näher an die Zelle heran. Ivans Augen waren weit aufgerissen. Ich bildete mir ein, darin Hoffnung zu sehen, dass ich nichts mit seinem Sturz zu tun hatte. Dieser Schimmer brach mir das Herz.

Schweiß explodierte aus meinen Poren. Mein Schädel dröhnte. Ich fühlte mich matt und erschlagen. Es fiel mir schwer, überhaupt einen Ton herauszubringen. »Ich … tat es für Euren Sohn. Für Constantin!«

Stille.

Plötzlich aber schnellte Ivans rechte Hand zwischen den Gittern hervor. Stürmisch wie ein Rammbock. Er packte meinen Hals und umschloss ihn mit seinen Fingern. So, als hätte er mir eine enge Eisenkette umgelegt. Mit einem Ruck zog er mich zu sich heran, sodass meine Wange gegen die Streben knallte.

Vor Schreck ließ ich die Fackel fallen. Zischend landete sie neben meinen Stiefeln auf dem Steinboden und erlosch. Zurück blieb eiskalte Finsternis. Nur schemenhaft nahm ich Ivans Gesicht neben meinem wahr. Umso deutlicher jedoch war sein heißer Atem auf meiner Haut zu spüren, als er zischte: »Er. Ist. Nicht. Mein. Sohn.«

Der König drückte kräftiger zu. Ich bekam keine Luft mehr und mir wurde schwindlig.

Will er mich umbringen?

Ich zitterte. Überall. Panisch langte ich nach meiner Waffe. Und gerade als ich den Griff erwischt hatte und die Klinge hervorziehen wollte, ließ mich Ivan los.

Ich taumelte rückwärts, schnappte keuchend nach Luft.

Entsetzt starrte ich den König an. Inzwischen hatten sich meine Augen ein bisschen an die Dunkelheit gewöhnt, sodass ich erkennen konnte, wie sich Ivan schnaubend durchs Haar fuhr.

Warum behauptete er noch immer, dass Constantin nicht sein Sohn war? Einfach, um mich zu quälen?

Ich wollte ihn wüst beschimpfen, aber die Worte blieben mir im Hals stecken. Zum einen, weil meine Kehle brannte, und zum anderen, weil ich mir plötzlich einbildete ihn schluchzen zu hören.

Weinte der König?

War dieser Mann überhaupt zu solch tiefen Gefühlen fähig?

Ich dachte an Königin Calla und wie zärtlich er sie angesehen hatte. *Sonnenschein* und *Mondlicht* hatten sie sich genannt. Wahrscheinlich steckte in jedem Tyrannen auch ein Hauch von Menschlichkeit – und umgekehrt.

Tatsächlich räusperte sich Ivan in diesem Augenblick und erkundigte sich zaghaft: »Meine Gemahlin … wo ist sie?«

Mir entglitt ein Stöhnen. Eine Frage, deren Antwort so wehtat, dass mir eine Träne die Wange hinabrollte. Heiß wie flüssiges Metall.

»Sie …«, setzte ich an, brach jedoch sofort ab, da sich mein Hals anfühlte, als würde er gleich in Flammen aufgehen. »Sie ist …«

Das letzte Wort brachte ich nicht übers Herz. Wieder sah ich Callas blutüberströmten Körper vor mir und ihre Worte *»Ist es noch zu retten?«* hallten durch meinen Verstand.

»Nein«, wisperte Ivan.

Aus den Augenwinkeln heraus sah ich, dass er langsam zu Boden glitt. Sein Gesicht vergrub er in beiden Händen.

Sein Kummer tat mir tief in der Seele weh und ich wünschte, ich hätte ihn irgendwie trösten können. Doch das konnte ich nicht.

Auf einmal hörte ich Ivan flüstern. Seine Worte hatte ich nicht verstanden, doch ich hörte, dass er sich wieder aufrichtete. Überrascht sah ich hoch – und blickte in zwei zornig funkelnde dunkle Pupillen.

»*Du* bist schuld«, knurrte der König.

Betroffen zuckte ich zusammen.

»*Du* bist schuld an ihrem Tod!«, brüllte er jetzt so laut, dass meine Knie vor Schreck nachgaben.

Kraftlos ging ich zu Boden und heulte wie ein Schlosshund. Das Schlimmste war, dass der König recht hatte. Ich war schuld.

Plötzlich verwandelte sich Calla in meinen Gedanken in Valerie. Ich hatte beobachtet, wie sie beim Fest der reinen Blüte das Gift zu sich genommen hatte und tot umgekippt war.

Aber auch sie veränderte sich, bekam weichere Gesichtszüge und schmalere Hüften. Und auf einmal sah ich meine Mutter. Sah, wie sie mich als Kleinkind im Arm hielt und sanft schaukelte.

»Ich bin schuld«, stammelte ich nun und wiegte mich verzweifelt hin und her.

»Inga!«

Mein Verstand klärte sich.

»Komm weg hier!«

Es war Kestrall, die mir auffordernd die freie Hand hinstreckte. Ich stolperte zu ihr und wir stiegen die Stufen empor.

»Du bist schuld«, rief König Ivan erneut. Wieder und wieder.

»ICH BIN SCHULD.«

Irgendwann erwachte ich in meinem Gemach. Keuchend fuhr ich hoch. Die Uniform klebte mir schweißnass am Körper.

Wie in Trance schwang ich meine Beine vom Bett. Als ich gerade überlegte nach Schwester Mercedes zu sehen, klopfte jemand an die Tür.

Ich zuckte zusammen.

»Mylady? Lady Kestrall schickt mich. Ich soll Euch ein Bad bereiten.«

Es war eine der Dienerinnen. Die kleine, ich erkannte die Stimme. Erleichtert atmete ich aus, strich mir wirre Strähnen aus dem Gesicht. Dabei fühlte ich, dass mir eine gründliche Körperpflege nicht schaden würde. Ich war voller Schweiß, mein Haar war zerzaust und an den Armen entdeckte ich Blutflecken.

Vorsichtig schnupperte ich an mir, verzog das Gesicht und stellte fest, dass es nur eine Frage der Zeit war, bis sich Fliegen um mich scharten. Ich stank entsetzlich.

»Tretet ein«, antwortete ich dankbar und beobachtete die junge Frau, die einen Zuber heißen Wassers in mein Bad schleppte. Die »Kleine« war inzwischen kräftiger geworden. Ihr folgten weitere Dienerinnen, die mich allesamt höflich grüßten.

Ich erhob mich vom Bett. Meine Stiefel musste mir Kestrall ausgezogen haben, denn sie standen ordentlich neben dem Schrank. Gedankenverloren schlurfte ich hinüber zur Wanne.

Heißer Dampf schlug mir entgegen.

»Wollt Ihr …«, setzte die junge Frau zaghaft an und biss sich auf die Unterlippe.

Ich lächelte. »Ungestört sein?«, vollendete ich ihren Satz. »Ich bitte darum.«

Die Dienerinnen verneigten sich und verließen mein Gemach.

Ich seufzte und öffnete ein Häkchen meiner Uniform. Unglücklicherweise war sämtliches Material voller Blut und damit schrecklich verklebt, weshalb ich schon beim zweiten Verschluss Schwierigkeiten hatte. Gewiss würden sich die Flecken ohnehin nicht aus dem Stoff waschen lassen.

Kurzerhand griff ich nach meinem Schwert. Ich zerschnitt verknotete Bänder, ritzte die Häkchen auf und schälte mich so nach und nach aus meiner Uniform.

Kaum fiel das Gewand zu Boden, war es, als würde ich aus einem Kokon schlüpfen. Doch auch mein Körper war voller Schweiß, Blut, Schrammen und blauer Flecken.

Erwartungsvoll atmete ich den heißen Dampf ein und stieg in die Wanne. Sofort lösten sich Schmutzreste von meiner Haut und färbten das Wasser rötlich-braun. Kurz fühlte sich die plötzliche Hitze unangenehm an, doch schon wenige Herzschläge später entspannten sich meine Muskeln und ich konnte das Bad genießen.

Ich griff nach dem Waschlappen, den mir die Dienerinnen zusammen mit Seife bereitgelegt hatten, und schrubbte mir die letzten eingetrockneten Blutreste von den Armen. Dabei verspürte ich plötzlich ein Brennen und bemerkte, dass ich mich im Kampf verletzt hatte. Wann und wo dies geschehen war, wusste ich nicht.

Vorsichtig tauchte ich meinen Kopf unter Wasser, rubbelte mir sämtlichen Schmutz aus den Strähnen. Anschließend langte ich nach der Rosenseife. Der blumige Duft erfüllte den Raum und vertrieb die Erinnerung an Schmerz und Tod. Genussvoll schäumte ich damit mein Haar ein.

Kaum hatte ich die Seife ausgewaschen, fühlten sich meine Strähnen schon deutlich besser an und rochen traumhaft. Ich schmunzelte, kam mir für einen kurzen Augenblick vor wie neu geboren.

Anstatt in diesen beruhigenden Gedanken zu verweilen, griff ich nach dem Handtuch und stieg aus der Wanne. Rasch trocknete ich mich ab, holte aus dem Schrank eine saubere Uniform hervor und kleidete mich an.

Gerade als ich überlegte, jetzt endlich Schwester Mercedes aufzusuchen, klopfte es erneut.

»Schwester Inga?«

Es war Kestrall. Ich bat sie herein. Kaum trat sie in mein Gemach, entdeckte ich hinter ihr eine Dienerin mit einem Tablett voller Köstlichkeiten. Brot, Käse, Feigen und jede Menge Speck. Es duftete herrlich. Mir lief das Wasser im Mund zusammen.

»Ich muss zu Mercedes«, stammelte ich, verzweifelt den Geruch des frisch gebackenen Brotlaibs ignorierend.

Kestrall deutete der Dienerin das Tablett auf meinem Esstisch abzustellen. Anschließend griff sie nach meinen Schultern und drückte sie sachte.

»Nichts da«, entschied sie. »Erst wirst du ordentlich essen.«

Kestrall ließ mich los, scheuchte die Bedienstete davon und nahm auf einem der Stühle Platz.

»Setz dich!«, befahl sie liebevoll.

Ich war innerlich zwiegespalten. Einerseits wollte ich so schnell wie möglich mit Mercedes die Lage besprechen, andererseits hatte ich Hunger. Schlussendlich überzeugte mich mein heftiges Magenknurren. Seufzend rückte ich den Stuhl zurecht und ließ mich darauf nieder.

»Greif zu«, forderte mich die Goldene Schwester grinsend auf, »ehe du alles mit den Augen verschlungen hast.« Sie lachte.

Anstatt mich weiter zu quälen, langte ich nach Brot und Messer. Gierig schnitt ich mir eine Scheibe ab und biss in die knusprige Kruste. Gleich darauf schnappte ich mir ein Stück Käse. Noch mit vollem Mund kauend fragte ich: »Wie ist die Lage im Schloss?«

Die Goldene Schwester schüttelte ungläubig den Kopf. »Jetzt iss doch erst einmal …«

Ihre Forderung ignorierend schluckte ich hinunter und fragte: »Wie geht es Constantin?«

Kestrall lächelte milde. »Der Thronfolger ist wohlauf. Sorge dich nicht. Soweit ich informiert bin, ist er derzeit ausreiten, um … *Iss!*«

Ich erschrak, merkte, dass ich lediglich gelauscht und das Essen vergessen hatte. Sofort biss ich in mein Brot und senkte den Blick. Dennoch spürte ich, dass meine Wangen glühten.

Verlegen sah ich hoch und erkannte, dass Kestrall wissend schmunzelte. Gewiss war ihr längst bewusst, dass mein Herz dem Prinzen gehörte.

»Er ist ausreiten, um seinen Kopf frei zu bekommen«, vollendete sie ihren Satz. »Außerdem konnte ich Sir Isidor davon überzeugen, sämtliche Diener wieder zurück ins Schloss zu bringen.«

Ich runzelte die Stirn.

Kestrall legte ihren Kopf schräg. »Wusstest du davon noch nicht? Ivans Bruder schleuste die Belegschaft während des Angriffs durch den zweiten Geheimgang ins Freie, um sie vor Schaden zu bewahren.«

Nachdenklich langte ich nach einem Stück Speck. Isidor hatte die Bewohner des Schlosses in Sicherheit gebracht! Eine Handlung, an die *ich* hätte denken sollen, bevor ich Mercedes und ihren Truppen die Tür geöffnet hatte.

Mit klammem Gefühl im Bauch dachte ich an die Frau, die sich angsterfüllt hinter einer Säule versteckt gehalten hatte. Anstatt sie unverzüglich aus der Gefahrenzone zu schaffen, hatte ich voller Zorn weiter nach Schwester Kestrall gesucht.

Ich fühlte mich schrecklich. Abrupt verging mir der Appetit und ich legte das Fleisch zurück aufs Tablett.

»Inga?«, fragte Kestrall. Sie klang besorgt. »Fühlst du dich nicht wohl?«

In meinem Hals bildete sich ein Kloß. Nein, ich fühlte mich *nicht* wohl. Fühlte mich auf einmal entsetzlich … schuldig!

Prompt dröhnte König Ivans Stimme durch meinen Kopf. *»Du bist schuld!«*

»Inga!«, rief die Goldene Schwester, griff nach meiner zitternden Hand und schaute mir tief in die Augen. »Was ist mit dir?«

Ich spürte, wie sämtliches Blut aus meinen gerade noch geröteten Wangen wich. »Ich bin schuld«, wisperte ich tonlos.

Kestrall schüttelte den Kopf. »Unsinn!«, versicherte sie mir. Es entstand eine kurze Pause, ehe die Goldene Schwester hinzufügte: »Egal was König Ivan dir heute Morgen einreden wollte – nichts liegt oder lag einzig und allein in deiner Verantwortung. Laste dir nicht die Sünden dieser Welt auf!«

Kestrall verschlang meine Finger mit ihren. Der Halt gab mir Trost und nach und nach kehrte wieder Ruhe in meinem Innersten ein. Dennoch hämmerte eine Erinnerung in meinem Verstand. Eine, die ich jahrelang verdrängt hatte. Jetzt kam sie plötzlich an die Oberfläche.

»Der Arzt«, stammelte ich, »er sagte, dass ich der Grund gewesen wäre ...«

Kestrall stutzte. »Welcher Arzt? Wovon sprichst du?«

Mein Körper bebte. Ich schloss die Lider und sah mich als Kleinkind, wie ich weinend vor der Schlafzimmertür meiner Eltern kauerte. Sie war einen Spaltbreit geöffnet. Mein Blick fiel zuerst auf meine Mutter, die leichenblass im Bett lag. Der Doktor stand neben ihr und erklärte meinem Vater, dass seine Gattin eine weitere Geburt vermutlich nicht überstehen würde. Das erste Kind hätte sie bereits enorm geschwächt ...

Verzweifelt riss ich die Augen auf. Ich fühlte, dass meine Wange nass war, und wischte mir mit der freien Hand die Tränen aus dem Gesicht.

In kurzen Sätzen schilderte ich der Goldenen Schwester, was mich belastete. Kestrall lauschte, ohne mich ein einziges Mal zu unterbrechen. Im Anschluss daran flüsterte sie: »Deine Schwester und du – ihr könnt nichts für den Tod eurer Mutter!«

Katga!

Der Gedanke an sie traf mich wie ein Blitz und erschütterte mich bis ins Mark. Schon vor Wochen hatte ich mir vorgenommen ihr zu schreiben. Jetzt wuchs eine neue Sehnsucht in mir. Ich wollte ihr nicht bloß einen Brief schicken – ich wollte sie sehen!

Kestrall tätschelte meine kalte Hand. »Erzähl mir von deiner Mutter. Was war sie für ein Mensch?«

Ich spürte, wie sich weitere Tränen vor meinen Augen sammelten. Das Antlitz der Goldenen Schwester verschwamm.

»Meine Mutter, S...Silka, sie war ...«, schluchzte ich mit bebenden Lippen, »gütig. Aber l...leider ka...kann ich mich kaum an sie e...erinnern.«

Meine Schultern zuckten.

Kestrall erwiderte nichts. Sie sah mich auffordernd an, als wollte sie noch mehr hören.

Ich seufzte, starrte auf unsere Finger. Die Hand der Goldenen Schwester war faltig, aber überraschend weich und warm.

Langsam beruhigte ich mich wieder.

»Sie war … wunderschön«, fuhr ich verträumt lächelnd fort, »ihr Haar glänzte wie seidige Goldfäden und ihre Augen strahlten himmelblau.«

Ich hatte meine Atmung wieder unter Kontrolle. Auch die Tränen versiegten. Neugierig schaute ich Kestrall an. Wollte sie mehr wissen? Sollte ich ihr erzählen, dass König Ivan einst in meine Mutter verliebt gewesen war und er möglicherweise nur aufgrund der Ähnlichkeit der beiden Frauen Valerie Vanhaag gewählt hatte?

»Klingt«, setzte die Goldene Schwester da stirnrunzelnd an, »als würdest du Königin Valeries Aussehen beschreiben.«

Ich schnappte nach Luft.

Ihr ist es also aufgefallen!

Kestrall beugte sich über den Esstisch, sah mir tief in die Augen. »Inga, warum bist du eine Goldene Schwester geworden?«

Mit so einer Frage hatte ich nicht gerechnet. Wie kam sie jetzt auf dieses Thema? Ich stieß die Luft wieder aus, blinzelte. »Natürlich zum Schutz der Königin.«

Kestrall kniff die Augen zusammen und legte ihren Kopf schräg. »Ich bezweifle, dass du wirklich Valerie Vanhaag schützen wolltest.«

Ich saß da wie erstarrt.

Es dauerte eine Weile, bis die Worte Kestralls in meinen Verstand eindrangen. Ich dachte an den blonden Engel, den ich in meinen Träumen gesehen und für die Königin gehalten hatte. Doch was, wenn er in Wahrheit jemand anderen darstellte? Was, wenn es die ganze Zeit über um meine Mutter gegangen war?

***

Mercedes hatte sich vortrefflich auf die Ratssitzung vorbereitet. Mit Papier und Feder bewaffnet marschierte sie in den Besprechungsraum. Sie stellte die Utensilien auf dem runden Tisch in der Mitte des Zimmers ab und riss die Vorhänge auf. Sofort flutete warme Nachmittagssonne den Raum. Trotzdem war es für gewöhnliche Menschen noch zu kalt. Daher trat sie zurück auf den Gang und befahl dem erstbesten Dienstmädchen Feuer im Kamin zu machen.

Während die Magd Scheite nachlegte, las sich die Goldene Schwester erneut ihre Stichpunkte für die Besprechung durch. Am meisten freute sie sich auf das Verkünden ihrer ersten Notiz.

»Habt Ihr einen weit'ren Wunsch?«, fragte die junge Frau, als im Kamin Flammen aufstoben und das Holz knackste. Sie schaute im Raum umher, vermied absichtlich direkten Blickkontakt.

Mercedes verkniff sich ein Grinsen. »Du kannst gehen«, erwiderte sie und wedelte mit der Hand.

Das ließ sich die Frau nicht zweimal sagen. Flott wie eine Gazelle eilte sie davon.

Kaum war sie verschwunden, trat Isidor ein. Im Gegensatz zur Dienstbotin ging er aufrecht, selbstbewusst. Mercedes aber wusste, dass sie ihn mit nur einem einzigen Satz in die Knie zwingen konnte. Valerie hatte ihr einst das Geheimnis des Königsbruders verraten.

Isidor verschränkte die Arme. »Sollte nicht Constantin diese Besprechung leiten?«

Mercedes vernahm einen herausfordernden Unterton. Schnell schluckte sie ihren Ärger darüber hinunter, legte ihren Notizzettel auf den Tisch und konterte zuckersüß: »Euch auch einen schönen Nachmittag, Isidor.«

Der Bruder des Königs schnaubte. »Ach, und wird dieser ›schöne‹ Nachmittag mit einer abendlichen Hinrichtung enden?«

Die Goldene Schwester wusste, dass ihr Gegenüber von König Ivan sprach – und damit von ihrem ersten Punkt auf der Tagesordnung. Zuerst wollte sie schadenfroh bejahen, doch als sie den Schmerz in Isidors Miene erkannte, biss sie sich auf die Zunge.

»Habt Ihr einen anderen Vorschlag?«, erwiderte Mercedes stattdessen. »Ihr wisst so gut wie ich, dass Ivans Exekution eine Notwendigkeit ist, um sämtliche Zweifel an Constantins Thronanspruch aus dem Weg zu räumen.« Die Goldene Schwester warf Isidor einen eindringlichen Blick zu. »Oder wollt Ihr Euch Eurem Neffen in den Weg stellen?«

Der Bruder des Königs seufzte resigniert und ließ sich auf einem der Stühle nieder. »Dann seht wenigstens zu, dass das Henkersbeil geschliffen ist. Ich hasse es, wenn die Vollstrecker mehrere Schläge benötigen, um den Kopf abzutrennen.«

Isidors Aussage troff vor Bitterkeit – aber Mercedes hatte erreicht, was sie wollte.

Wenige Sekunden später traten Lady Xenia und Sir Henrik ein. Die junge Kriegerin hatte ihre Kampfkluft gegen schlichtere Gewänder getauscht. Ähnlich wie Sir Henrik trug sie dunkle Hosen und eine braune Tunika.

»Pah, warum ist der Bruder König Ivans anwesend?«, fragte Xenia sogleich und hob eine Augenbraue.

Mercedes lächelte milde. »Isidor steht auf unserer Seite.«

»Auf Constantins Seite«, korrigierte dieser und funkelte die Goldene Schwester zornig an.

Xenia verschränkte die Arme, sie wirkte misstrauisch. »Und du vertraust ihm?«

Mercedes genoss den Einfluss, den sie auf die junge Kämpferin ausübte. Schade, dass Xenia keine Goldene Schwester war. Kurz spielte sie mit dem Gedanken, »Nein« zu sagen und Isidor in den Kerker werfen zu lassen, doch dann würde sie den Zorn Constantins und Schwester Ingas auf sich ziehen. Besonders der Prinz hing an seinem Onkel und würde ihn als Berater an seiner Seite haben wollen.

»Ja«, antwortete Mercedes daher gönnerhaft. »Ja, ich vertraue ihm.«

Damit gab sich Xenia zufrieden. Wortlos nahm sie neben Isidor Platz.

»Wo sind Constantin, Inga und Kestrall?«, fragte Sir Henrik, während er sich den Stuhl an Xenias Seite zurechtrückte.

»Hier«, antworteten Kestrall und Inga wie aus einem Mund.

Mercedes begrüßte ihre Mitschwestern und bat sie zu Tisch. Wenige Augenblicke später erschien auch Constantin. Der Prinz setzte sich neben Isidor, obwohl auch der Platz an Ingas Seite noch frei gewesen wäre.

Überrascht zog Mercedes eine Braue hoch. Der Prinz nahm ihre Warnung, sich noch von der Goldenen Schwester fernzuhalten, also ernst.

Zufrieden ließ sie sich auf dem leeren Sessel zwischen den Turteltauben nieder.

»Meine Lieben«, begann sie feierlich, blickte jeden persönlich an und faltete die Hände, »es ist geschafft. Ivan ist bezwungen.«

Die Goldene Schwester machte eine dramatische Pause, in der sie die Reaktionen der Anwesenden studierte. Isidor verzog den Mund. Inga senkte den Blick. Lady Xenia und Sir Henrik strahlten sich an. Constantin schluckte und musterte wiederum Inga, während Kestrall schlicht nickte.

»Isidor und ich haben bereits ... vereinbart Ivan bei Sonnenuntergang – zu *bestmöglichen* Bedingungen – hinrichten zu lassen«, erklärte Mercedes und warf dem Bruder des Königs einen jovialen Blick zu. Dieser schnappte nach Luft, als würde er etwas sagen wollen, schwieg jedoch weiterhin.

Mercedes lächelte zufrieden in sich hinein. »Natürlich«, fuhr sie fort, »werden wir Calla ...«

»*Königin* Calla«, fiel ihr Inga bissig ins Wort.

Mercedes hätte am liebsten die Augen verdreht. Diese kleine Pendelö war nichts im Vergleich zu ihrer liebsten Valerie und durfte dennoch denselben Titel tragen ...

»*Königin Calla*«, verbesserte sie sich betont dramatisch. »Wir werden ihr eine angemessene Trauerfeier bereiten. Um der guten Beziehung zu ihrem Vater, Großherzog Carlson von Pendelö, willen, werden wir ihren Tod als bedauernswerten Unfall darstellen und ...«

»*Unfall?*«

Mercedes knirschte genervt mit den Zähnen. Erneut war es Inga gewesen, die sie unterbrochen hatte.

»Königin Calla wurde brutal niedergemetzelt«, zeterte diese. »Von Finja, einer ...«

»Goldenen Schwester, genau«, vollendete Mercedes den Satz. Mit warnend aufgerissenen Augen starrte sie Inga neben sich an. »Willst du das etwa an die große Glocke hängen und unseren Ruf in den Schmutz ziehen?«

Anstatt zurückzuweichen oder den Kopf zu senken, erwiderte die junge

Mitschwester ihren energischen Blick. Mercedes war hin- und hergerissen zwischen Wut und Respekt.

Schlussendlich war es Kestrall, die wenige Herzschläge später die Situation entschärfte. »Schwestern«, bat sie in besonnenem Ton, »beruhigt euch. Wie alles andere sollten wir auch diese Angelegenheit gemeinsam entscheiden.«

Mercedes schnaubte, wandte sich von Inga ab. Kestralls Worte aber stießen einem anderen auf. *Isidor.*

»Gemeinsam *entscheiden*?«, fragte er erbost. »Wenn, dann können wir uns gemeinsam beraten. Es ist Constantin, der im Endeffekt die Wahl trifft.«

»Pah, noch ist er nicht König«, erinnerte Lady Xenia schnippisch und zog einen Mundwinkel grinsend hoch.

Isidor schlug mit der flachen Hand auf den Tisch. »Ach, stellt Ihr das etwa infrage?«

Der Bruder des Königs funkelte die junge Kriegerin zornig an. Diese zwirbelte unbeeindruckt einen ihrer vielen Zöpfe.

»Selbstverständlich nicht«, entgegnete Sir Henrik versöhnlich und tauschte mit Lady Xenia einen kurzen Blick, »was Xen meint, ist …«

Isidor kniff die Augen zusammen. »*Xen*? Habt ihr beide etwa euren eigenen Plan entworfen? Steckt ihr unter einer Decke?«

Xenia kräuselte die Lippen und summte anschließend: »Nun ja, unter einer Decke waren wir schon.«

»Genug!«

Es war Constantin, der mit seinem Brüller den Streithähnen Einhalt gebot. Der Prinz hatte sich erhoben und mit der Faust auf den Tisch geschlagen. Abrupt richteten sich sechs Augenpaare auf ihn.

»Hört auf«, rief er, »wir haben meinen Vater gestürzt, um dem Land Frieden zu bringen. Doch wir schaffen es nicht einmal, untereinander höflich zu bleiben. Wir müssen aufhören Zwietracht zu säen, vielmehr einander die Hände reichen.«

Mercedes senkte den Kopf und verdrehte die Augen. Soeben hatte der Kräuterprinz von früher aus Constantin gesprochen. Jener junge Mann, der anstelle seines Schwertes lieber schwülstige Reden über den Weltfrieden geschwungen hatte.

»Großherzog von Pendelö erfährt nichts von dem Mord an seiner Tochter«, entschied Constantin und setzte sich wieder.

Mercedes beobachtete, dass der Prinz absichtlich Ingas Blick auswich, die ihn entgeistert anstarrte.

»Um des Friedens willen«, fügte er erklärend hinzu.

Mercedes nickte, hakte zwei Absätze auf ihrem Notizblatt ab und las den nächsten Diskussionspunkt vor: »Da wir das Wohlwollen und somit eine beträchtliche Summe Gold von Sir Johannson genießen, sollten wir die Steuern senken, um das Volk von unseren guten Absichten zu überzeugen.«

Es folgte Stille. Offenbar hatten Constantins Worte bewirkt, dass sich alle Teilnehmer mit patzigen Kommentaren zurückhielten.

»Da stimme ich zu«, brummte Isidor nach einer Weile.

»Hervorragend«, zwitscherte Mercedes übertrieben. Sie merkte selbst, dass sie sich mit ihrem Gehabe beim Bruder des Königs unbeliebt machte, denn dieser verzog genervt das Gesicht.

Obwohl es ihr Spaß gemacht hätte, Isidor weiter zu reizen und zur Weißglut zu bringen, bremste sie sich Constantin zuliebe ein.

»Die Krönung«, sprach Mercedes den letzten Abschnitt auf ihrem Papier an, »sollten wir baldmöglichst ansetzen und mit einem rauschenden Ball gebührend feiern.«

Constantin räusperte sich. »Eine schlichte Zeremonie sollte genügen.«

»Kurz nach einer Hinrichtung ist ein üppiges Fest geschmacklos«, stimmte Inga zu. Die Goldene Schwester suchte erneut den Blick des Prinzen. Diesmal schaute er sie an. Mercedes konnte die Sehnsucht zwischen den beiden geradezu riechen. Schnell richtete sie ihr Augenmerk auf die Tischplatte, um eine forsche Bemerkung zu unterdrücken.

»Allerdings würde ein überschwängliches Fest für den Beginn einer neuen Ära stehen«, merkte Sir Henrik an.

Mercedes hob den Kopf. Der Ritter kratzte sich nachdenklich am Bart. Xenia nickte zustimmend.

Die Goldene Schwester erwiderte gelassen: »Das ist der Plan.«

Constantin neben ihr setzte sich kerzengerade auf.

»Ihr wollt«, sagte er, »dass die Leute vergessen, wie blutig der Weg zum Frieden war? Solche Erinnerungen lassen sich nicht wegtanzen!«

Mercedes hob eine Braue. »Ach, nein?«, fragte sie. »Versuchte nicht auch Ivan mit der Brautschau für Unterhaltung zu sorgen, um von den horrenden Steuern abzulenken?«

Der Prinz schüttelte ungläubig den Kopf. »Ihr fandet das Vorgehen meines Vaters gut?«

»Ich sage nur, dass nicht alle Ideen schlecht waren.«

Constantin verschränkte die Arme. »Nein«, entschied er, »meine Krönung wird kein pompöses Schauspiel!«

Seine Abfuhr missfiel Mercedes. Sie schluckte ihren Ärger hinunter. Ein Ball hätte die finstere Vergangenheit ausgeblendet und das Volk munter gestimmt.

Jetzt und hier auf Constantin einzureden hatte jedoch keinen Sinn – besonders da ihm Isidor zunickte. Vielleicht würde sich später die Gelegenheit bieten, mit dem Prinzen dieses Thema unter vier Augen auszudiskutieren.

Mercedes warf einen Blick auf ihre Liste. Alle Punkte waren abgearbeitet. Gerade noch rechtzeitig, denn das Sonnenlicht, das durchs Fenster hereinfiel, färbte sich bereits orange.

»Der Thronfolger hat gesprochen«, verkündete sie daher, »nun denn – es ist Zeit, die Hinrichtung vorzubereiten.«

***

Ivan schloss die Augen, lehnte sich mit dem Rücken an die Steinwand seiner Kerkerzelle. Feuchte Kälte drang durch seinen Morgenmantel und der Gestank nach Mäusekot, Pisse und sonstigem Unrat bereitete ihm Übelkeit. Er erschauderte, bekam eine Gänsehaut.

Standen ihm tatsächlich seine letzten Minuten bevor? Würde er gleich seinem Schöpfer gegenübertreten?

Nein. Nein, das durfte noch nicht sein Ende sein. Er war noch nicht bereit zu sterben.

Ob er eine der Wachen bestechen könnte? Ivan vernahm die Schritte eines Soldaten oberhalb der Treppe. Mercedes hatte also jemanden beauftragt, die Tür zu den Verliesen zu beaufsichtigen.

Auf seinen Fingernägeln kauend trat der König an das Gitter heran. Als er Blut schmeckte, ließ er seine Hand entsetzt sinken, griff nach den Stäben und lugte hinüber zum Aufgang.

»He«, rief er, »he, du da oben, ich verlange etwas zu trinken, oder soll ich verdursten, ehe Mercedes das Wort Hinrichtung auch nur denken kann?«

Seine Stimme zitterte. Ivan hoffte, dass er dennoch fordernd genug geklungen hatte.

Das Gepolter ebbte ab.

Stille.

Der König hörte seinen eigenen unsteten Atem, fürchtete, der Wachmann – sofern es ein Mann war – würde seinen Wunsch ignorieren, doch dann …

»Ihr könnt Wasser haben.«

Ivans Herz machte einen hoffnungsvollen Satz. Also ein Wächter, der Erbarmen zeigte.

Wenige Augenblicke später erklangen erneut Schritte. Sie wurden lauter und lauter. Der König blinzelte und sah, dass ein Mann die Stufen hinabstieg. Er trug schlichte Kampfgewänder, war aber kein Silberbruder.

Ernüchtert fuhr sich Ivan übers Gesicht. Seine Hoffnung, Mercedes hätte einen seiner Männer zum Wachdienst verdonnert, war töricht gewesen.

Dennoch würde er sein Glück versuchen.

»Habt Dank!«, sagte Ivan, als ihm der Mann einen Wasserschlauch reichte.

Der König nahm einen Schluck und stellte fest, dass seine Kehle tatsächlich ausgetrocknet gewesen war. Gierig leerte er den Beutel, wobei einzelne Tropfen an seinem Mund vorbeirannen und in seinem Bart hängen blieben.

»Ah«, machte Ivan anschließend, wischte sich mit dem Ärmel trocken und musterte den hageren Kerl auf der anderen Seite der Gitterstäbe.

An der fehlenden Gesichtsbehaarung, der glatten Haut und den unsicher funkelnden Pupillen erkannte der König, dass es sich bei ihm um einen halbstarken Dilettanten handelte.

Ivan jubilierte innerlich, unterdrückte ein Grinsen. »Wie barmherzig von Euch mir zu trinken zu geben«, säuselte er einnehmend. Er sprach den Burschen bewusst mit der höflichen Floskel an.

Der Wachmann legte den Kopf schräg, verlangte den Wasserschlauch zurück.

Ivan witterte eine Gelegenheit.

Theatralisch seufzend reichte er den Beutel durch die Stäbe und sagte, wohl wissend, dass es Unsinn war: »Ihr seid gewiss ein Herr von Rang, so edelmütig, wie Ihr Euch benehmt. Wie ist Euer Name?«

Der Bursche biss an, lächelte geschmeichelt. »Ich heiße Ulrich«, sagte er, »und ich bin eher der letzte Dreck.«

Der König tat, als würde er empört nach Luft schnappen. »Unmöglich«, schalt er, »an meinem Hof hätte ich Euch eine ehrwürdige Stellung verschafft, Sir Ulrich. Weiß Euer Herr Euch nicht zu schätzen?«

Ivan hasste es, diesem Naseweis Honig ums Maul zu schmieren, doch dies war wahrscheinlich die letzte Chance, seinen Hals zu retten.

»Nein, Sir Johannson hält nicht viel von mir«, schnaubte Ulrich.

Kein Wunder, dachte der König, sagte jedoch: »Ja, Barbaren wie er fühlen sich von klugen Köpfen schnell bedroht.«

Ivan beobachtete, wie sich Falten auf der Stirn des Wachmanns bildeten. Offensichtlich grübelte er. Gut so.

»Wurdet Ihr deshalb gestürzt«, fragte Ulrich dann, »weil Ihr zu klug seid?«

Der König biss sich auf die Lippen, um ein Lächeln zu verbergen. »So ist es«, sagte er und fügte gespielt verzweifelt hinzu: »Doch nun ist es zu spät. Kandlot ist dem Untergang geweiht und niemand vermag dies noch zu verhindern ...«

Ivan wartete gespannt, ob seine Worte bei dem einfältigen Jüngling ankamen.

Sekunden verstrichen. Augenblicke, in denen der König sein Herz hämmern spürte. So fest, dass er fürchtete, es könnte platzen.

Doch Ulrich schwieg, hatte den Köder noch nicht geschluckt. Ivans Magen krampfte sich schmerzhaft zusammen. Was dauerte denn da so lange?

Gleich einer Schlange zischte er nun eindringlich: »Es würde nur die Tat eines einzigen wahren Helden bedürfen …«

Der König konnte die Mühlen in Ulrichs Kopf beinahe rattern hören. Doch sie mahlten träge. Noch immer war der Groschen nicht gefallen.

»Wenn ich doch nur aus dieser Zelle heraus könnte«, seufzte Ivan daher beschwörend. Er spürte, dass er bald die Geduld verlor.

In diesem Moment glätteten sich die Nachdenkfalten des Burschen. Er schielte zur Seite. Dorthin, wo Ivan die Zellenschlüssel wusste.

Ja, dachte der König fieberhaft, nimm sie!

***

Weißer Reif umspielte die von Nebel umhüllten Bäume. Gedankenverloren starrte Constantin aus dem Fenster und betrachtete den Wald. Die kalte Stille, die von den Kiefern ausging, war gespenstisch. Inzwischen hatte sich die Sonne hinter Wolken versteckt. So, als wollte sie nichts von dem wissen, was am Haupthof gleich geschehen würde.

Er hatte erwartet, dass ihn vor der Hinrichtung seines Vaters Nervosität packen würde. Doch dem war nicht so. Tatsächlich verspürte Constantin eine wärmende Erleichterung. Bald würde es den Mann, der Inga erpresst hatte ihn zu töten, seine Mutter ermordet und ihn eiskalt zum Sterben an die Front geschickt hatte, nicht mehr geben.

Constantin stand nicht der Sinn nach Rache an seinem Vater. Vielmehr sah er dessen Exekution als Erlösung. Als Anker, der ihn aus den Schatten seiner Vergangenheit ziehen sollte.

Der Prinz beobachtete, wie Sir Henrik am Hof gestikulierte. Der Ritter erteilte Anweisungen, wo das Schafott aufgebaut werden sollte. Erste Schaulustige aus dem Dorf drängelten sich zum Tor herein. Die Nachricht von der Hinrichtung des Königs hatte sich wie ein Lauffeuer verbreitet.

Es klopfte an der Tür.

Constantin erkannte am Rosenduft, dass es sich um Inga handelte. Schon bei der Ratssitzung hatte sie nach der feinen Seife gerochen. Er selbst hätte gern bei sich die Lavendelöle verwendet, die er vor einem Jahr angesetzt hatte, doch dieser Duft bereitete ihm plötzlich Kopfschmerzen.

»Herein«, sagte er und drehte sich zur Tür.

Kaum trat Inga ein, machte sein Herz einen Satz. Er sehnte sich nach ihr, wollte sie im Arm halten und küssen. Und doch durfte er diesem Drang nicht nachgeben. Noch nicht. Denn der Dämon in ihm witterte sofort ihr süßes Blut. Die Gier nach der roten Flüssigkeit war in ihrer Nähe stärker. Vermutlich, weil ihr Körpergeruch ihn so betörte.

Die Goldene Schwester schloss hinter sich die Tür und blickte ihn an. Constantin versuchte ihre Miene zu deuten. War sie ängstlich? Besorgt?

»Wie geht es dir?«, fragte sie.

»Ich lebe«, antwortete Constantin und dachte an den gescheiterten Versuch, sich die Pulsadern aufzuschneiden, »ich werde immer leben.«

Inga keuchte, schaute zu Boden. »Nein«, sagte sie sanft und hob ihren Kopf, »so meine ich das nicht.«

Constantin schluckte. Ihm war klar, dass sie seine Gefühle meinte. Aber was sollte er ihr sagen? Dass er erleichtert war, seinem Vater gleich beim Sterben zuzusehen? Dass er hasste, was Mercedes aus ihm gemacht hatte?

Ja. Wahrscheinlich. Vermutlich sollte er ihr *genau das* sagen. Sie hatte die Wahrheit verdient.

Aber er konnte nicht. Die Worte wollten einfach nicht über seine Lippen kommen.

Angewidert dachte er an den Moment, als er den Soldaten im Dienertrakt das Blut ausgesaugt hatte. Hätte ihn Inga dabei gesehen, würde sie ihn bestimmt fürchten. Oder – und das wäre schlimmer – hassen.

Constantin schwieg. Er wusste, dass Inga auf eine Antwort wartete.

Sie fuhr sich durch ihr duftendes offenes Haar und ging ein paar Schritte auf ihn zu. Sofort kroch ihm ihr Geruch noch tiefer in die Nase, kitzelte seinen Verstand. Das dezente Blutaroma einer ihrer Wunden sorgte dafür, dass seine Kehle gierig prickelte.

Der Dämon in ihm wies darauf hin, dass sich außer ihr und ihm niemand im Zimmer befand. Es gäbe also keine Zeugen, wenn …

»Stopp«, rief Constantin und streckte seine Hand aus, »komm nicht näher. Er ist gefährlich.«

Der Prinz keuchte. Schweiß troff aus seinen Poren. Unter Leuten gelang es ihm besser, das Monster in sich zu kontrollieren. Dass Inga jetzt schutzlos vor ihm stand, zerrte an seiner Beherrschung.

Kaum beruhigten sich die gröbsten Wellen der Versuchung, sorgte er sich Inga mit seinen schroffen Worten verletzt zu haben.

Die Goldene Schwester war zwei Meter von ihm entfernt stehen geblieben. Sie legte ihren Kopf schräg.

»Ich habe keine Angst vor dem Dämon in dir«, sagte sie.

Constantin schnaubte. »Das solltest du aber.«

»Nein«, konterte Inga, »denn du beherrschst ihn, nicht umgekehrt.«

Constantin erstarrte. Sie hatte offenbar keine Ahnung, wie es war, ein Monster in sich zu tragen. Woher auch? Er sagte es ihr ja nicht. Und bei Mercedes sah alles so simpel aus. Kein Wunder – sie bekämpfte die Bestie in sich seit Jahren!

Wieder machte sie Schritte, schaute ihn mit ihren tannengrünen Augen eindringlich an. Auf Armeslänge entfernt blieb sie stehen, ergriff seine ausgestreckte Hand und verflocht ihre Finger mit seinen.

Ihre Haut fühlte sich zart an, weich. Am liebsten hätte Constantin sie an sich gezogen, doch stattdessen kämpfte er gegen das Brennen in seinem Hals an. Selbst sein Kiefer glühte, denn die Zähne in seinem Mund waren dabei, sich in messerscharfe Reißer zu verwandeln. Länger und länger zu werden. Krampfhaft presste er seine Lippen aufeinander, damit Inga nichts davon mitbekam.

Noch immer lag ihr Kopf schräg. Ihr rotblondes Haar fiel nach hinten auf ihren Rücken. So lag der Blick auf ihren entblößten Hals frei.

Obwohl sich Constantin bemühte nicht hinzusehen, wanderte sein Augenmerk wie selbstverständlich zu der pochenden Ader unter Ingas Ohr. Sie pulsierte langsam und gleichmäßig. Transportierte ihr süßes Blut durch den Körper.

Inzwischen brannte seine Kehle wie Feuer. Der Dämon in ihm lechzte nach Linderung.

Constantin blinzelte. Verzweifelt versuchte er die hungrige Stimme auszublenden.

»C…Constantin?«

Der Prinz spürte, dass seine Iriden die Farbe wechselten. Von Saphirblau zu Blutrot. Das Monster in ihm trat hervor. Er sah nicht mehr durch seine Augen, sondern durch die des Dämons.

Ingas Finger zuckten. Constantin fühlte ihren Schrecken. Sie wollte ihre Hand zurückziehen, doch er ließ es nicht mehr zu.

***

König Ivan beobachtete, wie Ulrich zu den Zellenschlüsseln spähte. Obwohl sich seine Eingeweide anfühlten, als würde sie jemand zusammenquetschen, zwang er sich gelassen zu bleiben. Er durfte jetzt keinen Fehler machen.

Der junge Wachmann kaute auf seiner Unterlippe herum.

Sekunde um Sekunde verstrich. Zeit, die sich für den König wie eine Ewigkeit anfühlte.

Die rechte Hand des Burschen zuckte. Und gerade als Ivan dachte, Ulrich würde endlich nach dem Schlüsselring greifen, wich dieser einen Schritt zurück.

Ivan erstarrte. Seine Hoffnung auf Flucht schmolz dahin. Hinterließ eine stechend eisige Flüssigkeit, die sich in seine Venen schob.

»Ich … sollte wieder auf meinen Posten gehen«, stammelte Ulrich.

Ivan riss die Augen auf, rüttelte mit beiden Händen an den Stäben und tobte: »Zum Unheiligen Urian kannst du dich scheren, du Taugenichts!«

Aus seinem Mund tropfte Speichel und sein linkes Auge ziepte, als wäre eine Ader gerissen.

Erschrocken stolperte der Wachmann weiter zurück und fiel dabei vor Hast über seine eigenen Beine. Mit einem dumpfen »Uff« landete er auf seinem Hintern.

Gewaltsam trat der König mit einem Bein gegen das Gitter.

»Kein Wunder, dass du für die schäbigsten Arbeiten eingeteilt wirst«, schrie er, »du bist nicht besser als ein dampfendes Stück Kot. Wenn du immer so schnell den Schwanz einziehst, wirst du auch nie eine Frau für dich gewinnen, du Schwächling.«

Verschreckt rappelte sich Ulrich auf, wobei er als Stütze die Stäbe der gegenüberliegenden Zelle verwendete. Sein Mund bewegte sich auf und zu, als würde er etwas sagen wollen, doch außer unverständlichem Gebrabbel kam nichts hervor.

Ivan hatte sich so auf Ulrich konzentriert, dass er erst jetzt merkte, wie sich drei weitere Gestalten seinem Verlies näherten. Isidor mit zwei Kriegern, die ebenfalls nicht zu den Silbernen Brüdern gehörten.

»Schikanierst du Unschuldige, um dir die Zeit zu vertreiben?«, fragte Isidor trocken und bedeutete seinen Soldaten weiter abseits zu warten, während er näher kam. Über einem Arm hing etwas, das wie ein königliches Gewand aussah.

Ivans Wut verrauchte. Zurück blieb Bitterkeit.

»Ich bin nicht das Scheusal, das alle in mir sehen«, knurrte er, wandte sich von den Gitterstäben ab und trottete weiter ins Innere der Zelle hinein. Der König hörte, dass Isidor seufzte und Ulrich erlaubte, sich bei Sir Henrik um anderweitige Arbeit zu bemühen.

Gleich darauf erklang das Klimpern von Schlüsseln.

Überrascht drehte sich Ivan um. Isidor schloss die Zelle auf, trat ein und warf ihm das Gewand zu.

»Hier«, sagte er, »damit du nicht im Morgenmantel zur Richtbank musst.«

Der König fing seine Kleider auf und betrachtete sie. Wie von selbst wanderten seine Finger über den blauen Samt und den Pelzkragen.

»Außerdem habe ich veranlasst, dass dich später noch ein Geistlicher besucht«, erklärte Isidor nach einer Weile.

Ivan schluckte. Er war nicht bereit, die letzte Salbung zu erhalten oder die Beichte abzulegen. Bei dem Gedanken daran wurden seine Knie butterweich und seine Finger zitterten.

Da er den prüfenden Blick seines Bruders spürte, starrte er weiterhin auf das Gewand in seinen Händen. »Sonst noch etwas? Oder hast du dich genug an meinem Leid ergötzt?«

»Ergötzt?« Isidor schnaubte. »Du glaubst, deine Hinrichtung ergötzt mich?«

Ivan presste den Stoff in seinen Händen fest zusammen. Allein dass er diese Kleidung überhaupt hatte, bewies, dass sich Isidor nicht an seinem Unglück weidete.

»Jahrelang habe ich versucht dir ein Bruder, nein, mehr noch, ein *Freund* zu sein, aber du hast es mir weiß Dion nicht leicht gemacht«, sagte Isidor.

Er klang ... verletzt. Neugierig schaute Ivan hoch. Der Schmerz in Isidors Blick berührte ihn und für den Bruchteil einer Sekunde spielte er mit dem Gedanken, seinen kleinen Bruder zu umarmen.

Doch der Augenblick zog ungenutzt vorüber.

Daraufhin entflammte eine neue Idee in Ivans Verstand. »Was, wenn ich es dir ab jetzt leicht mache, mir ein treuer Freund zu sein? Lass mich frei, Bruder!«

***

Aus Saphirblau wurde Blutrot. Constantins Augen hatten die Farbe gewechselt. Im selben Atemzug erkannte ich, dass sich an seinem Mund etwas veränderte. Die Lippen trennten sich voneinander und entblößten spitze Reißzähne. Ich erschrak, wollte zurückweichen – doch es war zu spät.

Constantin – oder das Wesen, das seine Taten steuerte – packte mein Handgelenk. Es fühlte sich an, als hätte er mir eiserne Fesseln angelegt.

Als sich mein Schock gerade in Unsicherheit verwandelte, hörte ich, dass jemand die Tür hinter mir aufstieß. Abrupt ließ mich Constantin los und starrte hinüber zum Eingang. Ich schaute auf die Stelle, an der mich der Prinz festgehalten hatte: Seine Fingerabdrücke waren als rote Flecken erkennbar. Meinen Schrecken niederkämpfend rieb ich meine Haut und wandte mich träge um.

Es war Mercedes, die uns unterbrochen hatte. Constantin und die Goldene Schwester sahen sich an, als würden sie ein stummes Wortgefecht austragen.

Mir fiel auf, dass sich Constantins Augenfarbe normalisiert hatte. Auch die spitzen Zähne zogen sich in ihre eigentliche Form zurück. Erleichtert atmete ich aus, während dem Prinzen die Verzweiflung geradezu ins Gesicht geschrieben stand.

Was stimmt ihn so traurig?

»Inga«, sagte er da und wandte sich mir zu, »es tut mir so unendlich leid.«

Seine Stimme klang niedergeschlagen.

Irritiert runzelte ich die Stirn. Natürlich hatte es mir missfallen, dass er mich wie einen Verbrecher festgehalten hatte, aber so entsetzlich war es nun auch wieder nicht gewesen. Zudem war es ja der Dämon in ihm, der ihn dazu getrieben hatte.

Ich winkte ab, was aufgrund meines beanspruchten Handgelenks schmerzte. Kurz verzog ich das Gesicht.

Sogleich fiel mir eine Veränderung in Constantins Miene auf, die ich jedoch nicht so recht zu deuten wusste. Auf jeden Fall schien er alles andere als glücklich oder zufrieden zu sein.

»Ist ja nichts geschehen«, wiegelte ich ab. Für mich war die Situation damit gegessen, aber Constantin sah das anders.

»Aber es hätte etwas passieren können, Inga«, sagte er ernst. Schnaubend fuhr er sich übers Gesicht und wich einen Schritt zurück. »Ich sollte gehen«, sagte er dann, hastete an mir vorbei und verschwand aus seinem Gemach.

Zurück blieben Mercedes und ich.

Die Goldene Schwester musterte mich eine Weile und sagte schließlich: »Halte dich besser noch eine Zeit lang von ihm fern. So lange, bis er den Dämon besser unter Kontrolle hat.«

»Nein«, widersprach ich, »wir waren bereits viel zu lange voneinander getrennt.«

Mercedes schüttelte den Kopf, als wäre ich ein unvernünftiges Dummchen. »Aber Inga ...«

»Hör auf! Nichts ›Aber Inga‹... Ich vertraue Constantin.«

Die Goldene Schwester lächelte traurig. »Dir ist schon klar, dass dich dein geliebter Prinz vor ein paar Minuten beinahe getötet hätte?«

Getötet?

Ungläubig zog ich die Brauen hoch. Es war doch nichts geschehen, außer dass sich Constantins Augen verfärbt hatten und seine Reißzähne vorgetreten waren.

Gut, er hatte mich gepackt, aber ...

»Jetzt merkst du es selbst, nicht wahr?«

Die Goldene Schwester trat näher an mich heran und musterte mich durch ihre großen grauen Augen. Ein Grau, das mich an einen undurchdringlichen Nebel erinnerte.

»Dein Duft ist vermutlich besonders betörend für ihn«, erklärte sie. »Lass ihm noch ein paar Monate Zeit. Du ...«, sie strich schmunzelnd über meine Wange, »wirst ihm schon nicht zu alt.«

Entsetzt schlug ich ihre Hand weg und betrachtete ihr fast faltenfreies Gesicht. Lediglich an den Augen entdeckte ich Anzeichen für Krähenfüße. Bald würde ihr niemand mehr glauben, dass sie auf dem Papier beinahe fünfzig Jahre alt war.

Auch Constantin alterte von nun an langsamer. Schon jetzt war er fünf Jahre jünger als ich. Was würde in zehn, zwanzig Jahren sein? Könnte er mich dann noch lieben? Als alte Frau?

Ich keuchte. Nein, so weit wollte ich es gar nicht kommen lassen. Es gab einen Weg, dieses Problem zu lösen ...

»HAST DU NIE MIT DIESEM GEDANKEN GESPIELT?«

Mercedes betrachtete Inga. Eben hatte die junge Mitschwester noch deprimiert gewirkt, jetzt strahlte sie, als wäre ihr ein zündender Gedanke gekommen. Mercedes überlegte nachzufragen, verwarf diese Idee aber. Jetzt war nicht die Zeit für Plaudereien.

Stattdessen sagte sie: »Genug der Worte. Es ist Zeit für Taten. Des Königs Hinrichtung!«

Eine Welle freudiger Erregung rauschte durch ihren Körper. Vor Spannung bekam sie eine Gänsehaut.

»Komm«, wies sie Inga an, »begleite mich zum Balkon.«

Sie machte am Absatz kehrt, eilte den Gang entlang. Als sie um die Ecke hastete, machte ihr Herz einen festen, ungeduldigen Sprung. Sie betrachtete die Tür aus buntem Glas und wartete, bis Diener ihr die Flügeltür öffneten, Inga hinter sich wissend.

Noch bevor das Tor aufging, vernahm Mercedes lautes Geschwätz und Rufe. Einige forderten Ivans Kopf. Andere beklagten die Verluste im Kampf.

Gespannt hielt Mercedes den Atem an, trat ins Freie und blickte durch den Nebel hinunter zum Haupthof.

Dort wimmelte es geradezu von Schaulustigen. Egal ob angehörige des Stadtadels oder gemeine Bürger – sie alle wollten dem Spektakel beiwohnen und versammelten sich dicht gedrängt um das Schafott.

Mercedes lächelte zufrieden und atmete aus. Genau so hatte sie es sich vorgestellt.

Constantin und Kestrall waren ebenfalls am Balkon. Inga stellte sich schützend neben den Prinzen, was Mercedes mit einem Kopfschütteln quittierte. Ihre Verliebtheit machte sie nach wie vor blind für die Gefahr, die von Constantin ausging.

Sir Henrik und Lady Xenia sorgten unten am Hof für Ordnung und hielten die Leute davon ab, auf die Treppe der Richtstätte zu steigen.

Wer fehlte, war ...

»Wo ist Isidor?«

Mercedes knirschte mit den Zähnen. Sie drehte sich zu Constantin. Wenn jemand wusste, wo der Bruder des Königs war, dann vermutlich sein Neffe.

Der Prinz zuckte mit den Achseln, ohne den Blick vom wütenden Mob abzuwenden. Wer jedoch hörbar Luft holte, war Kestrall.

»Isidor hat mir mitgeteilt, dass er der Hinrichtung fernbleiben möchte.«

Die Goldene Schwester griff nach Mercedes' Fingern, die sich um das Balkongeländer krampften. »Sieh es ihm nach, Schwester.«

Kestralls Hand fühlte sich warm an und ihre Worte hatten wie eine Bitte geklungen. Zusammen mit der flehenden Miene konnte Mercedes gar nicht anders, als schweren Herzens zu nicken.

»Nun gut«, sagte sie, »ich bin ja kein Unmensch.«

Schon während Mercedes den Satz aussprach, fiel ihr die Ironie darin auf, schließlich war sie genau das. Eine *Dämonenträgerin*. Auch Kestrall bemerkte es, denn sie nickte aufmunternd und drückte Mercedes' Finger fester. »Nein, bist du wirklich nicht.«

Kestrall zwinkerte freundschaftlich, was Mercedes' Herz erwärmte. Plötzlich spürte sie, dass ihr das Zusammensein mit den Schwestern gefehlt hatte. Tia hatte sie seit Ewigkeiten nicht gesehen und Finjas Tod zu verkraften würde ihr noch einiges abverlangen. Bisher hatte sie jeden schmerzhaften Gedanken daran verdrängt. Zwar hatte ihr die verstorbene Mitschwester weniger nahegestanden als Kestrall, trotzdem hatten sie etliche Jahre gemeinsam verbracht und sich in dieser Zeit kennen und schätzen gelernt.

Jetzt war aber nicht der Zeitpunkt für Melancholie.

Mercedes seufzte, entzog Kestrall ihre Hand und konzentrierte sich wieder auf das Treiben am Hof.

Inzwischen hatte es wieder zu schneien begonnen. Weiße Flocken mischten sich unter die Nebelschwaden und bedeckten die Welt zu ihren Füßen. Da zudem in wenigen Minuten die Sonne unterging, war Eile geboten.

»Führt ihn her!«, rief Mercedes.

Ihre klare Stimme schallte über den Lärm der Schaulustigen hinweg. Die Gespräche verstummten nach und nach. Gespannt schauten alle hinüber zu dem kleinen Tor, wo stets die Gefangenen herausgeführt wurden.

Sir Henrik trieb die Leute auseinander, sorgte für einen schmalen Durchgang. »Macht Platz für Ivan Isgehart!«

Zwei Soldaten aus Sir Johannsons Truppen führten den König herbei. Er trug einen Leinensack über dem Kopf, wie es vor Hinrichtungen in Kandlot üblich war. Sofort blieben Schneeflocken darauf haften.

Mercedes hoffte, er würde sich wehren, wild um sich schlagen, doch nichts dergleichen geschah. Ihre Enttäuschung darüber wurde jedoch von den Reaktionen der Bürger gemildert.

»Tod dem Tyrannen!«, forderte jemand und erntete sofort Zustimmung.

Erneut brach ohrenbetäubende Unruhe aus. Einige ballten ihre Fäuste, stießen sie fluchend in die Luft. Andere spuckten auf den König, kaum dass er an ihnen vorbeigeführt wurde.

Mercedes schloss für einen Moment die Augen. Der Zorn des Volkes war wie Musik in ihren Ohren.

Obwohl sie diesem Klang ewig hätte lauschen können, richtete sie ihre Aufmerksamkeit wieder auf das Vorgehen am Hof. Sir Henrik und die Soldaten bugsierten den barfüßigen König die Treppen zum Blutgerüst empor, wo der Holzblock auf Ivans Kopf wartete.

Der Ritter blickte abwartend zu Mercedes empor. Lächelnd erteilte sie ihm per Fingerzeig die Erlaubnis, den Leinensack zu entfernen. Dann ging alles sehr schnell.

Das Beil sauste herab, durchtrennte Ivan Isgeharts Hals. Blut spritzte, färbte den Schnee auf dem Schafott dunkelrot. Sein Kopf kullerte vom Richtblock.

***

Constantin nahm die begeisterten Rufe des Volkes nur gedämpft wahr, als stünde er unter einer Glasglocke. Umso lauter pochte sein Puls in den Ohren.

Gebannt starrte er erst auf die im Holz stecken gebliebene Axt, anschließend auf den Schädel seines Vaters. Ivan hatte die Augen weit aufgerissen, blickte leer gen Himmel. Schneeflocken ließen sich auf Rumpf und Kopf nieder.

Der Prinz merkte erst, dass er zitterte, als jemand nach seiner Hand griff. Erschrocken fuhr er herum.

Es war Inga. Besorgt schaute sie ihn an.

»Constantin ...« Sie brach ab.

Der Prinz wandte sich wieder der Richtstätte zu. Er wartete darauf, dass das klamme, beengende Gefühl in seiner Brust verschwand. Hoffte, mit dem Tod seines Vaters endlich frei atmen zu können.

Aber nichts geschah. Als hätte sich der Neuschnee auch auf seiner Lunge niedergelassen.

Constantin beobachtete, wie Sir Henrik den Schädel des Königs in den Leinensack gab. Gleich darauf rammte Lady Xenia ihre Faust empor und rief triumphierend: »Der König ist tot. Lang lebe der König!«

»Lang lebe der König!«, wiederholte Mercedes – und anschließend das Volk zu seinen Füßen.

Sie alle – ob Bauer oder Adeliger – blickten zu ihm hinauf und jubelten.

Constantin fühlte sich erdrückt, als hätte ihm jemand einen Mantel aus Blei um die Schultern gehängt. Seine Zunge klebte am Gaumen.

Dutzende Augenpaare waren auf ihn gerichtet. Der Lärmpegel ebbte ab, Stille kehrte ein.

Was wurde jetzt von ihm erwartet? Auf diesen Moment war er nicht vorbereitet! Sollte er eine Rede halten?

Er hatte stets die Hinrichtung seines Vaters als Ziel vor Augen gehabt. Was danach zu tun war, hatte er nie bedacht.

Einige Leute tuschelten, zeigten verstohlen mit dem Finger auf ihn.

Hilfe suchend drehte er sich zu Mercedes. Die Goldene Schwester nickte ihm auffordernd zu. Constantin stöhnte. Er hoffte, die Kriegerin würde ihn aus dieser misslichen Lage retten. Stattdessen stieß sie ihn brutal ins eiskalte Wasser.

»Du bist jetzt der König«, flüsterte sie vertraulich.

Noch bin ich nicht gekrönt, dachte Constantin. Damit wiederholte er in Gedanken Lady Xenias Worte bei der Ratssitzung. Vielleicht misstraute ihm seine ehemalige Braut-Kandidatin ja zu Recht. Möglicherweise war er kein würdiger Herrscher – sondern nur ein erbärmliches Monster ...

Constantin hatte das Gefühl, an einer Klippe zu stehen.

Mercedes beugte sich zu ihm hinüber. Mit den Worten »Dein Volk wartet!« stieß sie ihn näher an den imaginären Abgrund. Ließ sie ihn dort lediglich zappeln oder würde sie ihn fallen lassen? Constantin fürchtete den Halt zu verlieren. »Oder soll ich an deiner statt ...?«

»Du bist ein guter Redner, Constantin«, fiel ihr Inga ins Wort, »vertraue auf diese Fähigkeit. Deine Worte waren stets deine stärkste Waffe!«

Damit streifte sie ihm die Last von den Schultern und warf ihm einen Rettungsanker zu. Dankbar griff er danach.

Constantin streckte seinen Rücken durch, holte Luft und rief: »Verehrte Bürger unseres Landes, liebe Brüder und Schwestern!«

Seine Stimme schallte über den Hof hinweg, drang durch den Nebel.

Constantin ließ seinen Blick über die Menge schweifen. Sämtliches Getuschel brach ab, alle Augen waren gespannt auf ihn gerichtet.

»Ivan Isgehart ist tot«, fuhr er fort, machte eine Pause und ließ diese Aussage ein paar Sekunden wirken. »Damit endet die Zeit der erdrückenden Steuern und des Krieges. Lasst uns gemeinsam in die Zukunft blicken. In eine Ära des Wohlstands und des Friedens!«

Explosionsartiger Jubel war die Folge. Inzwischen war es dunkel geworden. Die Gesichter hinter den Rufen blieben verborgen. Constantin fühlte, dass seine Brust anschwoll. Er hatte es geschafft. Hatte das Volk mit wenigen Worten begeistern können.

Während hier die Nacht hereinbrach, hatte er das Gefühl, als wäre in seinem Inneren die Sonne aufgegangen.

Nach und nach traten die Bürger ihre Heimreise ins Dorf an. Constantin hoffte ihnen die Zuversicht auf eine glorreiche Zukunft mitgegeben zu haben.

Erleichtert drehte er sich zu Inga, lächelte ihr zu.

»Respekt«, gratulierte Mercedes, drängte sich an ihn heran und hob scheinbar freudlos ihre Mundwinkel, »gesprochen wie ein wahrer König … doch in einem Punkt möchte ich Euch korrigieren. Noch ist die Zeit des Krieges nicht zu Ende …«

Constantin runzelte die Stirn. Er wies auf das Schafott am Hof, welches wegen der Dunkelheit kaum noch zu sehen war. »Vater ist Geschichte«, sagte er, »und mit Noredellä haben wir Frieden geschlossen. Wir haben gesiegt!«

Mercedes schnaubte. »Gesiegt«, wiederholte sie gedehnt, »haben wir erst, wenn *alle* Feinde Valeries vernichtet sind.«

Überrascht schüttelte Constantin den Kopf. Auch Kestrall wich zurück. Nur Inga senkte den Blick.

Weiß sie etwa …

»Frag deine … *Leibwächterin*«, sagte Mercedes da auch schon, »Gewiss kann sie es dir ebenso gut erklären wie ich.«

***

Constantin schaute mich an. Seine aufgerissenen Augen versetzten mir einen Stich. Ich wollte etwas sagen, doch er drängte sich an mir vorbei, hastete ins Innere des Schlosses.

Hektisch ein- und ausatmend fuhr ich mir übers Gesicht. Mercedes' Ankündigung hatte mich aus dem Nichts wie eine Kugel getroffen – und doch wusste ich, von wem sie sprach.

»Geh ihm nach«, sagte die Goldene Schwester trocken, »überzeuge ihn. Aber gib auf den Dämon acht!«

Ich schnaubte. Glaubte sie etwa, ich wäre ihr Schoßhündchen und würde auf Kommando bellen?

»Ich bin nicht deine Marionette«, konterte ich und verschränkte die Arme, »ich werde Constantin niemals einen weiteren Krieg nahelegen!«

Mercedes funkelte mich herausfordernd an. »Dann möchtest du *keine* Gerechtigkeit für unsere Herrin?«

Gerechtigkeit für Königin Valerie Vanhaag? Am liebsten hätte ich hysterisch gelacht. Mercedes' Pläne kamen mir immer mehr wie ein Rachefeldzug vor. Wann und wie würde er enden?

»Was ich möchte«, setzte ich an, »ist ... ist ...«

Ich stockte. Mein Wunsch überraschte mich selbst. Früher hätte ich ihn als lächerlich bezeichnet.

»Ja?«, fragte Mercedes. Provokant legte sie eine Hand hinter ihr Ohr. »Ich höre?«

Ernüchtert wandte ich mich von ihr ab, blickte vom Balkon hinunter. Inzwischen erhellten Fackeln den Hof. Schemenhaft nahm ich Diener wahr, die das Schafott schrubbten. Der Richtblock musste vor Blut geradezu kleben.

Frieden, dachte ich. Ich hatte genug von den Kämpfen, dem Hass und den Geheimnissen.

Mit diesem Eingeständnis fiel mir eine Last vom Herzen.

»Nun?«, sagte Mercedes spöttisch. »Als zukünftige Königin solltest du deine Ziele stets vor Augen haben!«

Meine harmonischen Gedanken platzten.

Ihre Worte wirkten, als hätte sie mir eiskaltes Wasser ins Gesicht geschüttet. Ich schnappte panisch nach Luft. Fuhr herum. *»Königin?«*

Mein Herz hämmerte. Ich umschlang meinen Oberkörper, als müsste ich ihn vor dem Zerspringen schützen.

»Selbstverständlich«, sagte Mercedes, grinste und legte den Kopf schräg, »hast du nie mit diesem Gedanken gespielt?«

Keuchend runzelte ich die Stirn. Ich erinnerte mich an die Pergamentblüte ... an Djanas Namen. Und an meine zerstörte Hoffnung. Ich wünschte mich schon lange an Constantins Seite, hatte aber nie an die möglichen Konsequenzen gedacht.

»Constantins Herz ...«, Mercedes brach ab und zuckte mit den Achseln, »nun, der menschliche Teil davon – gehört allein dir!«

Mir wurde schwindlig. Schnell hielt ich mich am Balkongeländer fest. Ich stand dort, wo einst Königin Valerie Vanhaag gestanden hatte. Würde *ich* ihre Nachfolge antreten?

»Ich gratuliere«, trällerte Mercedes, »der Prinz durfte in einem Goldfischbecken angeln und entschied sich trotzdem für eine Forelle.«

Sie trat näher an mich heran und flüsterte mir ins Ohr: »Du bist die Siegerin der Brautschau!«

Ich bekam eine Gänsehaut.

Dufte ich mich über all diese Bräute hinwegsetzen? War es meine Bestimmung, Königin zu werden?

Und – wollte ich das überhaupt?

»Eine Goldene Schwester auf dem Thron ist eine große Chance«, sagte Mercedes. »Wie ich Constantin kenne, wird er dich als gleichberechtigt ansehen. Die Ära der alleinigen Männerregentschaft in Kandlot ist bald Geschichte.«

Ich schluckte. Was sie sagte, klang tatsächlich verlockend. Auch Kestrall nickte.

»Es ist Zeit, dass wir Frauen das Ruder in die Hand nehmen«, sagte Mercedes und wies auf Lady Xenia, die den Dienstboten am Hof Befehle erteilte.

»Aber wozu ein Krieg mit Enghor?«, fragte ich. »Was König Brion Valerie angetan hat, liegt weit in der Vergangenheit!«

Mercedes schnaubte empört. »Ist es das, was du deinen zukünftigen Töchtern mit auf den Weg geben willst? Lass Gras darüber wachsen und alles ist gut!?«

Ich schluckte.

»Oder«, fuhr sie fort, »willst du sie lehren für ihr Recht zu kämpfen?«

In Mercedes' silbergrauen Augen glitzerte Tatendrang. Ginge es nach ihr, hätten wir Enghor noch heute den Krieg erklärt.

Nachdenklich legte ich meinen Kopf schief. Anstatt auf ihre Frage zu antworten, sagte ich: »Du hast nicht mit Constantins Rede gerechnet. So ist es doch, oder?« Überrascht zuckte die Goldene Schwester zurück. Dadurch fühlte ich mich bestätigt. »Du hast gehofft, er würde dich verzweifelt um Hilfe bitten. Dann hättest du *deine* Ansprache gehalten – das Plädoyer für eine weitere Schlacht – und Constantin damit vor vollendete Tatsachen gestellt.«

Mercedes schwieg, beäugte mich mit zusammengekniffenen Augen. Kestrall hingegen schnappte nach Luft.

»Inga!«, schalt sie entsetzt, »nimm das zurück. Mercedes hätte niemals …«

»Es war ein Fehler, Constantin zu unterschätzen!« Ich fiel Kestrall einfach ins Wort, redete triumphierend auf Mercedes ein. »Du kennst nämlich seine wertvollste Gabe nicht: seine Redegewandtheit. Und warum?« Demonstrativ machte ich einen Schritt nach vorn, zog eine Grimasse. »Weil er dir nichts bedeutet. Du kennst ihn nur als den feigen Stammler. Dass er trotz seines früheren Sprachfehlers Reden formulieren kann, hast du nicht gewusst. Für dich ist Constantin bloß ein Mittel zum Zweck. Eine Spielfigur.« Ich gab einen Laut der Missachtung von mir. »Aber das ist nicht länger dein Spiel. Ab jetzt stellen wir die Regeln auf!«

Erhobenen Hauptes drängte ich mich zwischen Mercedes und Kestrall hindurch, marschierte ins Innere des Schlosses.

Ich wollte zu Constantin. Ihm versichern, dass mir nichts ferner lag als ein weiterer Feldzug. Ihn in meinen Plan einweihen und ihm die Lösung nennen, wie wir unserem fortschreitenden Altersunterschied trotzen konnten.

***

Entsetzt schaute Mercedes Inga nach, wie sie mit wehendem Umhang wegrannte. Ihre Liebste, Königin Valerie, hatte Potenzial in der neuen Mitschwester gesehen. Was aber, wenn Inga dieses Potenzial falsch einsetzte – und dadurch ihr Vorhaben durchkreuzte?

»Du solltest dich an die Regeln der Goldenen Schwestern halten«, rief sie Inga mit bebender Stimme nach, »noch bist du nicht Königin!«

Frustriert drehte sich Mercedes um, beugte sich über das Balkongeländer. Der Anblick des Schafotts beruhigte ihr erhitztes Gemüt, erinnerte sie daran, wie viel sie bereits geschafft hatte: Es war Ivan Isgeharts Blut, welches die Diener gerade emsig entfernten.

Kurz vor der Hinrichtung hatte sie einen Moment lang gefürchtet, unter dem Leichensack könnte sich gar nicht der König befinden. Dass Isidor der Hinrichtung ferngeblieben war, hatte in ihr die schlimmsten Ängste geweckt. Doch der Bruder Ivans hatte sie nicht verraten. Alles war gekommen, wie es hatte kommen sollen.

Sie lauschte dem Knistern der Fackeln und den Anweisungen Lady Xenias. Besonders das stete Ratschen der Putzlappen war wie Musik in ihren Ohren.

Mercedes bemerkte, dass sich Kestrall seufzend an ihre Seite stellte. »Ist es wahr, was Inga sagt? Hattest du für heute eine andere Rede geplant?«

Mercedes schnaubte. Gequält beobachtete sie winzige Schneeflocken, die, kaum dass sie in die Nähe der Fackeln kamen, von den Flammen verschlungen wurden. Zarte Frauen wie Valerie waren wie diese Eiskristalle – dem tödlichen Feuer der Männer hilflos ausgeliefert.

Anstatt zu antworten, krallte sie ihre Finger in das Holz des Geländers. So fest, dass ihre Nägel fast absplitterten. Allerdings würden sie innerhalb eines Herzschlags wieder nachwachsen.

»Schwester«, hauchte Kestrall und griff nach Mercedes' verkrampfter Hand, »sprich mit mir. Es ist nicht nur wegen Valerie, richtig?«

Die Traurigkeit in Kestralls Stimme bewirkte, dass sich etwas in Mercedes bewegte. Eine jahrelang errichtete felsenfeste Mauer bekam Risse. Erinnerungen, die sie verbannt und weggeschlossen hatte, tauchten auf.

Ihre Finger zitterten. Dankbar musterte sie Kestralls warme, faltige Hand, die sie vor dem Durchdrehen bewahrte.

»König Brion ist nicht Pandian, Mercedes.«

Mercedes keuchte. Die Erwähnung ihres verstorbenen Onkels war wie ein Schlag in den Magen. Am liebsten hätte sie sich übergeben. Pandian hatte sich nach dem plötzlichen Tod ihrer Eltern um ihre Schwester und sie … *gekümmert.*

»Ein Krieg gegen Enghor bringt dir weder Valerie noch Nel zurück«, flüsterte Kestrall.

Nel.

Mercedes schloss die Augen. Die Gedanken an ihre Schwester waren schmerzhaft – wie auch die zischenden Peitschenhiebe ihres grausamen

Onkels es gewesen waren. Zusammen mit seinen Saufkumpanen hatte er Nel und sie nicht nur missbraucht, sondern auch blutig geschlagen. Blutig und – Mercedes wimmerte – *tot.* Nel erlag nach einigen Monaten ihren unbehandelten Wunden. Vermutlich hatte sich eine der Verletzungen entzündet.

Mercedes hingegen hatte jahrelang eingesperrt im Keller der Waldhütte ausgeharrt. Bis ihr Onkel eines Tages nach einem Wirtshausbesuch nicht mehr nach Hause gekommen war. Mithilfe einer Feile hatte sie den Riegel der Kellerklappe lockern und in die Freiheit entfliehen können.

»An Pandian konnte ich mich nie rächen. Bei Brion ist es noch nicht zu spät, ihn für seine Taten zur Rechenschaft zu ziehen«, presste Mercedes hervor.

Es hieß, ihr Onkel hätte sich zu Tode gesoffen. Er war gestorben, ohne für seine Sünden büßen zu müssen. Ganz im Gegenteil – selbst nach seinem Tod hatte er über Mercedes triumphiert. Denn sie war noch Jahre später von Albträumen heimgesucht worden.

Schrecken, die sie nur dank ihrer Freundin Odine hatte überwinden können. Mercedes war Odines Eltern nach ihrer Flucht praktisch in die Arme gelaufen und hatte bei ihnen leben dürfen. Als Odine die Ausbildung zur Goldenen Schwester angetreten hatte, war sie ihr nach Gedeleen gefolgt.

»Ist ein weiterer Krieg wirklich das, was *Valerie* gewollt hätte?«, fragte Kestrall vorsichtig.

Mercedes dachte an ihre Liebste. Erinnerte sich an die nächtlichen Gespräche.

»Ja«, antwortete sie, »*das* – und noch viel mehr!«

***

Constantin schloss die Vorhänge. Der schwere Samt sperrte die Dunkelheit und die Erinnerungen an die Hinrichtung aus. Flink entzündete er ein paar Kerzen und setzte sich an den Tisch. Schon nach kurzer Zeit erhellte ein warmer Schimmer sein Gemach.

Sein Blick fiel auf die Vase. Ein Diener musste sie befüllt haben. Weiß blühende Apfelbaumzweige zu Ehren der Geburt der heiligen Della Mitte

Dezember steckten darin und verströmten einen süßlichen Duft. Im letzten Jahr hatte es zu dieser Jahreszeit einen Ball gegeben – jetzt eine Exekution. Was wohl die Zukunft bringen würde?

Ein vertrauter Geruch schlängelte sich in Constantins Verstand. Gleich darauf klopfte es.

»Komm herein!«, sagte er, wohl wissend, wen er gleich vor sich haben würde.

Constantin erhob sich und beobachtete Inga, wie sie in sein Zimmer kam und die Tür hinter sich schloss. Kaum drehte sie sich zu ihm um, bereute er es bereits, die Goldene Schwester hereingebeten zu haben.

Ihr Haar glühte im Kerzenschein wie Feuer, schmiegte sich an ihr helles Gesicht, was wiederum die vielen Sommersprossen betonte. Seit Herbstbeginn waren die Sprenkel blasser geworden. Trotzdem – oder gerade deshalb – wünschte Constantin, er könnte sich jeden einzelnen genau in sein Gedächtnis einprägen.

Sie war wunderschön. Und ihr Duft verlockend. So verlockend, dass er fühlte, wie der Dämon in ihm erwachte.

Gleichzeitig verspürte er Zorn. Wut darüber, dass Mercedes und sie irgendein Geheimnis teilten. Ein Rätsel, das er unverzüglich zu lösen gedachte.

»Von welchem Feind spricht Mercedes?«

Inga lehnte sich mit dem Rücken gegen die Tür. »Von König Brion.«

Ihre sofortige Antwort überraschte Constantin, gleichwohl sie ihn verwirrte. »Weil er meinem Vater Truppen zur Unterstützung überlassen hat?«

»Nein.« Inga schüttelte den Kopf. »Weil er in jungen Jahren grausame Spiele mit Valerie gespielt hat.«

Constantin hob eine Augenbraue. »Spiele?«

»Mutproben. Abenteuer, eines waghalsiger als das andere.«

Entgeistert schüttelte der Prinz den Kopf. »Davon habe ich noch nie gehört«, raunte er, reckte gleich darauf sein Kinn und fügte kräftiger hinzu: »Überhaupt habe ich das Gefühl, dass du mir so einiges verschweigst.«

Energisch stapfte er auf Inga zu. Allerdings wich er wieder einen Schritt zurück, als sich ihr betörender Duft verdichtete.

Er schnaubte frustriert. Würde er sich ihr je wieder ungehemmt nähern können?

Die Goldene Schwester deutete sein Prusten falsch. Sie klang bestürzt. »Wovon sprichst du?«

Ursprünglich wollte Constantin die Gedanken daran begraben, doch jetzt lebten sie erneut auf.

»Zum Beispiel von meinem Vater!«, knurrte er.

Inga zog die Stirn in Falten. »Ivan ist tot.«

»Wohl wahr. Und wessen Blick suchte er zum Zeitpunkt des Todes?« Constantin holte tief Luft. *»Deinen!«* Er zeigte mit dem Finger auf sie.

Kaum fing er Ingas erstarrte Miene ein, nahm er seine Hand herunter. Was ging in ihr vor? War sie wütend? Fühlte sie sich ertappt?

Wusste sie überhaupt, wovon er sprach?

»Nun«, setzte Inga an, »unsere letzte Unterhaltung war …«, sie stockte, »aus gröberem Holz geschnitzt. Wenn er mich ansah, dann aus Hass.«

Constantin versuchte aus ihrer Antwort schlau zu werden und musterte sie eindringlich. Flammen spiegelten sich im Grün ihrer Augen. Es sah aus, als würde darin ein Waldbrand toben.

»Unsinn«, widersprach Constantin, »sein Blick war nicht feindselig. Vielmehr …« Jetzt hielt er inne, versuchte sich das Gesicht seines Vaters in Erinnerung zu rufen. *»Zärtlich.«*

Das letzte Wort spie er aus wie ein Schimpfwort. Dazu verzog er das Gesicht. Bisher hatte er die Mimik seines Vaters nicht zu erklären vermocht – jetzt fiel es ihm wie Schuppen von den Augen.

Diese Erkenntnis fühlte sich in seinem Magen an wie Säure. Verätzend. Tödlich. *Und explosiv.*

»Warum hat er dich so angesehen?«, raunte Constantin. Die Angst brach wie Lava aus ihm heraus. Schon beim Treffen am Veronikasee hatte er gewittert, dass Inga dem Sturz Ivans zögerlich gegenübergestanden hatte. Was, wenn sein Vater es irgendwie geschafft hatte, die Goldene Schwester um den Finger zu wickeln?

Um seinen Worten Ausdruck zu verleihen, packte er die Vase mit den Blütenzweigen und schmetterte sie gegen eine Wand. Das Gefäß zerbrach mit einem Klirren. Die Scherben landeten zusammen mit den Ästen und dem Wasser auf dem Holzboden.

Inga riss die Augen auf. Wortlos schaute sie ihn an, als wartete sie darauf, dass er sich beruhigte.

Tatsächlich verrauchte sein Zorn, als er merkte, was er getan hatte. Beschämt wandte er den Blick von Inga ab. Constantin hätte den Wutausbruch gern auf den Dämon geschoben, doch er bezweifelte, dass dieser seine Finger im Spiel gehabt hatte.

»Verzeih mir!«, stammelte er und bückte sich, um die Scherben einzusammeln.

Anstatt etwas zu erwidern, tat es ihm Inga gleich und hob die Bruchstücke der Vase auf. Sie warfen die Einzelteile in einen Eimer, wischten die Pfütze weg und steckten die Zweige in eine leere Vase auf der Kommode.

Constantin griff nach dem Wasserkrug. Vorsichtig befüllte er die Ersatzvase.

All das geschah schweigend. Erst als sämtliche Spuren beseitigt waren und der Prinz Inga betreten am Esstisch gegenübersaß, brach diese die Stille.

»Der König«, wisperte sie, »er liebte einst meine Mutter. Vielleicht sah er sie in mir.«

Daraufhin berichtete Inga von einem Brief, den ihre Mutter an seinen Vater geschrieben hatte. Sie hatte ihn vor Monaten in seinem Gemach entdeckt.

Constantin keuchte. »Davon hast du mir noch nie erzählt ...«

Inga nickte traurig. Sie stemmte ihre Ellbogen auf die Tischplatte, faltete die Hände und legte ihren Kopf hinein. »Jeder Gedanke an meine Mutter schmerzt. Außerdem missfällt mir die Vorstellung, dass die beiden ein Liebespaar waren.«

Bei dem Wort »Liebespaar« schoss ein heißer Blitz durch Constantins Körper. Plötzlich wünschte er sich mehr denn je, Inga zu berühren.

Diesmal kämpfte er sein Verlangen nicht nieder, sondern strich ihr eine lose Haarsträhne hinters Ohr. Mehr wagte er nicht – der Dämon in ihm begehrte bereits auf.

»Muss ich sonst noch etwas wissen?«, fragte Constantin, hoffend, dass es keine weiteren Geheimnisse zwischen ihnen gab.

»Ja«, antwortete Inga jedoch und verpasste ihm damit einen verbalen Schlag.

Nervös verzog der Prinz das Gesicht. Er fühlte sich, als hätte ihm jemand statt Zuckerwasser Zitronensaft serviert.

»Ja«, wiederholte sie, hob ihren Kopf und griff nach seinen Händen, »du sollst wissen, dass ich dich liebe. Und ich habe *nicht* vor mich wegen eines Dämons von dir fernzuhalten!«

Constantin spürte, wie die Anspannung in seinem Körper einem flatternden Glücksgefühl wich. Gezweifelt hatte er an Ingas Liebe nie. Doch dass sie es ihm geradeheraus ins Gesicht sagte, war wie ein wahr gewordener Traum.

Constantin wusste, dass sich Inga schwertat Gefühle in Worte zu fassen. Oder sie überhaupt zu zeigen. Jetzt aber standen ihr die Emotionen ins Gesicht geschrieben.

Ihr inniger Blick überwältigte ihn – stärkte jedoch nicht nur seine Liebe, sondern auch seinen Hunger nach ihrem Blut. Er spürte, dass sich seine Augen bald verfärben und den Dämon zum Vorschein kommen lassen würden.

»Empfindest du anders?«

Ingas Stimme riss Constantin aus den Gedanken. Die Goldene Schwester versuchte keck zu klingen, doch die Unsicherheit zeigte sich in ihrem fragenden Blick.

Ungewollt wanderte sein Augenmerk von Ingas Pupillen zu ihren vollen Lippen. Und davon weiter hinab zum Hals. Der Dämon in ihm hörte das Blut in ihren Adern pulsieren. Frisch. Lebendig. In einem steten, verlockenden Rhythmus.

Gierig fuhr er sich mit der Zunge über die Lippen.

»C...Constantin?«

Gewaltsam riss der Prinz seinen Blick von ihrer Kehle. Dieses Unterfangen kostete Kraft. Er schwitzte.

Gleich darauf sprang er auf, als hätte ihm jemand einen Tritt verpasst. »Wir können nicht zusammen sein.«

Mit einem Satz war er am Fenster, zog die Vorhänge beiseite und öffnete es. Sofort strömte frische Nachtluft ins Gemach. Dankbar sog er diese in sich ein. Der eisige Geruch des fallenden Schnees dämpfte seinen Blutdurst.

Heftig schnaufend strich er seine schweißnassen Locken zurück. Der Dämon verschwand in einem finsteren Winkel seines Verstands.

Mit klopfendem Herzen drehte er sich um. Ließ das Fenster in seinem Rücken offen. Inga saß nach wie vor auf einem Stuhl und hielt ihre Arme verschränkt. Musterte ihn.

»Der Dämon«, stammelte Constantin verzweifelt, »er will dich. Verstehst du jetzt, warum wir …«

»Hör auf damit!«

Inga donnerte ihre Faust auf den Tisch. Schnaubend erhob sie sich, marschierte auf ihn zu.

Obwohl Constantin japsend frostige Winterluft einatmete, mischte sich ihr verführerischer Duft hinzu. Er musste sie warnen. Sofort.

»Bleib zurück! Geh!«

Inga hörte nicht auf ihn.

»Das ist ein Befehl!«

Daraufhin blieb sie stehen, einen Meter von ihm entfernt. Wind griff nach ihren Haaren, wirbelte einzelne Strähnen auf. Herausfordernd funkelte sie ihn an. »Gut«, sagte sie, »ich gehe. Aber nur, wenn du mir sagst, dass du mich nicht liebst.«

Constantin riss entsetzt die Augen auf. Gerade weil er sie liebte, wollte er sie in Sicherheit wissen. »Das kann ich nicht.«

Inga lächelte. Sie sah erleichtert aus.

Er hingegen fühlte sich schrecklich. Warum hatte er sie nicht angelogen? Dann wäre sie gegangen und nicht mehr in Gefahr!

Die Goldene Schwester schloss die Lücke zwischen ihnen. Sie stand nun unmittelbar vor ihm. So nah, dass er den Duft ihrer Haare wahrnahm und ihren Atem im Gesicht spürte.

»Sieh mir in die Augen!«, wisperte sie.

Ihre Stimme erinnerte ihn an eine Frühlingswiese. War so sanft und klar …

Doch ihre Lippen bebten. Hatte sie Angst?

Ein eisiger Windhauch drang ins Zimmer, wirbelte Papiere auf seiner Kommode auf.

Nein, sie fror. Kaum kam ihm dieser Gedanke, entdeckte er die Gänsehaut auf ihren Unterarmen.

»In die Augen!«

Ihre energische Anweisung überraschte ihn. Abrupt schaute er auf, verlor sich im selben Atemzug in ihrer tannengrünen Iris. Die Farbe beruhigte ihn. Erinnerte ihn an einen dunklen Wald.

»Du bist Herr deiner Sinne«, hauchte sie.

Constantin spürte, dass Inga ihre Finger mit den seinen verflocht. Ihre Haut war weich, aber kalt. Er wärmte sie.

Nun ging Inga einen Schritt weiter. Vorsichtig lehnte sie ihre Stirn an seine. Constantins Schläfen pochten. Sein Herz raste. Der Dämon in ihm wollte schreien, die Goldene Schwester packen – doch er zwang ihn zur Ruhe.

Nach wie vor hielt er ihrem Blick stand. Konzentrierte sich auf das Grün, als wäre diese bestimmte Farbe der Schlüssel zur inneren Freiheit.

Sie waren sich so nahe wie schon lange nicht mehr. Constantin sehnte sich danach, den letzten Abstand zu schließen. Sie zu küssen.

Doch er fürchtete, der Dämon könnte dadurch die Kontrolle übernehmen.

Er musste sich konzentrieren.

»Du hast meine Frage noch nicht beantwortet«, sagte Inga da. Während sie sprach, berührte ihr Mund den seinen. Streifte ihn wie ein Grashalm im Wind den anderen. »Empfindest du anders oder ... liebst du mich auch?«

Constantin drückte ihre Finger. Es kostete enorme Selbstbeherrschung, sie nicht auf der Stelle mit einem Kuss zum Schweigen zu bringen.

»Natürlich liebe ich dich«, flüsterte er, »aber der Dämon ...«

»... wird sich nicht zwischen uns stellen!« Und damit legte sie ihre Lippen auf seine. Erst sanft, als wollte sie ihn lediglich damit kitzeln, schließlich heftiger, fordernder.

Constantin stöhnte, fühlte sich, als hätte ihm jemand den Boden unter den Füßen weggezogen. Noch nie war sein Hunger so stark gewesen. Sein Hunger nach ihr. Ihrer Liebe.

Selbst als er die Augen schloss – sich ganz dem Kuss hingab – blieb der Dämon still. Seine Liebe siegte über die Blutgier.

Neckisch ließ Inga ihre Zunge in seinen Mund gleiten. Constantin glaubte den Verstand zu verlieren. Sehnsüchtig und ohne seine Lippen von ihren zu lösen, hob er sie auf seine Arme. Er trug sie hinüber zum Bett, legte sie in die Kissen.

Sofort nestelte Inga an den Häkchen ihrer Uniform herum.

»Warte«, sagte er schmunzelnd und griff nach einem weiteren Verschluss.

Inga aber langte nach dem Schwert an ihrem Gürtel. »Ich habe schon lange genug gewartet«, erwiderte sie mit feurigem Blick, »schneid sie auf!«

Auffordernd hielt sie ihm ihr Schwert vor die Nase. Das Kerzenlicht ließ die Stahlklinge orange schimmern.

Grinsend griff er danach, legte sie jedoch zur Seite. »Du vergisst«, raunte er über ihren Körper gebeugt, »welche Kraft nun in mir schlummert.« Er langte nach den verstärkten Stoffen und zerriss sie, als wären sie hauchzartes Papier. Nach und nach schälte er Inga aus ihrer zweiten Haut.

Zum Vorschein kam der Körper, den er sich des Nachts dutzendfach herbeigesehnt hatte. In der frischen Seidenbettwäsche schimmerte er weiß wie Milch. Ohne den Blick von ihr zu lösen, strich er über ihre zarte Haut.

Inga rappelte sich jedoch auf, zerrte an seinem Umhang herum. Constantin entglitt ein Lachen. »Moment, meine Schöne.« Er umfasste mit einer Hand ihre Finger. »Ich mach das schon.«

Sanft drückte Constantin sie in die Kissen zurück und entledigte sich seiner Prinzengewänder. Dabei wanderten seine Augen sehnsüchtig über ihre muskulöse Figur.

Er verharrte bei der Gänsehaut an ihren Oberschenkeln. »Du frierst!«

Nach wie vor stand das Fenster sperrangelweit offen und ließ eisige Nachtluft herein.

Constantin glitt vom Bett.

»Halt!«

Inga packte ihn am Unterarm. Ihre Pupillen waren geweitet. »Ich möchte, dass *du* mich wärmst. Jetzt sofort!«

In ihren Worten schwang das Verlangen mit, das auch in ihm pulsierte. Stöhnend senkte er sich wieder zu ihr herab. Schenkte ihr einen Kuss, der mehr versprach.

Behutsam drückte er sie zurück in die Kissen. Seine Hand wanderte von ihrer sommersprossigen Wange hinunter zu ihrem Schlüsselbein. Sanft fuhr er die Linie des Knochens entlang, was sie erschaudern ließ.

Mit seinen Küssen zog er eine Spur von ihren heißen Lippen zu ihrem Bauchnabel. Dabei war die einzige Gier, die er verspürte, die Lust, ihren Körper weiter zu erkunden.

Inga vergrub ihre Finger in seinen Haaren.

»Constantin«, hauchte sie.

Zum Glück blieb der Dämon auch die nächsten Stunden fern. Kerze um Kerze brannte herab, bis Dunkelheit ihre verflochtenen Körper einhüllte.

***

Nachdem sie sich zum dritten Mal geliebt hatten, kletterte Constantin aus dem Bett und schloss das Fenster. Dabei stolperte er über eines der Kissen, das während ihres Treibens von der Matratze gerutscht war. Inga prustete amüsiert.

Die Nachtluft hatte sein Gemach in eine Frostlandschaft verwandelt. Trotzdem glühte sein verschwitzter Körper. Er kuschelte sich wieder an Inga. Auch ihre Haut fühlte sich erhitzt an.

Die Goldene Schwester seufzte glückselig und bettete ihren Kopf auf seine Brust. Ihr zerzaustes Haar kitzelte ihn am Kinn. Sanft strich er darüber und umschlang mit der anderen Hand ihre Taille.

Constantin hätte ewig so verharren können. Doch schon Minuten, nachdem das Fenster geschlossen worden war, füllte sich der Raum erneut mit Ingas Duft. So intensiv, dass seine Kehle Feuer fing. Diesmal würde sich der Dämon nicht bezwingen lassen.

»ES IST ZEIT, DAS FENSTER ZU SCHLIESSEN.«

Rastlos marschierte Mercedes in ihrem Gemach auf und ab. Schlaf war unnötig, an Ausruhen nicht zu denken. Zwischen ihren Fingern balancierte sie ein mit Rotwein gefülltes Kristallglas. Die Süße des Alkohols half ihr die schmerzenden Erinnerungen auszuhalten.

Das Gespräch mit Kestrall hatte alte Wunden aufgerissen. Verletzungen, zu tief, um jemals zu heilen.

Ihre Freundin Odine war schon damals Ausbildnerin auf Burg Gedeleen gewesen. Für sie kehrte Mercedes in die Gondrischen Berge zurück, als die hiesigen Dörfer vor etwa neunzehn Jahren von Dämonenträgern heimgesucht wurden. Dutzende konnte sie vernichten, bis der Dämon in ihren Körper glitt.

Odine brachte es nicht übers Herz, ihre beste Freundin zu töten. Auch andere infizierte Schwestern verschonte sie. So wurde Mercedes zur Dämonenträgerin.

Mit der Zeit lernte sie, die Blutgier zu kontrollieren. Anstatt willkürlich ihre Zähne in Hälse zu schlagen, suchte sie gezielt Opfer aus. Freude bereitete ihr das Morden nie. Es war nötig, um zu überleben.

Irgendwann kam Königin Valerie hinter ihr dunkles Geheimnis, doch statt sie töten zu lassen, gestand sie Mercedes ihre Liebe.

Auch Kestrall entdeckte eines Tages ihre blutverschmierten Gewänder nach einem Raubzug. Aber selbst *sie* schwor Stillschweigen.

»Schwester für Schwester«, sagte sie und zitierte damit eine uralte Redewendung.

Valerie, Kestrall und sie beschlossen, Finja und Tia nicht einzuweihen. Diese Entscheidung fiel schwer, doch es musste sein.

Tia war zu gläubig, um eine Dämonenträgerin in ihren Kreisen zu akzeptieren. Finja zu gesprächig. Oft hatte sie in nächtlichen Wirtshausstunden geheime Details des Königshauses ausgeplaudert. Eine ehrlose Eigenschaft – doch dafür hörte sie ebenfalls Gerüchte, die sich um Valerie und Ivan rankten.

Beispielsweise, dass der König einst in die Nichte eines Betrügers verliebt gewesen war. Um wen genau es sich dabei gehandelt hatte, hatte Finja jedoch nie in Erfahrung bringen können – oder sie hatte diesen Auftrag nach vier, fünf Gläsern Wein einfach vergessen ...

Nachdenklich starrte Mercedes ins prasselnde Kaminfeuer. Sie hoffte, Constantin am Morgen von einem Krieg mit Enghor überzeugen zu können. Ansonsten würde sie andere Mittel und Wege finden, einen Keil zwischen Kandlot und das Nachbarreich zu treiben. Bisher hatte sie alle Pläne in die Tat umsetzen können. Und von Inga Ericson würde sie sich auch nicht stoppen lassen.

Das Klappern von Pferdehufen riss die Goldene Schwester aus ihren Hirngespinsten. Abrupt wandte sie ihren Blick von den Flammen ab. Mit einem Ratsch zog sie die Vorhänge beiseite, schaute hinunter auf den Haupthof.

Seit der Hinrichtung waren Stunden verstrichen. Die Dienerschaft hatte das Schafott längst gesäubert und abgetragen. Auch die Fackeln waren gelöscht worden.

Im silbrigen Mondschein entdeckte Mercedes drei Reiter. Einen davon erkannte sie an den extravaganten Gewändern: Großherzog Carlson von Pendelö.

»Verdammt«, zischte sie.

Hastig goss sie den Rotweinrest ins Feuer und stellte das Glas auf den Kaminsims. Schnellen Schrittes eilte sie aus dem Zimmer, lief den Gang entlang und stieg die Treppe zum Haupteingang hinab.

»Verschwindet«, rief sie den Wachen am Tor zu und öffnete höchstpersönlich die Flügeltüren für den Großherzog und seine beiden Begleiter.

Eisige Nachtluft schlug ihr wie ein Peitschenhieb entgegen. Schneeflocken wirbelten ins Schlossinnere. All das nahm Mercedes nur bedingt wahr. Außer

Atem starrte sie die drei Gestalten an, die von ihren Pferden absaßen und ohne Umschweife auf sie zurannten.

Carlson Pendelö hatte eine todernste Miene aufgesetzt. Er zog einen Brief aus seiner Manteltasche und wedelte damit vor Mercedes' Gesicht herum. »Ich wünsche Prinz Constantin zu sprechen. Unverzüglich!«

Die Goldene Schwester schnaubte. Ihr Gast hatte sie weder begrüßt noch um Einlass gebeten. Stattdessen stellte er umgehend eine Forderung. Das widersprach sämtlichen Regeln der Etikette.

Aber auch sie benahm sich unschicklich, es ziemte sich nicht, anstelle der Dienerschaft die Pforten zu öffnen.

»Es ist mitten in der Nacht«, kritisierte Mercedes scharf, »der Prinz *schläft.*«

Dass er das als Dämonenträger wahrscheinlich nicht tat, behielt sie für sich.

Pendelö drängte sich an ihr vorbei, gefolgt von seinen Begleitern. »Dann weckt ihn! Ich verlange zu wissen, was hier vor sich geht. Ist es wahr, dass meine Tochter beim Sturz Ivans ums Leben kam?«

Mercedes schloss rasch die Flügeltür, sperrte den Winter aus. »Beruhigt Euch«, sagte sie gereizt, »lasst uns alles in Ruhe in meinem Gemach besprechen. Kommt!«

Wie ein Hirte scheuchte sie den Großherzog und sein Gefolge die Treppe empor und den Gang entlang.

»Ihr wartet hier«, befahl Pendelö seinen Begleitern und folgte Mercedes in ihre Räumlichkeiten.

Kaum war die Tür geschlossen, verlangte er erneut Prinz Constantin zu sprechen. *Persönlich.*

Mercedes knirschte mit den Zähnen. »Ich sagte Euch bereits, dass der zukünftige König zu Bett gegangen ist. Vor Stunden.«

Düster brütend langte sie nach der entkorkten Weinflasche am Kaminsims und füllte ihr Glas nach. Anschließend reichte sie ihrem Gast ein Kristallgefäß.

Pendelö wehrte entsetzt ab. »Wie kann dieser Mann ein Auge zutun?«

Wieder hielt er Mercedes das Schreiben hin. »Am Nachmittag erhielt ich die Nachricht vom Tod meiner Calla. Ich habe mich unverzüglich aufs Pferd geschwungen, bin ohne Rast durchgeritten, nur ...« Er stockte, schleuderte den Brief auf die Kommode neben dem Kamin und ballte die Faust. »... nur um jetzt zu hören, dass der Prinz ... *schläft?*«

Seine Stimme bebte, seine Miene war zu einer verzweifelten Fratze verzerrt.

Die Goldene Schwester musterte den Großherzog genauer. Es war erstaunlich, wie ähnlich seine Tochter ihm gesehen hatte. Dieselben silbergrünen Augen, dasselbe kastanienbraune Haar.

»Ich bedauere Euren Verlust«, sagte Mercedes, »Lad... Königin Callas Tod war ein trauriger Unfall.«

Der Großherzog schüttelte den Kopf. Fauchend stieß er die Weinflasche vom Kaminsims. Sie landete auf dem Teppich, direkt vor Mercedes' Füßen, wo sie klirrend in Dutzende Teile zersprang.

Gut, dass kaum noch Alkohol darin war, dachte die Goldene Schwester und betrachtete die rote Flüssigkeit unter den Scherben. Wie Farbe saugte sie sich in das helle Gewebe.

»Ihr seht nicht im Geringsten traurig aus«, zeterte Carlson Pendelö.

Mercedes hob den Blick. Der Großherzog zeigte mit zitterndem Finger auf das Weinglas in ihrer Hand.

Die Goldene Schwester holte tief Luft. »Wie gesagt: Ich möchte Euch mein tiefstes Beileid aussprechen und ...«

»Schluss damit!«

Mit einem Hieb entledige er Mercedes des Kristalls. Auch dieser ging am Teppich zu Bruch.

»Was fällt Euch ein?«

Ungläubig starrte sie auf ihre Finger, in denen sie eben noch ihr Glas gehalten hatte.

»Was mir einfällt?«, wiederholte Pendelö scharf und machte einen Schritt auf Mercedes zu. »Ich verlange den Prinzen zu sprechen! Und ich will die Leiche meiner Tochter sehen, wissen, was mit ihr geschehen ist.« Die Scherben der Weinflasche knirschten unter seinen Stiefeln. »Und hört auf von einem Unfall zu sprechen. Ein Silberbruder unten im Dorf versicherte mir, sie zuletzt mit einer Goldenen Schwester gesehen zu haben.«

Mercedes presste ihre Lippen zusammen. *Finja!* Wie gewohnt unvorsichtig und impulsiv.

Insgeheim hatte sie bereits befürchtet, dass der Großherzog Callas Tod hinterfragen würde. Doch dass er konkrete Anschuldigen vorbrachte, war gefährlich. Sie musste die entstehenden Gerüchte schnellstmöglich unterbinden.

Mercedes winkte schier unbeeindruckt ab. »Geschwätz eines Rauschopfers!«

»Mitnichten!« Pendelö war ihr so nahe, dass sie die Schweißperlen auf seiner Stirn zählen konnte. »Er war bei klarem Verstand.«

Seine Sturheit nagte an der Goldenen Schwester. Würde der Großherzog seine Unterstellung in der Öffentlichkeit kundtun, müssten sie Callas Tod untersuchen lassen – und das würde unschöne Ergebnisse zu Tage bringen! Mehrere Messerstiche sahen schließlich nicht gerade wie ein bedauernswerter Unfall aus.

»Selbst wenn Eure Tochter mit einer Mitschwester gesehen wurde«, setzte Mercedes an und änderte damit ihre Strategie, »wollte diese die Königin zweifellos in Sicherheit bringen.«

Diese Theorie unterbreitete Mercedes, ohne mit der Wimper zu zucken. Im Grunde war es die Wahrheit: Inga hatte die kleine Pendelö retten wollen. Dass Finja den Plan vereitelt hatte, musste ja nicht unbedingt erwähnt werden.

»Ihr lügt!«

Mercedes seufzte frustriert. Der Großherzog ließ sich einfach nicht weichklopfen.

»Ich habe genug«, sagte er. »Van Ijek hatte recht, ihr gondrischen Weiber seid das pure Gift.«

Seine Beleidigung wirkte wie eine saftige Ohrfeige. Mercedes riss die Augen auf.

Der Großherzog spuckte seitlich auf den Boden. »Ich hätte vor Callas Heirat darauf bestehen sollen, euch aus dem Schloss zu jagen. Und jetzt«, er reckte drohend das Kinn, »jetzt werde ich Prinz Constantin zwingen, den Leichnam meiner Tochter untersuchen zu lassen. Ansonsten werden van Ijek und ich den Adel gegen ihn aufbringen, und er wird exekutiert, bevor er *Krönung* überhaupt denken kann. Und auch ihr Frauenzimmer werdet hängen!«

Kaum hatte er die Kampfansage ausgesprochen, drehte er sich um und marschierte erhobenen Hauptes zur Tür.

Mercedes bebte. In ihr brodelte es. Mit mahlendem Kiefer sah sie ihm nach. Jeder seiner Schritte ließ ihre Knochen vibrieren.

Gerade als der Großherzog eine Hand auf die Klinke legte, fasste die Goldene Schwester einen Entschluss: Sie musste Pendelö aufhalten. Sie *musste*. Koste es, was es wolle.

Innerhalb eines donnernden Herzschlags veränderte Mercedes bewusst ihre Gestalt. Ihre Pupillen flackerten. Blutrot. Das Gebiss verwandelte sich in messerscharfe Reißzähne.

Mit einem Satz war sie hinter dem Großherzog, packte ihn. Mercedes roch sein Blut, sah es in den Adern an seinem Hals pulsieren. Und ehe ihr erster Herzschlag in der neuen Gestalt endete, brachte sie Pendelös zum Stillstand. Es blieb ihm nicht einmal genug Zeit zu realisieren, was mit ihm geschah.

Sie trieb ihre Zähne in sein Fleisch und trank die hervorsprudelnde Flüssigkeit. Jahrelange Übung hatte aus Mercedes ein geschicktes Raubtier gemacht.

Wenige Sekunden später ließ sie Pendelös Leiche fallen. Mit einem dumpfen Laut landete sie auf dem Boden. Der Dämon in ihr zog sich zurück. Keuchend wischte sie sich mit dem Handrücken über den blutverschmierten Mund. Ihr Herz raste.

Einer der Begleiter klopfte an die Tür. »Herr?«

Mercedes erstarrte.

»Herr, was geht da drinnen vor sich?«

Fieberhaft überlegte die Goldene Schwester, was sie tun sollte. Schlussendlich packte sie die Leiche des Großherzogs und zerrte sie hinter das Samtsofa.

Ihr Blick wanderte durch den Raum, blieb am Esstisch hängen. Zitternd goss sie Wasser aus dem Krug in ein Geschirrtuch, säuberte sich Hände und Mundwinkel. Den Stoff warf sie anschließend ins Feuer.

»Herr?«

Die Klinke bewegte sich.

Mit einem Fuß zog die Goldene Schwester den Kaminteppich hinüber zum Eingang. Bedeckte damit eine Blutlache.

Gerade rechtzeitig, denn in diesem Augenblick öffnete einer von Pendelös Begleitern die Tür.

Die beiden Männer stürmten in den Raum. Mercedes' Geschichte, der Großherzog wäre durch eine andere Tür aus ihrem Gemach verschwunden, glaubten sie nicht. Und als das hinter dem Sofa hervorfließende Blut sie auf Pendelös Leichnam aufmerksam machte, waren die Sekunden auch dieser Männer gezählt. Einen anderen Ausweg sah Mercedes nicht.

***

Seit Langem war ich endlich wieder glücklich. Constantins Berührungen waren wie heilender Balsam gewesen. Zärtlich und kräftig zugleich. Meine lächelnden Lippen brannten von den vielen Küssen. Ich konnte gar nicht aufhören zu strahlen. Ein Prickeln rauschte über meinen nackten Körper. Es war, als würde ich von innen heraus leuchten. So wie der Mond, der schwach zum Fenster hereinschien.

Ich war gerade dabei einzuschlafen, als ich spürte, dass sich Constantin unter mir verkrampfte. Irritiert drehte ich meinen Kopf, blickte zu ihm empor und starrte in zwei blutrote Augen.

Entsetzt schnappte ich nach Luft. *Das muss ein Albtraum sein!*

Aber es war keiner. Mit einem Schlag war ich hellwach.

»Constantin«, sagte ich beschwörend, »sieh mir in die Augen.«

Ich setzte mich auf, raffte die knisternde Seidenbettwäsche zusammen, um meine Blöße zu bedecken, und starrte den Prinzen an. So, als könnte ich ihn mit meinem Blick hypnotisieren.

Doch es war längst nicht mehr Constantin, dessen Hände meine Oberarme emporwanderten. Ich erschauderte, bekam eine Gänsehaut.

Warum kann ich mich nicht bewegen?

Seine Finger verweilten an meiner Kehle. Anstatt zuzudrücken, tastete er nach der Hauptschlagader. Ich spürte, dass sich mein Puls beschleunigte. Schweiß explodierte aus all meinen Poren.

»Ah«, knurrte er, kaum dass er fündig geworden war. Dabei entblößte er scharfkantige Reißzähne. Mein Schrei blieb mir im Hals stecken.

Er wollte zubeißen. In letzter Sekunde entriss ich mich seinen Fingern, rollte zur Seite. Ich hörte, wie sein Gebiss ohne mein Fleisch dazwischen aufeinanderschlug.

Ich landete auf dem Bauch, meine Beine waren in der Bettwäsche verschlungen. Hastig strampelte ich sie frei. Dabei fiel mein Blick auf mein Schwert. Es lag auf dem Nachttisch. Keuchend streckte ich meine Hand danach aus.

In dem Moment, als ich es mit meinen Fingerkuppen berührte, packte mich Constantin am Unterschenkel. Augenblicklich gefror mir das Blut in den Adern. Ich krallte meine Finger in die Längsseite des Bettes. Doch Constantin zog mich mit einem Ruck zurück, drehte mich auf den Rücken. Sein feuriger Blick brannte sich in meinen Verstand. Wieder waren seine Pupillen geweitet. Aber diesmal nicht aus Leidenschaft. Diesmal war es pure Blutgier.

Mit seiner Rechten drückte er meinen Brustkorb nach unten, mit der Linken meinen Kopf zur Seite. Ich ächzte, rammte meine Faust gegen seinen Schädel. Dieser Schlag hielt ihn eine Sekunde länger davon ab, seine Zähne in meine Halsschlagader zu graben. Lange genug, dass ich mit der anderen Hand einen großen Stofffetzen meiner Uniform zu fassen bekam.

Schreiend stopfte ich ihm das goldene Gewebe in den aufgerissenen Mund. So tief, dass er daran ersticken könnte. Um sich davon zu befreien, nahm er seine Finger von mir. Ein Moment, den ich nutzte.

Ich hechtete zurück zum Nachttisch, erwischte den Griff des Schwerts. Wieder packte mich Constantin an den Beinen, zerrte mich zu sich heran. Schreiend drehte ich mich um. Er hatte sich des Stoffs entledigt, fauchte. Ich bildete mir ein mein schockverzerrtes Spiegelbild in seinen blitzenden Zähnen zu erkennen.

In diesem Augenblick schlug ich zu. Energisch.

Blut spritzte, Constantin schrie. Mein Arm vibrierte.

Wieder wünschte ich aus einem Albtraum zu erwachen.

Ich hatte den Prinzen nicht getötet. Ihm lediglich eine Hand abgehackt. Mit aufgerissenen Augen starrten wir auf den verlorenen Teil seines Körpers, der zwischen uns auf der Bettdecke lag. Plötzlich zerfiel er zu Staub.

Entsetzt hielt ich den Atem an, beobachtete nur, wie die Knochen an seinem blutigen Gelenk wuchsen. Fleisch rankte sich darum und spannte sich über frische Sehnen. Nach knapp zehn Sekunden bewegte er seine neuen Finger.

Constantin staunte. Ich nutzte diese Ablenkung, um aus dem Bett zu hechten. Mit zitternden Fingern öffnete ich das Fenster. Erleichtert atmete ich die schneidende Winterluft ein. Sie stach in meine strapazierten Lungenflügel, doch in diesem Augenblick gab es nichts Schöneres für mich.

Das Rascheln von Seide war wie ein schriller Alarm. Abrupt drehte ich mich um, streckte mein Schwert aus. Umsonst. Constantins Iriden erinnerten nicht länger an die eines blutigen Raubtiers.

Ich ließ meine Waffe sinken, eine Sekunde später zu Boden fallen. Meine Muskeln entspannten sich. Es war, als hätte ich unter einem Felsbrocken gelegen, der nun zerbröselt war.

Mit dem schwindenden Druck kamen andere Gefühle in mir hoch. Gefühle und Erinnerungen. Ich hatte schon einmal einen Mann bei dem Versuch, mich zu missbrauchen, entstellt. Das gerade eben war wie ein Déjà-vu. Nur dass jetzt völlig andere Emotionen durch meinen Körper rauschten.

Constantin verharrte am Bett auf der anderen Seite des Raumes. Seine Miene war schockverzerrt. Er sah aus, als hätte er grässliche Schmerzen.

Plötzlich, als hätte jemand den Startschuss gefeuert, setzte er sich in Bewegung. Er ging hinüber zur Kommode und zog die unterste Schublade auf. Nahm einen Dolch heraus. Trotz des blassen Mondlichts erkannte ich sofort, dass es sich um eine Silberklinge handelte. Ein Material, das ihm *wirklich* Leid zufügen konnte.

Ich begriff erst, was Constantin vorhatte, als er die Spitze auf seine Halsschlagader richtete. Er wollte sich nicht bloß verletzen. Er wollte sich töten!

»Nein!«

Schreiend stürzte ich ihm entgegen und packte sein Handgelenk. Tränen strömten über meine Wangen, zogen eine glühende Bahn. Mein Schädel dröhnte, als hätte darin jemand einen Gong geschlagen.

Constantin hielt inne, reichte *mir* den Dolch. »Dann musst du es tun. Ich bin mein Leben leid.«

Die Bitterkeit in seiner Stimme schnürte mir die Kehle zu. Meine Lippen bebten. »Ich ... ich brauche dich doch.«

Schluchzend legte ich die Waffe weg. Es war, wie ich einst Ivan Isgehart gesagt hatte: Ich würde Constantin niemals töten!

Mit zitternden Fingern langte ich nach seinen Wangen, wollte sein Gesicht in meine Hände nehmen. Aber der Prinz trat einen Schritt zurück. Ich griff ins Leere.

»Nein«, widersprach Constantin. Sein Blick war ausdruckslos – wie tot. »Ich bin dein Verderben. Ich hätte dich gerade eben beinahe ...«

»Ja«, fiel ich ihm verzweifelt ins Wort, *»beinahe!«*

Gewiss, ich hatte Todesangst verspürt. Aber nicht nur um mich. Auch um ihn. Was, wenn meine »Vollstreckerin« aus Silber gewesen wäre oder nicht nur eine Hand erwischt hätte?

Constantin seufzte, blickte hinüber zum offenen Fenster. Schnee wirbelte herein und der Wind zerrte an meinen Haaren. Obwohl ich nackt war, fror ich nicht. Im Gegenteil. Angstschweiß bedeckte meinen Körper. Angst, Constantin könnte unsere Liebe aufgeben.

Auch wenn er vor wenigen Minuten noch mein Blut hatte trinken wollen – für mich würde er ewig der friedliebende Kräuterprinz bleiben.

Er seufzte. »Es ist Zeit, das Fenster zu schließen.«

Worte, weitaus schmerzlicher, als es seine Zähne in meinem Hals je sein könnten. Denn natürlich sprach er nicht von *diesem* Fenster.

Constantin meinte unsere Liebe, unsere gemeinsame Zukunft. All das wollte er aufgeben. Für meine Sicherheit.

Nun war es endgültig an der Zeit, ihn in meinen Plan einzuweihen. Eine andere Lösung gab es nicht – denn ein Leben ohne ihn war keine Option. Außerdem hatte ich nicht vor irgendwann als Großmutter vor einem zwanzigjährigen Jüngling zu stehen.

Mein Blick wanderte hinüber zum Fenster. »Oder wir öffnen ein zweites.«

***

Mercedes fühlte sich wie erfroren. Starr, als wären ihre Beine Eiszapfen, schritt sie rückwärts auf das Sofa zu. Sie setzte sich, fühlte sich wie eine Steinskulptur. Emotionslos und aufrecht. Ihr Blick verweilte auf Pendelös toten Begleitern. Den ersten hatte sie leer getrunken. Dem zweiten steckte noch ihr Schwert zwischen den Rippen. Und Pendelö selbst lag ausgesaugt hinter ihr.

Wie ein Theaterstück spielte sich die letzte halbe Stunde in Mercedes' Gedanken erneut ab. Sie suchte nach Fehlern im Skript, Lücken, die sie hätte nützen können.

Doch da waren keine. Sie hatte keine Wahl gehabt, hatte auf diese Art handeln müssen. Ansonsten hätten Pendelö oder seine Männer alles zunichtegemacht, was sie mühselig aufgebaut hatte. Für Constantin. Für Valerie.

Um sich selbst aus ihrer Trance zu holen, fuhr sich Mercedes übers Gesicht. Dass sie sich dabei mit noch mehr Blut beschmierte, war ihr egal.

Nachdenklich betrachtete sie die Leichen. Eine nach der anderen.

Niemand hatte den Großherzog angetroffen. Selbst die Wachen hatte Mercedes in weiser Voraussicht weggeschickt und das Schlosstor persönlich geöffnet. Sie wussten somit nicht, wer der nächtliche Besucher gewesen war. Zuletzt war Pendelö also im Dorf gesichtet worden. Einem Ort, wo er als reicher Edelmann gut und gern Räubern zum Opfer gefallen sein könnte.

Aber was machte sie mit den leblosen Körpern? Sie konnte die Leichen nicht wie ihre sonstige Beute in irgendein Flussbett werfen. Pendelö war kein namenloser Halunke – sein Tod würde untersucht werden!

Kurz überlegte Mercedes, Kestrall um Hilfe zu bitten. Gewiss würde sie ihr helfen. Allerdings hatte sie ihrer Schwester bereits genug zu verdanken. Besser, sie hielt sie aus dieser Sache heraus.

Und gerade als die Goldene Schwester dachte, dass ihre Situation ohnehin schon aussichtslos war, klopfte es auch noch an der Tür.

»Lady Mercedes?«

Schlagartig sprang sie auf. Das durfte nicht wahr sein!

»Mercedes, hier ist Isidor. Ich war in der Kapelle und sah, wie Ihr Großherzog Pendelö in Empfang nahmt. Ist er bei Euch?«

Die Goldene Schwester schloss vor Frust die Augen. Es war zum Haareraufen. Ausgerechnet *er*! Wie verfahren sollte ihre Lage noch werden?

»Nein«, sagte Mercedes, die Leichen betrachtend, »er wollte zurück ins Dorf.«

Die Goldene Schwester hielt die Luft an, hoffte, Isidor gab sich damit zufrieden. Wie ein Hund mit einem halb abgenagten Knochen.

Aber sie hätte es besser wissen müssen, kannte den Bruder Ivans schließlich schon viele Jahre.

Nach einer kurzen Pause, in der es Mercedes wagte, an ein Wunder zu glauben, erwiderte Isidor auch schon: »Ich sah ihn gar nicht wegreiten. Außerdem stehen die Pferde noch im Hof.«

Seine Worte waren wie ein Schlag ins Gesicht. *Natürlich, die Pferde!* Mercedes hatte die Tiere ganz vergessen.

Die Goldene Schwester hörte, dass Isidor an der Tür rüttelte. Zum Glück hatte sie diese verriegelt. »Weshalb habt Ihr abgeschlossen?« Seine Stimme troff vor Argwohn.

Mercedes drückte Zeigefinger und Daumen gegen ihre geschlossenen Augen. Was sollte sie sagen? Welche Ausrede würde ihn dazu bringen zu verschwinden?

Unordnung? Wohl kaum.

»Ich bin nackt.« Einen Versuch war es wert.

»Dann werft Euch etwas über.«

Logisch.

Frustriert fuhr sich die Goldene Schwester durch ihr schulterlanges Haar, färbte es damit rot.

Möglicherweise gab es keine Erklärung, weshalb sie die Tür versperrt ließ.

Vielleicht war es auch klüger, ihn hereinzulassen, ehe der Bruder Ivans herumerzählte den Großherzog mit ihr gesehen zu haben. Nicht auszudenken, welche Folgen *das* wiederum gehabt hätte …

Folglich musste sie Isidor Einlass gewähren. Wozu diese Entscheidung führen würde, war Mercedes schmerzlich bewusst.

Seufzend schob sie den Riegel beiseite.

Sofort stieß Isidor die Tür auf. Mercedes ließ ihm keine Zeit, selbst eine Schlussfolgerung zu treffen. Hastig zerrte sie ihn herein, sperrte hinter ihm ab und fluchte: »Ja, ich habe ihn getötet. Und ja, ich bin eine verdammte Dämonenträgerin. Zufrieden?«

Die Goldene Schwester nahm an, den Edelmann mit ihrer entwaffnenden Ehrlichkeit vor den Kopf zu stoßen. Sie wartete darauf, dass seine Kinnlade vor Staunen herabfiel oder seine Pupillen groß wurden.

Doch nichts dergleichen geschah.

Stattdessen schien sich Isidor rasch einen Überblick zu verschaffen und zog sein Schwert. Eine Waffe aus purem Silber, wie Mercedes bekannt war.

Isidor kniff die Augen zusammen. »All das wusste ich. Constantin weihte mich in euer … Geheimnis ein.«

Mercedes verschränkte die Arme. »Und nun? Tötet Ihr mich jetzt?« Sie hörte selbst, dass sie trotzig klang.

»Das sollte ich wahrscheinlich«, sagte Isidor, mit der freien Hand auf die Leichen weisend, »allerdings habt selbst Ihr eine faire Verhandlung verdient.«

Wie arrogant von ihm einfach anzunehmen, er hätte auch nur die geringste Chance gegen sie! Außerdem kam ihr bei seinem großspurigen Gerechtigkeitssinn das Grausen. Noch dazu, wo er sich mit diesem Vorschlag ins eigene Fleisch schnitt, dieser Schnösel.

»Eine Verhandlung würde ergeben, dass Constantin Callas Ermordung angeordnet hat«, erklärte sie, »was wiederum seinen Tod zur Folge hätte. Wollt Ihr das?«

Isidor schüttelte den Kopf. »Diese Schlussfolgerung wäre eine Lüge!«

Mercedes zuckte mit den Achseln. »Wäre sie das? Wer sonst sollte die Messerstiche in ihren Bauch befohlen haben?«

Herausfordernd funkelte sie Isidor an. Sein eiserner Griff wankte. Die Klinge in seiner Hand zitterte. Mercedes konnte es riechen: Er hatte Angst. Nicht vor ihr, aber vor einer möglichen dunklen Zukunft seines Neffen.

»Eure Schwester Finja war es – und das wisst Ihr!«

Mercedes nickte eifrig. »O ja«, stimmte sie zu, »ich weiß das. Aber was werden die Adeligen denken? Würde Calla leben, hätte ihr Sohn nämlich ebenfalls Anspruch auf den Thron! Für den Adel läge es auf der Hand, wer etwas dagegen unternommen haben könnte.« Die Goldene Schwester seufzte theatralisch. »Niemand könnte dem armen Constantin dann noch helfen ...« Sie zog einen Mundwinkel hoch. »Also sagt mir: Wollt Ihr diese Verhandlung wirklich?«

Mercedes konnte förmlich sehen, wie eine Mauer in Isidor zu Bruch ging. Seine entschlossene Miene zerriss.

Nach weiteren Minuten des Schweigens, in denen nur das Prasseln des Kaminfeuers zu hören war, steckte Isidor seine Waffe weg.

»Was also ist Eure Lösung? Tötet Ihr mich?«

Mercedes lachte amüsiert. Sie winkte ab, als hätte ihr Gegenüber einen albernen Witz erzählt, und holte sich ein frisches Weinglas aus einem Schrank.

»Ach, mein lieber, dummer Isidor«, säuselte sie, »wollte ich Euch tot sehen, wärt Ihr es längst. Aber Constantin liebt Euch. Und sollte er herausfinden, wer Euch auf dem Gewissen hat, würde er mich hassen. Ach, ein Gläschen Wein? Eine Flasche habe ich noch hier.«

Sie genoss es, den belesenen Bruder Ivans in seiner Intelligenz herabzusetzen – zumal er alles andere als dumm war.

Die Goldene Schwester nahm an, dass Isidor genau wie Pendelö das Angebot entrüstet ausschlagen würde, doch ...

»Gern!«

Überrascht hob Mercedes eine Augenbraue, öffnete den bereits geschlossenen Schrank wieder und nahm ein zweites Glas heraus. Zwinkernd stellte sie diese am Esstisch ab und griff nach dem Korkenzieher. »Sieh mal einer an – werden wir am Ende tatsächlich noch Freunde?«

»Immer einen Scherz auf den Lippen, die *liebe, dumme* Mercedes«, erwiderte Isidor, ihren Spott nachahmend.

Die Goldene Schwester wollte ihn für diesen Hohn hassen, doch sie ertappte sich bei einem Lächeln. Touché, dachte sie und zog mit einem »Plopp« den Korken aus der Flasche.

Nachdenklich befüllte sie die Gläser.

Weshalb trank Isidor mit ihr? Hatte er am Ende irgendein Dämonengift in der Hinterhand? Wollte er ihr flüssiges Silber einflößen?

Nein, Isidor war – für einen Mann – tatsächlich ehrenhaft.

»Nun«, setzte sie an und hielt ihm das Kristallglas hin, »wenn Ihr bereits mein Geheimnis kennt, was wisst Ihr noch?«

Isidor stieg über die Scherben am Teppich hinweg, marschierte zu ihr hinüber und griff nach dem Getränk. »Ist es denn an der Zeit, die Karten auf den Tisch zu legen?«

Mercedes schmunzelte. »Wenn Ihr noch ein Ass im Ärmel habt?«

Sie prosteten sich zu. Kaum hatte Isidor einen Schluck getrunken, sagte er ernst: »Euch ist doch klar, dass Ihr von unserem Hof verschwinden werdet? Für immer.«

Die Goldene Schwester verschluckte sich vor Schreck. Hustend starrte sie Isidor an.

»Das ist der Preis«, erklärte er eisern, während Mercedes verzweifelt gegen das Kratzen in ihrem Hals ankämpfte. »Ich werde Euch helfen, die Leichen verschwinden zu lassen, und Constantin nichts von diesem Massaker berichten. Dafür kehrt Ihr zurück nach Gondra und werdet uns nie, nie wieder behelligen.«

Genervt blinzelte Mercedes die Tränen weg, die sich während ihres Anfalls gebildet hatten. Isidor zuckte nicht einmal mit den Wimpern. Er meinte es todernst.

Endlich spürte die Goldene Schwester den Hass, den sie zuvor vermisst hatte. Er war eben *doch* nur ein Mann. Hinterhältig und eiskalt. Von wegen ehrenhaft …

Es war an der Zeit, einen ihrer Trümpfe auszuspielen. »Wäre interessant, was der Adel von Euren körperlichen Vorlieben hält. Gibt es denn bereits Ersatz für Finn? Der Gute fiel ja Prinzessin Britta zum Opfer.«

Die Erwähnung des verstorbenen Stallmeisters wirkte wie ein Faustschlag. Isidor verzog gequält das Gesicht. Mercedes grinste zufrieden und nahm einen Schluck Wein.

Der Bruder Ivans ertrank jedoch nicht in schmerzhaften Erinnerungen, hatte seine Fassung schnell wiedererlangt. »Und Ihr? Ist Valeries Platz in Eurem Herzen neu besetzt?«

Mercedes knirschte mit den Zähnen. Offenbar war er auf eine verbale Schlammschlacht aus. Leider mangelte es ihr inzwischen an geeignetem Material.

Isidor hingegen griff erneut in den Dreck. »Ach, und würde es dem Adel gefallen, wenn sie Kenntnis von den Briefen zwischen Eurer Liebsten und deren Schwester hätten? Ihr wisst schon, jenen, in denen sie das gescheiterte Attentat auf Ivan nach der Hochzeit diskutieren.«

Die Goldene Schwester schluckte schwer. Plötzlich hatte sie das Gefühl, in ihrem eigenen Grab zu stehen. Woher hatte er all diese Informationen? »Ihr habt keine Beweise!«, fauchte sie.

Isidor ließ den Wein in seinem Glas kreisen. »Seid Ihr sicher?«

Er führt mich in die Irre, dachte Mercedes. Sie hatte sämtliche Briefe eingesammelt und verbrannt! Aber konnte sie das Risiko eingehen?

Möglicherweise sollte sie aufhören Constantin weiter in Watte zu packen und seinen aufsässigen Onkel jetzt und hier niederstrecken.

Isidor hob einen Mundwinkel. »Auch wenn es nicht den Anschein hat: Ich habe mein Leben lang nichts anderes getan, als zu lernen oder das Kämpfen zu trainieren. Fordert mich heraus, wenn Ihr wollt – aber erwartet anschließend keine Gnade. Auch mein Mitgefühl kennt Grenzen.«

Isidor trank aus, stellte demonstrativ sein Glas auf den Tisch und beäugte sie abwartend. »Nun?«

In Gedanken sah sich Mercedes sein Blut trinken. Langsam. Genüsslich. In Wirklichkeit aber schielte sie auf die Silberklinge an seinem Gürtel. Isidor hatte in der Vergangenheit so gut wie jedes Turnier gewonnen. Sowohl

Bogenschießen als auch Schwertkampf. Kein Gegner hatte ihm je das Wasser reichen können.

Allerdings hatte er es nie mit einem beidhändigen Sir Henrik zu tun gehabt. Oder mit ihr.

Isidor legte seinen Kopf schräg. »Wollt Ihr eine Liste dazu erstellen, ob es ratsam wäre, mich anzugreifen?«

Seine Sticheleien reizten Mercedes. Gleichzeitig fiel ihr auf, dass sich Isidors Finger seiner Waffe näherten. Er war auf der Hut.

»Angenommen«, setzte sie an, stellte auch ihr Weinglas beiseite und funkelte Isidor herausfordernd an, »ich verlasse Kandlot nach der Krönung ...«

»Sofort!«

Mercedes presste die Zähne zusammen. »Angenommen ich verlasse Kandlot *sofort*. Versichert Ihr mir Constantin von einem Krieg mit Enghor zu überzeugen?«

Isidor schnappte nach Luft. »Schon wieder Blutvergießen? Was ist nur mit Euch los?«

»Ich verlange Gerechtigkeit!« Wieder tauchte Pandians Gesicht in ihren Gedanken auf. Langsam verwandelte er sich in Brion. Dieser grinste sie an, lachte. Das war zu viel. Isidor hatte Pech.

Der Dämon erwachte. Mit einem Schrei stürzte sie sich auf ihr Gegenüber. Sie öffnete den Mund, ließ ihre Zähne im Schein des Kaminfeuers aufblitzen und – *erstarrte.*

Ein greller Blitz rauschte durch ihren Körper. Noch *nie* hatte sie solche Schmerzen verspürt. Das Monster in ihr verschwand. Kraftlos sackte sie an Isidors Brust zusammen.

War das der Anfang vom Ende?

Mercedes glaubte die Besinnung zu verlieren. Nur vage nahm sie wahr, wie der Bruder Ivans sein Silberschwert seitlich aus ihrem Bauch zog.

Sie glitt zu Boden, lehnte ihren Oberkörper an eines der Tischbeine. Mit zitternden Händen betastete sie die Stichverletzung. Blut quoll daraus hervor. So viel Blut!

Ihr wurde übel und ihre Lider flackerten. Sie schwitzte.

Was geschah mit ihr?

Isidors Gestalt verschwamm vor ihren Augen. Doch sie erkannte, dass er erneut zu einem Schlag ansetzte.

Egal wie schmerzhaft eine Verletzung durch ein Silberschwert für einen Dämonenträger war – sie würde irgendwann heilen. Nur durch eine Enthauptung könnte er sie endgültig vernichten.

Mercedes sah in Isidors entschlossenem Blick, dass er genau das vorhatte.

Seine Klinge glänzte blutig und sauste erbarmungslos auf sie herab. Sie kniff die Augen zusammen. Der Todesschrei blieb in ihrer Kehle stecken. Eine einzelne Träne, heiß wie glühendes Eisen, lief ihre Wange hinab.

Und dann geschah ... nichts.

Mercedes hörte sich röcheln. Spürte, dass Blut aus ihrem Mundwinkel sickerte.

Aber sie lebte.

Zögerlich blinzelte sie. Direkt an ihrer Kehle verharrte Isidors Schwert. Die Klinge berührte ihren Hals wie ein messerscharfer Schmetterlingsflügel. Würde er einmal flattern, wäre sie tot.

Doch Isidor zitterte nicht.

Langsam hob Mercedes den Blick, schaute ihm in die Augen. Sie hatte das Gefühl, bei lebendigem Leib verbrannt zu werden. Jede Faser ihres Körpers war zum Zerreißen gespannt. Es war das erste Mal in ihrem Leben, dass sie Todesangst hatte.

Selbst im Krieg, als Tausende Pfeilspitzen auf sie niedergehagelt oder mehrere Stahlklingen in ihre Richtung gerast waren, hatte sie nicht den Hauch von Furcht verspürt.

Umso härter traf sie diese Erfahrung jetzt.

Sie wollte stark sein, frech ihr Kinn recken und Isidor ins Gesicht spucken – aber sie konnte nicht.

Zudem holte sie ihre Vergangenheit ein. Als Kind war sie hilflos gewesen. Den Launen ihres Onkels ausgesetzt.

Auch in diesem Moment war sie machtlos.

»Noch ein letztes Wort?«

»DION, STEH MIR BEI!«

Constantin verschluckte sich fast an seinem Speichel. Was meinte Inga mit »ein zweites Fenster öffnen«?

Frischer Wind fuhr ihr durchs Haar, ließ es um ihr blasses Gesicht tanzen. Ihre Augen stachen wie grünes Feuer daraus hervor. Constantin bildete sich ein durch alleinigen Blickkontakt von innen heraus zu verbrennen.

»Wovon sprichst du?«

Inga schloss die Lücke zwischen ihnen. Ihre Lippen näherten sich seinem Ohr. Kaum küsste ihr heißer Atem seinen Hals, erschauderte Constantin.

»Ich habe nicht vor irgendwann an deiner Seite zu vertrocknen und dir zuzusehen, wie du jungen Dingern nachstellst. Deshalb möchte ich dir einen Vorschlag machen ...«

Constantin bekam eine Gänsehaut. Er zuckte zurück, starrte in Ingas Augen. Das konnte doch unmöglich ihr Ernst sein! Wollte sie etwa ...

»Ich weiß«, sagte sie nun, da sie vermutlich seinen entgeisterten Gesichtsausdruck wahrgenommen hatte, »es wird nicht einfach. Sogar alles andere als das. Aber es ist der einzige Weg.«

Ihre Entschlossenheit bekam Risse. Offenbarte die Verzweiflung, die ihr zugrunde lag. Inga verflocht ihre Finger mit den seinen, hob sie zu sich empor und hauchte einen Kuss auf seine Spitzen. »Es wird schmerzhaft werden. Wirst du es mit mir durchstehen?«

Constantin schluckte. Unsicher schaute er hinüber zum Fenster. Die Nacht war finster und eiskalt. So wie das unbarmherzige Monster in ihm. Er konnte unmöglich zulassen, dass der Dämon auch in Ingas Körper kroch.

»Nein!«

Der Prinz entzog ihr seinen Arm. Die Trennung fühlte sich an, als verlöre er erneut eine Hand. Doch es musste sein.

»Niemals. Er darf deine Seele nicht bekommen.«

»Meine Seele?« Inga keuchte und schüttelte den Kopf. Ihre Stirn lag in Falten. »Was redest du?«

Constantin ließ sich schnaubend auf das Bett hinter sich fallen. Frustriert starrte er auf seine nackten Knie und fuhr sich durchs Haar, riss sogar kurz daran. Gleich darauf hob er den Blick. »Versteh doch, ich kann dir das nicht antun!«

Inga breitete fragend ihre Arme aus. »Mir *was* antun?«

»Na, dich in eine Dämonenträgerin verwandeln.«

Abrupt sausten ihre Augenbrauen hoch zu ihrem Haaransatz. »Wie kommst du denn darauf?«

Constantin wäre aus den Pantoffeln gerutscht, hätte er welche getragen. Das war doch ihr Vorschlag gewesen!

Perplex öffnete er den Mund, um etwas zu sagen, doch Inga kam ihm zuvor. »Hast du geglaubt, ich würde dich darum bitten, den Dämon mit mir zu teilen?«

Sie klang empört. Constantin verstand die Welt nicht mehr.

»Natürlich habe ich das angenommen«, verteidigte er sich. »Was hätte ich auch sonst denken sollen?«

Inga kam auf ihn zu und Constantin rutschte, um ihr Platz zu machen. Sie setzte sich jedoch nicht. Sie griff an ihm vorbei, langte nach einer Seidendecke und schlang sie sich um den Körper. Wieder fielen dem Prinzen ihre aufgerichteten Haare an den Armen auf. Sie fror schon wieder! Aber derzeit garantierte nur ein offenes Fenster ihre Sicherheit.

»An das Offensichtliche«, erklärte Inga, »den Dämon auszutreiben.«

»Was?«

Sie beugte sich herab, legte ihm einen Finger auf die Lippen.

»Es muss möglich sein. König Brion hat es ebenfalls versucht. Bei Britta.«

»Und ist kläglich gescheitert«, nuschelte Constantin, woraufhin Inga seufzend ihre Hand zurückzog und sich nun doch neben ihn fallen ließ. Abwartend schaute er sie an. Inga sah nachdenklich aus und blinzelte dem hereinwehenden Schnee entgegen.

»Wir müssen es trotzdem versuchen«, flüsterte sie schließlich und wandte ihm ihr Gesicht zu. »Wenn du dazu bereit bist.«

»Natürlich!«, sagte er prompt.

Er nahm an Inga damit ein zufriedenes Lächeln zu entlocken. Aber sie nickte bloß traurig. Glaubte sie ihm nicht?

»Ich würde alles tun, um das Monster in mir zu beseitigen.«

»Ich weiß.«

Wenn er sie überzeugt hatte, weshalb sah sie dann alles andere als fröhlich aus?

Inga ließ ihre Finger durch seine Locken gleiten. Er genoss dieses Gefühl und schloss für einen Moment die Augen.

»Wir sollten die Heiligen Schwestern in Gondra dazu um Rat fragen«, sagte Inga. »König Brion hoffte auf Odines Hilfe, doch ihre Weisheit war begrenzt.«

Constantin öffnete die Augen und nickte. Er griff nach ihren Händen und drückte sie. »Dann lass uns keine Zeit verlieren und gleich morgen aufbrechen.« Und um die Situation aufzulockern, ergänzte er zwinkernd: »Und du kannst endlich deine Schwester wiedersehen. Deine *leibliche* Schwester.«

Inga grinste.

»Ob du deiner ehemaligen Kandidatin widerstehen kannst?«

»Dieses Risiko müssen wir wohl eingehen.« Constantin lachte, unterdrückte die dunklen Schatten, die sich über seine Unbeschwertheit legen wollten.

Dieses Risiko und die Gefahr, dass die Dämonenaustreibung tödlich enden könnte.

***

Ein letztes Wort?

Isidors scharfer Ton fühlte sich an, als hätte er bereits zugestochen.

Mercedes hob ihr Haupt. Sie kannte den Preis für ihr Leben: ihren Stolz.

»Bitte«, presste sie hervor, »bitte lass mich leben.«

Sie sprach ihn bewusst vertraulich an, um ihn daran zu erinnern, wie lange sie sich schon kannten.

Er entfernte die Klinge eine Handbreit.

»Warum sollte ich?«

Mercedes hätte eine Reihe von Fakten aufzählen können, weshalb ihre Existenz von Nutzen war. Ebenso fielen ihr Möglichkeiten ein, wie sie Isidors Rang und Ehre in Gondra zu steigern vermochte. Ihm unermesslichen Reichtum verschaffen konnte!

Doch all das wäre ihm unwichtig.

Mercedes wusste, an welchen Fäden sie bei Isidor ziehen musste, und wisperte daher: »Du sollst mich verschonen, weil ich dich anflehe. Weil du Constantin ein leuchtendes Beispiel in Sachen Frieden und Vergebung sein willst.«

Ihre Worte wirkten wie süßes Gift.

Isidor steckte das Schwert zurück in seinen Gürtel.

In diesem Moment brach Mercedes vor Erschöpfung und Erleichterung zusammen. Alles verschwamm vor ihren Augen.

Wie in Trance bekam sie mit, dass Isidor das Gemach verließ und nach einigen Minuten zurückkam. In seiner Hand hielt er einen braunen Koffer.

Mercedes wollte etwas sagen, doch ihre Lippen gehorchten ihr nicht …

Als Nächstes spürte sie, dass sie nackt in ihrem Bett lag – und sah Isidor neben sich sitzend!

Sie riss die Augen auf, wollte schreien. Doch das einzige, das ihren Mund verließ, war ein weiterer Schwall Blut.

Erst jetzt erkannte Mercedes, was vor sich ging.

Ivans Bruder verband die Stichwunde an ihrem Bauch. Jetzt zitterten seine Hände. Er war kein Arzt.

Weshalb er keinen gerufen hatte, war offensichtlich: Ihr Haar, ihr Gesicht, ja, ihr ganzer Körper klebten voller Blut. Es war ihr eigenes und das ihrer Opfer.

Allerdings hätte Isidor sie in ihrem Blut liegen lassen können. Sie war eine

Dämonenträgerin – würde an dieser Verletzung nicht sterben. Weshalb er sie dennoch bestmöglich behandelte, war ihr ein Rätsel. Kannte sein Mitgefühl gar keine Grenzen?

Staunend betrachtete sie den Mann, der sie beinahe getötet hatte. Konzentriert umwickelte er ihre Verletzung. Doch der Verband saugte sich Reihe für Reihe immer weiter mit Blut voll.

Mit bebenden Händen fuhr er sich durchs Haar, ehe er nach einer weiteren Rolle griff. »Dion steh mir bei!«, flüsterte er.

Isidor war tiefgläubig, seit sie ihn kannte. Hatte ihr die rührselige Bitte vorhin, ohne zu zögern, abgekauft. Er besaß wirklich ein weiches, gutmütiges Herz.

Mercedes verzog vor Schmerz das Gesicht.

Isidor schnappte nach Luft. »T...tut mir leid. Das war zu fest, nicht wahr?«

Aber die Goldene Schwester spürte das Glühen ihrer Stichwunde nicht mehr. Was ihr wehtat, war ihre Seele. Plötzlich fühlte sie sich verdorben. »Ich ... ich war nicht immer dieses Biest, weißt du?«

Die Worte klangen abgehackt, da sie dazwischen Blut schluckte und spuckte.

»Sei froh darum. Es rettet dir jetzt das Leben. Als Mensch wärst du schon verblutet.«

Er war ebenfalls zum Du übergegangen. Mercedes schloss die Augen. Am liebsten hätte sie den Kopf geschüttelt, doch sie konnte sich nicht bewegen.

Stöhnend öffnete sie ihre Lider. Noch nie hatten sie sich so schwer gefühlt. Bleiern. »Ich spreche nicht von diesem Biest.«

Isidor hielt in seinem Tun inne und schaute zu ihr hoch. Irritiert zog er die Stirn in Falten.

Am liebsten hätte Mercedes gelacht.

Plötzlich verspürte sie das brennende Bedürfnis, sich dem Bruder des einstigen Königs anzuvertrauen. In kurzen Sätzen schilderte sie ihm ihre Kindheit, berichtete, was ihr Onkel ihr angetan hatte.

Isidor lauschte, unterbrach sie kein einziges Mal.

»Das tut mir schrecklich leid«, sagte er, als sie ihre Geschichte zu Ende erzählt hatte.

Mercedes lächelte traurig.

»Aber du musst doch wissen«, fuhr er leise fort, »dass nicht alle Männer wie Pandian sind!«

»Ach nein? Pandians Saufkumpanen, König Brion, König Ivan – soll ich die Liste fortführen?«

Wieder quoll Blut aus ihrem Mund. Geschwind nahm Isidor ein Tuch aus dem Koffer und tupfte es weg. »Was ist mit Constantin? Oder mir?«

Mercedes spürte, wie sanft Isidor mit dem Stoff ihre Haut berührte. Vorsichtig. Zärtlich. Dabei bedachte er sie mit einem Blick, der so viel Mitgefühl ausstrahlte, dass sie vor Scham erneut die Augen schloss.

Schon möglich, dass er und sein Neffe Ausnahmen in der Männerwelt darstellten. Einzelfälle, seltener als vierblättrige Kleeblätter. Jedoch ebenso leicht zu zerstören. Einmal Zupfen genügte, um selbst die tugendhaftesten Männer in Rüpel – in gewöhnlichen Klee – zu verwandeln.

»Warum hast du mir von deinem Onkel erzählt?«

Mercedes spürte, dass Isidor eine Decke über ihren Körper breitete. Offenbar war er mit dem Verarzten fertig. Erleichtert, nicht länger entblößt vor ihm zu liegen, öffnete sie wieder die Augen. Diesmal fühlten sich ihre Lider bereits etwas leichter an. Der Dämon in ihr sorgte für rasche Erholung.

Die Antwort auf Isidors Frage blieb ihr im Hals stecken. Warum hatte sie ihm all das anvertraut? Sie hätte sich nicht vor ihm rechtfertigen müssen. Auch seine Anteilnahme brauchte sie nicht.

»Nun, jedenfalls bin ich froh, dass du davon erzählt hast.«

Mercedes hingegen begann, diese Entscheidung zu bereuen. Ihre Offenheit hatte sie verletzbar gemacht. Schwach aussehen lassen. Sie wollte sich auf die Ellbogen stützen und hochrappeln, doch der abrupte Schmerz in ihrem Bauch zwang sie zurück.

»Ich benötige dein Mitleid nicht«, zischte sie.

Isidor schloss den Koffer. Er nahm eine Schüssel aus ihrem Schrank, füllte sie mit dem Wasser aus der Karaffe und wusch seine Hände darin.

»Und *was* benötigst du?«

Valerie!

»Gerechtigkeit.«

»Damit meinst du Krieg mit Enghor.«

Isidor fragte nicht. Er stellte fest. Doch obwohl er das tat, schüttelte er den Kopf. »Lass die Vergangenheit los! Befreie dich selbst.«

Er klang wie Kestrall. Wie Inga. Mercedes presste die Lippen zusammen. Tausend Flüche lagen ihr auf der Zunge. Es kostete einiges an Selbstbeherrschung, sie Isidor nicht an den Kopf zu werfen wie Messerklingen.

Isidor seufzte. »Und Königin Valerie ist längst tot. Begraben in ihrer Heimat. Du musst für sie keine Schlacht anzetteln. Lebe nicht länger im Gestern. Konzentriere dich auf das Heute – und das Morgen. Auf die zukünftige Königin.«

Am liebsten hätte ihm Mercedes ins Gesicht geschlagen. Wieder und wieder. Doch sie konnte weder ihren Arm heben, geschweige denn aufstehen.

Sie schnaubte wie ein Drache, die Nasenflügel blähten sich. Ihre geweiteten Augen füllten sich mit heißen Zornestränen.

Wie konnte er nur?

War Valerie für ihn nur noch ein Name in einer Chronik? Hatten er und alle anderen längst umgeblättert, eine neue Seite aufgeschlagen?

Wenn ja, würden sie eine Überraschung erleben. Noch war die Tinte nicht getrocknet. Glänzte feucht. Ein vorzeitiger Kapitelwechsel würde die schwarze Flüssigkeit durchsickern lassen, einen Fleck auf dem unbeschriebenen Blatt machen.

Isidor deutete das Glitzern in ihren Augen falsch. Er setzte eine mitleidige Miene auf, kam zu ihr herüber und flüsterte versöhnlich: »Ich weiß natürlich, wie nahe du Valerie standest. Und ich verlange keineswegs, dass du dieses Band durchtrennst – ich versichere dir, nichts läge mir ferner! Aber vielleicht lockerst du es ein wenig, lässt es im Wind flattern und siehst, wohin es dich weht.«

Mercedes verzog das Gesicht. Seine schwülstige Ausdrucksweise bereitete ihr Übelkeit. Gequält unterdrückte sie einen Würgereflex.

Isidor griff nach ihrer Hand, tätschelte sie. Er glaubte wohl, die Wunde würde wehtun.

Seine Stimme klang butterzart. »Versuche nicht länger Schmerz mit Schmerz zu vergelten. Lass Valerie in Frieden ruhen – ehre ihr Andenken, anstatt in ihrem Namen Blut zu vergießen.«

Mercedes spürte erst, dass sie schwitzte, als ihr Isidor mit einem Tuch die Stirn abtupfte.

Glaubte er ernsthaft, sie ließe sich so mir nichts, dir nichts von ihrem Vorhaben abbringen? Als träfe sie Entscheidungen spontan aus dem Bauch heraus? Sein Süßholzgeraspel prallte an ihr ab wie Pfeile an einem Schild.

»König Brion«, sagte sie keuchend, »er *muss* sterben.«

Isidors Blick verfinsterte sich.

»Weshalb hast du nicht längst ein Attentat in Auftrag gegeben? Der Herrscher Enghors könnte seit Wochen unter der Erde sein.«

Mercedes begriff, was Isidor andeutete, und steuerte sogleich dagegen. »Glaub ja nicht, ich würde zögern. Ich will nicht nur seinen Tod – ich will, dass er mit eigenen Augen seinen Untergang mit ansehen muss.«

Männer wie König Brion verdienten keinen Gnadenschuss. Sie sollten leiden, darum betteln, endlich sterben zu dürfen.

»Unschuldige Männer, Frauen und Kinder werden für diesen Vergeltungsschlag mit ihrem Leben bezahlen. Du weißt, wie es im Krieg zugeht. Ist es wirklich das, was du willst?«

Mercedes schnappte nach Luft. Isidor hielt noch immer ihre Hand, hatte das sanfte Streicheln jedoch gegen steten Druck eingetauscht. Ihre Wunde begann zu stechen. Stärker und stärker. Das schweißgetränkte Tuch legte er beiseite, sah nun zu, wie sich ihre Stirnfalten füllten. Mercedes spürte die Ausdünstungen überall auf ihrer Haut.

Er wollte sie leiden lassen. So, wie die Menschen in ihrem Krieg leiden würden.

»Glaubst du, daran habe ich nicht gedacht?«, fauchte Mercedes, musste ihr Aufbrausen jedoch mit einer Schockwelle des Schmerzes bezahlen. Sie biss sich auf die Lippen, unterdrückte ein Stöhnen. »Glaubst du, mir wäre nicht klar, welchen Preis die Gerechtigkeit fordert? Hältst du mich für so dumm?«

Isidor verstärkte seinen Griff. »Ich habe dich nicht für so grausam gehalten.«

Mercedes spürte, wie ihre Fingerknöchel knacksten. Diesmal konnte sie einen gequälten Laut nicht aufhalten. Trotzdem lockerte der junge Isgehart seine Umfassung nicht.

»Du bist keinen Deut besser als dein Onkel«, sagte er da. »Ebenso gewaltbereit. Ebenso egoistisch.«

Seine Anschuldigung traf sie wie eine Axt, die ihren Schädel spalten wollte. Schneidend. Eiskalt. Mercedes bildete sich ein den Geschmack von Kupfer und Silber im Mund zu spüren.

Wie konnte er es wagen, sie mit Pandian gleichzustellen?

Pandian hatte ohne Harm seine eigenen Gelüste befriedigt. Sie hingegen tat das alles für Valerie! Valerie und all die anderen wehrlosen Frauen, die Opfer männlicher Gräueltaten wurden.

Der Tränenstaudamm brach. Perlen des Kummers kullerten lautlos über ihre Wangen. Isidors Antlitz verschwamm vor ihren Augen.

»Ich handle für *sie*! Kannst du das denn nicht verstehen?«

Mercedes hielt Valeries Namen zurück. Andernfalls hätte sie bitterlich geschluchzt. Isidor wusste auch so, von wem die Rede war.

»Nein«, antwortete er kalt. »Du unterstehst schließlich nicht mehr ihren Befehlen. Ich erinnere dich gern noch einmal. Valerie …« – Mercedes unterdrückte einen Schmerzensschrei – »… ist *tot*. Sämtliche Verpflichtungen ihr gegenüber sind damit erloschen. Deine Treue als Goldene Schwester sollte der zukünftigen Königin gelten. Hätte bereits Calla Pendelö gelten müssen.«

Isidor wies mit der freien Hand auf die Leichen in ihrem Gemach. »Du brüstest dich stets mit deiner makellosen Ausbildung. Ich hingegen behaupte, du bist nur eine liebestrunkene Maid, die ihrer einstigen Geliebten selbst nach deren Tod noch hörig ist.«

In Mercedes' Körper brodelte es. Noch nie hatte es jemand gewagt, so mit ihr zu sprechen! Ihre Worte schmeckten bitter wie Galle. »Wäre es dir lieber, Callas Sohn wäre eines Tages König geworden anstatt Constantin?«

»Eine solche Möglichkeit hast du gar nicht in Betracht gezogen«, zischte Isidor. »Dabei wäre es durchaus eine Option gewesen. Oder glaubst du ernsthaft, es ist Constantins Traum, über Kandlot zu herrschen? Du kennst ihn doch. Das, was er sich wünscht, sind der Weltfrieden und Ingas Liebe – nicht der Thron.«

Mercedes traute ihren Ohren kaum. »Du hältst Constantin für zu labil, um zu herrschen? Du, sein eigener Onkel?«

»Mitnichten.« Isidor schüttelte den Kopf. »Er wäre ein großartiger König. Aber möchte er denn einer sein? Hast du ihn je gefragt?«

»*Gefragt*«, äffte Mercedes entrüstet nach und fügte streng hinzu. »Die Regentschaft ist ein Geburtsrecht. Keine Wunscherfüllung. Der natürliche Lauf der Dinge.«

Jetzt war es Isidor, der einen scharfen Ton wählte. »Der natürliche Lauf, ja? Constantin wäre tot, hättest du die Natur entscheiden lassen.«

»Ach, ich hätte ihn an der Front sterben lassen sollen?«

Mercedes glaubte Isidor mit dieser Frage gehörig ins Gesicht zu spucken. Innerlich wappnete sie sich für einen verbalen Gegenschlag. Doch nichts hätte sie auf Isidors Antwort vorbereiten können.

»Ja«, flüsterte er, »vielleicht.«

Von einem Wimpernschlag auf den anderen änderte sich sein Gesichtsausdruck. Das hasserfüllte Funkeln in seinen Augen erlosch. Seine Mundwinkel zogen sich nach unten. Er sah unendlich traurig aus.

Mercedes hatte es die Sprache verschlagen. Das konnte doch unmöglich sein Ernst sein?!

»Hat dir Constantin je für die ... *Rettung* gedankt?«

Das war keine rhetorische Frage. Mercedes sah im Brennen seines Blickes, dass Isidor eine Antwort erwartete.

Doch ihre Zunge fühlte sich schwer wie Blei an. Die Wahrheit wollte ihr nicht über ihre Lippen kommen.

Hatte sie es Odine je gedankt, dass sie sie verschont hatte? Mercedes dachte an die ersten Wochen und Monate als Dämonenträgerin zurück. Erinnerte sich daran, wie sie sich den Tod gewünscht hatte, aber sogar zu feige gewesen war sich mit Silber zu verletzen.

Erst als Jahre vergangen waren, hatte sie ihr neues Leben als zweite Chance ansehen können.

»Dafür ist es zu früh«, wich Mercedes aus, »Constantin wird mein Geschenk noch zu schätzen wissen.«

Isidor lachte freudlos. »Schon möglich. Aber wer hat dich dazu ermächtigt, über Leben und Tod zu entscheiden? Dions Aufgaben zu übernehmen?«

Mercedes fühlte sich in die Enge getrieben. Auf religiöse Diskussionen wollte sie verzichten. Besonders mit Isidor, der die heiligen Schriften in und auswendig kannte. Kreaturen wie sie wurden darin gewiss als seelenlose Monster dargestellt.

»Du bist krank«, sagte Isidor zu ihrer Überraschung und ließ damit die grässlichen Bilder in ihrem Kopf verschwinden, »hör auf andere anzustecken.«

Krank? Mercedes biss sich auf die Lippen, um ein höhnisches Lachen zu unterdrücken. Glaubte er etwa, sie bräuchte bloß die richtige Medizin, um dem Dämon zu trotzen? Wenn ja, war er töricht. Keine Arznei der Welt konnte sie von diesem Fluch befreien. Und falls es doch eine gab, wäre diese gewiss lebensgefährlich.

»Nun denn.« Isidor seufzte schwer. »Wir brauchen eine Erklärung für ...« – er schielte zu den Leichen und deutete auf ihre Stichwunde – »... das hier.«

Mercedes nickte.

Bevor sie einen Vorschlag machen konnte, fuhr er fort: »Du wurdest im Wald von Räubern verletzt, als du auf der Suche nach weiteren Bediensteten warst, die beim Angriff geflohen sind. Du kamst schwer verwundet zurück und ich entdeckte dich, da ich gerade aus der Kapelle kam.«

Isidor hielt inne, sah sie abwartend an.

Mercedes wünschte einen Fehler in seiner Logik aufzudecken, doch sie fand keinen. Kestrall, Constantin und Inga würden die Geschichte mit der »barmherzigen Suche« zwar nicht glauben, dafür aber schlussfolgern, dass sie bei der Jagd nach »Nahrung« angegriffen worden war.

Der nächste Satz kam Isidor offenbar nur widerwillig über die Lippen, denn er verzog das Gesicht, als hätte er auf etwas Saures gebissen. »Mein treuester Diener wird mir helfen, die Leichen im Veronikasee zu versenken.«

Die Goldene Schwester musste lächeln. Niemals hätte sie gedacht, einmal zusammen mit Isidor – *Ivans Bruder!* – zu intrigieren. Von nun an waren ihre Schicksale miteinander verwoben. Verflochten wie eine Kordel aus schwarzen und weißen Fäden. Farben, die unterschiedlicher nicht sein konnten.

Selbstverständlich hatte sie den Preis dafür nicht vergessen.

»Und dafür werde ich umgehend zurück nach Gondra reisen.«

Nun, jedenfalls nachdem sie Constantin eine Schlacht mit Enghor wärmstens ans Herz gelegt hatte. Wenn nötig, würde sie ihm Schuldgefühle an Valeries Tod einreden und ihn mehrfach daran erinnern, wie übel König Brion Valerie in der Kindheit mitgespielt hatte.

»Gut. Wir haben eine Abmachung«, sagte Isidor und hörte auf ihre Hand zu quetschen. Kaum ließ der Druck nach, pochte und stach ihre geschundene Haut. Das Silber hatte sie geschwächt. Beinahe hätte er ihr die Finger gebrochen.

»Gut«, wiederholte Mercedes und schob ein »Fahr zum Unheiligen Urian!« hinterher.

Isidor erhob sich, griff nach seinem Koffer und marschierte in Richtung Tür. Er berührte die Klinke, aber anstatt diese hinunterzudrücken, ließ er sie wieder los und drehte sich noch einmal zu ihr um. »Eine Frage hätte ich allerdings noch.«

Mercedes unterdrückte ein Augenrollen. »Ja?«, konterte sie bissig.

Isidor stellte den Koffer ab und verschränkte die Arme.

»Weshalb das Attentat?«

»Wie bitte?«

»Warum wollte Valerie meinen Bruder einen Tag nach der Hochzeit töten?«

Er fixierte sie mit einem derart kalten Gesichtsausdruck, dass Mercedes erschauderte. Mit seinem Blick hätte er Nägel in einen Sarg hämmern können!

Ihr Mund wurde trocken. »Sie hasste ihn.«

»Hat ihn aber trotzdem geheiratet.« Isidor kniff die Augen zusammen.

Mercedes konnte förmlich sehen, wie die Mühlen in seinem Kopf mahlten.

»In Kandlot dürfen nur Könige herrschen. Keine Königinnen. Warum also wollte sie Ivan einen Tag nach der Hochzeit tot sehen? Ohne einen Sohn, der irgendwann die Regentschaft hätte antreten können, wäre sie zurück nach Gondra geschickt worden. Ich, als nächster Thronanwärter, wäre gekrönt worden.«

Mercedes schluckte. »Und?«

»Weshalb hat sie ihn dann überhaupt geheiratet? Das ergibt keinen Sinn.«

Die Goldene Schwester wünschte plötzlich, er würde wieder ihre Finger drücken. Denn dieser neue Druck, den er mit seinen Worten auf sie lud, war gefährlicher.

Mercedes las das Misstrauen in seinen Augen. Beobachtete, wie Isidor unsichtbare Puzzleteile zusammenfügte.

Plötzlich veränderte sich seine Miene. Aus Argwohn wurde Hass. *Er weiß es!*

»Es sei denn«, brummte er abfällig, »sie hatte bereits eine Absicherung in sich. Einen Erben, wie durch ein Wunder in der Hochzeitsnacht entstanden. Einen Tag vor Ivans Tod.«

Mercedes schwieg. Was hätte sie auch sagen sollen?

»Mein Bruder hatte die ganze Zeit recht«, sagte Isidor und klang dabei, als könnte er es selbst kaum glauben, »Constantin ist wirklich nicht sein Sohn!«

Die Katze war also aus dem Sack. Die Katze, von der nur Königin Sabita, Valerie und sie wussten, dass es sie überhaupt gab. Und nun auch Isidor.

»Wer ist der Vater?«, fragte Isidor und ballte die Fäuste. »Wer ist der Vater meines Nef... von Constantin?« Er verzog das Gesicht. Vermutlich aus Schmerz, da er erkannte, nicht länger Onkel zu sein. Im Grunde gar keine Familie mehr hatte. Isidor war der letzte lebende Isgehart.

Mercedes verspürte plötzlich Mitleid. Kaum aber realisierte sie diese Emotion, blinzelte sie einmal und das Gefühl war fort.

»Da musst du fragen?«, antwortete die Goldene Schwester dramatisch. »Liegt das nicht auf der Hand?«

Isidor gab einen Laut von sich, der an das Knurren eines blutrünstigen Wolfes erinnerte. »König Brion«, stellte er fest. »Es waren damals wohl nicht nur Mutproben. Er hat sie auch ...«

»Entehrt, ja.« Mercedes rümpfte die Nase. »In Kandlots Thronfolger fließt enghorisches und gondrisches Blut.«

***

Ich verabschiedete mich von Constantin. Für heute Nacht hatten wir das Schicksal genug herausgefordert. Da meine Uniform zerstört war, lieh ich mir einen seiner dunkelblauen Morgenmäntel und schlüpfte zur Tür hinaus. Im Vergleich zu den frostigen Temperaturen in Constantins Gemach war es draußen auf dem Gang angenehm mild.

Ich schnappte mir eine Fackel und machte mich auf den Weg in meine Räumlichkeiten. Schon bald vernahm ich Schritte – schneller als meine. Offenbar hatte es jemand eilig.

Gleich darauf huschte mir Isidor entgegen. Als er mich sah, blieb er stehen.

Erst dachte ich mir nichts, doch als ich näher kam, bemerkte ich seinen panischen Gesichtsausdruck. Seine Augen waren geweitet, seine Haut blass. Die Fackel in seiner zitternden Hand warf unstete Schatten an die Wand. Er sah aus, als hätte er einen Geist gesehen.

»Sir Isidor?«, fragte ich. »Ist alles in Ordnung?«

Mir fiel auf, dass er eine abgewetzte Tasche bei sich trug. Er umklammerte sie so fest, dass seine Fingerknöchel weiß hervortraten. Gleichzeitig hielt er sie von sich weg, als würde ihr Inhalt ihn anwidern.

Seine Lippen formten ein »Ja«, doch das Wort verließ seinen Mund nicht. Stattdessen schnaufte er schwer, schloss kurz die Lider und sagte: »Nein.«

»Was ist geschehen?«

Isidor steckte die Fackel in eine Halterung. Er fuhr sich über Gesicht und Kopf und ließ seine Hand im Nacken ruhen. Sein Haar hatte er völlig zerzaust.

»Mercedes«, krächzte er und räusperte sich, »sie wurde im Wald angegriffen.«

Ich blinzelte irritiert. Die armen Angreifer, dachte ich sofort und sah ihre blutleeren Körper schon vor mir.

Doch Isidors Tonfall fegte diese Gedanken beiseite. Er hörte sich aufgebracht an. Verstört.

Mit Mercedes war etwas geschehen. Etwas Schreckliches. Gewöhnliche Klingen konnten ihr nichts anhaben. Es war wohl Silber im Spiel gewesen.

»Ich muss zu ihr«, sprach ich meine zweite Überlegung aus. Ich setzte mich in Bewegung, wollte rasch zu ihr laufen, als …

»Wartet!«

Isidor packte mich am Arm. Erschrocken hielt ich inne, schaute auf seine Finger, die sich fest in den Stoff des Morgenmantels krallten.

»Ich habe mich bereits um sie gekümmert«, erklärte er und hob die Tasche kurz hoch. »Sie braucht jetzt Ruhe.«

Isidor hatte Mercedes verarztet? Freiwillig? War ich etwa an Constantins Schulter eingeschlafen und hatte jetzt einen bizarren Traum? Hier stimmte etwas ganz und gar nicht.

Da ich keine Anstalten machte, mich seiner Anweisung zu widersetzen, gab er meinen Arm frei. Ich verzog das Gesicht, steckte ebenfalls meine Fackel weg und schob den Morgenmantel über den Ellenbogen. Auf meiner Haut waren dunkelrote Abdrücke zu sehen.

Isidor fing meinen Blick auf. Er schaute drein, als hätte ich ihm ins Gesicht geschlagen. »Inga, entschuldigt bitte … das tut mir leid. Ich …«

»Schon gut«, erwiderte ich und versteckte die Blessuren unter dem weichen Stoff.

Isidor kämpfte sich ein Lächeln ab. Es sah unsicher aus. Verbarg er etwas vor mir? »Und *Ihr* habt Mercedes gefunden? Im Forst?«

»Am Waldrand«, korrigierte mich Isidor hastig. »Ich entdeckte sie, als ich aus der Kapelle kam. Dort betete ich für Ivans Seele.«

Ich kniff die Augen zusammen, nickte. Seine Erklärung schien plausibel und doch …

»Warum habt Ihr sie nicht zum Hofarzt gebracht?«

Würde Isidor jetzt »um den Mann nicht zu wecken« antworten, wüsste ich, dass er log. Der Doktor war dazu da, um ihn in Notfällen aus dem Schlaf zu reißen. Das war seine Aufgabe hier im Schloss.

Wieder hob Isidor seine Tasche, als wäre dieses alte Ding ein wertvolles Beweisstück.

»Mercedes ist«, er wechselte in einen Flüsterton, »eine Dämonenträgerin, wie Euch Constantin gewiss anvertraut hat. Ein Mensch wäre mit einer Stichwunde wie der ihren zweifelsfrei verblutet. Nur dank ihrer … *Krankheit* konnte ich sie am Leben erhalten. Welcher Arzt hätte an ein solches Wunder geglaubt?«

»Hmm«, machte ich und kniff die Lippen zusammen. Isidors Ausführung war logisch. Trotzdem wollte sie mich nicht so recht überzeugen.

Warum zitterte der ruhigste Mensch, den ich kannte? Weshalb versteiften sich seine Finger um den Griff der Tasche? Auch das Beben seines Adamsapfels konnte ich mir nicht erklären.

Es sei denn, er tischt mir Lügen auf.

Aber wozu? Was, in Dions Namen, konnte geschehen sein, das er mir verheimlichen musste?

Was es auch war, morgen würde ich Mercedes dazu befragen. Sollte Isidor Dreck am Stecken haben, wäre sie gewiss die erste in der Reihe, die davon lautstark berichtete.

»Gute Nacht«, sagte Isidor. Es klang wie ein Befehl.

Ich rang mir ein Lächeln ab. »Gute Nacht.«

***

Kaum lag ich in meinem Bett, war ich hellwach.

Eine Stunde verging. Daraus wurden zwei.

Genervt schlug ich die Wolldecke beiseite, schwang meine Beine über den Bettrand und stand auf. Wie von selbst trugen mich meine Füße zum Fenster. Ich legte meine Hand auf das kühle Glas und blickte nach draußen. Es hatte aufgehört zu schneien.

Der Schnee, schoss es mir da durch den Kopf. Wenn Isidors Geschichte stimmte, mussten sich am Waldrand Blutspuren finden lassen. So viel Neuschnee war nicht gefallen.

Überstürzt zwang ich mich in die Stiefel und warf mir Constantins Mantel über das Nachthemd. Im Nu hatte ich eine Fackel entzündet.

Drei Minuten später passierte ich die Wachen am Haupttor – diese sahen mich an, als wäre ich verrückt geworden – und rannte hinaus.

Klirrende Kälte umfing mich, fuhr unter den Stoff des Morgenrocks und ließ mich erzittern. Ich biss meine klappernden Zähne zusammen und stapfte los.

Dreimal marschierte ich auf und ab. Aber ich entdeckte nichts. Nichts, außer haufenweise Fußspuren. Die meisten führten vom Hintereingang hinaus – und wieder hinein. Trieben sich um diese Uhrzeit noch Diener herum?

Auch Hufabdrücke entdeckte ich. Die Fährte führte vom Tor bis zum Haupthof – und von dort hinüber zum Stall. Irritiert stapfte ich den Spuren nach, öffnete das Tor und lugte in die Pferdeboxen. Ich hatte nie gezählt, wie viele Tiere König Ivan hier untergebracht hatte. Trotzdem bildete ich mir ein, dass ein paar Rösser dazugekommen waren. Drei Pferde, die – wie mir sofort auffiel – ein nasses Fell hatten.

Die Luft hier drinnen war warm und roch nach Heu. Neugierig näherte ich mich den unbekannten Tieren. Sie schnaubten, wirkten erschöpft, als wären sie stundenlang geritten worden.

»Ihr Armen«, wisperte ich einem ins Ohr und strich über sein Fell.

Ich blickte die Tiere an, als wartete ich darauf, dass sie zu mir sprachen. Sicherlich hätten sie eine interessante Geschichte zu erzählen gehabt. Denn eines war offensichtlich: Hier stimmte etwas nicht. Und Isidor hatte etwas damit zu tun. Isidor und Mercedes.

Kurzum marschierte ich wieder hinaus in den Schnee, lief zurück ins Schloss. Ich hatte nicht vor, mich zum Narren halten zu lassen. Aus diesem Grund führte mich mein Weg schnurstracks zu Mercedes' Gemach.

Ungeduldig klopfte ich an die Tür. »Mercedes? Ich bin es, Inga!«

Ich wartete nicht auf eine Erwiderung, wollte sie auf frischer Tat bei – ja, was überhaupt? – erwischen. Entschlossen drückte ich die Klinke nieder, rauschte wie ein Wirbelwind in die Räumlichkeiten der Goldenen Schwester und ertappte sie bei …

Nichts. Sie lag einfach nur im Bett und beäugte mich. Neben ihr saß Isidor auf einem Stuhl.

Fassungslos starrte ich die beiden an. Vor Überraschung, *keine* Überraschung zu erleben, klappte mir die Kinnlade herunter.

»Inga!«, sagte Isidor tadelnd. »Ihr wisst doch, dass Schwester Mercedes Ruhe benötigt.«

Mein Mund wurde trocken. Was sollte ich sagen?

Ich wandte mich ab, steckte die Fackel in eine Halterung. Dabei ging ich penibel genau vor. Drehte und richtete sie so lange, bis sie pfeilgerade war. Aber auch jetzt wusste ich nicht, was ich erwidern sollte.

Mercedes erlöste mich aus meiner Qual. »Nicht doch«, meinte sie, »es freut mich, dass du nach mir siehst.«

Ihre Stimme klang schwach, als wäre jedes Wort ein Akt der Anstrengung. Mein Herz machte einen Satz. Ich drehte mich so schnell in ihre Richtung, dass sich mein Haar auffächerte.

Mercedes, schwach? Das war unmöglich! Sie war der widerstandsfähigste Mensch, den ich kannte. Und eine Dämonenträgerin.

Obwohl mich Isidor über ihr Befinden unterrichtet hatte, konnte ich seinen Worten erst jetzt den nötigen Glauben schenken.

Mit aufgerissenen Augen musterte ich die Goldene Schwester. Schweiß glitzerte auf ihrer Haut. Einzelne Haarsträhnen klebten in ihrem bleichen Gesicht. Die Hand, die sie hob, um mich zu sich zu winken, zitterte.

Ein Teil von mir hatte wider jede Vernunft angenommen, die Goldene Schwester wäre unverwundbar. Gerade wurde ich eines Besseren belehrt. Es hatte sie wirklich jemand verletzt. Offensichtlich mit Silber, denn sonst wäre sie nicht so geschwächt.

Nachdenklich schritt ich auf Mercedes zu.

Wer war stark genug die Goldene Schwester zu verwunden? Und wer besaß die erforderliche Silberwaffe dazu?

Mein Blick glitt zu Isidor. *Seine* Klinge war aus diesem Material. Wie frisch poliert funkelte sie an seinem Gürtel.

Irritiert hob ich eine Augenbraue und schaute mich um. Erst jetzt fiel mir auf, dass das ganze Gemach wie aus dem Ei gepellt aussah. Es roch sogar nach Seifenlauge.

»Was geht hier vor?«

Abrupt sauste mein Kopf herum, ich fixierte Isidor. Von ihm erwartete ich mir am ehesten eine ehrliche Schilderung.

Der Bruder des ehemaligen Königs zuckte mit den Achseln. »Ihr wisst bereits, was vorgeht. Mercedes wurde angegriffen, ich fand sie und ...«

»Stopp«, forderte ich und hob beide Hände. »Wer hat dich angegriffen.« Mein Augenmerk richtete sich auf Mercedes. »Landstreicher würdest du mühelos in die Flucht schlagen. Selbst wenn es zehn auf einmal wären.«

Die Goldene Schwester grinste müde. »Vielen Dank.«

Ich schnaubte. »Das war nicht als Bauchpinselei gedacht. Ich verlange eine Erklärung.«

Isidor räusperte sich. »Eine Erklärung *wofür*?«

Frustriert breitete ich die Arme aus, wies auf den geschrubbten Boden und die fehlenden Teppiche.

»Dafür!«, entfuhr es mir grob. »Und für die Neuzugänge im Stall. Und«, ich zeigte hektisch zwischen den beiden hin und her, *»hierfür!«*

Mercedes und Isidor waren wie Katz und Maus, wie Winter und Sommer, wie Schwarz und Weiß. Wie war es möglich, dass ausgerechnet diese zwei plötzlich ein Geheimnis teilten?

Die Goldene Schwester verzog das Gesicht, seufzte. Isidor antwortete für sie.

»Inga, im Dorf weilen unzählige Soldaten. Bestimmt ließen einige ihre Pferde vorübergehend am Hof unterbringen. Und dass Schwester Mercedes ein reinliches Gemach bevorzugt, sollte Euch nicht überraschen.«

Der Bruder Ivans hielt meinem eindringlichen Blick stand. Er blinzelte nicht einmal. Trotzdem gewahrte ich ein unsicheres Flackern in seinen Pupillen.

Aber was hätte ich noch sagen sollen?

»Gut«, knurrte ich unzufrieden, obwohl mir ganz andere Worte auf der Zunge brannten. Es hatte keinen Sinn, ohne Köder weiterzufischen. Widerwillig ließ ich die beiden vom Haken. Vorläufig.

Ich machte am Absatz kehrt, riss meine Fackel aus der Halterung. Mit Riesenschritten schritt ich aus dem Raum und donnerte die Tür hinter mir zu, sodass die Angeln zitterten.

Dass Mercedes hinter meinem Rücken an irgendwelchen Giftfäden zog, war nichts Neues. Isidors Beteiligung war es, die mich erschütterte. Warum auch immer er mit ihr verbandelt war – ich hoffte inständig, er hatte Gründe dafür. Denn für mich war offensichtlich, dass die beiden in dieser Nacht jemanden ermordet hatten.

»GEH ALS GOLDENE KÖNIGIN.«

Am Morgen begab ich mich in aller Frühe noch einmal zum Stall. Vielleicht hatte ich in der Nacht Hinweise übersehen. Dass Soldaten ihre Pferde am Hof untergebracht hatten, klang zwar plausibel, doch weshalb war zu dieser späten Stunde noch das Fell der Tiere nass gewesen?

Über der Uniform trug ich meinen goldenen Mantel, auf dem sich sofort glitzernde Flocken niederließen, kaum dass ich das Haupttor passierte und ins Freie trat. Der Neuschnee knirschte unter meinen Stiefeln. Die Sonne lugte hinter Wolken hervor und ließ die Winterlandschaft vor meinen Augen funkeln. Ihre Strahlen kitzelten mich im Gesicht. Ich lächelte. Lächelte, obwohl ich einer Bluttat auf den Grund gehen musste.

Ich betrat den Stall und sah mich unverzüglich nach den fremden Pferden um. Bei genauerem Betrachten fiel mir auf, dass eines der Tiere markante weiße Flecken auf seinem rotbraunen Fell hatte. Ein solches Ross hob sich von der Masse ab und würde gewiss von seinem Besitzer wiedererkannt werden.

Kurzum lief ich wieder nach draußen, hielt nach dem neuen Stallmeister Ausschau. Er musste schließlich wissen, wessen Pferde er untergebracht hatte.

Unglücklicherweise lief ich prompt einem anderen in die Arme. Einem Adeligen, mit dem ich nicht gerechnet hatte. Weshalb suchte er den Hof auf? »Baron«, grüßte ich Ylvies Vater, »was beschert uns die Ehre?«

Sven van Ijek grunzte und rümpfte seine Kartoffelnase. Selbst ein Blinder konnte sehen, dass er keine Lust hatte, sich mit mir zu unterhalten.

Er hielt mir die Zügel seines Reittieres hin. »Versorgt mein Pferd!«, forderte er barsch. Dabei sah er mir nicht einmal in die Augen.

Anstatt nach dem Leder zu greifen, zeigte ich über meine Schulter. »Die Unterbringung ist dort drüben. Ich werde den Stallmeister in Kenntnis setzen.«

Der Baron verzog den Mund. Eingeschnappt zerrte er an den Zügeln und führte das Ross an mir vorbei.

Ich gluckste amüsiert.

Das Lachen sollte mir jedoch schon Sekunden später vergehen. Denn kaum erblickte ich den Stallmeister und suchte mit ihm van Ijek bei den Boxen auf, sagte dieser: »Das ist Großherzog Pendelös Pferd. Ramses.«

Dabei zeigte er mit seiner fleischigen Pranke auf den gefleckten Neuzugang.

Ich schnappte nach Luft. Weshalb war das Reittier von Callas Vater am Hof?

»Seit wann ist Carlson hier?«, fragte der Baron. »Ich war bei ihm zu Gast, als ein Bote die Kunde vom Sturz Ivans überbrachte. Der Herzog ritt nur wenige Stunden vor mir los.«

Der Stallmeister kratzte sich am Kopf. »Seit letzter Nacht sind drei fremde Pferde dazugekommen.« Er zuckte mit den Schultern und führte das Ross des Barons in eine leere Box. Dort nahm er ihm den Sattel ab und rieb sein feuchtes Fell trocken.

Van Ijek kniff die Augen zusammen und musterte mich abschätzig. »Führt mich zu Prinz Constantin. Ich will wissen, was hier vor sich geht! In der Nachricht des Boten war von Königin Callas Ermordung die Rede.«

Für den Bruchteil eines Moments verschlug es mir die Sprache. Wir konnten es uns nicht leisten, wichtige Edelmänner wie den Baron zu vergraulen. Männer wie Pendelö und er waren die Säulen, auf denen Constantins Zukunft ruhte. Wenn sie wegbrachen, konnte das die Herrschaft der Isgeharts gefährden!

Ich zwang mich zur Ruhe. »Ich bin sicher, dass es für alles eine plausible Erklärung gibt. Folgt mir, ich bringe Euch zum Thronfolger.«

Van Ijek warf dem Stallmeister eine Goldmünze hin. »Gebt auf mein Pferd acht!« Anschließend marschierte er neben mir her ins Schloss.

Bei jedem Schritt wurde mein Herz schwerer. Der Baron hatte Recht: Irgendetwas ging hier vor!

Pendelös Pferd war hier und Mercedes lebensbedrohlich verletzt. Was hatte sich in dieser Nacht zugetragen, während ich bei Constantin gewesen war?

Von Kestrall, die mir entgegenkam, erfuhr ich, dass sich der Prinz zusammen mit Isidor und Mercedes im Ratszimmer aufhielt. »Sie besprechen erneut die Krönung«, wisperte sie mir im Vorbeigehen zu.

Ich verdrehte die Augen. Die Goldene Schwester hatte in der Nacht kaum atmen können und musste sich trotzdem jetzt in die Hofangelegenheiten einmischen.

Mein flotter Gang verwandelte sich in einen Laufschritt. Der Baron fiel zurück. Ich hörte ihn erschöpft schnaufen und unterdrückte ein Grinsen.

Außer Puste erreichte er schließlich einige Sekunden nach mir die Tür zum Ratszimmer. Hechelnd wie ein Hund lehnte er sich gegen die Mauer. Ich ließ ihm keine Zeit zum Erholen, klopfte augenblicklich an.

Constantin bat mich herein. Er stand zusammen mit Mercedes und Isidor an der Landkarte Omnias, die an einer Wand hing. Sein Finger ruhte auf der Königsstraße zwischen Kandlot und Gondra. Hatte er ihnen unseren Plan bereits verraten?

Ich wollte gerade den Baron ankündigen, als dieser schnurstracks an mir vorbeirauschte.

Isidor, Constantin und die Goldene Schwester drehten sich zu uns um.

Mir fiel auf, dass Mercedes gequält das Gesicht verzog. Ob vor Schmerz oder Gram, van Ijek zu sehen, war fraglich. Auf jeden Fall wirkte sie wie ein zartes Flämmchen im Sturm. Blass, verschwitzt. Ihre Haltung war gebeugt und Isidor stützte sie. Ihre Hand, die über der Stichwunde ruhte, zitterte.

Warum sie sich überhaupt in ihre Uniform gequetscht hatte, war mir ein Rätsel. In Anbetracht der Umstände hätte ein schlichtes Kleid genügt. Ganz zu schweigen davon, dass sie verdammt noch mal ins Bett gehörte!

Der Baron ignorierte den Zustand der Goldenen Schwester – oder er bemerkte ihn gar nicht. Wild gestikulierend fragte er Constantin nach dem Großherzog von Pendelö.

»Sein Pferd steht in Euren Stallungen. Wo also ist er? Wir haben einige Fragen!«

Ich sah dem Prinzen an, dass er keine Kenntnis über den Aufenthaltsort von Callas Vater hatte. Mercedes und Isidor hingegen tauschten einen vielsagenden Blick.

Ich wusste es! Die beiden hatten irgendetwas damit zu tun. Hatten sie ihn gar getötet? Bei der Goldenen Schwester würde mich das nicht wundern – aber Isidor?

»Wisst Ihr, was ich denke, Prinz Constantin?«, zischte van Ijek giftig, »ich denke, Ihr habt Königin Calla zusammen mit dem Kind in ihrem Leib ermorden lassen. Und als Carlson dahinterkam, musste auch er dran glauben. Sir Johannson und Graf Llögg mögen Euch ja unterstützen. Doch was werden der Herzog von Rhöslad und die anderen Adeligen sagen?«

Constantins Augen wurden groß. Er sah aus, als säße er in einem verrücktspielenden Karussell: panisch und mit dem Wunsch, umgehend auszusteigen. Dennoch räusperte er sich und erwiderte mit ruhiger Stimme: »Auch ich bedauere den Tod der Königin. Und was Großherzog Pendelö betrifft, so werde ich unverzüglich Nachforschungen anstellen. Seid unbesorgt. Wenn es Euch beliebt, seid in der Zwischenzeit mein Gast. Ich werde Euch ein Zimmer herrichten lassen.«

Erleichtert atmete ich aus. Sein Tonfall war derart beruhigend, dass selbst ein Raubtier artig genickt hätte. Der Baron entspannte sich, öffnete seine geballte Faust.

Da fiel mir auf, dass Mercedes Isidor herausfordernd anfunkelte. Geschickt löste sie sich aus seinem Griff, stützte sich stattdessen am runden Verhandlungstisch ab.

»Nun gut«, seufzte sie theatralisch, »ich sehe, es hat keinen Sinn, die Wahrheit länger zu verschweigen. Ich wollte zwar ein Blutbad verhindern, doch jetzt sehe ich keinen Ausweg mehr.«

Grinsend warf sie einen Blick über die Schulter. Isidor beäugte sie schockiert. Es wirkte so, als führten die beiden eine stumme Diskussion. Und Mercedes ging als Siegerin daraus hervor.

Plötzlich fühlten sich meine Knochen bleischwer an. Taub und kalt. *Was hat sie vor?*

»Die Wahrheit ist«, Mercedes machte eine dramatische Pause und fokussierte Baron van Ijek, »Großherzog Pendelö ist tot. Er wurde bestialisch ermordet. Ich sah es mit eigenen Augen.«

Wieder glitt ihr Blick zur Seite. Ich bemerkte, dass Isidor erstarrte. Mein Herz raste. Was führte die Goldene Schwester im Schilde?

»Was ist geschehen?«, polterte Ylvies Vater und drosch mit der flachen Hand auf die Tischplatte. »Sprecht!«

Mercedes Pupillen funkelten. Ich konnte sehen, wie sie diesen angespannten Augenblick genoss.

»König Brions Männer, die Ivan zur Unterstützung am Hof gehabt hatte, haben Pendelö und dessen Begleiter beraubt und wie Schweine ausbluten lassen. Ich ging natürlich dazwischen«, sie zeigte auf die Stelle, an der ein vermeintlicher Verband ihre Uniform ausbeulte, »doch es war längst zu spät. Ebenso waren es *seine* Soldaten, die Königin Calla in einen Hinterhalt lockten und niederstachen. Meine Schwestern bargen nur noch ihre Leiche. Gewiss hatte er auch einen Anschlag auf Prinz Constantin geplant und nur deshalb seine Krieger überhaupt in Kandlot gelassen.«

Mir gefror das Blut in den Adern. Ich glaubte nichts davon, zumal ich über Callas Ableben Bescheid wusste. Finja hatte sie auf dem Gewissen, nicht König Brions Männer! Bestimmt war auch die Geschichte über den Großherzog eine haarsträubende Lüge.

Und doch kamen Mercedes die Worte so geschmeidig über die Lippen wie das »Gepriesen sei das Beil!« im Gebet.

Mein Blick wanderte zu Isidor. Immerhin hatte sie ihn außen vor gelassen.

»Ich führte Pendelös Pferde in den Stall«, fuhr Mercedes fort, »und nahm mir vor, über König Brions Frevel zu schweigen. Ich weiß, wie wichtig Prinz Constantin der Friede in Omnia ist. Und ein solcher Verrat hätte unweigerlich zu …«

»… einem Krieg geführt«, vollendete Isidor ihren Satz. Er klang überrascht und verbittert zugleich.

Ich tauschte einen Blick mit Constantin. Er kannte den Tathergang von Callas Ermordung, wusste aber nichts über den Großherzog. Würde er Mercedes den Schwindel glauben?

Der Baron stampfte mit dem Fuß auf. »Wie konntet Ihr einen solchen Vertrauensbruch für Euch behalten?«

Klein, wie er war, wirkte er wie ein erboster Zwerg aus dem Märchen. Ich hätte gelacht, wäre die Situation nicht dermaßen verfahren gewesen.

Mercedes klimperte unschuldig mit den Wimpern. Ihre Stimme troff vor Spott. »Verzeiht. Ich bin doch nur eine Frau. Ich tat es um des Friedens willen.«

Frieden … Ich biss mir auf die Zunge, um ein lautes Schnauben zu unterdrücken.

Van Ijek fuhr sich über seine Glatze. Er hörte den Hohn in ihren Worten wohl nicht. »Aus genau diesen Gründen sollt ihr Weiber euch nicht in Männerangelegenheiten einmischen. Aber da Ihr nun endlich den Mund aufbekommen habt …«, der Baron wandte sich an Constantin, »was werdet Ihr gegen König Brion unternehmen?«

Ich schloss für einen Moment die Augen. Stellte mir vor, all das wäre ein Theaterstück und ich dürfte Mercedes für ihre Schauspielkunst applaudieren. Aber das hier war kein Spiel. Ich blinzelte, öffnete meine Lider. Das hier geschah wirklich. Mercedes hatte wieder einmal das bekommen, was sie wollte: Krieg mit Enghor.

Constantin hob beschwichtigend die Hände. »Überstürzte Drohungen nützen weder Kandlot noch Pendelös Witwe. Ich werde König Brion die Möglichkeit geben, seine Untaten einzugestehen. Vielleicht lässt sich diese Angelegenheit mit Ländereien und Gold regeln – *ohne* Blutvergießen.«

Der Baron trat missgelaunt gegen ein Regal. Drei Bücher rutschten heraus und fielen zu Boden. »Das lässt Euch machtlos erscheinen. Ihr dürft jetzt nicht zögern, Majestät. Erklärt Enghor den Krieg! Euer Vater hätte unverzüglich …«

»Hütet Eure Zunge, van Ijek. Ich bin nicht mein Vater. Und ich werde mein Volk nicht ohne Beweise einem weiteren Abschlachten aussetzen.«

Der Baron verschränkte die Arme. »Noch bin ich auf Eurer Seite, Prinz Constantin. Aber sollten die anderen Adeligen und ich den Eindruck gewinnen, Ihr wollt Euren Frieden mit unseren Köpfen bezahlen, dann ...«

Mir wurde übel. Ylvies Vater brauchte gar nicht weiterzureden. Ich machte einen Schritt nach vorn. »Wollt Ihr dem zukünftigen König etwa drohen?« Van Ijek drehte sich zu mir. Er schaute mich an, als hätte ich nicht das geringste Recht, das Wort zu ergreifen. Herausfordernd reckte ich das Kinn. »Nun?«

Der Baron blinzelte, als trübe eine lästige Staubflocke sein Blickfeld, und wandte sich erneut an Constantin.

»Beantwortet Lady Ingas Frage!«, forderte dieser. Seine Stimme hatte einen gefährlichen Unterton angenommen. Ich sah, dass er seine Kiefer zusammenpresste.

Ohne den Baron aus den Augen zu lassen, trat ich an Constantins Seite. Wahrscheinlich zu nahe, denn van Ijek hob die Augenbrauen und schaute zwischen dem Prinzen und mir hin und her. Belustigt hob er einen Mundwinkel.

»Ach so«, sagte er gedehnt. »Dann ist es also diese tapfere Kriegerin, die Euren Verstand benebelt.« In die Worte »tapfere Kriegerin« legte er unmissverständlichen Hohn. »Stellt Euch vor«, fuhr Ylvies Vater fort, »König Brion hätte auch *sie* abschlachten lassen. Würdet Ihr Euch dann immer noch mit Wiesen und Münzen zufriedengeben?«

Constantin kam nicht dazu, auf diese patzige Frage zu antworten. Isidor baute sich wie eine Mauer zwischen den Männern auf.

»Baron«, sagte er, »wie geht es Eurer Tochter Ylvie und ihrem Gemahl? Wir würden bis zur Klärung aller Angelegenheiten auch sie gern als unsere Gäste am Hof begrüßen. Möglicherweise eignet sich Lady Ylvie eines Tages als Hofdame für die zukünftige Königin, daher sollte sie sich an ein Leben im Schloss gewöhnen.«

Der abrupte Themenwechsel warf mich aus der Spur. Auch van Ijek sah aus, als säße er vor der falschen Bühne.

Er wurde rot und kratzte sich am bärtigen Kinn. Dass seine minderbemittelte Tochter als Hofdame infrage kam, war eine große Ehre.

»Ah … also … na schön.«

Isidor nickte. »Hervorragend.« Er hob den Kopf und rief: »Diener!«

Gleich darauf steckte ein verschrecktes Kerlchen den Kopf zur Tür herein. »Ihr habt gerufen?«

Constantins Onkel lächelte. »In der Tat. Führt Baron van Ijek bitte in ein freies Gästezimmer und bringt ihm Pergament und Tinte. Er möchte seiner Tochter schreiben.«

Ylvies Vater wirkte, als wüsste er nicht, wie ihm geschah. Wenige Sekunden später verließ er den Raum. Seine Schritte waren steif wie die eines Zinnsoldaten.

Mir war schleierhaft, weshalb Isidor die Baronstochter zur Sprache gebracht hatte. Aber zumindest hatte er uns den erbosten Adeligen vom Hals geschafft. Vorerst.

Kaum fiel die Tür hinter van Ijek ins Schloss, schnaubte ich. Ungehalten stürzte ich auf Isidor zu, der sich mit dem Arm über die schweißnasse Stirn wischte.

»Was geht hier vor?« Überrumpelt taumelte Constantins Onkel zurück und stieß gegen den Tisch, auf den sich nach wie vor Mercedes stützte. »Schluss mit den Ammenmärchen«, fuhr ich auch die Goldene Schwester an.

Diese tauschte einen Blick mit Isidor. *Schon wieder.*

Die Heimlichtuerei zwischen den beiden brachte mich zur Weißglut. »Ihr zwei habt Großherzog Pendelö auf dem Gewissen, nicht wahr?«

Schweigen.

Ich hatte meine Antwort.

Und offenbar auch Constantin. »Ist das wahr?« Er klang aufgebracht und näherte sich ebenfalls dem runden Verhandlungstisch.

Mercedes sank fluchend auf einen Stuhl, eine Hand weiterhin gegen ihre Verletzung gepresst.

»Zum Unheiligen, jetzt macht kein Drama daraus! Was hätte ich sonst tun sollen? Pendelö war außer sich, gab Constantin die Schuld an Callas Tod und drohte ihn vom Thron zu stürzen.«

Der Prinz seufzte.

Ich konnte es nicht fassen, wandte mich an Isidor. »Und warum habt Ihr Schwester Mercedes geholfen?«

Ivans Bruder zog sich nun ebenfalls einen Sessel zurecht. »Als Gegenleistung versprach sie, Kandlot für immer zu verlassen.«

Mit diesem Geständnis setzte er sich und schaute drein, als säße er zu Unrecht auf dem Platz des Angeklagten. Doch ich musste ihn enttäuschen. Für mich reichte diese Zusage nicht als Rechtfertigung für eine Mordvertuschung.

Die Goldene Schwester lachte freudlos. »Das kannst du ja jetzt vergessen.« Sie lehnte sich zu Isidor und säuselte: »Ich bleibe.«

Dieser riss die Augen auf. »O nein. Wir hatten eine Abmachung!«

Mercedes zuckte unbeeindruckt mit den Achseln. »Die nun hinfällig ist.«

Isidor sprang auf. Vor Überraschung zuckte ich zusammen. »Ach, wenn das so ist, dann sollte ich Constantin von deinem Verhältnis mit seiner Mutter erzählen!«

Mercedes zischte wie eine Schlange. Hätten Blicke töten können, hätte Isidor bereits das Zeitliche gesegnet. »Unsere Liebe ist unvergänglich«, fauchte sie, »du hingegen treibst es mit jedem Hund, der nicht rechtzeitig den Schwanz einzieht!«

Mir stockte der Atem. Isidor verzog das Gesicht, als hätte ihm die Goldene Schwester in den Magen geboxt. Fest und erbarmungslos. Wenige Herzschläge später verwandelte sich der Schmerz in seiner Miene in blanken Zorn.

»Untersteh dich, so mit mir zu sprechen«, knurrte er und funkelte sie von oben herab an. »Du bist eine Heuchlerin. Mimst vor Constantin den Berater und verschweigst ihm, dass das Attentat auf Königin Valerie damals nach der Hochzeit in Wirklichkeit Iv…«

Ivan gegolten hatte. Warum spricht er nicht zu Ende?

Um Constantin die Illusion seiner perfekten Mutter zu lassen?

Isidor stockte jedoch, als hätte er seinen Fehler bemerkt. Aber er sprach die Wahrheit. Valerie und Königin Sabita hatten den Anschlag gemeinsam geplant. Er selbst hatte mir von den Beweisbriefen erzählt.

Ich atmete keuchend aus. Merkte, dass ich seit Mercedes' derben Worten die Luft angehalten hatte.

Wieder sahen sich Isidor und die Goldene Schwester an, als führten sie einen stummen Dialog. Am liebsten hätte ich einen Sichtschutz zwischen die beiden gehalten.

»... in Wirklichkeit hätte verhindert werden können. Es waren zu wenige Silberbrüder vor Ort«, beendete Isidor den Satz. Seine Rede hatte vielversprechend begonnen, hörte allerdings mit einer Verzerrung der Wahrheit auf.

Sollte ich eingreifen und die Sache richtigstellen? Was aber, wenn Isidor tatsächlich einen Grund hatte, seinem Neffen die Vergangenheit zu verschweigen?

Ich blieb still, beobachtete Constantin, der sichtlich verwirrt die Stirn in Falten legte. »Niemand rechnete mit einem solchen Angriff. Mein Vater sah vermutlich keinen Anlass, die Wachen zu verstärken.«

Mercedes stöhnte auf. Etwas an diesem Laut beunruhigte mich, sodass ich ihr sofort meine Aufmerksamkeit schenkte. »Mercedes, geht es dir gut?«

Die Goldene Schwester schwitzte so stark, dass ihr Gesicht feucht glitzerte. Auch das Funkeln ihrer Pupillen rührte wohl nicht nur von ihrer hitzigen Auseinandersetzung.

Ich sah, dass sie die Zähne zusammenbiss. Und obwohl ich ehrlich Mitleid empfand, konnte ich mir die Bemerkung »Immerhin hat Pendelö ein Abschiedsgeschenk hinterlassen« nicht verkneifen.

Daraufhin bäumte sich die Goldene Schwester auf. Ihre Finger waren zu Krallen verformt, als wolle sie mir die Augen auskratzen wie eine Raubkatze. Doch ihre Vorstellung dauerte gerade einmal einen Wimpernschlag und Mercedes sank zurück auf den Stuhl. Sie krümmte sich und keuchte.

Trotz ihrer Qual presste sie eine weitere Erniedrigung zwischen ihren bleichen Lippen hervor. »Der Großherzog ist ... war ein unfähiger Stümper. Er hätte mich nicht einmal mit einer Kanonenkugel getroffen.«

Ich legte den Kopf schräg, wägte ab, ob sie log. Dabei fiel mein Blick auf Isidor, der den Mund öffnete und scheinbar eine Erklärung abgeben wollte.

Die Gelegenheit gab ihm Mercedes nicht. Hastig gestand sie: »Ja, Isidor hat mich verwundet. Aber nur, weil ich es zuließ, um zu beweisen, dass Dämonenträger mit Silber bekämpft werden können.«

Ich glaubte nur den ersten Teil. Fassungslos schüttelte ich den Kopf. Offenbar hatten Isidor und Mercedes vor ihrer Vereinbarung einen Kampf ausgetragen. Warum konnte die Goldene Schwester nicht einfach zugeben, dass Isidor geschickter gewesen war?

Constantin lachte spitz. Bestimmt war auch ihm klar, dass Mercedes Unsinn von sich gab. Er bemerkte meine Aufmerksamkeit und warf einen eindeutigen Blick hinüber zur Landkarte Omnias. Ich erinnerte mich daran, dass er vorhin die Straße zwischen Kandlot und Gondra sondiert hatte.

Schulterzuckend schüttelte er den Kopf. Ich wusste, was er mir sagen wollte: *Wir müssen unsere Reise verschieben.*

Meine Mundwinkel sackten nach unten, doch ich nickte. Kandlots Friede stand erneut auf Messers Schneide. Diese Angelegenheit hatte Priorität.

Der Prinz ballte die Hände zur Faust. Seine Lippen presste er zu einer Linie zusammen. Ich sah ihm an, dass ihn diese Planänderung grämte.

»Wir müssen umgehend eine Kriegserklärung aufsetzen.«

»Du spielst doch nicht wirklich mit diesem Gedanken, oder?«

Mercedes' Beschwörung und die Frage seines Onkels ignorierend marschierte er am Verhandlungstisch vorbei und verließ den Ratssaal.

Verdattert wechselte ich einen Blick mit Isidor. Dabei kam mir wieder das Attentat in den Sinn. »Weshalb habt Ihr Constantin verschwiegen, dass seine Mutter König Ivan töten lassen wollte?«

Ich breitete die Arme aus, eine einleuchtende Erklärung erwartend. Mit Ausflüchten wie »um Valeries Andenken zu ehren« würde ich mich nicht zufriedengeben.

»Wenn du einmal nachgedacht hättet, wüsstest du es«, begehrte Mercedes auf, »selbst Constantins ... *Onkel* ging irgendwann ein Licht auf.«

Genervt verzog ich eine Grimasse. Ihre Männerfeindlichkeit ging mir auf den Geist.

Die Goldene Schwester fasste meine Mimik falsch auf und spottete:

»Komm schon, Inga. Zermartere dir mal deinen hübschen Kopf. Valerie wollte ihren Gatten nur deshalb umbringen, weil sie sich sicher war, schon einen ...«

Mir wurde übel, ich riss die Augen auf. »... Erben unter dem Herzen zu haben«, stammelte ich. *Warum erkenne ich das erst jetzt?*

»Zugegeben«, Mercedes hob eine Hand, »es hätte sich bei ihrem Kuckuckskind um ein Mädchen handeln können. Die Monate nach Ivans Tod wären eine Zeit des Bangens gewesen. Es hätte die Bestechung Adeliger erfordert, Valerie als Regentin einzusetzen und ein Gesetz zu erlassen, das Frauen als Alleinherrscherinnen gestattete.«

Ich ignorierte ihr Geschwafel. Hing in meiner neu gewonnenen Erkenntnis fest. Hatte sie deshalb »Onkel« so seltsam betont? Weil Isidor – wie ich jetzt begriff – gar nicht Constantins Onkel war?

Meine aufkommenden Kopfschmerzen ignorierend starrte ich auf meine Stiefel. »Wer ist Constantins Vater?«

Mercedes verzog den Mund, als hätte ich ihr verdorbenes Fleisch vorgesetzt. »König Brion.«

Ich schluckte, fühlte, wie mir das Blut aus den Wangen wich. Dann waren diese Spiele mehr gewesen als Mutproben. Ob er ...

»Er hat sie geschändet, ja«, beantwortete die Goldene Schwester meine unausgesprochene Frage.

Bei dem Gedanken drehte sich mir der Magen um. Plötzlich brachte ich ein Quäntchen Verständnis für Mercedes' Kriegshunger auf. Sie wollte Vergeltung an dem Mann üben, der sich an ihrer Liebsten vergriffen hatte.

Und obwohl ich fürchtete, dass Constantin daraufhin klein beigeben und eine Schlacht anzetteln würde, sagte ich: »Wir müssen den Prinzen davon in Kenntnis setzen.«

»Nein«, schrien Mercedes und Isidor wie aus einem Mund. Sie klangen, als hätte ich vorgeschlagen, Tausenden Welpen das Fell abzuziehen. Schockiert. Fast ängstlich.

Entgeistert verschränkte ich die Arme. »Ich werde Constantin nichts vorlügen!«

Isidor marschierte auf mich zu und legte mir eine Hand auf die Schulter. Sein Blick war mitfühlend. »Doch«, sagte er ruhig, »das werdet Ihr, wenn Ihr wollt, dass er König wird.«

Ich machte einen Schritt zurück. Isidors Finger rutschten ab. »Außer ihm werde ich es keinem verraten«, schwor ich. »Der Adel wird sein Recht auf den Thron nicht anzweifeln! Es gibt keine Beweise und die Gerüchte am Hof sind auch verstummt, seit Constantin als Kriegsheld gefeiert wird.«

Mercedes rollte mit den Augen. »*Der Adel*«, wiederholte sie beißend, »ist nicht das Problem. Der Prinz selbst ist es.«

»Was …?«

»Inga«, wisperte Isidor, »Ihr kennt Constantin doch. Wenn er erfährt, dass er kein Isgehart ist, wird er die Regentschaft ablehnen.«

***

Der Stadtadel forderte die Krönung Constantins. Dieser aber weigerte sich die Krone anzunehmen, bis das Problem mit van Ijek und König Brion geklärt war. Daher zerbrach er sich die nächsten drei Tage darüber den Kopf, wie er einen Krieg mit Enghor abwenden konnte. Doch egal wie er das Blatt drehte und wendete, er kam auf keine Lösung.

Bis am vierten Tag sein Onkel Isidor ins Ratszimmer schneite.

Constantin saß, gebeugt über eine Landkarte Kandlots, am Verhandlungstisch. Er überlegte, die Grafschaft, die sein Vater einst der Mätresse Frieda Larsson vermacht hatte, aufzuteilen. Möglicherweise ließe sich Baron van Ijek mit einem prächtigen Stück Land milde stimmen.

Als Isidor hereinrauschte, hob der Prinz das Haupt.

»Constantin«, sagte sein Onkel aufgeregt und wedelte mit einem Stück Pergament in der Luft herum, »ich halte unsere Rettung in den Händen.«

Isidor schritt am prasselnden Kaminfeuer vorbei, vor dem Ivans Hofhunde ausgebreitet lagen. Constantin hatte sich nach dem Tod seines Vaters ihrer angenommen.

Sein Onkel nahm gegenüber am Tisch Platz. Stolz breitete er das Schreiben aus.

»Ein Brief von König Brion«, erklärte er dabei und wies auf das dunkelrote Siegel hin.

Constantin rollte die Karte seines zukünftigen Reichs zusammen und widmete sich dem Papier mit der edlen Handschrift. »Hattest du ihm geschrieben?«, fragte er verblüfft. »Weshalb?«

Isidor grinste, lehnte sich zurück und verschränkte die Arme vor der Brust. »Ich habe ihm mitgeteilt, dass seine Männer erwischt wurden, wie sie Großherzog Pendelö beraubten und töteten. Ihr Motiv war die Wut darüber, dass er seine Tochter Calla anstatt an Brion an Ivan verheiratete. Ich habe ihm anvertraut, dass unser Adel auf einen Krieg drängt.«

Constantin keuchte. Sein Blick glitt zum Fenster. Draußen tobte ein gewaltiger Schneesturm. Gebannt betrachtete er die unzähligen Flocken, die gegen das Glas flogen. Er wünschte es sich leisten zu können, stundenlang diesem Treiben zuzusehen.

»Constantin?«

Erschrocken riss der Prinz seinen Kopf herum. Sein Onkel musterte ihn.

Der Prinz blinzelte, um wieder klar denken zu können. Er langte nach dem Kristallkelch zu seiner Rechten und leerte ihn in einem Zug. Das eiskalte Wasser belebte seine Sinne.

»Verzeih, Onkel«, sagte Constantin und widmete Isidor seine volle Konzentration, »es ist nur: Ich versuche die ganze Zeit König Brion aus dieser misslichen Lage herauszuhalten. Und du schreibst ihm brühwarm? Das begreife ich nicht.«

Isidor schmunzelte. »König Brion versteht unsere desaströse Lage. Auch er hofft auf Frieden. Und ich habe einen Weg gefunden, diesen möglich zu machen.«

»Dann klär mich auf!«

»Zuallererst habe ich van Ijeks Schwächen herausgepickt ...«

Constantin kratzte sich am Kinn. Nachdenklich ging er alle Fakten durch, die er über den Baron hatte. Viele waren es nicht, doch es reichte für eine Vermutung. »Machtgier und sein kleines Töchterchen.«

Isidor hob einen Mundwinkel. »Und ich habe beide kombiniert. Eine gefährliche Mischung.«

Constantin schüttelte den Kopf. »Ich verstehe nicht …«

»Lady Ylvie und ihr Gemahl sind hier. Ich habe mit ihnen gesprochen. Beide stimmen einer Eheannullierung zu.«

»Eine Annullierung?« Der Prinz riss die Augen auf. »Warum?«

»Van Ijeks Tochter wünscht sich die teuersten Kleider«, erklärte Isidor, »Gewänder, die ihr Gatte nicht bezahlen kann. Und auch dieser ist unzufrieden mit seiner Braut, da er ein anderes Mädchen im Auge hatte. Die Priester Mjötars benötigen Gelder für den Wiederaufbau ihres Klosters. Wir bezahlen sie und im Gegenzug bestätigen sie Ylvies Jungfräulichkeit und lösen die Ehe auf.«

Constantin schnaubte. Als ob die Baronstochter noch unbefleckt wäre … Aber für die richtige Summe würden die Priester sie auch zur Heiligen weihen.

Langsam dämmerte dem Prinzen, worauf sein Onkel hinauswollte. Wäre Ylvie ungebunden, könnte sie einen anderen zum Manne nehmen. Auch einen König.

Isidor rieb sich die Hände, als hätte er ein gutes Geschäft gemacht. »Der Herrscher Enghors ist ohnehin auf der Suche nach einer gebärfähigen Braut. Also warum nicht Lady Ylvie, wenn er damit einen Krieg verhindern könnte?«

Constantin lehnte sich zurück. Die Flut an Informationen erdrückte ihn. Als stünde er im Mittelpunkt des Schneesturms. »Und du denkst, der Baron wird dieser Heirat zustimmen?«

Isidor grinste. »Das hat er bereits. Er würde alles tun, um sein Töchterchen zur Königin krönen zu lassen.«

Dem Prinzen entglitt ein Lachen. Doch es war mehr ein Laut der Verblüffung als der Freude. Isidors List erinnerte ihn an Mercedes' Raffinesse. Nur dass sein Onkel alles dafür tat, um den Frieden zu sichern.

»Was steht in dem Brief?«, fragte Constantin und langte nach dem Pergament, das sein Onkel mitgebracht hatte.

Constantin ließ seinen Blick über die handgeschriebenen Zeilen schweifen. »Er nimmt unsere Einladung an?« Er legte das Schreiben zurück und beäugte seinen Onkel. »Welche Einladung?«

Isidor lächelte. »Unseren Vorschlag, die Verlobung zwischen Lady Ylvie und ihm bei einem Ball bekannt zu geben.«

Unseren Vorschlag?

Der Prinz starrte in die blauen Augen seines Gegenübers. Die Farbe erinnerte ihn an das Meer. An die Intensität von Flutwellen. Er fühlte sich von dieser Wassermasse haltlos mitgerissen.

»Du hast all das hinter meinem Rücken arrangiert?«, fragte Constantin. Isidor erblasste. Das Grinsen in seinem Gesicht verschwand. Gerade als er das Wort ergreifen wollte, fügte der Prinz hinzu: »Ich danke dir, Onkel.«

***

Am Morgen vor dem Verlobungsball zwischen Lady Ylvie und König Brion machte ich eine seltsame Entdeckung in meinem Gemach.

Ich kam gerade von einem Lauftraining im Wald zurück. Die Kälte des Winters nagte noch an meinen Knochen, und in meinem offenen Haar hingen Schneeflocken. Eine nach der anderen schmolz, woraufhin einzelne Strähnen klitschnass wurden.

Es hatte gutgetan, mich zu verausgaben. Ich fühlte mich lebendiger denn je.

Vor Kraft strotzend betrat ich mein Zimmer und entledigte mich der steif gefrorenen Uniform. Ich streifte meine legeren Schuhe ab, drehte mich um und … entdeckte ein Kleid, das auf meinem Bett ausgebreitet lag. Ich ging darauf zu, berührte den zarten Seidenrock. Er raschelte zwischen meinen Fingern.

Im durchs Fenster scheinenden Sonnenlicht glitzerte das Gewand so schön, als wäre es für eine Königin geschneidert worden – gewoben aus puren Goldfäden und am Mieder mit feiner Spitze verziert. Staunend beäugte ich den funkelnden Gürtel, der aussah, als wäre er mit echten Diamanten besetzt.

»Gefällt es dir?«

Ich zuckte zusammen und fuhr herum. Die feinen Härchen, die sich in meinem Nacken aufgestellt hatten, glätteten sich wieder. Denn es war Constantin, der sich lautlos in mein Gemach geschlichen hatte.

Obwohl wir bereits mehrmals das Bett geteilt hatten, wurde ich rot, als mir bewusst wurde, dass ich lediglich ein dünnes Unterleibchen trug. Und selbst dieses klebte wie durchsichtig an meinem schweißnassen Körper.

»Gefällt es dir?«, wiederholte Constantin und wies auf das Kleid, als wüsste ich nicht, wovon er sprach. »Es ist für dich!«

Mir blieb die Antwort im Hals stecken. Natürlich gefiel mir dieses kostbare Gewand. Aber was sollte ich damit?

Der Prinz strich mir eine nasse Haarsträhne von der Stirn zurück hinters Ohr. Dabei schenkte er mir ein bezauberndes Lächeln. Sein warmer Atem streifte mein Gesicht. Ich erschauderte. Ob vor Verlangen oder Kälte war schwer zu sagen, denn während sich meine Brustwarzen verhärteten, kroch mir gleichzeitig die Kühle des Holzbodens die Beine empor.

»Ich wünsche mir«, flüsterte Constantin, »dass du es auf dem Ball heute Abend trägst.«

Unsicher drehte ich mich von ihm weg, betrachtete das Kleid erneut. Wie es wohl war, seinen Körper mit federleichter Seide zu umhüllen, anstatt ihn in eine Uniform zu pressen?

»Aber«, protestierte ich halbherzig, »ich bin eine Goldene Schwester. Ich kann mich nicht als Prinzessin verkleiden.«

In Gedanken stellte ich mir vor, wie Kestrall entsetzt die Luft einsog und Mercedes schallend über meinen grotesken Aufmarsch lachte.

Constantin, der direkt hinter mir stand, schlang seine Arme um meine Taille. Durch das hauchzarte Hemd spürte ich seine Berührung so intensiv, als wäre ich nackt.

Ich wollte mich umdrehen, ihn küssen, als …

»Dann geh nicht als Goldene Schwester auf den Ball«, flüsterte Constantin und beugte sich etwas herab. Seine Lippen berührten mein Ohr. »Geh als goldene Königin. Als *meine* Königin, wenn du sie denn sein möchtest.«

Mein Herz raste. Schon einmal hatte mir Constantin so deutlich gesagt, dass er mich wollte. Im Frühjahr, einen Tag vor dem Fest der reinen Blüte. Damals war ich davongerannt, hatte noch versucht keine Grenzen zu überschreiten.

Inzwischen gab es wohl keine Grenze mehr, die ich *nicht* überschritten hatte. Ich gehörte Constantin. Mit Haut und Haaren. *Constantin,* nicht dem Dämon, nicht dem zukünftigen König.

Doch ich war keine Närrin. Wollte ich Constantin, musste ich alles andere auch akzeptieren.

»Ja«, wisperte ich daher tonlos. Ich räusperte mich, bezwang den Frosch in meinem Hals und wiederholte kräftiger: »Ja, ich werde an deiner Seite sein.«

Ich spürte an meiner Wange, dass Constantin lächelte. »Als meine goldene Königin?«

»Als deine ewige Liebe.«

Langsam drehte ich mich zu ihm um, presste meinen Körper sehnsüchtig an den seinen. Anstatt mich jedoch in seine Arme zu reißen, schob mich Constantin einen halben Meter von sich weg. Enttäuscht und ein bisschen beschämt biss ich mir auf die Unterlippe und senkte die Lider.

Das Nächste, was ich hörte, war, dass der Prinz in die Hände klatschte. Zweimal.

Verwirrt hob ich den Blick. In diesem Moment öffnete eine Dienerin die Tür zu meinem Gemach. Sie verneigte sich schnell und schleppte einen Kübel mit heißem Wasser in mein Badezimmer. Ihr folgten vier weitere Frauen, die, den Geräuschen nach zu urteilen, ebenfalls meine Wanne füllten.

Verlegen, lediglich in einem durchscheinenden Hemd vor den Dienerinnen zu stehen, verschränkte ich meine Arme vor der Brust. Constantin quittierte diese Geste mit einem Lachen. Es klang dunkel. So, als steckte weitaus mehr dahinter als bloßes Vergnügen.

Grinsend griff er nach meinen kalten Händen und verflocht unsere Finger. Seine warme Haut jagte mir ein wohliges Kribbeln durch den Körper. Er schloss die Lücke zwischen uns und küsste mich. Stürmisch. Leidenschaftlich. Mit seiner Zunge öffnete er meine Lippen. Mein Mund fing Feuer. Ich stöhnte, spürte, dass meine Knie butterweich wurden.

Jemand hustete, woraufhin ich erschrocken blinzelte. Aus den Augenwinkeln heraus sah ich, dass eine der Dienerinnen im Gemach verweilte. Nervös stieg sie von einem Fuß auf den anderen. Ihr Blick huschte verloren durch den Raum, als wüsste sie nicht, wohin sie gucken sollte.

Peinlich berührt riss ich meinen Kopf nach hinten, keuchte außer Atem.

Diese Unterbrechung nutzte die junge Frau und fragte scheu: »Kann ich sonst noch etwas für Euch tun, Majestät?«

Constantin ließ meine Finger los. Eine Hand legte er in mein Genick, die andere wanderte meinen Rücken hinab. Ich spürte seine Zärtlichkeiten, als trüge ich überhaupt kein Gewand, und erbebte.

Gleichzeitig wandte er sich der Dienerin zu und sagte freundlich: »Nein danke, Paula. Nimm dir doch den Rest des Tages frei, du arbeitest seit Tagen ohne Pause!«

Die junge Frau machte große Augen. »Vielen Dank, Majestät!« Sie verneigte sich so tief, dass es den Anschein hatte, als würde ihre Nasenspitze den Fußboden berühren. In dieser Haltung trippelte sie rückwärts aus dem Raum.

Kaum war sie draußen und die Tür geschlossen, raunte Constantin: »Und jetzt ist es Zeit für ein schönes heißes Bad.«

Bei dem Wort »heiß« stellten sich vor Wonne sämtliche Härchen an meinem Körper auf. Die Kälte des Gemäuers war mir zunehmend unter die Haut gekrochen. Ich konnte es kaum erwarten, in das dampfende Wasser zu steigen.

Doch Constantin machte keine Anstalten den Raum zu verlassen. Im Gegenteil. Die Hand in meinem Nacken hob er mein Gesicht dem seinen entgegen. Ehe ich's mich versah, glitt seine Zunge über meine Lippen und ich öffnete diese so bereitwillig, als hätte ich jede Kontrolle verloren.

Die Finger an meinem Rücken wanderten abwärts, massierten mein Gesäß. Ich war nahe dran den Verstand zu verlieren. Bei jeder weiteren kreisenden Bewegung, schob sich mein Hemd ein Stück nach oben. Ein spitzer Lustschrei schlich meine Kehle empor. Constantin dämpfte diesen sündhaften Laut mit seinen Lippen. Ich zitterte vor Kälte und schwitzte vor Verlangen.

Meine Beine gaben nach und ich wäre eingeknickt, hätte mich Constantin nicht so fest an sich gepresst. Plötzlich entglitt mir dennoch der Boden unter den Füßen. Überrascht stellte ich fest, dass mich der Prinz auf seine Arme gehoben hatte und hinüber ins Badezimmer trug. Der Dämon verlieh ihm ungeahnte Kräfte.

Ich berührte mit einer Hand meine Lippen. Schon jetzt waren sie geschwollen und pulsierten heiß unter meinen Fingern. Dabei sah ich in Constantins geweiteten Pupillen, dass diese Küsse erst der Beginn einer heftigen Flut gewesen waren.

Der Dampf im Nebenraum umhüllte unsere Körper wie eine Nebelwolke. Vorsichtig dirigierte mich der Prinz in die Wanne hinein. Mein schlotternder Körper lechzte nach dem heißen Wasser. Und als es mich umfing, entglitt mir ein wohliges »Ah«. Ich streckte meine Gliedmaßen aus, bettete mein Haupt auf den Rand der Wanne und schloss die Augen.

Ich öffnete sie abrupt, als ein eisiger Luftzug über meine Kopfhaut strich. Constantin hatte das Fenster aufgerissen. Natürlich. Er brauchte die Kälte, um den Dämon in Schach zu halten. Er entledigte sich selbst seiner Gewänder. Seine blonden Locken umspielten sein Gesicht wie Sonnenstrahlen. Ich hätte ihn ewig einfach nur anschauen können. In Momenten wie diesen fiel es mir schwer zu glauben, dass in seinem Körper eine Bestie lebte.

***

Stunden später betrat ich zusammen mit Constantin den Ballsaal. Er wurde erleuchtet von Hunderten Kerzenständern, die dem Raum einen orangen Schimmer verliehen.

Wir standen am Absatz jener Treppe, auf der ich Finja getötet hatte. Schnell blinzelte ich diese Erinnerungen fort, konzentrierte mich auf das warme Gefühl unserer verhakten Arme.

Constantin trug seine dunkelblauen Prinzengewänder mit den silbernen Mustern. Sein Haar wurde im Nacken mit einem schwarzen Samtband zusammengehalten.

Und ich hatte tatsächlich zugestimmt mich von Dienerinnen hübsch machen zu lassen. Den Anfang hatte Constantin bereits gemacht, indem er frühzeitig aus der Wanne geklettert war und ein seltenes Öl in mein Badewasser geleert hatte. Dank ihm war meine Haut nun mit einem sanften Goldschimmer überzogen.

Seufzend ließ ich meinen Blick über die Schar der Gäste gleiten. Der halbe Stadtadel war erschienen. Auch Ehrengäste, wie der Herzog von Rhöslad mit seiner Tochter Ragna, Großherzogin Pendelö oder Xenias Vater, Graf Llögg, hatten der Einladung Folge geleistet.

Sie alle waren fein herausgeputzt, trugen die neueste Mode und präsentierten atemberaubende Frisuren. Einige Frauen warteten mit silbernen Samtbändern im Haar auf, andere sogar mit glänzenden Schleifen oder Federn.

Auch mir hatten die Dienerinnen irgendwelche Perlen ins hochgesteckte Haar flechten wollen, doch ich hatte sie noch rechtzeitig daran hindern können. Das prächtige Goldkleid war auffällig genug.

Die Wahl der Halskette hatte ich selbst getroffen. Lächelnd berührte ich die bunten Tonperlen. Es war jener Schmuck, den mir Constantin einst geschenkt hatte. Vielleicht hatte er nur ein paar Silbermünzen gekostet, doch für mich war er unbezahlbar.

Ich zuckte zusammen, als der Hofmeister neben uns mit einem Zepter auf den Boden klopfte. Sofort verstummten die Gespräche der Leute. Ein jeder richtete seine Aufmerksamkeit auf uns. Auf Constantin und ... *mich!*

Es war nicht das erste Mal, dass ich mit Constantin diese Treppe hinabstieg. Doch bisher war ich hinter ihm gelaufen, nicht neben ihm ... an seinem Arm.

Vor Aufregung schnürte sich mir der Hals zu. Kestralls Dolch, den ich, gebunden in einen Lederbeutel, an meinem Oberschenkel trug, linderte mein Lampenfieber. Prinzessinnenkleid hin oder her – ich konnte, egal in welcher Verkleidung, kämpfen wie ein Krieger.

»Eure Majestät, der zukünftige König von Kandlot, Prinz Constantin Isgehart, mit seiner Verlobten, Herzogin Inga Ericson.«

Herzogin. Ich wusste, dass ich den Titel meines Vaters geerbt hatte. Doch ihn vor meinem Namen zu hören, klang seltsam.

Mercedes hob eine Augenbraue, beäugte mich spöttisch, als würde sie sagen: Und so schnell wird aus einem Raubtier ein Schoßhund. Kestrall lächelte, winkte und wischte sich eine Träne von der Wange. Sir Henrik nickte mir anerkennend zu. An seinem Arm hing Lady Xenia, die einen erfrischenden Kontrast zu allen anderen Damen darstellte. Anstelle eines Kleides trug sie eine weite dunkle Hose und ein Oberteil, das wie ein Korsett aussah. Bestimmt war auch sie heimlich bewaffnet.

Langsam schritt ich die Treppe hinab. Stufe für Stufe, akribisch darauf bedacht, nicht hinzufallen. Der bodenlange Seidenrock verursachte mir erhebliche Schwierigkeiten, da meine Schuhe andauernd im Stoff hängen blieben.

Mit der freien Hand krallte ich mich am Steingeländer fest. Aber irgendwann hatten wir es geschafft. Erleichtert lächelte ich Constantin zu.

Wir drehten uns um, um König Brion und Lady Ylvie in Empfang zu nehmen.

Mein Herz machte einen Satz, als ich den Herrscher Enghors erblickte. Dieser bärtige blonde Mann mit den Knopfaugen war Constantins Vater! Doch weder er noch der Prinz wussten davon.

Genau wie Constantin trug auch König Brion seine offiziellen Gewänder. Auf seinen rubinfarbenen Wanst war ein goldener Baum gestickt, der für die prächtigen Wälder Enghors stand.

Das Kleid Lady Ylvies war farblich passend dazu abgestimmt. Goldene Muster, die wie Äste eines Baumes aussahen, rankten sich auf rotem Brokat. In ihrem aschblonden Haar waren selbstverständlich Perlen zu finden. Die Baronstochter hätte niemals auf diesen Luxus verzichten wollen, da war ich mir sicher.

Der Hofmeister polterte mit dem Zepter. »Eure Majestät, der König von Enghor, König Brion mit seiner Verlobten, Baroness Ylvie van Ijek.«

Lady Ylvie strahlte über das ganze Gesicht. Dunkelrote Lippenstiftreste klebten an ihren gelben Zähnen. Während ihre Pupillen scheinbar in verschiedene Richtungen schielten, winkte sie lachend.

»Vati«, rief sie kichernd, »sau mal, wo ich bin! Ich bin die sönste Königin und hab das sönste Kleid!«

Ich erkannte, dass das Lächeln König Brions neben ihr erzwungen war, und hatte plötzlich Mitleid mit der Baronstochter. Auch wenn Isidor ihr Einverständnis zu dieser Vermählung eingeholt hatte, glaubte ich kaum, dass Ylvie wirklich begriff, wozu sie missbraucht wurde.

Doch *ihre* Freude war echt. Das war eindeutig.

Im Schneckentempo hangelte sie sich am Geländer entlang nach unten. Kaum erreichte sie den Fuß der Treppe, zeigte sie hinauf zu der Loge, in der die Musikanten saßen.

»Ich will tansen!«, verkündete sie lautstark.

Constantin gab dem Dirigenten ein Zeichen, woraufhin eine schwungvolle Melodie ertönte. Die Festgäste machten auf dem Parkett Platz. Der erste Tanz gebührte Constantin und mir, doch auch Ylvie zerrte ihren Verlobten nach vorn.

Es machte mir nichts aus, das eröffnende Musikstück mit der Baronstochter zu teilen. Im Gegenteil. So waren immerhin nicht alle Augen auf mich gerichtet. Zum ersten Mal war ich froh über den quälenden Tanzunterricht auf Burg Gedeleen. Damals hatte sich mir der Sinn solcher Stunden nicht erschlossen – jetzt schickte ich ein Dankesgebet gen Himmel.

»Darf ich bitten?«

Constantin verneigte sich, ergriff meine Hand und führte mich in die Mitte des Ballsaals. Das Kleid raschelte bei jedem Schritt. Unsicher glitt ich in seine Arme, begab mich in Position.

Schon einmal hatten wir zusammen getanzt. Doch damals war die Situation eine ganz andere gewesen. Wir waren ohne Gedanken an irgendeine Hofetikette zu Leierkastenmusik am Marktplatz herumgewirbelt.

Jetzt erschallten Flöten- und Violinklänge. Constantin zog mich näher an sich heran, lächelte mir zu. Seine Zuversicht nahm mir die Nervosität und schon einen Herzschlag später bewegten wir uns zum Rhythmus der Musik durch den Saal.

Es war, als würde ich fliegen. Kaum berührten meine Schuhe den Boden, führte mich Constantin schon weiter. Wir waren so schnell, dass die Gäste am Rand der Tanzfläche zu einem kunterbunten Streifen verschwammen.

Ich warf den Kopf in den Nacken und lachte, betrachtete die Deckenmalerei. Schon lange nicht mehr war ich so glücklich gewesen.

Irgendwann – waren es Sekunden oder Minuten gewesen? – wurde die Melodie langsamer. Schlussendlich kamen wir zum Stehen. Trunken vor Freude grinste ich Constantin an. Von den Drehungen war mir etwas schwindlig, weshalb ich mich von ihm vom Parkett schieben ließ. Er brachte mich zu Kestrall, die mich mit einer Umarmung empfing. Constantin selbst marschierte zu König Brion, wahrscheinlich um auf die Wahrung des Friedens anzustoßen.

»Du siehst wunderschön aus, Inga. Oder …«, sie kicherte, »sollte ich sagen *Herzogin* Inga?«

Mercedes trat an uns heran. »Genau, *Herzogin*«, höhnte sie. »Ich habe dir noch gar nicht zu dem gelungenen Geniestreich gratuliert, dieses Mondkalb im Namen des Friedens an einen Schänder zu verkaufen.«

Worte wie eine saftige Ohrfeige.

Obwohl es Isidors Idee gewesen war, hatte ich nachgeholfen und vor Lady Ylvie mit König Brions Reichtum geprahlt. Binnen Sekunden war die Baronstochter Feuer und Flamme für den Mann gewesen. Ein Brand, den ich gelegt hatte.

Mercedes stach Kestrall mit dem Ellbogen in die Rippen. »Ob sie auch *uns* verschachern wird, wenn es die Situation erfordert?«

»Mercedes!«, schalt Kestrall empört und rückte von der Goldenen Schwester ab, »vergiss nicht, dass *du* es warst, die uns diese Suppe eingebrockt hat!« Sie senkte ihre Stimme, sprach im Flüsterton weiter. »Würde Pendelö noch leben, dann …«

»… dann wäre Constantin längst von seinen Leuten gestürzt worden«, unterbrach Mercedes zischend.

Kestrall seufzte wehmütig. »Lasst uns nicht länger streiten«, sagte sie und schlug einen beschwingten Ton an, »heute ist ein freudiger Tag! Wir feiern gleich zwei königliche Verlobungen!«

Nickend drehte ich mich um, hielt Ausschau nach Isidor. Ich entdeckte ihn auf der Tanzfläche, umringt von zahlreichen Paaren. Er führte eine mir unbekannte Lady übers Parkett und machte dabei eine hervorragende Figur. Ob er trotz seiner besonderen Vorlieben entschieden hatte sich eine Gattin zu suchen, um den Schein zu wahren?

Einen Ehemann an seiner Seite würde der Adel nicht akzeptieren. Dafür war unsere Welt zu bieder. Ich hingegen fand, dass Liebe keine Schranken kennen sollte. Egal ob Königin und Goldene Schwester, Prinz und Stallmeister oder Dämon und Leibwächterin.

Die Musik endete und Isidor führte seine Partnerin von der Fläche. Sofort stürzten neue potenzielle Tänzerinnen auf ihn zu. Sie umschwirrten ihn wie Bienen ihren Honig.

Isidor winkte lachend ab und schritt auf König Brion zu. Vermutlich, um – wie Constantin – auf das gelungene Friedensabkommen anzustoßen.

Da wurde mir bewusst, dass Isidor nach Constantin der nächste in der Thronfolge Kandlots war. Ich zuckte zusammen. Im Grunde sogar der eigentliche, schließlich floss in den Adern des Prinzen kein Isgehart-Blut. Und dennoch hatte er alles getan, um seinem Neffen zur Krone zu verhelfen. Wir standen bis zum Hals in seiner Schuld. Diese Schuld lastete schwer auf meinen Schultern und ich ertappte mich bei einer gebeugten Haltung.

Schnell richtete ich mich wieder kerzengerade auf, lächelte und mischte mich in ein belangloses Gespräch des Stadtadels ein.

Ich erfuhr den neuesten Klatsch über Personen, die ich nicht kannte, und lobte Künstler, deren Namen mir noch nie zu Ohren gekommen waren. Entweder hatte ich beim Kulturunterricht in Gedeleen geschlafen oder der Lehrplan war veraltet gewesen.

Nach einer halben Stunde bemerkte ich, dass sich immer mehr Gäste ihre Mäntel anzogen und zu einer gepflegten Schneeballschlacht in den Schlossgarten gingen. Besonders der Adel Enghors war davon begeistert. Es hieß, Lady Ylvie hätte diesen Spaß angezettelt, und das glaubte ich sofort.

Dennoch war es seltsam, dass irgendwann alle Besucher des Nachbarreichs den Saal verlassen hatten. Nur König Brion und einige seiner Wachmänner verweilten bei den Edelleuten Kandlots.

Neugierig schritt ich auf die Flügeltür zu, rüttelte daran. Jetzt war sie verschlossen. Ehe ich Zeit hatte, mich darüber zu wundern, vernahm ich hinter mir Schreie.

»SIE KOMMT NICHT MEHR ZURÜCK.«

Mein Herzschlag setzte einen Augenblick aus. Das Blut in meinen Adern rauschte und tobte. Mit weit aufgerissenen Augen fuhr ich herum. Enghors Krieger stachen Kandlots Edelleute nieder. Wahllos. Egal ob Mann oder Frau, jung oder alt. Überall, wo ich hinblickte, spritzte Blut.

Hastig bauschte ich meinen Seidenrock zusammen, langte nach dem Dolch an meinem Oberschenkel. So schnell ich konnte, kam ich einer Lady zu Hilfe, rammte ihrem Angreifer meine Klinge in den Hals. Blut regnete auf die schreiende Adelige herab. Panisch machte sie sich auf den Weg zur Flügeltür, um in den Garten zu flüchten. Doch auch sie musste erkennen, dass sie eingesperrt worden war. Einen Herzschlag später trieb ihr ein anderer Krieger sein Schwert in den Rücken.

»Nein!«, schrie ich fassungslos, aber gleich darauf raubte mir etwas den Atem: Der Mann, dem ich Kestralls Stahldolch in die Kehle gebohrt hatte, trat an mich heran und grinste. Mit offenem Mund sah ich zu, wie er sich die Waffe aus dem Fleisch zog und sie gegen mich richtete. Und seine Wunde, sie heilte!

»Ihr ... Ihr seid ein Dämonenträger?«, stammelte ich.

Der Soldat zielte mit der Klinge auf mein Herz. Mit der freien Hand fuchtelte er in der Luft herum. »*Wir* alle sind es seit Kurzem!«

Ich schielte an ihm vorbei, entdeckte einen Krieger Enghors, der seine Zähne in einen Edelmann unseres Stadtadels schlug. Eben hatten wir uns über Malerei unterhalten. Jetzt sah ich zu, wie er blutleer getrunken wurde.

Als der Soldat vor mir zustieß, duckte ich mich unter dem Dolch hinweg und schlug ihm in den Magen. Schmerzen fügte ich ihm damit nicht zu, aber immerhin lenkte ich ihn lange genug ab, um wegzulaufen.

Aber wohin?

Schockiert sah ich mich um. Drehte mich im Kreis. Alle paar Meter lag eine Leiche, wurde jemand niedergestochen oder ausgesaugt. Und ich stand als wehrlose Seidenprinzessin inmitten dieses Blutbads.

Schließlich entdeckte ich Mercedes und Kestrall, die gegen die enghorische Invasion ankämpften. Das Klirren ihrer Schwerter war wie Musik in meinen Ohren.

Musik!

Ich blickte nach oben. Just in diesem Augenblick fiel ein Geiger mit seinem Instrument von der Loge. Er landete auf dem Tanzboden. Bewegte sich nicht mehr. Zwischen seinen Rippen steckte eine Klinge. Die Violine zerschellte direkt vor meinen Füßen.

Ich zuckte zurück. Vor wenigen Minuten hatte ich hier noch getanzt. Verstört wandte ich den Blick ab, hielt nach Constantin Ausschau. *Ich muss ihn schützen!* Verlobte hin oder her – im Herzen blieb ich immer seine Leibwächterin.

Neben der Festtafel mit Getränken und Kuchen tobte ein wildes Gefecht zwischen enghorischen Soldaten und Silberbrüdern. Gut möglich, dass Constantin irgendwo unter ihnen war.

Das Blut rauschte mir in den Ohren, doch ich biss entschlossen meine Zähne zusammen. Mit beiden Händen hob ich meinen Rock an, sauste hinein in das Getümmel.

Lautes Scheppern forderte meine Aufmerksamkeit. Ich riss den Kopf herum. Jemand war gegen einen Tellerstapel gefallen. Das teure Porzellan zerbrach am Boden in tausend Bruchstücke. Die Scherben verteilten sich in alle Himmelsrichtungen.

»Inga!«

Lady Xenia rief mich. Abrupt drehte ich mich um. Doch die Warnung kam zu spät.

Eine Klinge raste auf mich zu. Ich sah mein Spiegelbild im polierten Metall: meine zerzauste Hochsteckfrisur, meine aufgerissenen Augen.

Ich langte nach dem Schwert an meinem Gürtel – doch es war nicht da. Natürlich nicht! Ich trug ja ein *Kleidchen*!

»Nein!«, kreischte jemand, aber ich reagierte nicht. *Konnte nicht reagieren!*

In letzter Sekunde wollte ich mich zu Boden werfen. Doch mein Körper war wie versteinert. Ich blickte dem unmittelbaren Tode ins Auge, presste die Lider zusammen.

Ich verspürte einen Stich zwischen meinen Brüsten. Als hätte ich mich an einer Nadel gepikst. Entsetzt schnappte ich nach Luft. Blinzelte. Starrte in eiskaltes Silbergrau: die Iriden Kestralls. Sie hatte sich wie eine Mauer zwischen mich und die Klinge geworfen.

Ihre Knie gaben nach, ich fing sie auf.

Aber auch meine Beine waren nicht stabil. Gemeinsam sanken wir zu Boden.

»Schwester ... für ... Schwester«, flüsterte sie.

Mein Herz machte einen gewaltigen Satz. So heftig, dass mir der Schlag in der Kehle brannte.

Ich ahnte, was passiert war, und blickte an Kestrall hinab. Das Schwert war durch ihren Körper hindurchgetrieben worden, die Spitze ragte aus dem Brustkorb und hatte mich gekitzelt.

Kestrall.

Meine bebenden Lippen formten ihren Namen. Doch der Ton blieb aus.

Ich spürte, wie ihre Hände an meinen Schultern erschlafften.

Sie stirbt!

Panisch schaute ich ihr ein letztes Mal in die Augen. Intensiv, als könne ich dadurch den Tod bezwingen.

Doch der ewige Schlaf holte sie bereits. Ihr Blick wurde milchig, leer.

Zeit zu trauern blieb mir nicht.

Plötzlich zog der enghorische Krieger sein Schwert aus Kestrall. Ein Laut, der selbst in den Zähnen schmerzte. Ich bekam eine Gänsehaut.

Es war, als hätte er einen Stöpsel entfernt. Augenblicklich sprudelte Blut aus der Wunde, flüssig wie Wasser, und tränkte ihre Uniform.

Ich hob den Kopf, bemerkte, dass der Soldat ein weiteres Mal auf mich zielte. Erst jetzt sah ich auch, dass seine Augen blutrot leuchteten.

Ehe ich mich zur Seite werfen konnte, trieb *ihm* jemand eine Klinge durch den Rücken, zog sie jedoch gleich wieder heraus.

Der Krieger fiel auf die Knie. Entsetzt zuckte ich zurück, reckte das Kinn und … entdeckte Mercedes. Ich erkannte sie erst auf den zweiten Blick, da sie von Kopf bis Fuß mit Blut besudelt war. Das Weiße in ihren Augen stach schaurig aus ihrem roten Gesicht hervor.

Die Verletzung des enghorischen Kriegers blieb bestehen. Mercedes hatte ihn folglich mit einer Silberklinge angegriffen. Ich wusste, was zu tun war. Um mich zu schützen, verschränkte ich die Arme vor meinen Augen.

Keine Sekunde zu früh.

Einen Wimpernschlag später ergoss sich ein blutiger Sprühregen über mich. Heiß und klebrig.

Die Tropfen prasselten auf meine Finger, mein Haar und meine Stirn.

Bestimmt hatte auch mein Kleid etwas abbekommen.

Keuchend nahm ich die Hände runter, fokussierte Mercedes.

»Nimm dir sein Schwert«, sagte sie roh, »es ist aus Silber!«

Im selben Atemzug drehte sie sich weg und drosch auf ihr nächstes Opfer ein.

Ich knirschte mit den Zähnen, war wütend darüber, mein Schwert nicht zur Hand zu haben, verstört wegen Kestrall und nervös, weil ich nicht wusste, wo Constantin steckte. Ich fühlte tausend Dinge gleichzeitig und doch wieder nichts.

Ich wischte mir über die Stirn, rappelte mich hoch und entwendete dem enthaupteten Krieger seine Klinge. Kaum umschlossen meine Finger den Griff, füllte sich mein Körper mit Kraft. Wie eine Vase, in die Wasser gegossen wurde.

Voller Tatendrang stürzte ich mich ins Gemetzel. Kestralls Opfer durfte nicht umsonst gewesen sein.

Metalle prallten aneinander, Schwerter klirrten. Ich hörte Schreie und Flüche. Ab und an ging Geschirr zu Bruch.

Ich bewegte mich zu diesen düsteren Melodien, als würde ich tanzen. Jeder Schritt saß, jede Drehung beschleunigte mein Vorgehen. Mein Goldrock bauschte sich auf, fing all die Blutspritzer ab, die ich meinen Feinden zufügte.

Ich setzte zur dritten Enthauptung eines enghorischen Soldaten an. Skrupel kannte ich nicht mehr. Warum auch?

König Brion hatte uns heimtückisch in eine Falle gelockt. Eine Todesfalle.

Mein Herz raste. Ich wollte mich dem nächsten Krieger widmen, als mein Blick auf zwei Leichen neben dem Tortenbuffet fiel.

Ihre Gewänder waren ebenso bunt wie die Kuchenauswahl.

Es handelte sich um den Herzog von Rhöslad und seine Tochter, Lady Ragna.

»Nein!«

Lady Xenias herzzerreißender Schrei erschütterte mich bis in die Knochen.

Ich drehte mich zur Seite. Die schwarzen Zöpfe der Riesin verbargen ihr Gesicht wie ein Vorhang. Wer jedoch deutlich zu erkennen war, war der Mann, zu dem sie sich hinabbeugte.

Es war Graf Llögg, ihr Vater. Und nach den Bissspuren an seinem Hals zu urteilen, war er tot.

König Brion ließ Kandlots gesamten Adel niedermetzeln.

In mir brodelten Gift und Galle.

Ich wollte Blut mit Blut vergelten, den Zorn in meinem Inneren nach außen kehren.

Entschlossen, mit meinem nächsten Schlag die Schultern des enghorischen Herrschers von der Last seines Kopfes zu befreien, sondierte ich den Saal.

Inzwischen hatten sich die Reihen ausgedünnt, die Anzahl der Lebenden war auf eine überschaubare Menge geschrumpft.

Sir Henrik ging gerade auf zwei Soldaten gleichzeitig los. Meines Erachtens nur fair, denn der bärtige Ritter kämpfte beidhändig und war ein Meister seines Fachs.

Gern hätte ich das Gefecht verfolgt, aber es gab Wichtigeres zu tun.

Die Ader an meiner Schläfe pulsierte schmerzhaft. Mein Kopf dröhnte. *Wo ist Constantin?*

Drei quälend lange Herzschläge später entdeckte ich ihn. Er stand seitlich auf der Marmortreppe, wehrte in dem Moment, als ich hinsah, einen Hieb König Brions mit seinem Schwert ab.

Seine Pupillen leuchteten dunkelrot. Genau wie die des enghorischen Königs!

Brion war auch ein Dämonenträger. War es wahrscheinlich von Anfang an gewesen. Ob ihn seine Tochter einst infiziert hatte?

Es kämpfte also ein Monster gegen das andere.

Vater gegen Sohn.

Brion drängte Constantin auf Schritt und Tritt weiter die Stufen hinab. Eine falsche Bewegung und der Prinz würde fallen – stürzen wie Finja, die wegen mir auf dieser Treppe den Tod gefunden hatte.

Rächte sich ihr Geist etwa an mir und ließ Constantin am selben Ort sterben?

Nein. Unsinn. Geister gab es nicht und der Prinz würde nicht sterben! Nicht, wenn ich es verhindern konnte!

Ich nahm meine Beine in die Hand und rannte quer durch den Saal auf die beiden zu. Ich stach hier einmal zu und schlitzte dort eine Kehle auf. Alles, ohne den Blick von meinem Ziel abzuwenden. Ich fühlte mich wie ein golden schimmernder Blitz, der alles abbrannte, was ihm den Weg versperrte.

Aus den Augenwinkeln heraus sah ich noch, dass Mercedes und Sir Henrik mein Tun zu Ende bringen würden: Mit gehobenen Silberklingen rasten sie auf die verwundeten Dämonenträger zu.

Ich hörte elendiges Röcheln, vernahm das Schneiden von Schwertern durch Fleisch, aber ich schaute nicht zurück.

Mein Fokus galt Constantin.

Constantin und König Brion, der unser Friedensangebot mit Füßen trat.

Isidors »wasserdichter« Plan war gescheitert.

***

Constantin biss die Zähne zusammen. Das Schwert König Brions prallte gegen das seine.

»Warum tut Ihr uns das an?«, fragte der Prinz und stieg eine Stufe hinab. Ihr Kampf hatte am Absatz der Treppe begonnen.

Constantin hatte zwar bemerkt, dass die Gäste aus dem Nachbarreich stetig das Fest verlassen hatten, sich aber nichts dabei gedacht. Ihm war Ylvies Idee mit der Schneeballschlacht ja zu Ohren gekommen.

Dass hinter dem spielerischen Verschwinden ein gemeiner Hinterhalt gelauert hatte, hatte er nicht ahnen können.

»Warum?«, wiederholte Constantin, abermals einen Schlag abwehrend. »Warum fallt Ihr Kandlot in den Rücken?«

»Weil ich mich nicht länger wie ein Ochse an der Nase herumführen lasse!«

Ochse traf es gut, dachte Constantin. Mit seinen Knopfaugen, der bärigen Statur und dem üppigen Königsgewand wirkte er wie ein überladener Pflugochse. Doch das blutige Funkeln in seinen Iriden verriet, dass ein anderes Wesen in ihm wohnte.

»Ich habe Nachforschungen anstellen lassen«, verriet Brion. »Meine Spione fanden Pendelös Leiche. Angeschwemmt am Veronikasee. Mitsamt Kleidern und Schmuck. Blutleer getrunken. Dabei wurden die Männer laut Eurer Beraterin ausgeraubt und ausgeweidet.«

Constantin wollte zu einer Erklärung ansetzen, doch der Herrscher Enghors hatte sein Pulver noch nicht verschossen.

»Spart Euch die Lügen«, würgte er ihn barsch ab. »Seit der Brautschau habe ich Spitzel an allen Ecken und Enden Eures Hofes. Einer davon schwört, Eure Augen feurig leuchten gesehen zu haben. Ich weiß längst von dem Monster in Euch.«

»Und in Euch!«, warf Constantin ein und taxierte sein Gegenüber mit einem gefährlichen Blick. »Und in Eurer Tochter.«

»Britta«, zeterte der König, »ist tot! Ermordet von Euren Leuten! Genau wie der Großherzog. Ihr seid ein Heuchler, Prinz Constantin. Predigt Frieden und praktiziert Krieg. Aber ich hätte nichts anderes erwarten dürfen bei diesen Eltern. Die Mutter eine durchtriebene Hure und der Vater ein selbstgefälliger Dieb!« König Brion hob sein Schwert.

Nur mit Ach und Krach hielt Constantin dem Druck der feindlichen Klinge stand.

»Euer Vater stahl mir schamlos die Braut. Lady Calla war mir versprochen«, sagte Brion.

»Das tut mir leid, jedoch …«

»Und Eure *Mutter*«, fuhr er fort, wobei er das Wort »Mutter« wie ein Schimpfwort aussprach. »Eure *hinterhältige* Mutter verführte mich seinerzeit mit ihren grotesken Spielen und Mutproben. Wir verbrachten nur eine gemeinsame Nacht, doch daraufhin verlangte sie, dass ich mich von meiner Verlobten – Dion hab sie selig! – trennte. Ich bin mir sicher, dass sie ein Jahr später meiner Liebsten kurz vor ihrer Niederkunft Gift verabreichte. Die Ärzte konnten Britta zum Glück rechtzeitig aus Isbellas Bauch holen.«

Constantin blinzelte, übersah dabei fast die herabsausende Gefahr aus Silber. Im letzten Moment sprang er eine Stufe nach unten und hielt sein Schwert schützend über den Schädel. Der Schlag prallte ab.

»Ihr lügt!«, zischte der Prinz. Seine Mutter war schließlich laut Isidor eine Frauenliebhaberin gewesen. *Oder nicht?*

»Oh«, spottete Brion, »habe ich das Andenken Eurer großartigen Frau Mama beschmutzt? Das tut mir leid. Lasst uns schnell das Thema wechseln.« Er schlug einen bedrohlichen Ton an. »Wir könnten darüber sprechen, wie Euer Onkel die Ehe eines zufriedenen Mädchens auflösen ließ, nur um das arme Schaf im Namen des Friedens an den Feind zu verschachern.«

Es war eine Sache, seine Eltern in den Schmutz zu ziehen. Sein Onkel aber handelte stets ehrenhaft. Er hatte Ylvie zu nichts gezwungen.

»Ich wollte Euer Friedensangebot ablehnen, stattdessen meine Waffenkammern aufstocken und mich gegen einen Krieg mit Kandlot wappnen«, offenbarte Brion. »Doch dann korrespondierte ich mit Baron Sven van Ijek. Er war der Meinung, dass die Herrscherlinie der Isgeharts ausgedient hatte, und schlug vor, die Länder zu einer neuen, besseren Dynastie zu vereinen.«

Constantin schluckte. Er bekam kaum Luft. Die folgenden Worte herauszupressen kostete ihm Kraft. »Ihr seid hier, um Isidor und mich *zu töten*?«

Brion seufzte schwer, als hätte er keine andere Wahl. »Euch und sämtliche

Männer des Adels, die einen Anspruch auf Kandlots Thron hätten. Die anderen«, der König zog mit dem Schwert einen Bogen in der Luft, »sind nur Bauernopfer. Hätten sie mal lieber die Schneeballschlacht meiner Verlobten besucht.«

Der Prinz kannte die Geschichte seiner Familie.

So wusste er, dass lange vor der Regentschaft der Isgeharts, Jahrzehnte vor dem Kontinentalen Krieg, einst die van Ijeks über Kandlot geherrscht hatten.

Constantin schnappte nach Luft. Baron Sven van Ijek wollte zurück, was einst seiner Familie gehört hatte. Kandlots Thron. Deshalb war er sofort auf Isidors Vorschlag mit der Eheannullierung eingegangen. Damit Ylvie Königin von Enghor *und* Kandlot werden konnte.

Constantin wich einem weiteren Schlag aus, verlor dabei die Balance und stürzte die letzten Stufen hinab.

Dabei rutschte das Schwert aus seinen schweißnassen Fingern und flog in hohem Bogen davon.

Mit einem »Uff« landete er am kalten Marmorboden. Doch der Dämon in ihm sorgte dafür, dass er den Schmerz kaum wahrnahm. König Brion beugte sich über ihn.

Mit aufgerissenen Augen sah Constantin mit an, wie sein Gegenüber nach einer zweiten Klinge griff, die er unter einer Lage Stoff in seinen Gewändern versteckt gehalten hatte. Der Prinz blinzelte. Die Klinge war aus Stahl! Was wollte Brion mit …?

»Ah!«

Constantin schrie auf. Grelle Blitze des Schocks durchzuckten seinen Körper. Er drehte den Kopf und sah, dass ihm der König den linken Arm abgeschlagen hatte.

»Das war dafür, dass Eure Mutter meine Frau Isbella ermordete!«, sagte Brion.

Der Prinz beobachtete, wie der abgetrennte Teil seines Körpers zu Asche zerfiel. Gleichzeitig setzte der Heilungsprozess ein. Sehnen und Muskeln schlangen sich aus dem Loch an seiner Schulter, wickelten sich um wachsende Knochen.

Erleichtert atmete er aus, bis der nächste Schlag ihn traf. »Verflucht!«

Abermals rauschte eine kleine Schmerzenswelle durch seine Adern. Diesmal musste der rechte Arm dran glauben.

»Und das für meine Tochter Britta, die an Eurem Hofe anstatt einer Ehe den Tod gefunden hat.«

Constantin spürte, dass die Neubildung seines abgetrennten Körperteils diesmal länger dauerte. Der Dämon in ihm schwächelte, während Brions Iriden umso euphorischer flackerten.

Dieser hob nun sein Silberschwert. Diesmal würde der Schmerz fürchterlich und die Heilung träge sein.

Aber ein Blick in die blutroten Augen des Königs genügte, um zu erkennen, dass es keine weitere Regeneration geben würde.

Brions Klinge war nicht auf eine seiner Gliedmaßen gerichtet. Constantin schluckte. Sie zielte direkt auf seine Kehle. Der Prinz schloss die Lider, akzeptierte, dass seine Zeit abgelaufen war. Was hätte er auch tun sollen? Er lag verstümmelt vor den Füßen seines Feindes.

Constantin hörte bereits, wie die herabsausende Klinge die Luft zerschnitt.

»He«, rief da jemand von hinten.

Er kannte die Stimme. *Inga!* Abrupt riss er die Augen auf.

»He«, wiederholte sie. Der Klang war lauter, als wäre sie näher gekommen. »Wollt Ihr etwa Euren eigenen Sohn töten?«

Brion erstarrte mitten in der Bewegung. Als wäre er vom Donner gerührt und plötzlich zu Stein geworden.

Einen Herzschlag später sackten seine Mundwinkel nach unten, seine Pupillen weiteten sich. Der Dämon in ihm zog sich zurück und das Saphirblau seiner Iris kam zum Vorschein. Das rachsüchtige Flackern darin erlosch wie ein Lagerfeuer bei einem Platzregen.

Constantin beobachtete jedes Muskelzucken im Gesicht des enghorischen Königs. Und gerade als er sich einbildete, ein interessiertes Aufflackern im Blick seines Gegenübers wahrzunehmen, raubte ihm ein Schwall Blut die Sicht.

Heiß und klebrig brannte es in seinen Augen.

Mit der inzwischen geheilten Hand wischte er sich die rote Flut ab und blinzelte. Gut, dass es Trägerblut war, ansonsten hätte der Dämon in ihm verrückt gespielt.

Er sah gerade noch König Brions aufrechten Rumpf, ehe dieser zur Seite kippte und neben seinen Kopf fiel. Gleich darauf sprang jemand vom Steingeländer der Treppe.

Constantin rechnete mit Inga, aber es war Isidor.

Sein Onkel warf die schmutzige Silberklinge neben den toten Herrscher und streckte Constantin seine Finger entgegen. Dankbar griff er danach und ließ sich hochziehen. Inzwischen war auch sein zweiter Arm so gut wie neu.

»O Constantin«, keuchte Isidor außer Atem und umarmte den Prinzen, »hätte ich geahnt, dass uns Brion hintergeht ...«

»Er intrigierte mit van Ijek«, sagte Constantin und befreite sich sofort aus dem Griff seines Onkels. »Sie wollen alle mit Thronanspruch auf Kandlot töten und eine neue Dynastie gründen. Wo ist Sven?«

Isidor knirschte mit den Zähnen. »So ein elender Hund«, zischte er. »Er versteckt sich feige im Garten. Ich werde ihn mir vorknöpfen. *Persönlich!*« Er ergriff sein Silberschwert.

»Warte ...« Weiter kam Constantin nicht.

Jemand packte ihn von hinten. Erschrocken riss er sich los und fuhr kampfbereit herum. Doch es war Inga.

Auch in ihrem Gesicht glitzerte frisches Blut. Einzelne wirre Haarsträhnen klebten darin. Genau wie Isidor hatte sie ebenfalls das Bedürfnis, ihn sofort in die Arme zu ziehen. Aber selbst aus ihrer Umklammerung löste er sich sofort. Besonders da das Blut in ihrem Gesicht menschlich war und den Durst des Dämons weckte.

»Wartet«, sagte Constantin bestimmt. »Alle beide!«

Er merkte, dass Inga und Isidor einen kurzen Blick tauschten, ehe sie ihre Aufmerksamkeit wieder auf ihn richteten.

»Ist es wahr?« Constantin zeigte auf den Leichnam König Brions. »Ist ... war *er* mein Vater?«

Inga schnappte nach Luft, hielt sie an und schielte für die Dauer eines

Wimpernschlags zu Isidor. Anschließend huschte ein Schatten über ihr Gesicht.

»Nein«, flüsterte sie. »Es war bloß eine List.«

***

Die Lüge war mir nur mit Anstrengung über die Lippen gekommen. Mein Hals war wie zugeschnürt und meine Zunge schwer wie Blei.

Isidor nickte mir dankend zu. Anschließend sprang er die letzten Stufen hinab und rauschte zum erstbesten Fenster. Es brauchte sieben kräftige Tritte des starken Isgeharts, um das Glas zum Bersten zu bringen. Beim achten zersprang es klirrend. Er kletterte durch das gesplitterte Loch und tauchte in die Dunkelheit der Nacht ein.

»Er knöpft sich van Ijek vor«, sagte Constantin.

Irritiert drehte ich mich zum Prinzen und hob eine Augenbraue.

Daraufhin schilderte er mir in kurzen Sätzen, was ihm König Brion während des Kampfes mitgeteilt hatte.

Kaum begriff ich die Zusammenhänge dieses Anschlags, ließ ich meinen Blick erneut durch den Saal schweifen.

Sir Johannson lag tot zwischen Frau und Kindern neben der Flügeltür. Vermutlich hatten sie bis zum Schluss versucht irgendwie aus diesem Käfig herauszukommen. Die Leichen der Rhöslads hatte ich vorhin schon am Buffett entdeckt.

Sämtliche Adelsfamilien, die Anspruch auf den Thron gehabt hätten, waren vernichtet. Frauen, die vor einer Stunde noch in schillernden Kleidern zur Musik getanzt hatten, lagen wie ausgerissene Blumen am Boden. Ihre Männer hatten sie nicht beschützen können, waren selbst niedergemetzelt worden.

Lady Xenia kniete noch am Boden, den Schädel ihres ermordeten Vaters auf ihren Schoß gebettet. Wenige Schritte neben ihr enthauptete Sir Henrik einen verbliebenen enghorischen Dämonenträger, der wiederum mit seinem letzten Atemzug sein Schwert in einen Knaben rammte, der sich unter einem Tisch versteckt hatte.

Es war jedoch Mercedes, die ich letztendlich im Auge behielt. Genau wie ich verschaffte sie sich gerade einen Überblick. Als wir uns ansahen, bildete ich mir für die Dauer eines Herzschlags ein, dass sie erleichtert war. Aber ihr Hauptinteresse galt nicht mir.

Die Goldene Schwester setzte ihre Suche fort, bis sie abrupt innehielt. Ich folgte ihrem Blick, landete bei Kestrall, die tot in ihrer Blutlache lag.

»Kestrall«, stieß ich hervor und durchlebte in Gedanken erneut, wie sie sich zwischen mich und den Krieger geworfen hatte.

Ich keuchte, berührte den Schnitt an meinem Dekolleté. Wäre sie nicht gewesen, wäre es kein Kratzer, sondern ein glatter Durchstoß geworden. Mir wurde heiß und kalt.

»Geh hinüber!«

Constantins Stimme rüttelte mich wach. Ich sah zu ihm hoch, wollte nach dem, was er eben erlebt hatte, nicht von seiner Seite weichen, doch er scheuchte mich geradezu fort.

»Ich bin wohlauf«, sagte er und schob mich in Kestralls Richtung. »Verabschiede dich von deiner Schwester. Ich wiederum werde wie Isidor nach dem Baron suchen.«

Mit diesen Worten ließ mich Constantin stehen und schlüpfte durch das Loch in der Fensterfront. Im Garten waren bloß Silberbrüder und Adelige, keine feindlichen Krieger, das wusste ich. Die einzige Gefahr, die dort auf den Prinzen lauerte, war der Verräter – Sven van Ijek. Und mit ihm würden Isidor und Constantin spielend fertig werden.

Der Prinz war nicht mehr der zerbrechliche Junge von früher.

Tatsächlich war ich es, die sich zerbrochen fühlte. Mit meiner Schwester war ein Teil von mir gestorben.

Ich schritt auf Kestrall zu, doch sie war längst nicht mehr allein. Mercedes kniete neben ihr und hielt den leblosen Körper in ihren Armen. Als mir klar wurde, dass sie weinte, blieb ich stehen.

»Bleib bei mir«, klagte sie schniefend, »ich brauche dich doch. Es tut mir alles so unendlich leid!«

Ich schluckte. Gestand mir ein, dass ich Mercedes mit ihrer toten Freundin allein lassen musste. Die beiden hatten viele Jahre, ja, ein halbes Leben, miteinander verbracht. Mich hingegen hatte Kestrall gerade einmal ein paar Monate gekannt.

Als ich mich umdrehen und Constantin in den Garten folgen wollte, blitzten Mercedes' Augen blutrot auf. Erschrocken zuckte ich zurück, zog ein Schwert aus einer Leiche neben mir und wappnete mich.

Doch die Goldene Schwester schaute mich gar nicht an. Ihre volle Aufmerksamkeit galt der toten Frau in ihren Armen.

Mercedes öffnete ihren Mund. Spitze Zähne traten hervor. Ich erschauderte. Was hatte sie vor? Sie würde doch nicht etwa ...

Zack!

Mir entfuhr ein spitzer Schrei. Mercedes hatte in Kestralls Hals gebissen. Wie erstarrt stand ich da und sah zu, wie eine Schwester das Blut der anderen trank. Die Schlucke waren deutlich zu hören. Übelkeit stieg in mir hoch.

Irgendwann nahm Mercedes ihre Lippen weg. Ihr Gesicht war schon vorher dunkelrot gewesen, doch jetzt leuchteten neue Spritzer auf ihrem Kinn. Mit großen Augen betrachtete sie Kestrall und griff nach ihren schlaffen Fingern.

»Komm schon!«, knurrte sie verzweifelt. »Komm zu uns zurück!«

Mercedes hatte Kestrall nicht ausgesaugt. Nur etwas Blut genommen. Mir war klar, was sie vorhatte: Sie wollte ihre Schwester mithilfe des Dämons zurück ins Leben holen.

Aber dieser Versuch würde scheitern, schließlich schlug Kestralls Herz längst nicht mehr.

Mercedes schien das anders zu sehen. Jetzt presste sie beide Hände gegen die offene Stichwunde an Kestralls Brust. Mehrmals. »Fang an zu schlagen!«

Ich wollte wegsehen, doch mein Blick war wie eingefroren. Dafür fanden endlich ein paar Worte den Weg über meine Lippen. »Lass es, Mercedes. Sie ist tot!«

Ich wurde ignoriert. Als hätte ich gegen eine Wand gesprochen. Anstatt aufzuhören, hämmerte Mercedes fester gegen den Brustkorb ihrer Schwester. Ich hörte, wie eine Rippe knackste.

»Mercedes!«, rief ich erschrocken.

Inzwischen waren Sir Henrik und Lady Xenia auf uns aufmerksam geworden. Die beiden zogen ihre Schwerter. Sie sahen in Mercedes wohl nicht mehr die Goldene Schwester, sondern die Dämonenträgerin.

Nur ich erkannte, wie viel Verzweiflung in ihren Taten steckte, und legte die Waffe beiseite.

»Mercedes«, wiederholte ich, sanfter diesmal, »sie wird nicht zurückkommen.«

Tränen brannten in meinen Augen. Ich blinzelte sie fort. Der Zeitpunkt zu trauern war noch nicht gekommen.

Vorsichtig näherte ich mich meinen Schwestern, hockte mich vor ihnen nieder. Dabei hielt ich die Hände hoch, damit Mercedes sah, dass ich keine Waffe dabeihatte. Doch sie verschwendete keinen Blick an mich.

»Es wird funktionieren«, widersprach Mercedes und fuhr in ihrem rhythmischen Tun fort. »Es hat bereits gewirkt. Weshalb sollte ich bei *ihr* scheitern?«

Sie hatte recht. Constantin war der Beweis. Doch sein Herz hatte noch geschlagen, als sie ihn verwandelt hatte.

Vielleicht griff ich nach einer tödlichen Löwenpranke, doch ich musste es versuchen. »Weil sie schon tot ist, Mercedes.« Zaghaft legte ich meine Finger über ihre. Kurz fürchtete ich, sie würde mich anspringen, doch stattdessen wurde ihr Tun ruhiger, bis unsere Hände irgendwann reglos über Kestralls blutüberströmten Brustkorb verharrten.

Mercedes sah scheinbar ein, dass sie gescheitert war, und für den Bruchteil einer Sekunde genoss ich unsere verschlungenen Finger.

»Auch die Macht des Dämons kennt Grenzen«, sagte ich.

Ich warf Xenia und Henrik einen flehenden Blick zu. Die beiden sahen sich an, steckten ihre Waffen weg und zogen sich zurück.

Erleichtert wandte ich mich wieder an Mercedes, deren Augenmerk abermals auf unserer toten Schwester ruhte.

Mit der freien Hand schloss ich die Lider Kestralls für immer.

»Du bist nicht die Einzige, die trauert«, erinnerte ich Mercedes. »Dafür hast du bekommen, was du wolltest.«

Die Goldene Schwester runzelte die Stirn. Wusste sie wirklich nicht, wovon ich sprach?

***

Vor den Augen sämtlicher Adeliger bezichtigte Constantin Baron van Ijek des Hochverrats. Jegliches Brüllen seinerseits, der Kronprinz hätte Großherzog Pendelö auf dem Gewissen, stieß auf taube Ohren. Niemand glaubte einem Mann, der soeben unschuldige Frauen und Männer hatte abschlachten lassen.

Nur Lady Ylvie stand da, als wäre sie im falschen Theaterstück. »Vati is gut«, plärrte sie. »Er tötet keine Mensen.«

Constantin sah, dass sich Isidor sofort ihrer annahm und sie auf schnellstem Wege ins Innere des Schlosses brachte. Gewiss fühlte er sich schuldig an ihrem Schicksal. Denn würden die Adeligen beider Länder erst einmal begreifen, welche Rolle das Mädchen in diesem Komplott gespielt hatte, würden sie auch ihren Kopf fordern. Mondkalb oder nicht – sie war Teil des Plans gewesen. Mehr würden manche Männer gar nicht wissen wollen.

Ein enghorischer Krieger hatte sich vor dem Massaker aus dem Ballsaal geschlichen. Er bestätigte Constantins Worte, gab zu, dass sein König zusammen mit dem Baron die Auslöschung der Isgeharts und sämtlicher Thronerben Kandlots angeordnet hatte.

Genau wie der Prinz selbst verschwieg er jedoch den Teil mit den Dämonenträgern. Constantin gewährte Gnade und versprach, ihn leben zu lassen. Im Kerker.

Die Silberbrüder führten ihn und den Baron ab. Der Prinz schwor den Adeligen, dass der Hof nun sicher war, und lud Großherzog Fahrik, den nächsten Thronanwärter Enghors, zu einem Gespräch ein.

Constantin wollte das Nachbarreich nicht für sich beanspruchen. Kandlot war ihm groß genug. Er brauchte keine weiteren Gebiete, um die er sich zukünftig kümmern musste. Viel lieber wollte er mit Isidors Hilfe morgen einen Friedensvertrag zwischen den Isgeharts und den Fahriks aufsetzen.

Der Prinz ordnete an, dass niemand den Saal betreten durfte. Nur einer

Handvoll verschwiegener, vertrauenswürdiger Männer erlaubte er, sich um die Leichen zu kümmern. Der Adel sollte nicht erfahren, welche Monster ihre Freunde und Nachbarn heimgesucht hatten.

Auch Constantin selbst marschierte zurück in den Ballsaal. Kaum kletterte er durch das kaputte Fenster, fiel sein Blick auf Lady Xenia, die in den Armen Sir Henriks lag. Sie lehnten an einer Engelsstatue und hielten sich gegenseitig fest. Jeder von ihnen hatte heute grausame Verluste erlitten.

Ein paar Meter von ihnen entfernt saßen Inga und Mercedes am Boden.

Mercedes.

In seinem Magen brodelte es. Kochend vor Wut ging er zur Leiche König Brions und packte dessen Schädel am blonden Haarschopf. Anschließend durchquerte er in Riesenschritten den Saal und kam direkt neben den Goldenen Schwestern zu stehen.

»Mercedes«, sagte er bitter.

Sie drehte sich zu ihm um. Auch Inga reckte ihr Kinn.

»Hier hast du, was du wolltest!«

Mit diesen Worten warf er Mercedes den Schädel zu. Sie fing ihn auf, vermutlich aus Reflex. Kaum betrachtete sie, was sie in den Händen hielt, zuckte sie zusammen. Die aufgerissenen starren Augen des Toten waren direkt auf sie gerichtet. Sofort ließ sie den Kopf fallen wie eine heiße Kartoffel.

Er kullerte davon, rollte gegen die Leiche der Witwe Pendelö, wo er liegen blieb.

»Constantin!«, rief Inga und sprang auf. »Was sollte das?«

Mercedes hingegen rührte sich nicht vom Fleck. Sie glotzte auf ihre blutverschmierten Hände, die noch immer in der Position verharrten, wie sie Brions Schädel gefangen hatte.

Ingas Frage ignorierend zischte der Prinz: »Tu nicht so verdattert, Mercedes. Wir alle wissen, dass du Brions Tod wolltest. Nun, ich brachte dir seinen Schädel. Willst du mir nicht danken?«

»Hör auf!«

»Was geht denn hier vor?«

Inga und Isidor hatten gleichzeitig das Wort ergriffen. Constantin drehte sich zu seinem Onkel um, der kopfschüttelnd die Treppe hinabkam. Offenbar war der Fluchtweg über die Säulengalerie nicht versperrt worden. Oder Isidor hatte diese Tür bereits aufschließen lassen.

»Was hier vorgeht?«, wiederholte Constantin. »Ich denke, das sollten wir Mercedes fragen.«

Isidor kam zu ihnen herüber. Sein Blick war fragend, beinahe entsetzt.

Doch es war Inga, die sich erkundigte. »Wieso Mercedes? Was meinst du?«

Constantin drehte sich zu ihr um und breitete die Arme aus. »Denkst du wirklich, van Ijek wäre von selbst auf die Idee gekommen, hinter meinem Rücken ein Komplott in Gang zu setzen?« Er machte eine Pause, gab jedoch keinem die Zeit, seine Frage zu beantworten. Stattdessen schlug er sich mit beiden Händen auf die Oberschenkel und löste das Rätsel selbst auf. »*Nein!* Irgendjemand muss ihm diesen Floh ins Ohr gesetzt haben.«

Inga verschränkte die Arme. »Du musst dich irren.«

Aber er blieb bei seiner These. »Komm schon«, sagte er und hockte sich unmittelbar vor Mercedes nieder. »Gib zu, dass du den Ball ins Rollen gebracht hast.«

Stahlfarbene Augen blickten ihn aus einem blutverschmierten Antlitz unverwandt an. Doch Constantin bildete sich ein, hinter ihre Fassade aus grauem Stein schauen zu können. Was er sah, war eine von Hass erfüllte Furie.

»Ich habe *nichts* damit zu tun«, sagte Mercedes. »Warum auch? Mein Ziel ist es, dich Dummkopf auf den verdammten Thron zu bringen!«

Auch sie duzte ihn nun. Constantin lachte ihr höhnend ins Gesicht. »Dein *Ziel*«, äffte er sie nach, »war es seit jeher, uns Männer gegeneinander auszuspielen.« Sein Ton wurde lauter. »Eine verlogene Giftschlange bist du!«

»Das reicht jetzt!«

Der Prinz spürte, dass ihn jemand packte und emporriss. Der Kraft nach zu urteilen war es Isidor. »Lass sie in Ruhe!«

Constantin fuhr herum, schüttelte die Hände seines Onkels ab. Inga, die mit aufgerissenen Augen danebenstand, hatte eine Hand an ihr Herz und die andere über ihren Mund gepresst. Vermutlich, um einen Schrei zu unterdrücken.

»Du verteidigst sie auch noch?«, schnauzte Constantin Isidor an.

Sein Onkel setzte eine traurige Miene auf. »Siehst du nicht, dass sie neben ihrer toten Schwester kniet? Zeig ein bisschen Mitgefühl!«

Constantin hob die Augenbrauen. »Mitgefühl? Mit ihr? Hat sie denn mit dir mitgefühlt, als sie Ivans Kopf abschlagen ließ?«

Trotz seiner harschen Aussage ließ das Brodeln in seinem Magen nach. Die Wut verrauchte ganz, als Inga an ihn herantrat. Sie verflocht ihre Finger mit den seinen, schaute ihn ermutigend an und sagte: »Mercedes hätte dich mit ihrem Leben geschützt. Sie hat deinen Zorn nicht verdient.«

Isidor streckte Mercedes eine Hand hin. Doch die Goldene Schwester rappelte sich ohne seine Hilfe hoch. Sie schlang die Arme um ihren Körper, als wolle sie sich selbst festhalten.

Isidor verdrehte die Augen. »Jetzt komm schon, tu nicht so, als hättest du keinen Trost nötig.«

Nach wie vor hatte er einen Arm ausgebreitet. Erst starrte ihn Mercedes an, als wäre er verdorbenes Fleisch, doch dann wurden ihre Augen plötzlich glasig.

Constantin schnappte überrascht nach Luft. Die Goldene Schwester weinte. Erst jetzt fiel ihm auf, dass es bereits unzählige Salzstraßen in ihrer Blutschicht gab. Es war also nicht das erste Mal, dass sie in Tränen ausbrach. Und er, ein *Dummkopf*, um ihre Worte zu wählen, hatte sie eine Giftschlange genannt ...

Isidor schüttelte den Kopf und schnaubte. Er umschlang Mercedes' Taille und drückte sie an sich. Constantin war sich sicher, dass sein Onkel mit dieser forschen Heldentat sein Todesurteil unterschrieben hatte. Doch anstatt Isidor ihre Faust gegen den Schädel zu rammen, bettete Mercedes ihren Kopf an seine Schultern. »Ich ... habe alles ... versucht«, schluchzte sie. »Aber ... Inga hat recht. Sie kommt nicht mehr zurück.«

»OB GOLDEN ODER NICHT.«

Eine Woche später waren die Friedensverhandlungen mit Großherzog Fahrik abgeschlossen. Wir schmiedeten mit dem neuen Herrscher Enghors eine Allianz, die beiden Ländern zugutekommen würde.

Baron Sven van Ijek wurde von einem von Constantin berufenen Gericht aus Adeligen und Geistlichen für schuldig befunden und öffentlich enthauptet. Seiner Familie wurde der Titel entzogen und sämtliche Ländereien anderweitig vergeben. Die nunmehr mittellose Ylvie heulte sich bei mir aus und erhörte schließlich meinen Rat, ihr Glück in einem Kloster der Heiligen Della zu suchen. Einem Ort, wo sie zwar ohne prunkvolle Kleider, jedoch in Sicherheit leben konnte.

Somit waren die meisten Brände fürs Erste gelöscht und Constantin und ich machten uns ans Werk, unsere Reise nach Gondra zu planen. Über eine Krönung wollte er noch immer nicht sprechen.

Sowohl Isidor als auch Mercedes ließen es sich nicht nehmen, uns ins Nachbarland zu begleiten.

Während unserer Abwesenheit beauftragte Constantin Lady Xenia und Sir Henrik, sich um dringliche Angelegenheiten zu kümmern.

»Verlasst Euch auf uns«, versprach die dunkelhaarige Riesin, senkte das Haupt und deutete eine Verbeugung an. Sie erhob sich wieder und reckte das Kinn. Durch die Thronsaalfenster schien helles Tageslicht. Der Silberring in ihrer Nase funkelte.

Nachdem die wichtigsten Details geklärt waren, gab es für mich nur noch eines zu tun.

Ich warf mir meinen goldenen Mantel über und stapfte durch den Schnee. Die Sonne wärmte mein Gesicht. Dankbar blickte ich zu ihr empor. Ich blinzelte und schaute dann geradeaus zur Kapelle. Das Dach war mit Neuschnee gezuckert. Er glänzte mit den bunten Glasfenstern um die Wette.

Ich rutschte gleich in die hinterste Bank, legte die Fäuste an mein Herz und schickte ein Gebet gen Himmel.

Nach etwa einer Minute vernahm ich das Knarzen der Eingangspforte. Isidor nahm neben mir Platz und ballte ebenfalls gottesfürchtig seine Finger.

»Ich hoffe, du findest in Gondra, was du suchst«, wisperte er vertraulich. Inzwischen sprachen wir uns ohne die Höflichkeitsfloskel an. Schon oft hatten wir über die heiligen Schwestern und deren Kräuterwissen geredet. Jetzt hatte ich aber das Gefühl, dass er etwas anderes meinte.

»Du sprichst von …« Ihr Name wollte beim ersten Versuch nicht über meine Lippen kommen.

»Katga, ja!«, ergänzte Isidor.

Ich atmete schwer. Ihm fiel es leicht, meine Schwester zu benennen. Kein Wunder, die beiden waren vor ihrer überstürzten Abreise unzertrennlich gewesen; hatten sich auf Bällen amüsiert und bei Festbanketten herumgealbert. Mit keinem anderen hatte ich Isidor je so ausgelassen erlebt.

»Vor einer Woche war ich noch erpicht auf ein Treffen, inzwischen verlässt mich der Mut«, gab ich zu.

Spätestens wenn Katga dahinterkam, dass ich nach meiner Heirat *ihren* größten Traum leben würde, wäre es aus zwischen uns.

Isidor griff nach meinen Fäusten. Seine Haut war überraschend warm. »Katga liebt dich, Inga! Schon als mein Bruder damals verkündete eine neue Goldene Schwester namens Inga Ericson am Hof empfangen zu wollen, war sie sehr aufgeregt und voller Spannung.«

Mir fiel auf, dass sein Blick weich und seine Stimme sanft wurde.

»Sie kam nach der Kundgebung in mein Gemach gestürmt, fantasierte, wie du wohl inzwischen aussehen würdest.«

Obwohl mich »sie kam in mein Gemach gestürmt« kurz irritierte, wurde mir warm ums Herz.

Und Isidor war noch nicht fertig. »Katga erzählte mir, dass sie von dir träumte – ohne dir ins Gesicht zu sehen. Sie wartete auf den besonderen Traum, in dem du dich endlich zu ihr umdrehen würdest.«

Plötzlich wurde mir schwindlig. Das bunte Fensterglas hinter Isidor verschwamm. »Sie träumte von mir?«

»Jede Nacht.«

Ich bekam eine Gänsehaut. Eine Ahnung ergriff mich, was es mit dem blonden Engel wirklich auf sich haben könnte.

***

Die Reise nach Gondra dauerte eineinhalb Tage. Wir rasteten in Pendelö und nächtigten in einem Gasthaus in Dobra, der Stadt vor der Grenze zum Nachbarreich.

Nur wenige Meilen von Dobra entfernt lag Binjar. Dort waren Mercedes und ich in einem Wirtshaus angegriffen worden – damals, als sie mich von Burg Gedeleen abgeholt hatte. Ich hatte geglaubt, es mit einem Silberbruder zu tun zu haben. Doch in Wahrheit hatte Königin Valerie den Mann angeheuert gehabt, um den Hass auf ihren Gemahl im Grenzgebiet zu schüren.

Das Volk liebte Constantin. Somit war es kein Wunder, dass wir in jeder Stadt Kandlots jubelnde und winkende Bürger entdeckten.

Auch als wir die Grenze nach Gondra passierten, blieb die Stimmung im Volk positiv. Königin Sabita hatte dafür gesorgt, dass ihr Neffe nicht mit dem »Unheiligen Ivan« – wie ein Wirt ihn nannte –, sondern mit ihrer Schwester in Verbindung gebracht wurde. Constantin wurde allerorts als »Valeries Sohn« willkommen geheißen.

Ich merkte an Isidors verzogener Miene, dass es ihm missfiel, von seinem Bruder nur als »dem Unheiligen Ivan« zu hören. Aber er beschwerte sich kein einziges Mal.

Schließlich forderten die Worte des Kutschers unser aller Aufmerksamkeit. »Wir sind da.«

Constantin hatte mir die Wahl zwischen meiner Schwesternkluft und einem königlichen Reisekleid gelassen. Die Entscheidung war mir leicht gefallen. Ich strich die Falten meiner Uniform glatt und stieg aus der Kutsche.

Die grellen Sonnenstrahlen blendeten. Ich blinzelte, woraufhin schwarze und rote Punkte vor meinen Augen tanzten.

Als diese verschwunden waren, gaben sie die Aussicht auf Königin Sabitas Schloss frei. Staunend ließ ich meinen Blick über die glänzend weiße Fassade wandern.

»Albitgestein aus dem Gedeleengebirge«, erklärte Mercedes, die wahrscheinlich meine Begeisterung bemerkt hatte.

Doch es war nicht nur das Gemäuer, das mich faszinierte. Auch die Form des Schlosses war einzigartig. Etliche kleine Türmchen ragten in die Höhe, als wollte jeder den anderen übertrumpfen und die Wolken berühren. Ich musste einige Schritte zurückgehen und den Kopf ins Genick legen, um die schneebezuckerten Dächer überhaupt zu sehen.

»Seid willkommen!«

Eine hohe Stimme riss mich aus dem Bann. Vor uns stand ein Dienstbote, gekleidet in einfache helle Gewänder. Er verneigte sich tief. »Königin Sabita empfängt euch im Prunksaal.«

Constantin, Mercedes, Isidor und ich machten keinen Überraschungsbesuch. Constantin hatte uns mittels eines Boten ankündigen lassen. Gewiss wollte uns Sabita mit ihrem »Prunksaal« ihren Reichtum zeigen.

Constantin stellte sicher, dass sich der hiesige Stallmeister um unsere Pferde und ein Bediensteter um unser Gepäck kümmerte. Nachdem Isidor geklärt hatte, wo unsere Soldaten unterkommen würden, folgten wir dem Diener zum Haupteingang. Wir passierten einen Raum, der nur aus raffiniert gemeißelten Statuen bestand.

»Gefallene Goldene Schwestern, die der Krone besondere Dienste erwiesen«, wisperte mir Mercedes beim Vorbeigehen zu. »Das«, sie zeigte auf eine Figur in der Ecke, »ist Reselie.«

Ich warf einen Blick auf die Darstellung jener Schwester, die Valeries Leben beim Attentat – jenem Anschlag, der eigentlich Ivan gegolten hatte – bewahrt hatte.

Kaum verließen wir diese Ausstellung, öffnete der Diener eine Tür, die den Blick auf pures Gold freigab. Mir klappte der Mund auf.

Der Saal war gewiss über zehn Meter hoch. Durch kreisrunde Deckenfenster schien Sonnenlicht herein. Fußboden, Wände, Säulen – alles funkelte. Erst bei genauerem Hinsehen erkannte ich, dass die Wände in Wirklichkeit Regale voller Bücher waren. Um die Säulen schlangen sich Wendeltreppen, die zu den höher gelegenen Stellagen führten.

Inmitten dieses Saales wartete jemand auf uns.

»Geliebter Neffe!«

Königin Sabita!

Sie kam auf uns zu. Der Diener verbeugte sich und huschte davon.

Genau wie ihre jüngere Schwester hatte Sabita goldblondes Haar, das sie zu einem kunstvollen Zopf geflochten trug. Sie war so dürr, dass sich ihre schneeweiße Haut eng um ihre Gesichtsknochen spannte. Es war mir ein Rätsel, wie sich solch ein dünner Mensch in diesem Kleiderberg fortbewegen konnte. Ihr Gewand war aus schwerem dunkelgrünem Samtstoff. Schwarze Muster rankten sich darauf.

Grün und Schwarz. Sie präsentierte sich in den traditionellen Landesfarben. Auch Valerie hatte sich stets so gekleidet.

»Geliebter Neffe«, wiederholte sie, kaum dass sie vor uns stand. Ihre Stimme klang melodiös und ihre Handbewegung war geschmeidig, als sie über Constantins glatte Wange strich. »Du bist das Ebenbild deiner Mutter.«

Der Prinz stand da wie versteinert, als wüsste er nicht, wie ihm geschah. Mit großen Augen starrte er seine Tante an und ließ ihre Streicheleinheiten über sich ergehen.

Schließlich wandte sich Königin Sabita an Mercedes. »Wie schön dich wohlauf zu sehen, Merc.«

Mercedes verneigte sich, woraufhin die Herrscherin auf mich zuging. »Dann bist du also die namhafte Schwester Inga Ericson! Es gibt bereits Lieder über deine Heldentaten.«

Ich tat es meiner Goldenen Schwester gleich und senkte das Haupt. Dass sie mich als »namhaft« bezeichnete und von »Heldentaten« sprach, brachte mich ins Wanken.

Zu guter Letzt war Isidor an der Reihe. Ginge es nach Königin Sabitas Rangfolge, stand er offenbar eine Stufe unter uns Kriegerinnen.

»Und Sir Isidor.« Sie kniff die Augen zusammen. »Ich habe nur Dank deiner Freundin Katga eine hohe Meinung von dir.«

Dass sie ihn sofort vertraulich ansprach, störte Isidor wohl nicht. Ihm fiel offensichtlich etwas anderes auf, denn ein überraschtes Flackern huschte über sein Gesicht. »Katga ist am Hof? Ich dachte, sie lebt bei den Heiligen Schwestern.«

Sabita musterte Isidor von Kopf bis Fuß.

»Das tat sie zunächst«, sang sie. »Doch dann langweilte sie das einfache Leben im Kloster. Inzwischen ist sie eine meiner liebsten Hofdamen. Organisiert die ausgelassensten Feste.«

Ich sah Isidor an, dass ihm Tausende Fragen auf der Zunge brannten, doch er behielt sie für sich.

»Nun denn«, meinte Sabita daher und wandte sich an uns alle. »Ihr müsst müde sein von der langen Reise. Ich habe Zimmer herrichten lassen. Ruht euch aus! In der Zwischenzeit ...«, sie drehte sich zu mir, »lasse ich nach Heilschwester Ida schicken.«

»Und nach Lady Katga«, warf Isidor hastig ein. Er schielte kurz in meine Richtung. *»Bitte!«*

Wir verabredeten uns eine Stunde später im kleinen Speisesaal zu treffen. Ein Diener führte uns durch die verschlungenen Gänge hin zu den Gästezimmern. Das Gepäck war bereits heraufgetragen worden.

Kaum war ich allein, entledigte ich mich meiner Stiefel und warf mich erschöpft aufs Bett.

***

Ich musste tatsächlich eingeschlafen sein, denn ich erwachte erst, als jemand an die Tür klopfte.

»Inga?«

Erschrocken fuhr ich hoch.

»Inga, bist du so weit?«

Es war Constantin.

»Sofort«, antwortete ich und sprang aus den Federn.

Ich eilte zum Spiegel, fuhr mir ein paarmal durchs Haar und verfluchte mich dafür, meine Zeit verplempert zu haben. Mit »Ausruhen« hatte Sabita gewiss umziehen und frischmachen gemeint, nicht schlafen. Ich quetschte meine Füße in die Stiefel und stolperte zur Tür.

Ich öffnete sie und betrachtete staunend Constantin, der fein zurechtgemacht vor mir stand. Der Geruch von gewaschenem Haar, Seife und Minze kroch in meine Nase. Anstelle der Reisekleidung trug er seine Prinzengewänder.

Und ich? Ich hatte mich weder umgezogen noch mich um meine Frisur gekümmert.

Ehe Constantin den Mund aufmachen konnte, hob ich meine Hand und bat: »Sag nichts!«

Der Prinz presste die Lippen zusammen, unterdrückte sichtlich ein Grinsen.

Schnell richtete ich mich auf, räusperte mich und sagte: »Ich habe bis jetzt mein Gepäck verstaut und brauche noch einige Minuten. Geh ohne mich vor. Und sei so lieb und schick eine Dienerin zu mir.« Vor Stolz schwoll meine Brust an. Ich hatte gesprochen wie eine wahre Königin!

Doch Constantin hob eine Augenbraue und grinste. »Von wegen Gepäck *verstaut*. Du hast geschlafen wie ein Bär. Ich sehe doch den geschlossenen Koffer und das zerknüllte Laken hinter dir.«

Sämtliche Luft entwich hörbar meiner Lunge. Ich nahm meine königliche Maske ab und entblößte das aufgebrachte Mädchen dahinter. »Ja, du hast recht«, gab ich beschämt zu.

Den Blick auf meine Stiefel gerichtet wisperte ich: »Ich werde einmal eine lausige Königin abgeben!«

Ich hörte Constantin auflachen und hob den Kopf. Machte er sich über mich lustig, nachdem ich ihm meine Angst mitgeteilt hatte?

»Ach, Inga«, gluckste er. »Einige Königinnen kommen aus Prinzip eine Stunde zu spät zu Terminen.«

Er streichelte über meine Wange und sah mir tief in die Augen. Seine Worte spendeten mir Trost und ich fühlte mich sofort besser.

Jetzt war ich es, die scherzhaft einen Mundwinkel hob. »Wie war meine Vorstellung gerade eben?«

»Eines Preises würdig«, sagte Constantin zwinkernd. »Aber vergewissere dich bei deiner nächsten königlichen Lüge, dass sie niemand enttarnen kann, nur weil er an dir vorbei in dein Gemach sieht.«

»Ich werde es mir merken.«

Constantin hauchte mir einen Kuss auf den Handrücken und versprach mir eine Dienerin zu schicken. Daraufhin zog ich mich wieder in mein Zimmer zurück und lief ins Badezimmer.

Schnurstracks goss ich Wasser aus einem Krug in eine Schüssel und wusch mir Gesicht, Hals und Arme mit einem frischen Handtuch.

Kaum war ich damit fertig, erschien eine Dienerin. Sie half mir beim Anlegen der sauberen Uniform. Passend dazu flocht sie mir goldene Bänder ein, die mein Haar kupferfarben schimmern ließen.

Nachdem mich die Dienerin zum kleinen Speisesaal gebracht hatte, öffneten mir zwei Wachen die Flügeltür. Ich trat in einen Raum, der auf den ersten Blick nur aus schillerndem Licht bestand. Rund um die Kerzenleuchter hingen tropfenförmige geschliffene Kristalle, die den orangen Schein widerspiegelten.

Festtafel und Stühle waren aus goldbraunem Holz. Neben dem Fenster thronte der Kamin, vor dem sich Mercedes, Isidor und Constantin gruppiert hatten. Von Königin Sabita fehlte jede Spur.

Offensichtlich hatte Constantin recht gehabt, was die Pünktlichkeit von Königinnen betraf.

Ehe ich mich zu meinen Vertrauten gesellte, ging plötzlich hinter mir die Tür auf. Noch bevor ich mich umdrehte, roch ich schon ihren Duft nach Maiglöckchen.

Katga trug ein pfirsichfarbenes Kleid mit skandalös tiefem Ausschnitt. Ihr geflochtener Zopf hing über ihre linke Schulter. Silberperlen glitzerten darin.

Der Ausdruck in ihren Augen war voller Zuneigung.

»Ich hatte solche Angst, dass du an der Front in Minsöd fällst«, gestand sie. »Oder dass König Ivan dich anschließend hinrichten lassen würde. Die Gerüchte, dass Prinz Constantin seinen Vater stürzen wollte, drangen bis zu uns vor und ich wusste doch, welche Gefühle du für ihn hegst …«

Sie sprach, als wäre ich ihr das Liebste auf der Welt.

»Ich hatte viel Zeit zum Nachdenken, Inga«, sagte sie. »Bitte verzeih mir, dass ich deine Gesellschaft am kandischen Hof gemieden habe. Ich habe dich für deine Freiheit beneidet. Inzwischen verstehe ich, dass du mich als Kind nicht verlassen hast, sondern einfach deinen Träumen gefolgt bist.«

Mir entglitt ein Schluchzen. »Ich bin nicht nur einem Traum gefolgt, sondern auch vor einem Albtraum davongerannt. Ich habe mich Königin Valerie verschrieben, um Mutters Tod zu verdrängen. Bis heute war ich nicht an ihrem Grab.«

»Dann lass uns gemeinsam hingehen.«

Mit diesen Worten fiel sie mir um den Hals. Sehnsüchtig drückte ich sie an mich.

»Schwester für Schwester«, flüsterte ich an ihrem goldblonden Haar. »So wollen wir unsere ewige Treue benennen.«

Ich hätte Katga noch stundenlang so festhalten können, doch das Auffliegen der Türen schreckte uns auf. Wir fuhren auseinander und bemerkten Königin Sabita, die in einem noch pompöseren schwarz-grünen Samtkleid als vorhin in den Speisesaal marschierte.

»Lady Katga«, begrüßte sie meine Schwester überschwänglich. An mich gewandt sagte sie: »Heilschwester Ida hilft derzeit bei einer Entbindung in der Stadt. Sie wird am Abend zu uns stoßen.«

Ich nickte enttäuscht, da ich das Wiedersehen mit meiner Tante plötzlich gar nicht mehr erwarten konnte. Nach dem Krieg mit Noredellä, dem Sturz von Ivan und König Brions Anschlag sehnte ich mich nach meiner Familie – und nach Ruhe.

Nachdem Katga und ich uns in den Armen gelegen hatten, forderte ein anderer ihre Aufmerksamkeit.

»Isidor«, hörte ich meine Schwester sagen und merkte, dass der in dunkelblau gehüllte Bruder Ivans plötzlich neben uns stand.

Katgas Stimme klang verändert. Wehmütig, als betrachtete sie ein unerreichbares Schmuckstück am Grund des Meeres.

Isidor schluckte hörbar. »Katga.«

Königin Sabita riss nun die Situation an sich und verkündete: »Nun, dann sind wohl fürs Erste alle anwesend.«

Ich nahm an, den Ablauf der nächsten Stunde zu kennen: Sabita würde uns zu Tisch bitten, woraufhin eine Schar Diener die feinsten Köstlichkeiten hereinbrächte.

Aber ich täuschte mich gewaltig.

Stattdessen flog die Flügeltür erneut auf.

»Jetzt sind alle anwesend!«

Ich konnte nicht glauben, wen ich da sah.

***

Ein Kleid aus grünem Samt, die Haut so zart wie Porzellan. Goldblondes Haar umspielte ein Gesicht, aus dem saphirblaue Augen herausstachen. Ich erschauderte – Königin Valerie stand vor uns.

»*Mutter?*« Constantin klang, als würde er mit einem Geist sprechen. »Aber, Ihr seid ...«

»Tot?«, vollendete Valerie seinen Satz und lachte spitz auf. »Nun, das war ich. Eine Weile.«

Plötzlich fühlten sich meine Knochen brüchig an. Als könnte der kleinste Windhauch sie knacksen lassen und mich in die Knie zwingen.

Königin Valerie Vanhaag lebte, obwohl sie vor meinen Augen gestorben war. Vor meinen, Mercedes', Finjas und Kestralls.

Und doch steht sie hier.

»Wir hatten eine Vereinbarung«, zischte Königin Sabita und funkelte ihre Schwester zornig an.

Valerie reckte das Kinn. »Ich bin es leid, mich zu verstecken. Besonders wenn es keinen Grund mehr dafür gibt.« Sie wandte sich von Sabita ab und schaute hinüber zu Mercedes und Constantin, die nach wie vor wie angewurzelt am prasselnden Kaminfeuer standen. »Nicht wahr, Merc?«

Ich fuhr herum. Mit aufgerissenen Augen beobachtete ich, wie aus Mercedes, der furchtlosen Kriegerin, Mercedes, die hingebungsvolle Liebhaberin wurde.

Die Pupillen meiner Goldenen Schwester wurden glasig, ihre Lippen bebten. Plötzlich kullerten Tränen über ihre Wangen.

»Valerie«, seufzte sie und wischte sich mit zitternden Fingern über die Wangen. »Endlich sind wir wieder vereint. Und von jetzt an für immer. Ich warte schon so lange auf diesen Tag.«

Mir stockte der Atem.

Ich erinnerte mich an Mercedes' Verzweiflung nach Kestralls Tod. Das schauderhafte Bild, wie sie versucht hatte unsere Schwester zurück ins Leben zu holen, hatte sich in meinen Verstand gebrannt. *»Es wird funktionieren«*, hatte Mercedes gesagt und wie verrückt gegen Kestralls verstummtes Herz geschlagen. *»Es hat bereits gewirkt. Weshalb sollte ich bei ihr scheitern?«*

Damals hatte ich geglaubt, sie spräche über Constantin.

Jetzt begriff ich, dass von Königin Valerie die Rede gewesen war.

»Du hast sie nach dem Fest der reinen Blüte zur Dämonenträgerin gemacht?«, fuhr ich Mercedes an und breitete fragend die Arme aus. »Warum hast du uns das verschwiegen?«

Mercedes, die ihre Emotionen wieder einigermaßen unter Kontrolle hatte, sah mich schuldbewusst an. »Verzeih mir, Inga. Aber wir konnten Finja, Kestrall und dich nicht in den Plan einweihen. Es wäre zu riskant gewesen.«

Ich schüttelte verständnislos den Kopf. »Plan?«, fragte ich. »Welcher Plan?«

Königin Valerie stellte sich in mein Blickfeld. »Die Gäste beim Fest der reinen Blüte sollten lediglich glauben, Ivan hätte Gift in meinen Kelch gegeben. In Wahrheit leckte ich mir im rechten Moment meinen vergifteten Lippenstift ab. Ich war lediglich benommen, wie scheintot. Merc und ich wussten, dass nach meinem ›Tod‹ genügend Aufstände – auch unter den Adeligen – folgen würden, um Ivan endlich zu stürzen.«

Mercedes und Valerie hatten uns alle zum Narren gehalten. Ihr Tod war Teil eines *Plans* gewesen. Mir wurde übel.

Ehe ich dazu kam, meine Abscheu zum Ausdruck zu bringen, hauchte Isidor: »Ich wusste, dass mein Bruder unschuldig war. Wenn jemand eine Unheilige ist, dann du ... *Schwägerin.*«

»Unschuldig?«, fauchte Valerie. *»Ivan?«* Ihre Stimme wurde dunkel.

»Hättest du *einmal* seinen Erzählungen gelauscht, wüsstest du, warum er so hart geworden ist«, sagte Isidor. »Während ich an Mutters Seite weilte, erzog ihn Vater mit eiserner Faust. Alles, was Ivan brauchte, war eine Frau, die ihn liebte.«

»Traumatische Kindheitserinnerungen sind kein Freibrief dafür, ein Tyrann zu werden«, erwiderte Valerie gereizt. »Aber genug davon.« Sie drehte sich wieder zu Mercedes. »Wie ich hörte, warst du nicht nur bei Ivans Sturz erfolgreich. Auch König Brion, diesem Tier, konntest du das Handwerk legen.«

»Das ist so nicht ganz richtig«, gab die Goldene Schwester zu. »Brion hat uns verraten. Und schlussendlich war es Isidor, der ihn vernichtet hat.«

Valerie zog überrascht die Augenbrauen hoch. »So?«, fragte sie und tat, als würde sie ihrem Schwager applaudieren. »Sieh an! Dann hast du doch helle Momente.«

Ich sah, wie Isidor seine Kiefernmuskeln anspannte.

Lange hatte ich geschwiegen, doch jetzt mischte ich mich wieder ein: »Ivan und Brion sind tot und Euer Sohn bald König. Dann habt Ihr also alles erreicht, was Ihr wolltet. Wart im Tod erfolgreicher als im Leben.«

Ich bemühte mich geringschätzig zu klingen. Es widerstrebte mir, Bewunderung für eine derart arglistige Täuschung aufzubringen. *Das* war nicht die Königin, für die ich als Fünfjährige meine Familie hinter mir gelassen und eine zwanzig Jahre dauernde Ausbildung angetreten hatte. Ich musste wirklich von ihrer äußerlichen Ähnlichkeit zu meiner Mutter verblendet gewesen sein.

Königin Valerie trat näher an mich heran. »Du willst wissen, ob ich alles erreicht habe?« Sie lächelte geheimnisvoll. »Nun, sag du es mir. Wirst du Constantins Frau werden? Wirst du Kandlots neue Königin?«

Ich runzelte die Stirn, tauschte einen Blick mit Constantin. Er sah genauso verwirrt aus, wie ich mich fühlte.

Valerie beobachtete mein Tun und kicherte amüsiert.

»Ach, Liebes«, säuselte sie und schenkte mir eine so mitleidige Miene, als wäre ich ein angeschossenes Reh. »Glaubst du wirklich, du wurdest seine Leibwächterin, weil ich an deine besonderen Fähigkeiten als Kriegerin glaubte?« Sie schüttelte den Kopf. »Nein! Du warst – bist – jung, schön! Ein robustes Mädchen nach seinem Geschmack: mit ähnlichen Haaren wie Djana. Als ich dich sah, fasste ich den Entschluss, dass mir nur eine Schwester auf den Thron folgen durfte. Du, Inga Ericson. Du solltest Königin werden … von Anfang an.«

Wusch! Worte, die mich wie eine Flutwelle packten, gehörig durcheinanderschleuderten und ausgezehrt zurück an irgendein Ufer spülten. Ein Ufer, von dem ich geglaubt hatte, es selbst gewählt zu haben.

War ich die ganze Zeit über nur Königin Valeries Brotkrumenspur gefolgt und in ihre Falle getappt?

Valerie rieb sich die Hände. »Ivan wählte zehn Kandidatinnen für Constantins Brautschau aus. Und auch ich wollte eine in den Ring schicken. Du warst sozusagen die geheime elfte.«

»Das kann nicht wahr sein, Mutter!«

»Ihr lügt doch!«

Constantin und ich hatten gleichzeitig die Fassung wiedererlangt. Königin Valerie ignorierte den Einwurf ihres Sohnes. Stattdessen sah sie mir in die Augen. Rote Sprenkel mischten sich in das Glitzerblau ihrer Iris. Ein Beweis dafür, dass der Dämon in ihr aufgewacht war.

»Du glaubst, ich tische dir Lügen auf?« Valerie hob ihre Hand und deutete mit dem Zeigefinger auf Mercedes, ihr Blick blieb auf mich gerichtet. »Dann frag deine Goldene Schwester. Merc berichtete mir vom ersten Tag an über eure aufkeimende Liebe.«

Ich machte einen kleinen Schritt zur Seite und nahm Mercedes unter die Lupe. »Ist das wahr?«

»Warum bist du deshalb wütend?«, fragte sie. »Wir haben dir mit diesem kleinen Schubs doch zum Glück verholfen.«

Constantin und ich sahen uns an. Unsere Gefühle füreinander waren endlos wie der Himmel und tief wie das Meer. Und doch steckte der ausgefeilte Plan zweier Frauen dahinter. Das Fundament unserer Liebe ruhte auf einer Lüge.

Ich ballte eine Faust. »Ich bin wütend«, antwortete ich, »weil ihr mich angelogen habt. Ich kam, um die Königin zu schützen. Nicht, um Königin zu werden!«

»Wie dem auch sei«, sagte Valerie. »Dank mir gibt es ein glückliches Ende der Geschichte.«

»Ihr habt recht«, sagte Constantin unvermittelt, woraufhin sich Valerie zu ihm umdrehte. »Das Ende ist glücklich. Aber *wir* schreiben es, nicht Ihr.«

Der Prinz stand nun seitlich zum Kamin. Das lodernde Feuer darin spiegelte sich in seinen Pupillen wider.

Valerie sog scharf die Luft ein. »Was willst du damit sagen?«

Constantin lächelte gefährlich. »Damit will ich sagen«, er kam näher auf seine Mutter zu, »dass Ihr Euer Ziel nicht erreichen werdet.«

Ich konnte Königin Valeries Gesichtsausdruck nicht sehen, doch ihre Stimme klang bedrohlich und mit den Fingernägeln trommelte sie auf der Tischplatte herum. »Was soll das bedeuten?«

Constantin grinste breit. »Dass Inga nicht Königin werden wird.«

Valeries Hände erstarrten, ihre Nägel bohrten sich in das Holz.

Mir stockte der Herzschlag. Es war, als hätte er mit einer Axt in meine Brust geschlagen.

Die Königin sprach meine Angst laut aus.

»Du nimmst eine andere zur Frau? Einfach aus Trotz?«

***

Constantin genoss die Panik, die im Blick seiner Mutter aufflackerte.

»Natürlich heirate ich Inga«, korrigierte Constantin. »Ich liebe sie über alles und ja, ich bin dankbar, dass Ihr sie mir als Leibwächterin zugeteilt habt!« Er schenkte Inga ein Lächeln, das sie nach einem tiefen Atemzug erwiderte. »Aber«, Constantin richtete seine Aufmerksamkeit wieder auf Valerie, »wir werden nicht herrschen. Hiermit verzichte ich offiziell auf Kandlots Thron.«

Stille. Nur das Prasseln des Kaminfeuers war zu hören. Ab und an knackste das Holz darin.

Constantin beobachtete, wie sich die Nasenflügel seiner Mutter blähten. Sie riss ihre blutunterlaufenen Augen auf und keuchte so heftig, dass sich ihre Brust auffällig hob und senkte.

Der Prinz nahm an, dass sie gleich hysterisch schreien würde, doch sie zwang sich sichtlich zur Ruhe: Ihre Finger zitterten und die Nägel der linken Hand bohrten sich in die Tischplatte.

»Das kannst du nicht tun«, zischte sie schließlich. »Kandlot braucht einen Thronfolger!«

Constantin lehnte sich gegen das Fenster hinter sich.

»Oh, Kandlot hat einen«, trällerte er und grinste bis über beide Ohren. »Den besten, den ein Land nur haben kann!«

Wieder breitete sich der Schleier des Schweigens aus. Königin Sabita, sein Onkel, Katga, Mercedes, seine Mutter und Inga – sie alle musterten ihn abwartend.

»Isidor«, hauchte Inga. Die Falten auf ihrer Stirn glätteten sich, und auf ihre Lippen stahl sich ein Lächeln. »Natürlich!«

Valerie erstarrte, als hätte sie jemand angeschossen. Plötzlich drehte sie sich mit einem Ruck zu Inga um.

»Wie bitte?«, kreischte sie.

»Ihr habt schon verstanden, Mutter«, sagte Constantin, woraufhin sich Valerie wieder ihm zuwandte.

Der Prinz schielte kurz zu seinem Onkel, der wie zur Eisskulptur erfroren zwischen Königin Sabita und Katga stand. Es war offensichtlich, dass er mit einer solchen Wendung nicht gerechnet hatte.

»Aber er kann nicht regieren«, plärrte Valerie. Sie trat mit dem Fuß gegen einen Stuhl. Dieser fiel um und landete mit einem dumpfen Schlag auf dem Teppich. »Er liebt Männer!«

Constantin schnaubte. »Was hat das damit zu tun? *Ihr* liebt doch auch Frauen.«

»Wenn er dem Land keine Erben schenkt, wird es Aufstände geben und …«

»Wer sagt«, unterbrach da Isidor, der offenbar seinen Schock überwunden hatte, »dass ich keine Kinder zeugen werde? Ich finde eine Frau, die mich so akzeptiert, wie ich bin. Und wenn wir uns gegenseitig mit Respekt begegnen und uns gewisse Freiheiten erlauben, könnten wir ein glückliches Leben führen.«

Königin Valerie fuhr zu ihm herum. Nadeln und Klammern rutschten dabei aus ihrer Frisur und lockerten einzelne Strähnen, weshalb sie plötzlich wie eine zerzauste Vogelscheuche aussah.

»Das ist doch keine Ehe!«, schimpfte sie und fuchtelte wild in der Luft herum.

Isidor zog unbeeindruckt eine Augenbraue hoch. »Ach«, sagte er, »und gerade du bist *darin* Expertin?«

Valeries rasselndes Schnauben übertönte selbst das Knistern des Feuers.

»Beruhige dich, Schwester«, beschwichtigte Königin Sabita und hob ihre Hände. »Ich weiß, wir haben uns das alles anders gewünscht, aber …«

»Nichts *aber*«, fauchte Valerie und drehte sich wieder zu ihrem Sohn. »Du«, sie pikte mit dem Zeigefinger gegen Constantins Brust, »wirst herrschen. Und zwar an der Seite einer Goldenen Schwester.«

»Nein«, widersprach er schulterzuckend. »Mein Onkel wird …«

»Er ist nicht dein Onkel!«, schrie Valerie da. Kaum hatten diese Worte ihren Mund verlassen, zuckte sie selbst zurück und presste beide Hände über ihre Lippen.

Constantin glaubte ihr nicht. Dennoch fühlte er einen Stich in seinem Herzen. »Was soll diese Lüge?«

Königin Sabita trat vor und legte eine Hand auf seine Schulter. Geschockt wie er war, ließ er sie gewähren. »Tut mir leid, Constantin«, flüsterte sie, »du solltest es nie erfahren, aber es ist die Wahrheit. König Ivan war nicht dein Vater.«

Etwas in Constantin zerbrach. Die Trümmer hüllten ihn innerhalb einer Sekunde in Schutt und Asche. Plötzlich aus dem Gleichgewicht gebracht musste er sich am Kaminsims festhalten, um nicht hinzufallen.

Er hatte Ivan nie ins Herz geschlossen. Und doch fühlte es sich an, als hätte seine Mutter einen Teil davon herausgerissen.

»Und wer ist mein Vater?«

Valerie seufzte schwer. »König Brion, dieser Schänder. Darum konnte ich nicht zulassen, dass sich dir deine Halbschwester Prinzessin Britta an den Hals warf. Davon abgesehen, dass sie meine Pläne durchkreuzt hätte.«

Constantin erschauderte.

Der Mann, der ihn gefoltert hatte und schließlich von Isidor enthauptet worden war? Dieser Mann war sein Vater? Ihm wurde eiskalt. Er erinnerte sich daran, dass Inga den König mit einer solchen Behauptung abgelenkt hatte. Sie wusste es also!

Constantin schaute erst Inga, dann Mercedes und Isidor an. Auch sie wirkten nicht überrascht. Nur Katga stammelte: »Ivan ahnte es die ganze Zeit.«

Die Worte König Brions kamen ihm wieder in den Sinn. Daraufhin zeigte er anklagend auf seine Mutter. »Du«, er legte all seinen Schmerz in die Worte, »hast ihn verführt. Er hat es mir selbst erzählt. Und da er trotzdem bei seiner Verlobten geblieben war, hast du diese später während ihrer Schwangerschaft vergiftet.«

Constantin fuhr sich durchs Haar und starrte hinauf zu den im Kerzenschein funkelnden Kristallen. »Ich dachte, er würde mich anlügen, doch es ist wahr!«

»Unsinn!«

Constantin senkte den Blick, aber es war nicht seine Mutter, die gesprochen hatte.

»Brion hat Valerie entehrt«, beharrte Mercedes neben ihm. »Sag ihm die Wahrheit, Liebste.«

Constantin vernahm ein Seufzen, doch wieder kam es aus einer unvermuteten Richtung. Diesmal war es Sabita, die noch immer seine Schulter tätschelte.

»Ja«, wiederholte sie flehend und schaute ihre dämonische Schwester an, »sag die Wahrheit. Ansonsten werde ich es tun. Es hat keinen Sinn, die Scharade länger aufrecht zu halten.«

»Gut«, sagte Valerie patzig und knickste übertrieben demütig vor ihrer Schwester. »Wenn Ihr es wünscht, *Majestät*.«

Sie kam langsam wieder hoch und wandte sich an Mercedes. »Merc«, setzte sie an, »du bist das Licht in meiner Dunkelheit und ich liebe dich. Jedoch habe ich dich in einer Sache getäuscht …«

Constantin merkte, dass sich Mercedes neben ihm verkrampfte. »Was soll das werden, Valerie?«, fragte sie und wich einen Schritt zurück.

»Es ist wahr«, fuhr die Königin fort, »ich gab mich Brion hin und tötete später seine Frau.«

Mercedes schnappte nach Luft. Sie presste ihre Hände ans Herz, als hätte ihr Valerie ein Messer hineingerammt.

»Was?«, fragte sie, blinzelte die Tränen in ihren Augen fort. »W…wieso? Hast du ihn etwa … geliebt?«

Königin Valerie verzog angewidert das Gesicht. »*Ihn* geliebt? Eher wäre ich einem Schwein verfallen.«

Mercedes schüttelte den Kopf. Inzwischen konnte sie die Tränen nicht mehr aufhalten. Eine nach der anderen kullerte über ihre Wangen. »Und weshalb hast du ihn dann in dein Bett geholt?«

Valerie verdrehte die Augen. Ihr widerstrebte es offenbar, die Vergangenheit aufzurollen.

»Damit er sich von Isbella, seiner Verlobten, trennt«, sagte sie.

Mercedes legte den Kopf schräg. »Aber … du wolltest ihn doch nicht«, stammelte sie mit bebenden Lippen.

»Natürlich nicht«, fauchte Valerie, woraufhin Mercedes einen weiteren Schritt zurückmachte und beinahe ins Kaminfeuer fiel, »ich wollte *sie*. Isbella. Aber sie lachte mir nur dumm ins Gesicht, weshalb ich beschloss ihr den Verlobten zu stehlen.«

»Und als das nicht gelang … sie zu töten«, nuschelte Inga verachtend.

Constantin reichte Mercedes das Stofftaschentuch, das er immer bei sich trug. Die Goldene Schwester dankte ihm und schnäuzte sich. Die Tränen waren versiegt, ihre Augen jedoch rot und verquollen.

»Und ich dachte, du hättest etwas Ähnliches durchlebt wie ich«, wisperte sie kopfschüttelnd. »Um dich zu rächen, habe ich Brion die Schuld an Großherzog Pendelös Tod in die Schuhe geschoben.«

Valerie trat an Mercedes heran, griff nach ihren Händen, doch die Goldene Schwester schlug sie weg.

»Merc!«, sagte die Königin entsetzt. »Nicht unsere albernen Leidensgeschichten schweißten uns zusammen, sondern die Liebe!«

Mercedes keuchte.

»Alberne Leidensgeschichten?« Isidor trat hervor und stellte sich vor die Goldene Schwester. Constantin verstand zwar nicht, weshalb, doch er schien empört zu sein. Wusste er mehr über Mercedes?

»Weißt du überhaupt, was deiner *Merc* zugestoßen ist? Hast du dich je wirklich für sie interessiert?«

Valerie hob abwehrend die Hände. »Grundgütiger«, sagte sie. »Seit wann hast du einen männlichen Beschützer nötig, Merc? Und noch dazu einen *Isgehart*!«

»Ich bin nicht …«

»Er ist nicht mein Beschützer. Aber offenbar liegt ihm mein Wohlergehen mehr am Herzen als dir. In Zukunft werde ich nicht länger nach deiner Pfeife tanzen.«

Valerie kniff die Augen zusammen. »Was willst du damit sagen?«

»Es ist *aus* zwischen uns«, wisperte Mercedes.

Constantin beobachtete, wie sich seine Mutter erst ängstlich an der Tischkante festhielt und gleich darauf versteinerte.

»Nein«, sagte sie. »Nein! Ich bin doch nicht von den Toten zurückgekehrt, um mein Leben in Schutt und Asche vorzufinden!«, rief sie. »Du«, sie zeigte auf Mercedes, »wirst mich gefälligst lieben. Und du«, ihr Finger wanderte zu Constantin, »wirst König.«

Constantin schnaubte. »Nichts davon wird geschehen. Ihr könnt uns nicht zwingen, Mutter.«

Valerie starrte ihn an. Constantin bildete sich ein neben den Blutfäden des Dämons die Fänge des Wahnsinns in ihren Augen glitzern zu sehen.

»Doch«, widersprach sie gefährlich ruhig. »Das kann ich. Denn ich werde alle in diesem Raum töten, bis auf Mercedes und dich.«

***

Ich schnappte nach Luft.

Königin Valerie wollte uns ermorden und würde nur ihre Geliebte und ihren Sohn übrig lassen.

»Und ich beginne mit deinem Herzblatt«, fügte sie hinzu. »Es gibt fügsamere Goldene Schwestern, die gern meine Nachfolge antreten werden.«

Einen Wimpernschlag später hatte sie sich umgedreht und vor mir aufgebaut. Nach wie vor hielt ich die Luft an. Alles passierte rasend schnell und trotzdem nahm ich es bis ins kleinste Detail wahr. Ihre Augen leuchteten feuerrot und waren so weit aufgerissen, dass ich fürchtete, sie würden jeden Moment herausspringen.

Ich bekam eine Gänsehaut.

Valerie verzog ihren Mund, die Lippen trennten sich voneinander. Spitze Zähne kamen zum Vorschein, die scharf wie Rasierklingen aufblitzten. Ich hatte bei König Brions Attentat gesehen, wie leicht sich diese Reißer ins Fleisch gruben, wusste, welches Blutbad Dämonenträger anrichten konnten.

Mit einem Fauchen sprang sie auf mich zu. Ich griff nach meinem Schwert, doch es war zu spät. Sie packte mich an Kopf und Schulter, riss meinen Schädel zur Seite. Ich schrie auf, meinte mein panisches Spiegelbild in ihren roten Augen zu erkennen. Mein Herz raste. Ihre Zähne berührten meine Kehle. Ich schloss die Augen, und mir klatschte ein Schwall Blut ins Gesicht. Heiß und klebrig.

Doch ... der erwartete Schmerz blieb aus.

Stattdessen vernahm ich ein Röcheln. Ich blinzelte gegen die rote Flüssigkeit an, sah Valeries Gesicht direkt vor meinem. Das Funkeln war aus ihren Pupillen verschwunden. Auf den zweiten Blick entdeckte ich den Dolch, der seitlich in ihrem Hals steckte. Eine Silberklinge, dessen Griff mit Edelsteinen besetzt war. Der Druck ihrer Hände verschwand.

Doch Valerie kam nicht mehr dazu, die Waffe zu entfernen und auf Heilung zu hoffen. Aus den Augenwinkeln heraus sah ich ein herannahendes Silberschwert. Ich hörte Isidors Schnauben, als er ihr einen Herzschlag später den Kopf abschlug, knapp unterhalb des Dolchs.

Erneut sprudelte Blut, doch ich drehte meinen Kopf rechtzeitig zur Seite, um die Ladung nicht mitten ins Gesicht zu bekommen. Dabei fiel mein Blick auf Katga, die mit ausgestreckten Händen und zitternden Fingern direkt neben mir stand. Sie war leichenblass und keuchte, ihre Haut glänzte vor Schweiß.

Königin Valeries Schädel polterte irgendwo zu Boden und auch ihr Rumpf krachte in sich zusammen. Ich jedoch hatte nur Augen für meine Schwester. Denn *sie* war es gewesen, die den Dolch geschwungen hatte. Jene Klinge, die ich ihr einst gegeben hatte.

»Katga«, wisperte ich. »Wo … wie … der Dolch?«

Meine Schwester löste sich vom Anblick der kopflosen Valerie und schaute mich mit aufgerissenen Augen an. Sie schluckte hörbar und blinzelte ein paarmal.

»An meinem Herzen«, sagte sie schließlich und zeigte auf ihre Brüste, die nun wesentlich tiefer in ihrem Ausschnitt verschwanden. Ein schwaches Grinsen stahl sich auf ihre Lippen. »Unter *meinen* Waffen. Du hast doch gesagt, ich solle den Dolch stets bei mir tragen.«

Ich schloss für einen Moment die Augen. Sah ein gleißendes Licht und den blonden Engel, der mich in meinen Träumen besucht hatte. Endlich drehte er sich zu mir um. Es war tatsächlich Katga, die mir zulächelte.

»Du hast mir das Leben gerettet«, wisperte ich und öffnete die Lider. Ich spürte, dass Tränen in meinen Augen glitzerten.

Katga griff nach meinen Händen. »Wie heißt es gleich? Schwester für Schwester! Es gilt. Ob golden oder nicht.«

EPILOG

Eine Woche später besuchte ich zusammen mit meiner Tante Ida, Katga und Constantin das Grab meiner Mutter. Constantin wischte den Schnee vom Stein und legte ihren Namen frei: *Silka Ericson.*

Tränen liefen mir über die Wangen, tropften hinunter auf die weiße Ruhestätte.

»Lass uns hier ihr zu Ehren Maiglöckchen pflanzen, ihre Lieblingsblumen«, schlug Katga vor, die selbst den süßlichen Duft dieser Pflanze verströmte. Sie umarmte mich und half mir aufrecht stehen zu bleiben, denn meine Beine zitterten. Nicht vor Kälte, sondern wegen der Flut an Emotionen, die mich mit einem Mal heimsuchten.

Die Trauer hatte etwas Reinigendes, als würden meine Tränen eine entzündete Wunde säubern, damit sie endlich heilen konnte. Der Kummer zerriss mir nicht das Herz, nein, er fügte es zusammen. Ich fand endlich Ruhe.

***

Nur dank dieser neu gewonnenen Stärke hatte ich die Kraft aufgebracht, die folgenden Monate zu überstehen. Tante Ida, Constantin und ich waren auf den Landsitz meines verstorbenen Vaters gezogen, der nach dessen Tod von einem Verwalter geführt worden war. Dort, wo auch ich bis zum Alter von fünf Jahren gelebt hatte, stellten wir uns somit dem Dämon im Körper meines Liebsten.

Von den Heiligen Schwestern wusste Ida, dass es theoretisch möglich war, den Träger vom Monster zu befreien. Mithilfe intensiver Kräuterkuren sollte es gelingen, den Dämon zu töten.

Es war Constantin, der darauf bestand, die Austreibung unverzüglich anzugehen. Schweren Herzens fesselten wir ihn mit reichlich Silberketten ans Bett und setzten ihn dem Duft von Rosmarin und Lavendel aus, jener Pflanzen, die das Böse vertreiben sollten. Früher hatte seine Handcreme nach diesen Kräutern gerochen. Heute hätte er nicht einmal seinen kleinen Finger nach der Paste ausgestreckt.

Doch der Kräuterduft allein reichte nicht, um den Dämon ernsthaft zu schwächen. Wo König Brion wahrscheinlich einst bei seiner Tochter aufgegeben hatte, machten wir weiter. Wir vermischten unser sauberes Menschenblut mit einem Sud aus Lavendel und Rosmarin und gaben das Gemisch Constantin zu trinken. Dafür setzten wir Egel an seine Adern, die ihm das dämonische Blut aussaugen sollten.

Während Tante Ida darauf achtete, sich nicht zu viel eigenes Blut abzuzapfen, hätte ich meinen letzten Tropfen für Constantin gegeben.

Ich war mir nicht sicher, wer mehr litt: Constantin, der Tag und Nacht um Hilfe schrie, oder ich, da ich seine Schmerzen sehen und hören musste.

Wie ein wildes Tier riss er an den Ketten. Dabei leuchteten seine Augen und er brüllte, dass er nicht wie Ungeziefer ausgeräuchert oder vergiftet werden konnte.

Irgendwann verweigerte er das Essen und meinte, er würde lieber sterben, als den Dämon aufzugeben.

Auch wenn mir Ida versicherte, dass das Monster aus ihm gesprochen hatte, zerrte diese Aussage gehörig an meinen Nerven. Ich war drauf und dran aufzugeben und Constantin von seiner Qual zu befreien. Dämonenträger hin oder her – ich liebte ihn und wollte ihn nicht verlieren.

Da er keine feste Nahrung mehr zu sich nahm, bestand er bald nur noch aus Haut und Knochen. Sein blasses Gesicht wirkte eingefallen, wodurch die dunkelblauen Ränder unter seinen roten Augen noch deutlicher zu sehen waren. Die Silberketten an seinen Hand- und Fußgelenken mussten fürchterlich schmerzen, denn mit seinen Befreiungsversuchen scheuerte er sich so weit auf, dass die Knochen zu sehen waren.

Wo jeder Mensch längst das Bewusstsein verloren hätte oder verhungert wäre, hielt der Dämon seinen Körper am Leben.

Dann, eines Morgens – nach Monaten – erwachten Ida und ich, ohne sein Schimpfen und Flehen zu hören. In der Angst, ihn mit unseren Bemühungen zu Tode gefoltert zu haben, eilte ich an sein Bett. Doch er war nicht tot. Er lebte.

Und zum ersten Mal seit Langem schenkte er mir ein Lächeln. Schwach zwar, aber stark genug, um zu erkennen, dass er den Dämon bezwungen hatte. Vor Freude hielten wir uns den ganzen Tag im Arm.

Drei Wochen später kehrten wir an den Hof zurück. Es war Zeit, wie Lady Xenia und Sir Henrik dem Königspaar zu dienen. Constantin nahm den Posten als Berater an und ich schwor mir die neue Königin mit meinem Leben zu schützen.

In diesem Fall brauchte es kein Gold, um eine Schwester zu sein, denn Isidor hatte Katga zur Frau genommen, womit sich ihr größter Wunsch nun doch noch erfüllt hatte.

Sechs Monate nach unserer Ankunft gebar sie Kandlot einen Thronfolger. Ich war neugierig und sie versicherte mir mit Isidor eine rundum zufriedenstellende, interessante Ehe zu führen.

Sogar Mercedes und Schwester Odine, die gemeinsam ein Heim für misshandelte Frauen gegründet hatten, erschienen zu der dionischen Taufe meines Neffen.

Burg Gedeleen hatte eine Ausbilderin weniger, aber ein Dutzend neue Schülerinnen gewonnen. Denn Katga holte einige lieb gewonnene Goldene Schwestern aus Gondra zu sich und plötzlich wurden wir auch in Kandlot wie Heldinnen gefeiert.

Was Constantin als glückliches Ende der Geschichte bezeichnete, nannte ich den Anfang des Friedens.

Es zauberte mir jeden Tag aufs Neue ein Lächeln auf die Lippen, ihn umringt von seinen Kräutern im Schlossgarten zu beobachten. Besonders an jenem Nachmittag …

Die Sonne ließ sein offenes Haar leuchten und der Wind zerrte an seinem Leinenhemd. Grinsend humpelte er zu mir in den Schatten und streckte mir einen Strauß Kamille entgegen.

»Jetzt, wo ich … ähm … Djanas Schwester geheilt habe, wird es … ähm … Zeit für eine … ähm … neue Handcreme. Von Rosmarin … ähm … hab ich aber erst mal genug«, erklärte er zwinkernd.

Ich schmunzelte, legte eine Hand auf meinen Bauch. »Denkst du, sie wird auch für drei Personen reichen?«

Constantin erstarrte. Die Kamille rutschte ihm aus den Fingern.

»Ähm … heißt das?«

»Wir erwarten ein Kind.«

***

Neun Monate später hielt ich unsere Tochter Silka im Arm. Als wäre es ein Zeichen meiner Mutter, war sie Ende Mai zur Welt gekommen.

ENDE von Band 2

DANKSAGUNG

Ob golden oder nicht …

Als ein Testleser diese Geschichte las, hob er mittendrin den Kopf und meinte: »Ach, wie vorhersehbar, in deinen Büchern wird die Heldin immer Prinzessin oder Königin.«

Zugegeben – ich liebe Geschichten, in denen es genau so geschieht. Doch mit Inga hatte ich das von Anfang an nicht vor. Sie ist einfach nicht der Typ für pompöse Kleider, sondern fühlt sich in ihrer Uniform pudelwohl.

Ich hoffe, dass dir, liebe Leserin oder lieber Leser, die Geschichte der Goldenen Schwestern gefallen hat und ich dein Herz für die Dauer der Lesestunden »vergolden« konnte.

In diesem Sinne gilt mein Dank abermals euch Lesern, meinen Testlesern, dem Impress-Team und meiner Lektorin. Ihr seid wahre Goldstücke!

DIE MACHT DER GÖTTER

Asuka Lionera
SON OF DARKNESS 1: GÖTTLICHES GEFÄNGNIS
ISBN 978-3-551-30227-4
Softcover
Auch als E-Book erhältlich

Die ehrgeizige Archäologin Emma verirrt sich während einer Expedition in das höhlenartige Gefängnis eines riesigen schwarzen Wolfs. Sie befreit das Tier und steht plötzlich einem göttlich gut aussehenden Fremden gegenüber. Emma ahnt nicht, dass sich um ihn eine zerstörerische Prophezeiung rankt …

Aurelia L. Night
DIVINE DAMNATION 1: DAS VERMÄCHTNIS DER MAGIE
ISBN 978-3-551-30246-5
Softcover
Auch als E-Book erhältlich

Tivra ist eine begabte Hexe aus dem Zirkel der Deva. Doch durch ein Missgeschick lässt sie auf einer Mission in den Ruinen eines alten Tempels versehentlich die Göttin der Zerstörung frei. Aus der Not heraus erfragt der Zirkel die Hilfe eines Rudels von Gestaltwandlern und Tivra muss mit ihrem mysteriösen Anführer zusammenarbeiten.

WWW.IMPRESSBOOKS.DE

KÖNIGLICHE VAMPIRE

Alexandra Lehnert
DIE LETZTE KIYA: SCHATTENERBE
ISBN 978-3-551-30229-8
Softcover
Auch als E-Book erhältlich

Lilya trifft auf der Ranch ihrer Eltern einen Gast, dessen gefährliche und unnahbare Ausstrahlung all ihre Alarmglocken läuten lässt. Ihr Gefühl trügt sie nicht: Dimitri ist der Kronprinz eines uralten Vampirgeschlechts und schon seit Jahrzehnten auf der Suche nach ihr – der Thronerbin eines anderen Königshauses.

Ina Taus
RISE & DOOM 1: PRINZESSIN DER BLUTROTEN WÜSTE
ISBN 978-3-551-30170-3
Softcover
Auch als E-Book erhältlich

Red Desert ist ein karges Land, in dem die Menschen ein einfaches Dasein fristen, während der König im Luxus lebt. Selbst seine Tochter Rise wächst mit strengen Regeln auf und durfte in ihrem Leben noch nie das Schloss verlassen. Dann erfährt sie, dass sie den Prinzen der Vampire heiraten soll, um den wackeligen Frieden mit ihnen zu sichern. Aber Rise hat lange genug Gehorsam geleistet …

Jennifer Wolf
DIE SANGUIS-TRILOGIE 1: DIE WAHRHEIT LIEGT IM BLUT
ISBN 978-3-551-30033-1
Softcover
Auch als E-Book erhältlich

Dass es Vampire gibt, weiß Miriam schon lange. Doch sie hat noch nie einen in echt gesehen. Bis gleich zwei Vampire auf ihre Schule kommen sollen. Und der eine sogar in ihre Klasse! Er übt eine merkwürdige Anziehungskraft auf sie aus …

WWW.IMPRESSBOOKS.DE

Impress
Die Macht der Gefühle

Impress
Ein Imprint der CARLSEN Verlag GmbH
Oktober 2020

Lektorat: Julia Feldbaum
Umschlagbild: shutterstock.com / © Pipochka / © Razzers / © voylodyon / © artshock / pixabay.com / © ariachne a mazed / Adobe Stock / © Vitaly Melnik / unsplash.com
Umschlaggestaltung: formlabor, Ria Raven Coverdesign
Satz und Umsetzung: readbox publishing, Dortmund
Druck und Bindung: CPI Books GmbH, Birkach
ISBN 978-3-551-30301-1
Printed in Germany
www.carlsen.de/impress

Alle Bücher im Internet: www.carlsen.de

2,–